CONTEMPORÁNEA

Isabel Allende (1942), de nacionalidad chilena, nació en Lima. Ha trabajado infatigablemente como periodista y escritora desde los diecisiete años. *La casa de los espíritus* (1982) la situó en la cúspide de los narradores latinoamericanos e inauguró una brillante trayectoria literaria que, con los años, no ha dejado de acrecentar su prestigio. Entre sus obras, cabe mencionar *Eva Luna, Cuentos de Eva Luna, El plan infinito, De amor y de sombra, Paula, Hija de la fortuna, Retrato en sepia* y la trilogía *La Ciudad de las Bestias, El Reino del Dragón de Oro* y *El Bosque de los Pigmeos*.

Biblioteca

ISABEL ALLENDE

El plan infinito

DeBOLSILLO

Diseño de la portada: Equipo de diseño editorial
Fotografía de la portada: © Richard Seid

Cuarta edición en este formato: noviembre, 2005

Derechos exclusivos para España.
Prohibida su venta a los demás países del área idiomática.

© 1991, Isabel Allende
© 1999, Random House Mondadori, S. A.
  Travessera de Gràcia, 47-49. 08021 Barcelona

Printed in Spain – Impreso en España

ISBN: 84-9759-389-8 (vol. 168/5)
Depósito legal: B. 44.730 - 2005

Impreso en Novoprint, S. A.
Energia, 53. Sant Andreu de la Barca (Barcelona)

P 8 9 3 8 9 8

A mi compañero, William C. Gordon, y las otras personas que me confiaron los secretos de sus vidas. También a mi madre, por su cariño sin condiciones y el implacable lápiz rojo con que me ayudó a corregir esta historia.

I. A.

Gracias a la vida, que me ha dado tanto, me ha dado la risa y me ha dado el llanto...

VIOLETA PARRA, Chile.

Estoy solo en la cumbre de la montaña al amanecer. En la niebla lechosa veo los cuerpos de mis amigos a mis pies, algunos han rodado por las laderas como rojos muñecos desmembrados, otros son pálidas estatuas sorprendidas por la eternidad de la muerte. Sombras sigilosas trepan hacia mí. Silencio. Espero. Se acercan. Disparo contra esas oscuras siluetas en piyamas negros, fantasmas sin rostro, siento recular la ametralladora, la tensión me quema las manos, cruzan el aire las líneas incandescentes de los fogonazos, pero no hay un solo sonido. Los asaltantes se han vuelto transparentes, las balas pasan a través de ellos sin detenerlos, siguen avanzando implacables. Me rodean... silencio...

Mi propio grito me despierta y sigo gritando, gritando.

GREGORY REEVES

PRIMERA PARTE

Iban por los caminos del oeste sin prisa y sin rumbo obligatorio, cambiando la ruta de acuerdo al capricho de un instante, al signo premonitorio de una bandada de pájaros, a la tentación de un nombre desconocido. Los Reeves interrumpían su errático peregrinaje donde los sorprendiera el cansancio o encontraran a alguien dispuesto a comprar su intangible mercadería. Vendían esperanza. Así recorrieron el desierto en una y otra dirección, cruzaron las montañas y una madrugada vieron aparecer el día en una playa del Pacífico. Cuarenta y tantos años más tarde, durante una larga confesión en la que pasó revista a su existencia y sacó la cuenta de sus errores y sus aciertos, Gregory Reeves me describió su recuerdo más antiguo: un niño de cuatro años, él mismo, orinando sobre una colina al atardecer, el horizonte teñido de rojo y ámbar por los últimos rayos del sol, a su espalda los picachos de los cerros y, más abajo, una extensa planicie donde su vista se pierde. El líquido caliente se escurre como algo esencial de su cuerpo y de su espíritu, cada gota, al hundirse en la tierra, marca el territorio con su firma. Demora el placer, juega con el chorro, trazando un círculo color topacio sobre el polvo, percibe la paz intacta de la tarde, lo conmueve la inmensidad del mundo con un sentimiento de euforia, porque él es parte de ese paisaje limpio y pleno de maravillas, una inconmensurable geografía a explorar. A poca distancia lo aguarda su familia. Todo está bien, por primera vez tiene conciencia de la felicidad: es un momento que jamás olvidará. A lo largo de su vida Gregory Reeves sintió en varias ocasiones ese deslumbramiento ante las sorpresas del mundo, esa sensación de pertenecer a un lugar espléndido donde todo es posible y cada cosa, desde lo más sublime hasta lo más horrendo, tiene una razón de ser, nada sucede por azar, nada es inútil, como predicaba a gritos su padre, ardiendo de fervor mesiánico, con una serpiente enroscada a sus pies. Y cada vez que tuvo ese chispazo de comprensión recordaba aquella puesta de sol en la colina. Su niñez fue una época demasiado larga de confusiones y penumbras, excepto esos años viajando con su familia. Su padre, Charles Reeves, guiaba a la pequeña tribu con severidad y reglas claras, todos juntos, cada uno cumpliendo con sus deberes, premio y castigo, causa y efecto, disciplina basada en una escala de valores inmutable. El padre vigilaba como el ojo de Dios. Los viajes determinaban la suerte de los Reeves sin alterarles la estabilidad, porque las rutinas y las normas eran precisas. Ése fue el único período en que Gregory se sintió seguro. La rabia empezó más tarde, cuando desapareció el padre y la realidad comenzó a deteriorarse de manera irreparable.

El soldado inició la marcha en la mañana con su mochila a la espalda y a media tarde ya estaba arrepentido de no haber tomado el bus. Partió silbando contento, pero con el paso de las horas le dolía la cintura y la canción se le enredaba con palabrotas. Eran sus primeras vacaciones después de un año de servicio en el Pacífico y regresaba a su pueblo con una cicatriz en el vientre, los resabios de un ataque de malaria y tan pobre como siempre había sido. Llevaba la camisa suspendida de una rama para improvisar sombra, sudaba y su piel tenía el brillo de un espejo oscuro. Pensaba aprovechar cada instante de ese par de semanas de libertad, pasar las noches jugando billar con los amigos y bailando con las chicas que contestaron sus cartas, dormir a pierna suelta, despertar con el olor del café recién colado y de los panqueques de su madre, único plato apetitoso de su cocina, lo demás olía a caucho quemado, pero a quién podía importarle la habilidad culinaria de la mujer más hermosa en cien millas a la redonda, una leyenda viviente con largos huesos de escultura y ojos amarillos de leopardo. Hacía mucho que no pasaba un alma por esas soledades, cuando sintió a su espalda los estertores de un motor, divisó a lo lejos la silueta imprecisa de un camión temblequeando como un esforzado espejismo en la reverberación de la luz. Esperó que se aproximara para pedirle un levantón, pero al tenerlo más cerca cambió de idea, asustado por aquella inusitada aparición, un cacharro pintado de colores insolentes, cargado hasta el tope con una montaña de bártulos, coronado por una jaula con pollos, un perro atado de una cuerda, y sobre el techo un megáfono y un cartel donde se leía en grandes letras *El Plan Infinito*. Se apartó para dejarlo pasar, lo vio detenerse pocos metros más adelante y por la ventanilla asomó una mujer de pelo color tomate que le hizo señas para llevarlo. No supo si alegrarse, se acercó cauteloso, calculando que sería imposible entrar en la cabina, donde viajaban apretados tres adultos y dos niños, y se requería pericia de acróbata para trepar en la parte trasera. Se abrió la puerta y el conductor saltó al camino.

–Charles Reeves –se presentó cortés, pero con inequívoca autoridad.

–Benedict... señor... King Benedict –replicó el joven secándose la frente.

–Vamos un poco incómodos, como ve, pero donde caben cinco caben seis.

El resto de los pasajeros también descendió, la mujer de greñas rojas se alejó en dirección a unos arbustos, seguida por una chiquilla de unos seis años quien para ganar tiempo iba bajándose los calzones, mientras el niño menor le sacaba la lengua al desconocido, medio oculto tras la otra viajera. Charles Reeves desató una escalera del costado del camión, se subió sobre la carga con agilidad y soltó al perro, que se bajó de un brinco temerario y echó a correr por los alrededores olisqueando las matas.

–A los niños les gusta viajar atrás, pero es peligroso, no pueden ir solos. Olga y usted los cuidarán. Pondremos a *Oliver* delante para que no lo moleste, es todavía un cachorro, pero ya tiene mañas de animal viejo –decidió Charles Reeves, indicándole que subiera.

El soldado lanzó su mochila sobre el cerro de bártulos y se trepó, luego estiró los brazos para recibir al niño menor, que Reeves había alzado sobre su cabeza, un chico flaco, de orejas salidas y una irresistible sonrisa que le llenaba la cara de dientes. Cuando regresaron la mujer y la niña se subieron también atrás, los otros dos entraron a la cabina y poco después el camión se puso en marcha.

–Yo me llamo Olga y éstos son Judy y Gregory –se presentó la de cabello imposible, esponjando sus faldas mientras repartía manzanas y galletas–. No se siente sobre esa caja, ahí va la boa y no hay que taparle los huecos de ventilación –agregó.

El pequeño Gregory dejó de sacar la lengua apenas se dio cuenta de que el viajero venía de la guerra, entonces una expresión reverente remplazó las morisquetas burlonas y comenzó a interrogarlo sobre aviones de combate, hasta que lo venció la modorra. El soldado intentó conversar con la pelirroja, pero ella contestaba con monosílabos y no se atrevió a insistir. Se puso a canturrear canciones de su pueblo, mirando de reojo la misteriosa caja, hasta que los demás se durmieron sobre la pila de bultos, entonces pudo observarlos a su antojo. Los niños eran de pelo casi blanco y de ojos tan claros que de perfil parecían ciegos, en cambio la mujer tenía el color aceitunado de algunas razas mediterráneas. Llevaba abiertos los primeros botones de la blusa, gotas de sudor mojaban su escote y descendían como un lento hilo por la hendidura entre los senos. Había levantado un brazo para apoyar la cabeza sobre un cajón, revelando unos vellos oscuros en la axila y una mancha húmeda en la tela. Desvió los ojos, temeroso de ser sorprendido y que ella interpretara mal su curiosidad, hasta entonces esas personas habían sido amables, demasiado amables, pensó, pero nunca se puede estar seguro con los blancos. Dedujo que los chiquillos eran de la otra pareja, aunque a juzgar por las edades aparentes de los Reeves también podrían ser sus nietos. Pasó revista a la carga y llegó a la conclusión de que esa gente no se estaba mudando de casa, como había supuesto al principio, sino que viajaban en su vivienda permanente. Notó que llevaban un tambor con varios galones de agua y otro con combustible y se preguntó cómo conseguían gasolina, racionada por la guerra desde hacía ya un buen tiempo. Todo estaba dispuesto en un orden meticuloso, de garfios y ganchos colgaban utensilios y herramientas, compartimientos exactos contenían las maletas, nada quedaba suelto, cada bulto estaba marcado y había varias cajas con libros. Pronto el calor y el vapuleo del viaje lo agotaron y se adormeció recostado contra la jaula de pollos. Despertó a media tarde, al sentir que se detenían. El cuerpo del muchacho sobre sus piernas no pesaba casi nada, pero la inmovilidad le había acalambrado los músculos y sentía la garganta seca. Por unos instantes no supo dónde estaba, echó mano al bolsillo del pantalón en busca de su cantimplora de whisky y se bebió un largo sorbo para aclarar la mente. La mujer y los niños estaban cubiertos de polvo y el sudor les marcaba líneas por las mejillas y el cuello. Charles Reeves se había desviado del camino y se encontraban bajo un grupo de árboles, única sombra en esa desolación, allí acamparían para que se enfriara el motor, pero al día siguiente podía llevarlo hasta su casa, le explicó al soldado, quien para entonces estaba más tranquilo, esa extraña familia empezaba a inspirarle simpatía. Reeves y Olga bajaron algunos bultos del camión y armaron dos gastadas tiendas de campaña, mientras la otra mujer, que se presentó como Nora Reeves, preparaba la comida en un armatoste a queroseno con ayuda de su hija Judy, y el muchacho buscaba palos para una fogata, con el perro tras sus talones.

–¿Vamos a cazar liebres, papá? –suplicó tironeando los pantalones de su padre.

–Hoy no hay tiempo para eso, Greg –replicó Charles Reeves sacando un pollo de la jaula y desnucándolo con un tirón firme del pescuezo.

–No se consigue carne. Guardamos los pollos para ocasiones especiales... –explicó Nora, como pidiendo disculpas.

–¿Hoy es un día especial, mamá? –preguntó Judy.

–Sí, hija, el señor King Benedict es nuestro invitado.

Al atardecer el campamento estaba listo, el ave hervía en una olla y cada uno se dedicaba a lo suyo a la luz de las lámparas de carburo y al calor del fuego: Nora y los muchachos hacían tareas escolares, Charles Reeves hojeaba una manoseada copia del *National Geographic* y Olga fabricaba collares con cuentas de colores.

–Son para la buena fortuna –le notificó al huésped.

–Y también para la invisibilidad –dijo la niña.

–¿Cómo?

–Si usted empieza a volverse invisible se pone uno de estos collares y todos pueden verlo –aclaró Judy.

–No le haga caso, son cosas de niños –se rió Nora Reeves.

–¡Es verdad, mamá!

–No contradigas a tu madre –la cortó Charles Reeves secamente.

Las mujeres instalaron la mesa, un tablón cubierto con un mantel, platos de loza, vasos de vidrio e impecables servilletas. Aquel despliegue le pareció al soldado poco práctico para un campamento, en su propia casa comían con vajilla de latón, pero se abstuvo de hacer comentarios. Sacó de su bolsa una conserva de carne y se la pasó tímidamente a su anfitrión, no quería aparecer como pagando la cena, pero tampoco podía aprovechar la hospitalidad sin contribuir con algo. Charles Reeves la colocó al centro de la mesa, junto a los frijoles, el arroz, y la fuente con el pollo. Se tomaron de las manos y el padre bendijo la tierra que los acogía y el don de los alimentos. No había bebidas alcohólicas a la vista y el huésped no se atrevió a sacar su frasco de whisky pensando que tal vez los Reeves eran abstemios por motivos religiosos. Le llamó la atención que en su breve oración el padre no nombrara a Dios. Notó que comían con delicadeza, cogiendo los cubiertos con las puntas de los dedos, pero no había nada pretencioso en sus modales. Después de cenar trasladaron los tiestos a una batea con agua para lavarlos al día siguiente, taparon la cocina y le dieron las sobras de los platos a *Oliver*. Para entonces ya era noche cerrada, la densa oscuridad derrotaba las luces de las lámparas y la familia se instaló alrededor del fuego que iluminaba el centro del campamento. Nora Reeves cogió un libro y leyó en alta voz una enredada historia de egipcios que por lo visto los niños ya conocían, porque Gregory la interrumpió.

–No quiero que Aída se muera encerrada en la tumba, mamá.

–Es sólo una ópera, hijo.

–¡No quiero que se muera!

–Esta vez no morirá, Greg –determinó Olga.

–¿Cómo lo sabes?

–Lo vi en mi bola.

–¿Estás segura?

–Completamente segura.

Nora Reeves se quedó mirando el libro con cierto aire de consternación, como si cambiar el final fuera para ella un inconveniente insuperable.

–¿Qué bola es ésa? –preguntó el soldado.

–La bola de cristal donde Olga ve todo lo que nadie más puede ver –explicó Judy en el tono de quien le habla a un retardado.

–No todo, sólo algunas cosas –aclaró Olga.

–¿Puede ver mi futuro? –pidió Benedict con tal ansiedad que hasta Charles Reeves levantó la mirada de su revista.

–¿Qué quiere saber?

–¿Viviré hasta el fin de la guerra? ¿Volveré entero?

Olga partió al camión y poco después regresó con una esfera de vidrio y un desteñido paño de terciopelo bordado, que colocó sobre la mesa. El hombre sintió un escalofrío supersticioso y se preguntó si acaso habría caído en una secta maldita, como esas que raptaban criaturas para arrancarles el corazón en sus misas satánicas, sobre todo niños negros, como aseguraban las comadres en su pueblo. Judy y Gregory se acercaron curiosos, pero Nora y Charles Reeves volvieron a sus lecturas. Olga indicó al soldado que se sentara al frente, rodeó la bola con sus dedos de uñas mal pintadas, escrutó la esfera por un buen rato, luego tomó las manos de su cliente y examinó con gran atención las palmas claras cruzadas de líneas oscuras.

–Usted vivirá dos veces –dijo al fin.

–¿Cómo dos veces?

–No lo sé. Sólo puedo decirle que vivirá dos veces o dos vidas.

–O sea que no moriré en la guerra.

–Si se muere seguro resucita –dijo Judy.

–¿Moriré o no?

–Supongo que no –dijo Olga.

–Gracias, señora, muchas gracias... –Se le iluminó la cara como si ella le hubiera entregado un certificado irrevocable de permanencia en el mundo.

–Bueno, ya es hora de dormir, mañana saldremos temprano –interrumpió Charles Reeves.

Olga ayudó a los niños a ponerse sus piyamas y pronto se retiró con ellos a la carpa más pequeña, seguidos por *Oliver*. Al poco rato Nora Reeves se asomó a gatas en el umbral para dar una última mirada a sus hijos antes de irse a la cama. Tendido cerca del fuego, King Benedict escuchó sus voces.

–Mamá, ese hombre me da miedo –susurró Judy.

–¿Por qué, hija?

–Porque es negro como un zapato.

–No es el primero que ves, Judy, ya sabes que hay gente de muchos colores y es bueno que así sea. Los blancos somos los menos.

–Yo veo más blancos que negros, mamá.

–Éste es sólo un pedazo del mundo, Judy. En África hay más negros que blancos. En China tienen la piel amarilla. Si nosotros viviéramos al sur de la frontera seríamos unos bichos raros, en la calle la gente quedaría atónita ante tu pelo blanco.

–De todos modos ese hombre me asusta.

–La piel no importa nada. Mírale los ojos. Parece un hombre bueno.

–Tiene los mismos ojos de *Oliver* –anotó Greg con un bostezo.

Hacia el final de la Segunda Guerra Mundial la vida era dura. Los hombres todavía partían al frente con cierto entusiasmo aventurero, pero a las mujeres la propaganda patriótica no les hacía más llevadera la soledad, para ellas Europa era una pesadilla remota, estaban hartas de trabajar para mantener la casa, de criar solas a sus hijos y del racionamiento. No se veía prosperidad y aún deambulaban por las carreteras algunos campesinos en busca de nuevas tierras, la basura blanca, como los llamaban para diferenciarlos de otros tan pobres como ellos, pero mucho más humillados: los negros, los indios y los *braceros* mexicanos. Aunque las únicas posesiones terrenales de los Reeves eran el camión y su contenido, gozaban de mejor situación, parecían menos toscos y desesperados, tenían las manos libres de callos y la piel, aunque curtida por la intemperie, no era una suela seca, como la de los trabajadores de la tierra. Al cruzar las fronteras estatales los policías los trataban sin altanería, porque sabían distinguir los sutiles niveles de la pobreza y en esos viajeros no detectaban asomo de humildad. No los obligaban a descargar el camión y abrir sus bultos, como a los campesinos expulsados de sus propiedades por las tormentas de polvo, las sequías o las máquinas del progreso, ni los provocaban con insultos buscando pretexto para violentarlos, como a los latinos, los negros y los pocos indios sobrevivientes de las masacres y el alcohol, se limitaban a preguntarles adónde se dirigían. Charles Reeves, un sujeto de rostro ascético y mirada ardiente que se imponía por presencia, replicaba que era artista y llevaba sus cuadros a vender a una ciudad cercana. No mencionaba su otra mercancía para no crear confusión y verse obligado a dar largas explicaciones. Había nacido en Australia y después de dar vueltas por medio mundo en buques de contrabandistas y traficantes, desembarcó una noche en San Francisco. De aquí ya no me muevo, decidió, pero su naturaleza errante le impedía permanecer quieto en un lugar determinado, y apenas se le agotaron las sorpresas emprendió la marcha por el resto del país. Su padre, un ladrón de caballos que cumplió condena deportado a Sidney, cultivó en él la pasión por esos animales y por los espacios abiertos, el aire libre se lleva en la sangre, decía. Enamorado de los vastos paisajes y de la leyenda heroica de la conquista del oeste, pintaba tierras inmensas, indios y vaqueros. De su pequeña industria de cuadros y de las adivinanzas de Olga, vivía la familia.

Charles Reeves, Doctor en Ciencias Divinas, como él mismo se presentaba, había descubierto el significado de la vida en una revelación mística. Contaba que se hallaba solo en el desierto, como Jesús de Nazaret, cuando un Maestro se materializó en forma de víbora y le mordió un tobillo, vean la cicatriz. Agonizó por dos días y cuando sintió el hielo de la muerte subirle del vientre al corazón, su inteligencia se expandió de súbito y ante sus ojos afiebrados apareció el mapa perfecto del universo con sus leyes y secretos. Al despertar estaba curado del veneno y su mente había entrado en un plano superior del cual no pensaba descender. Durante aquel radiante delirio el Maestro le ordenó divulgar La Única Verdad del

Plan Infinito y él lo hizo con disciplina y dedicación, a pesar de los graves inconvenientes que esa misión representaba, como decía siempre a sus oyentes. Tantas veces repitió la historia que acabó creyéndola y no se acordaba que adquirió la cicatriz en una caída de bicicleta. Sus sermones y libros aportaban muy poco dinero, apenas suficiente para alquilar el local de las reuniones y publicar sus obras en breves ediciones ordinarias. El predicador no contaminaba su labor espiritual con groseros propósitos comerciales, como era el caso de tantos charlatanes que en esa época recorrían el país aterrorizando a la gente con la ira de Dios para esquilmarla de sus escasos ahorros. Tampoco usaba el infame recurso de amedrentar a la audiencia hasta crear un clima de histeria, incitando a los participantes a expulsar al Maligno mediante espumarajos y revolcones, principalmente porque negaba la existencia de Satanás y esos escándalos le repugnaban. Cobraba un dólar por entrar a sus prédicas y otros dos por salir, porque en la puerta montaban guardia Nora y Olga con una pila de sus libros y nadie osaba pasar por delante sin adquirir un ejemplar. Tres dólares no era una suma exagerada, considerando los beneficios recibidos por los oyentes, que partían reconfortados en la certeza de que sus desgracias eran parte de un diseño divino, tal como sus almas eran partículas de la energía universal, no estaban desamparados, ni el cosmos era un negro espacio donde prevalecía el caos, existía un Gran Espíritu Unificador que le daba sentido a la existencia. Para preparar sus sermones, Reeves echaba mano de las briznas de información a su alcance, de su experiencia y su certera intuición, amén de las lecturas de su mujer y de sus propias indagaciones en la Biblia y en el *Reader's Digest*.

Durante la Gran Depresión se ganó la vida pintando murales en las oficinas postales, así conoció casi todo el país, desde las tierras húmedas y calientes donde todavía se escuchaban ecos del llanto de los esclavos, hasta las montañas de hielo y los altos bosques, pero siempre volvía al oeste. Le había prometido a su mujer que su peregrinación terminaría en San Francisco, donde arribarían un luminoso día de verano en un futuro hipotético, y allí descargarían el camión por última vez y se instalarían para siempre. Aunque el trabajo de los murales para el correo había terminado hacía mucho, todavía conseguía de vez en cuando pintar un letrero comercial para una tienda o un cuadro alegórico para una parroquia, en cuyo caso los viajeros se detenían por un tiempo en el mismo sitio y los niños tenían oportunidad de hacer amigos. Fanfarroneaban ante otras criaturas enredándose en tantas exageraciones y mentiras que ellos mismos acababan temblando ante la visión pavorosa de osos y coyotes que los asaltaban de noche, indios que los perseguían para arrancarles el cuero cabelludo y bandoleros que su padre combatía a escopetazos. De las brochas y pinceles de Charles Reeves brotaban con asombrosa facilidad desde una rubia opulenta con una botella de cerveza en la mano, hasta un tremebundo Moisés aferrado a las Tablas de la Ley, pero esos trabajos importantes no eran frecuentes, en general sólo lograba vender modestas telas fabricadas a medias con Olga. Prefería pintar la naturaleza que lo apasionaba, rojas catedrales de roca viva, secas planicies del desierto y costas abruptas, pero nadie compraba lo que podía mirar con sus propios ojos y le recordaba las asperezas de su suerte. ¿Para qué colgar en la pared lo mismo que se divisaba por la ventana? El cliente seleccionaba en el *National Geographic* el paisaje más próximo a sus fantasías o aquel cuyo colorido hiciera juego con los gastados muebles de su sala. Otros cuatro dólares le daban derecho a un indio o un vaquero, y el resultado era un piel roja emplumado en las gélidas cumbres del Tíbet, o un par de vaqueros con sombrero de alas y botas de tacón batiéndose en duelo sobre las arenas nacaradas de una playa polinésica. Olga no demoraba mucho en copiar el paisaje de la revista, Reeves hacía la figura humana de memoria en pocos minutos y los clientes pagaban al contado y partían con el óleo aún fresco.

Gregory Reeves hubiera jurado que Olga siempre estuvo con ellos. Mucho más tarde preguntó cuál era su papel en la familia, pero nadie pudo contestarle porque en esos entonces su padre había muerto y del tema no se hablaba. Nora y Olga se conocieron en el barco de refugiados que las trajo de Odesa a través del Atlántico hasta Norteamérica, se perdieron de vista por muchos años y la casualidad las reunió cuando Nora ya estaba casada y la otra había consolidado su vocación de curandera. Entre ellas hablaban en ruso. Eran totalmente diferentes, tan introvertida y tímida la primera como exuberante la segunda. Nora, de huesos largos y movimientos lentos, tenía rostro de gato y peinaba en un moño sus largos cabellos pálidos, no usaba maquillaje ni adornos, y siempre parecía recién aseada. En esos viajes polvorientos donde escaseaba el agua para lavarse y resultaba imposible planchar un vestido, ella se las arreglaba para presentarse tan pulcra como el blanco mantel almidonado de su mesa. Su carácter reservado se acentuó con los años, poco a poco se desprendió de la tierra, elevándose a una dimensión donde nadie pudo darle alcance. Olga, varios años menor, era una morena bien plantada, baja de estatura, con redondos volúmenes, cintura apretada y piernas cortas, pero bien formadas e insolentes. Una mata de pelo salvaje teñido con *henna* caía sobre sus hombros como una estrafalaria peluca en diversos tonos de bermellón, se colgaba tantos abalorios que parecía un ídolo cubierto de baratijas, aspecto que la ayudaba en sus tareas adivinatorias, la bola de vidrio y las cartas del Tarot brotaban como extensiones naturales de sus manos con anillos en todos los dedos. No tenía la menor curiosidad intelectual, sólo leía los crímenes de la prensa amarilla y una que otra novela romántica, tampoco cultivaba la clarividencia con algún estudio sistematizado, porque la consideraba un talento visceral. O se tiene o no se tiene, es inútil tratar de adquirirla en los libros, decía. Nada sabía de magia, astrología, cábala y otros temas propios de su oficio, apenas conocía los nombres de los signos zodiacales, pero a la hora de usar su bola de maga o sus naipes marcados resultaba un portento. Lo suyo no era una ciencia oculta, sino arte de fantasía, compuesto en su mayor parte de intuición y astucia. Estaba genuinamente convencida de sus poderes sobrenaturales, hubiera apostado la cabeza en favor de sus profecías y si le fallaban siempre tenía a flor de labios una disculpa razonable, por lo general se trataba de una mala interpretación de sus palabras. Cobraba un dólar por adelantado para adivinar el sexo de los niños en el vientre de la madre. Acostaba a la mujer en el suelo, con la cabeza hacia el norte, le colocaba una moneda en el ombligo y balanceaba sobre su barriga un trozo de plomo atado a un hilo de pescar. Si ese improvisado péndulo se movía en la dirección de las agujas del reloj nacería un niño y al revés una niña. El mismo sistema aplicaba con vacas y yeguas preñadas, apuntando a las ancas del animal. Daba su veredicto, lo escribía en un papel y lo guardaba como prueba contundente. Cierta vez regresaron a un caserío donde habían estado meses antes y una mujer acudió, acompañada por una procesión de curiosos mal dispuestos, a reclamar su dólar.

–Usted me aseguró que iba a tener un niño y mire lo que me salió, otra chiquilla. ¡Y ya tengo tres!

–No puede ser, ¿está segura que le pronostiqué un varón?

–¡Claro, cómo no voy a saber lo que usted me dijo, si para eso le pagué!

–Me entendió mal –replicó Olga terminante.

Se encaramó al camión, hurgó un rato en su baúl y produjo un trozo de papel que mostró a los presentes, donde había una sola palabra escrita: niña. Un hondo suspiro de admiración recorrió a los visitantes, incluyendo a la madre, que se rascó la cabeza, confundida. Olga no tuvo que devolver el dólar y además fortaleció su reputación de adivina, no le alcanzó la tarde y parte de la noche para atender a la fila de clientes dispuestos a verse la suerte. Entre los amuletos y potiches que ofrecía, lo más solicitado era su «agua magnetizada», milagroso líquido envasado en toscos frascos de vidrio verde. Explicaba que se trataba sólo de agua común, pero dotada de poderes curativos porque estaba impregnada de fluidos psíquicos. Realizaba esta operación en noche de luna llena y, según habían comprobado Judy y Gregory, consistía simplemente en llenar los frascos, taparlos con un corcho y ponerles las etiquetas, pero ella aseguraba que al hacerlo cargaba el agua de fuerza positiva, y así debía ser, porque las botellas se vendían como pan caliente y los usuarios nunca se quejaron de los resultados. Según cómo se empleara prestaba diversos servicios: bebiéndola lavaba los riñones, frotándola aliviaba dolores de artritis y en el peinado mejoraba la concentración mental, pero no tenía efecto en dramas pasionales, como celos, adulterio, o involuntaria soltería, en este punto la hechicera era muy clara y así se lo advertía a los compradores. Tan escrupulosa era en sus recetas como en asuntos de dinero, sostenía que no existe buen remedio gratuito, sin embargo no cobraba por ayudar en un parto, le gustaba traer criaturas a este mundo, nada podía compararse al instante en que aparecía la cabeza del recién nacido en la sangrante abertura de su madre. Ofrecía sus servicios de comadrona en las fincas aisladas y los sectores más pobres de los pueblos, en especial los barrios de negros, donde la idea de dar a luz en un hospital era todavía una novedad. Mientras esperaba junto a la futura madre, cosía pañales y tejía botines para el niño y sólo en esas raras ocasiones se dulcificaba su pintarrajeado rostro de hechicera. Cambiaba el tono de su voz para animar a su paciente durante las horas más difíciles y para cantar la primera canción de cuna a la criatura que había traído al mundo. A los pocos días, cuando madre e hijo habían aprendido a conocerse mutuamente, se reunía con los Reeves, que acampaban cerca. Al despedirse anotaba en un cuaderno el nombre del niño, la lista era extensa y a todos los llamaba sus ahijados. Los nacimientos traen buena suerte, era su brusca explicación por no cobrar sus servicios. Tenía una relación de hermana con Nora y de tía regañona con Judy y Gregory a quienes consideraba sus sobrinos. A Charles Reeves lo trataba como a un socio, con una mezcla de petulancia y buen humor, nunca se tocaban, parecían no mirarse siquiera, pero actuaban en equipo, no sólo en el negocio de los cuadros, sino en todo lo que hacían juntos. Ambos disponían del dinero y de los recursos de la familia, consultaban los mapas y decidían los caminos, salían a cazar, perdiéndose durante horas bosque adentro. Se respetaban y se reían de las mismas cosas, ella era independiente, aventurera y de carácter tan decidido como el predicador, estaba fabricada de su mismo acero, por lo mismo no la impresionaban el carisma ni el talento artístico de ese hombre. Era la reciedumbre masculina de Charles Reeves, que más tarde sería también la característica de su hijo Gregory, lo único que en algunos momentos la subyugaba.

Nora, la mujer de Charles Reeves, era uno de esos seres predestinados al silencio. Sus padres, judíos rusos, le dieron la mejor educación que pudieron costear, se graduó de maestra y aunque dejó su profesión al casarse, se mantenía en forma estudiando historia, geografía y matemáticas para enseñarles a sus hijos, porque resultaba imposible enviarlos a la escuela con la vida de bohemios que llevaban. Durante los viajes leía revistas y libros esotéricos, pero sin la presunción de analizar esas lecturas, se limitaba a entregar la información al Doctor en Ciencias Divinas para que él la utilizara. No le cabía la menor duda de que su marido estaba dotado de poderes psíquicos para ver lo oculto y descubrir la verdad allí donde el resto de las personas sólo encontraban sombras. Se habían conocido cuando ninguno de los dos era muy joven y su relación siempre tuvo un tono educado y maduro. Nora estaba incapacitada para la vida práctica, su mente se perdía en sueños de otro mundo, más preocupada de las posibilidades del espíritu que de las vicisitudes cotidianas. Amaba la música y los momentos más espléndidos de su anodina existencia fueron unas cuantas óperas a las que asistió en su juventud, atesoraba cada detalle de esos espectáculos, podía cerrar los ojos y escuchar las voces magistrales, conmoverse con las trágicas pasiones de los personajes y apreciar el colorido y las texturas del decorado y el vestuario. Leía partituras imaginando cada escena como parte de su propia vida, los primeros cuentos que escucharon sus hijos fueron los amores malditos y las muertes inevitables de la lírica universal. En ese ámbito exagerado y romántico se refugiaba cuando las vulgaridades de la realidad la agobiaban. Por su parte, Charles Reeves había recorrido todos los mares y se había ganado la subsistencia en diversos oficios, tenía en su haber más aventuras de las que alcanzaba a contar, varios amores fracasados a la espalda y algunos hijos sembrados por aquí y por allá, de quienes nada sabía. Al verlo arengar a un grupo de atónitos feligreses Nora se prendó de él. Estaba resignada a su suerte de solterona, como tantas otras mujeres de su generación a quienes el azar no les puso un novio por delante y no tuvieron el coraje de salir a buscarlo, pero ese enamoramiento repentino a edad tardía le dio valor para vencer su natural modestia. El predicador había alquilado una sala cerca de la escuela donde ella enseñaba y distribuía propaganda para su charla cuando ella le echó la primera mirada. La impresionaron su rostro noble y su actitud decidida y por curiosidad fue a escucharlo, anticipando un charlatán como tantos que pasaban por allí sin dejar más rastro que unos papeles descoloridos pegados en los muros, pero se llevó una sorpresa. De pie ante su auditorio, frente a una naranja colgada por un hilo del techo, Reeves explicaba la posición del hombre en el universo y en *El Plan Infinito*. No amenazaba con castigos ni proponía salvación eterna, se limitaba a ofrecer soluciones prácticas para mejorar la convivencia, aquietar la angustia y preservar los recursos del planeta. Todas las criaturas pueden y deben vivir en armonía, aseguraba, y para probarlo destapaba el cajón de la boa y se la enrollaba en el cuerpo, como una manguera de bombero, ante el asombro de sus oyentes que no habían visto nunca una culebra tan larga ni tan gorda. Esa noche Charles Reeves puso en palabras los sentimientos confusos que a Nora la agobiaban y no sabía expresar. Había descubierto las enseñanzas de Bahá Ullah y adoptado la religión Bahai. Esos conceptos orientales de amorosa tolerancia, de unidad entre hombres, de búsqueda de la verdad y de rechazo de los prejuicios, se estrellaban contra su rígida formación judía y contra la estrechez provinciana de su medio, pero al oír a Reeves todo le pareció fácil, no había necesidad de calentarse el cerebro con aquellas contradicciones fundamentales puesto que ese hombre conocía las respuestas y podía servirle de guía. Deslumbrada por la elocuencia del discurso no puso atención en las vaguedades del contenido. Se sintió tan conmovida que logró vencer su timidez y acercarse a él cuando lo vio solo, con la intención de preguntarle si estaba enterado de la fe Bahai y en caso de que no lo estuviera, ofrecerle las obras de Shogi Effendi. El Doctor en Ciencias Divinas conocía el efecto excitante de sus sermones sobre algunas mujeres y no vacilaba en hacer uso de tal ventaja, sin embargo la maestra lo atrajo de manera diferente, había algo límpido en ella, una cualidad transparente que no era sólo inocencia, sino auténtica rectitud, un rasgo luminoso, frío e incontaminado, como el hielo. No sólo deseó tomarla en sus brazos, aunque ése fue su primer impulso al ver su extraño rostro triangular y la piel cubierta de pecas, sino también penetrar en la materia cristalina de esa desconocida y encender las brasas dormidas de su espíritu. Le propuso seguir viaje con él y ella aceptó de inmediato con la sensación de haber sido tomada de la mano de una vez para siempre. En ese momento, cuando imaginó la posibilidad de entregarle su alma, comenzó el proceso de abandono que marcaría su destino. Partió sin despedirse de nadie, con una bolsa de libros como único equipaje. Meses después, cuando descubrió que estaba embarazada, se casaron. Si acaso existía en verdad un fuego potencial bajo su flemática apariencia sólo su marido lo supo. Gregory vivió intrigado por la misma curiosidad que atrajo a Charles Reeves en aquella sala alquilada en un pueblo pobre del medioeste, intentó mil veces derribar los muros que aislaban a su madre y tocar sus sentimientos, pero como nunca lo consiguió decidió que en su interior no había nada, estaba vacía y era incapaz de amar a nadie con certeza, a lo más manifestaba una imprecisa simpatía por la humanidad en general.

Nora se acostumbró a depender de su marido transformándose en una criatura pasiva que cumplía sus funciones por reflejo mientras su alma se evadía de los asuntos materiales. Era tan fuerte la personalidad de ese hombre, que para darle espacio ella se fue borrando del mundo, convirtiéndose en una sombra. Participaba en las rutinas de la convivencia, pero aportaba poco a la energía del pequeño grupo, sólo intervenía en los estudios de los niños y en asuntos de higiene y buena salud. Llegó al país en un barco de inmigrantes, y durante los primeros años, hasta que su familia logró vencer a la mala fortuna, se alimentó poco y mal, esa época de miseria le dejó para siempre el aguijón del hambre en la memoria, tenía la manía de los alimentos nutritivos y las píldoras de vitaminas. A sus hijos les comentaba algunos aspectos de su fe Bahai en el mismo tono empleado para enseñarles a leer o para nombrar las estrellas, sin el menor ánimo de convencerlos, sólo se apasionaba al hablar de música, únicas ocasiones en que acentuaba la voz y el rubor teñía sus mejillas. Más tarde aceptó criar a los niños en la Iglesia Católica, como era usual en el barrio hispano donde les tocó vivir, porque comprendió la necesidad de que Judy y Gregory se integraran al medio. Debían soportar demasiadas diferencias de raza y de costumbres como para mortificarlos además con creencias ignotas, como su fe Bahai. Por otra parte, consideraba las religiones básicamente iguales, sólo le preocupaban los valores morales, de cualquier manera Dios se encontraba por encima de la comprensión humana, bastaba saber que el cielo y el infierno eran símbolos de la relación del alma con Dios: la cercanía al Creador conduce a la bondad y al goce apacible, la lejanía produce maldad y sufrimiento. En contraste con su tolerancia religiosa no cedía un ápice en los principios de decencia y cortesía, a sus hijos les lavaba la boca con jabón cuando proferían palabrotas y los dejaba sin comer si usaban mal el tenedor, pero los demás castigos corrían por cuenta del padre, ella se limitaba a acusarlos. Un día sorprendió a Gregory robando un lápiz en una tienda y se lo dijo a su marido, quien obligó al niño a devolverlo y a pedir disculpas y luego le quemó la palma de la mano con la llama de un fósforo, ante la mirada impasible de Nora. Gregory anduvo una semana con la llaga viva, pronto olvidó el motivo del escarmiento y quien se lo había infligido, lo único que guardó en su mente fue la rabia contra su madre. Muchas décadas después, cuando se reconcilió con la imagen de ella, pudo agradecerle calladamente los tres bienes capitales que le dejó: amor por la música, tolerancia y sentido del honor.

Hace un calor implacable, el paisaje está seco, no ha llovido desde el comienzo de los tiempos y el mundo parece cubierto de un fino talco rojizo. Una luz inclemente distorsiona el contorno de las cosas, el horizonte se pierde en la polvareda. Es uno de esos pueblos sin nombre, igual a tantos otros, una calle larga, una cafetería, una solitaria bomba de gasolina, un retén de policía, los mismos míseros comercios y casas de madera, una escuela en cuyo techo flota una bandera desteñida por el sol. Polvo y más polvo. Mis padres han ido al almacén a comprar las provisiones de la semana, Olga ha quedado a cargo de Judy y de mí. Nadie anda por la calle, las persianas están cerradas, la gente espera que refresque para volver a la vida. Mi hermana y Olga dormitan en un banco en el porche de la tienda, aturdidas por el calor, las moscas las acosan, pero ya no se defienden y dejan que les caminen por la cara. En el aire flota un aroma inesperado de azúcar tostada. Grandes lagartijas azules y verdes se asolean inmóviles, pero cuando trato de atraparlas huyen a refugiarse bajo las casas. Estoy descalzo y siento la tierra caliente en la planta de los pies. Juego con *Oliver*, le tiro una gastada pelota de trapo, me la trae, la lanzo de nuevo, y así me alejo del lugar, doblo una esquina y me encuentro en un callejón estrecho, en parte sombreado por los rústicos aleros de las casas. Veo a dos hombres, uno es rollizo y tiene la piel de un rosado encendido, el otro es de pelo amarillo, visten overoles de trabajo, están sudando, tienen las camisas y los cabellos empapados. El gordo mantiene atrapada a una chiquilla negra, no debe tener más de diez o doce años, con una mano le tapa la boca y con el otro brazo la inmoviliza en el aire, ella patea un poco y luego se queda quieta, tiene los ojos enrojecidos por el esfuerzo de respirar a través de la mano que la asfixia. El otro me da la espalda y forcejea con sus pantalones. Ambos están muy serios, concentrados, tensos, jadeando. Silencio, sólo oigo esos resoplidos ajenos y el latido de mi propio corazón. *Oliver* ha desaparecido, las casas también, sólo quedan ellos suspendidos en el polvo, moviéndose como en cámara lenta, y yo, paralizado. El de pelo amarillo escupe dos veces en su mano y se acerca, separa las piernas de la niña, dos palillos delgados y oscuros que cuelgan inertes, ahora no puedo verla a ella, aplastada entre los cuerpos macizos de los violadores. Quiero escapar, estoy aterrorizado, pero también deseo mirar, sé que está sucediendo algo fundamental y prohibido, soy partícipe de un violento secreto. Se me va el aliento, trato de llamar a mi padre, abro la boca y la voz no me sale, trago fuego, un alarido me llena por dentro y me ahoga. Debo hacer algo, todo está en mis manos, la decisión justa nos salvará a los dos, a la chica negra y a mí, que me estoy muriendo, pero no se me ocurre nada y tampoco puedo hacer ningún gesto, me he vuelto de piedra. En ese instante oigo a lo lejos mi nombre,

Greg, Greg y aparece Olga en el callejón. Hay una larga pausa, un minuto eterno en el cual nada sucede, todo está quieto. Entonces vibra el aire con el largo grito, el ronco y terrible grito de Olga y en seguida los ladridos de *Oliver* y la voz de mi hermana como un chillido de rata, y por fin logro sacar la respiración y empiezo a gritar también, desesperado. Sorprendidos, los hombres sueltan a la chica, que toca el suelo y echa a correr como un conejo despavorido. Nos observan, el de pelo amarillo tiene algo morado en la mano, algo que no parece parte de su propio cuerpo, y trata de introducirlo dentro de los pantalones, por último dan media vuelta y se alejan, no están turbados, se ríen y hacen gestos obscenos, no quieres un poco tú también, puta loca, le gritan a Olga, ven que te lo metemos. En la calle queda la braga de la muchacha. Olga nos agarra de la mano a Judy y a mí, llama al perro y caminamos de prisa, no, corremos hacia el camión. El pueblo ha despertado y la gente nos mira.

El Doctor en Ciencias Divinas estaba resignado a difundir sus ideas entre campesinos incultos y trabajadores pobres que no siempre eran capaces de seguir el hilo de su complicado discurso, sin embargo no le faltaban seguidores. Muy pocos asistían a sus prédicas por fe, la mayoría iba por simple curiosidad, por esos lados eran pocas las diversiones y la llegada del *Plan Infinito* no pasaba inadvertida. Después de armar el campamento salía a buscar un local. Solía conseguirlo gratis si contaba con algunos conocidos, en caso contrario debía alquilar una sala o acondicionar una bodega o un granero. Como no tenía dinero, entregaba en garantía el collar de perlas con broche de diamantes de Nora, única herencia de su madre, con el compromiso de pagar al final de cada función. Entretanto su mujer almidonaba la pechera y el cuello de la camisa de su marido, planchaba su traje negro, reluciente por el mucho uso, lustraba sus zapatos, cepillaba su sombrero de copa y preparaba los libros, mientras

Olga y los niños salían a repartir casa por casa unos volantes impresos invitando al «*Curso Que Cambiará Su Vida, Charles Reeves, Doctor en Ciencias Divinas, lo Ayudará a Alcanzar La Dicha y Obtener Prosperidad*».

Olga bañaba a los niños y les ponía sus ropas de domingo y Nora se vestía con su traje azul con cuello de encaje, severo y pasado de moda, pero aún decente. La guerra había cambiado el aspecto de las mujeres, se usaban las faldas estrechas a la rodilla, chaquetas con hombreras, zapatos de plataforma, moños elaborados, sombreros adornados con plumas y velos. Con su vestido monjil Nora semejaba una pulcra abuelita de comienzos de siglo. Olga tampoco seguía la moda, pero en su caso nadie podía acusarla de mojigatería, parecía más bien un papagayo. Por lo demás en esos pueblos ignoraban refinamientos de ese tipo, la existencia transcurría trabajando de sol a sol, los placeres consistían en unos cuantos tragos de alcohol, todavía clandestino en algunos estados, rodeos, cine, un baile de vez en cuando y seguir por la radio los pormenores de la guerra y del béisbol, por lo mismo cualquier novedad atraía a los curiosos. Charles Reeves debía competir con los *Revivals* que pregonaban el nuevo despertar del cristianismo, la vuelta a los principios fundamentales de los doce apóstoles y a la letra exacta de la Biblia, evangelistas que recorrían el país con sus carpas, orquestas, fuegos de artificio, gigantescas cruces iluminadas, coros de hermanos y hermanas ataviados como ángeles y bocinas para pregonar a los cuatro vientos el nombre del Nazareno, exhortando a los pecadores a arrepentirse porque Jesús estaba en camino látigo en mano para azotar a los fariseos del templo, y llamando a combatir las doctrinas de Satanás, como la teoría de la evolución, invento maléfico de Darwin. ¡Sacrilegio! ¡El hombre está hecho a imagen y semejanza de Dios y no de los monos! ¡Compra un bono por Jesús! ¡Aleluya, aleluya! aullaban los altoparlantes. En las carpas se aglomeraban feligreses en busca de redención y circo, todos cantando, muchos bailando y de vez en cuando alguno contorsionando en los estertores del éxtasis, mientras los baldes de la colecta se llenaban hasta el tope con las dádivas de quienes adquirían boletos para el cielo. Nada tan grandilocuente ofrecía Charles Reeves, pero eran muchos su carisma, su poder de convicción y el fuego de su discurso. Imposible ignorarlo. A veces alguien avanzaba hasta la plataforma rogando que lo liberara del dolor o de insoportables remordimientos, entonces Reeves, sin ningún aspaviento de santón, con sencillez pero también con gran autoridad, colocaba sus manos en torno a la cabeza del penitente y se concentraba en aliviarlo. Muchos creían ver chispas en sus palmas y los beneficiados por el tratamiento aseguraban haber sido sacudidos por un corrientazo en el cerebro. A la mayoría del público le bastaba escucharlo una vez para engancharse en el curso, adquirir sus libros y convertirse en adepto.

–La Creación se rige mediante el *Plan Infinito*. Nada sucede por azar. Los seres humanos somos parte fundamental de ese plan porque estamos colocados en la escala de la evolución entre los Maestros y el resto de las criaturas, somos intermediarios. Debemos conocer nuestro lugar en el cosmos –comenzaba Charles Reeves galvanizando a su auditorio con su voz profunda, vestido de pies a cabeza en su negro atavío, solemne ante la naranja colgada del techo y con la boa a sus pies como un grueso rollo de cuerda marinera. El animal era totalmente abúlico y salvo alguna provocación directa permanecía siempre inmóvil–. Presten mucha atención, para que comprendan los principios del *Plan Infinito,* pero si no los entienden no importa, basta con que cumplan mis mandamientos. El universo entero pertenece a la Suprema Inteligencia, que lo creó y es tan inmensa y perfecta que el ser humano jamás podrá conocerla. Por debajo de ella están los Logi, delegados de la luz y encargados de llevar partículas de la Suprema Inteligencia a todas las galaxias. Los Logi se comunican con los Maestros Funcionarios a través de quienes hacen llegar los mensajes y las normas del *Plan Infinito* a los hombres. El ser humano se compone de Cuerpo Físico, Cuerpo Mental y Alma. Lo más importante es el Alma, que no pertenece a la atmósfera terrestre, sino que opera desde la distancia, no está dentro de nosotros, pero domina nuestra vida.

En este punto, cuando los oyentes, algo aturdidos por su retórica, comenzaban a intercambiar miradas de temor o de burla, Reeves galvanizaba a la audiencia de nuevo señalando la naranja para explicar el aspecto del Alma flotando en el éter, como un borroso ectoplasma que sólo algunos expertos ocultistas podían ver. Para probarlo invitaba a varias personas del público a mirar fijamente la naranja y describir su aspecto. Invariablemente describían una esfera amarilla, es decir una naranja vulgar, él en cambio, veía el Alma. Enseguida presentaba los Logi que se encontraban en la sala en estado gaseoso y por lo tanto invisible, y explicaba que ellos mantenían en marcha la maquinaria precisa del universo. En cada época y en cada región los Logi elegían Maestros Funcionarios para comunicarse con los hombres y divulgar los propósitos de la Suprema Inteligencia. Él, Charles Reeves, Doctor en Ciencias Divinas, era uno de ellos. Su misión consistía en enseñar las pautas a los simples mortales, y una vez cumplida esa etapa pasaría a formar parte del privilegiado contingente de los Logi. Decía que todo acto y pensamiento humano es importante, porque pesa en el equilibrio perfecto del universo, por lo tanto cada persona es responsable de cumplir los mandamientos del *Plan Infinito* al pie de la letra. Luego enumeraba las reglas de la sabiduría mínima, mediante las cuales se evitaban errores garrafales, capaces de descalabrar el proyecto de la Suprema Inteligencia. Quienes no captaban todo esto en una sola charla, podían tomar el curso de seis sesiones, donde aprenderían las normas de una buena vida, incluyendo dieta, ejercicios físicos y mentales, sueños dirigidos y diversos sistemas para recargar las baterías energéticas del Cuerpo Físico y el Cuerpo Mental, así se aseguraban un destino decoroso y la paz del Alma después de la muerte.

Charles Reeves era un adelantado para su época. Veinte años más tarde varias de sus ideas serían divulgadas por diversos mentalistas a lo largo y ancho de California, la última frontera, donde llegan los aventureros, los desesperados, los inconformistas, los fugitivos de la justicia, los genios desconocidos, los pecadores impenitentes y los locos sin remedio, y donde proliferan todavía todas las fórmulas posibles para evitar la angustia de vivir. Sin embargo no se puede culpar a Charles Reeves de haber iniciado estos estrafalarios movimientos. Hay algo en ese territorio que alborota los espíritus. O tal vez quienes llegaron a poblar esa región iban tan apurados en busca de fortuna o de olvido fácil, que se les quedó el alma rezagada y todavía la están buscando. Incontables charlatanes se han beneficiado ofreciendo fórmulas mágicas para llenar ese vacío doloroso que deja el espíritu ausente. Cuando Reeves predicaba, muchos ya habían descubierto allí la manera de enriquecerse vendiendo intangibles beneficios para la salud del cuerpo y consuelos para el alma, pero él no era de ésos, tenía a honor su austeridad y decoro, así ganó el respeto de sus seguidores. Olga, en cambio, vislumbró la posibilidad de utilizar a los Logi y a los Maestros Funcionarios en algo más rentable, tal vez adquirir un local y formar una iglesia propia, pero ni Charles ni Nora compartieron jamás esa codiciosa idea, para ellos la divulgación de su verdad era sólo una pesada e inevitable carga moral y en ningún caso un negocio de mercachifles.

Nora Reeves podía señalar el día exacto en que perdió la fe en la bondad humana y comenzaron sus silenciosas dudas sobre el significado de la existencia. Era de esas personas capaces de recordar fechas insignificantes, así es que con mayor razón se le grabaron las dos bombas de proporciones cataclísmicas que pusieron punto final a la guerra con el Japón. En los años venideros se vistió de luto para ese aniversario justamente cuando el resto del país se volcaba en celebraciones. Se agotó su interés hasta por las personas más cercanas, es cierto que el instinto maternal nunca fue su principal característica, pero a partir de ese momento pareció desprenderse por completo de sus dos hijos. También se alejó de su marido sin el menor alboroto, con tanta discreción que no pudo reprocharle nada. Se aisló en un claustro secreto donde se las arregló para permanecer intocada por la realidad hasta el final de sus días, cuarenta y tantos años más tarde murió convertida en princesa de los Urales sin haber participado jamás de la vida. Aquel día se festejaba la derrota final del enemigo de ojos oblicuos y piel amarilla, tal como meses antes se había celebrado la de los alemanes. Era el fin de una larga contienda, los japoneses habían sido vencidos por el arma más contundente de la historia, que mató en pocos minutos ciento treinta mil seres humanos y condenó a una lenta agonía a otros tantos. La noticia de lo ocurrido produjo un silencio de horror en el mundo, pero los vencedores ahogaron las visiones de cadáveres chamuscados y ciudades pulverizadas en una algazara de banderas, desfiles y bandas de música, anticipando el regreso de los combatientes.

–¿Se acuerda de ese soldado negro que recogimos por el camino? ¿Vivirá todavía? ¿Volverá a su casa él también? –preguntó Gregory a su madre antes de ir a ver los fuegos artificiales.

Nora no respondió. Estaban en una ciudad de paso y mientras su familia bailaba con la muchedumbre, ella se quedó sola en la cabina del camión. En los últimos meses las noticias provenientes de Europa habían minado su sistema nervioso y la devastación atómica acabó de sumirla en la incertidumbre. Por la radio no se hablaba de otra cosa, los periódicos y el cine mostraban dantescas imágenes de los campos de concentración. Seguía paso a paso el relato minucioso de las atrocidades cometidas y de los sufrimientos acumulados, pensando que en Europa los trenes no se detenían, llevando implacables su carga a los hornos crematorios, y también calcinados perecían millares en el Japón en nombre de otra ideología. Nunca debí traer hijos a este mundo, murmuraba espantada. Cuando Charles Reeves llegó eufórico con la noticia de la bomba, ella consideró obsceno alegrarse por semejante masacre, también su marido parecía haber perdido el juicio, como los demás.

–Nada volverá a ser como antes, Charles. La humanidad ha cometido algo más grave que el pecado original. Esto es el fin del mundo –comentó descompuesta, pero sin alterar su largo hábito de buenas maneras.

–No digas tonterías. Debemos aplaudir los progresos de la ciencia. Menos mal las bombas no están en manos enemigas, sino en las nuestras. Ahora nadie se atreverá a hacernos frente.

–¡Volverán a usarlas y acabarán con la vida en la tierra!

–Terminó la guerra y se evitaron males peores. Muchos más hubieran sido los muertos si no lanzamos las bombas.

–Pero murieron cientos de miles, Charles.

–Ésos no cuentan, eran todos japoneses –se rió su marido.

Por primera vez Nora dudó de la calidad de su alma y se preguntó si era realmente un Maestro, como decía. Muy tarde en la noche regresó su familia. Gregory venía dormido en brazos de su padre y Judy traía un globo pintado con estrellas y rayas.

–Por fin se terminó la guerra. Ahora tendremos mantequilla, carne y gasolina –anunció Olga radiante agitando los restos de una bandera de papel.

Aunque pasó casi un año, entre la depresión de su madre y la agonía de su padre, Gregory recordaría ambos eventos como uno solo, en su memoria ambos hechos estarían siempre relacionados, fue el comienzo del estropicio que acabó con la época feliz de su niñez. Poco después, cuando Nora parecía recuperada y ya no hablaba de los campos de concentración y de las bombas, se enfermó Charles Reeves. Desde un principio los síntomas fueron alarmantes, pero contaba con su fortaleza y no quiso aceptar la traición de su cuerpo. Se sentía joven, todavía era capaz de cambiar una rueda del camión en pocos minutos o pasar varias horas sobre una escalera pintando un mural sin calambres en la espalda. Cuando se le llenó la boca de sangre lo atribuyó a una espina de pescado que probablemente se le había clavado en la garganta y la segunda vez que le ocurrió no se lo dijo a nadie, compró un frasco de Leche de Magnesia y empezó a tomarla cuando sentía el estómago en llamas. Pronto dejó de comer y subsistía con pan remojado en leche, sopas aguadas y papillas de bebé, perdió peso, se le llenaron los ojos de niebla, no podía ver con claridad el camino y Olga debió tomar el volante. La mujer adivinaba cuándo el enfermo ya no podía más con los sobresaltos del viaje, entonces se detenía y acampaban. Las horas se hacían muy largas, los niños se entretenían correteando por los alrededores, porque su madre había guardado los cuadernos y ya no les hacía clases. Nora no se había puesto en el caso de que Charles Reeves fuera mortal, no lograba entender por qué se apagaba su energía, que era también la suya. Por muchos años su marido había controlado todos los aspectos de su existencia y la de sus hijos, los reglamentos minuciosos del *Plan Infinito*, que administraba a su antojo, no dejaban espacio para dudas. A su lado ciertamente no tenían libertad, pero tampoco los asediaban inquietudes o temores. No hay razón para alarmarse, se decía, en verdad Charles nunca tuvo mucho pelo y esas arrugas profundas no son nuevas, se las marcó el sol desde hace tiempo, está más delgado, es cierto, pero se recuperará en pocos días apenas empiece a comer como antes, seguro esto es una indigestión, ¿verdad que hoy está mucho mejor? preguntaba a nadie en particular. Olga observaba sin hacer comentarios. No intentó curar a Reeves con sus bebedizos y cataplasmas, se limitaba a ponerle paños húmedos en la frente para bajarle la fiebre.

A medida que el enfermo empeoraba, el miedo entró inexorable en la familia, por primera vez se sintieron a la deriva y percibieron el tamaño de su pobreza y su vulnerabilidad. Nora se encogió como un animal apaleado, incapaz de pensar en alguna solución, buscó consuelo en su fe Bahai y dejó a Olga a cargo de los problemas, incluyendo el cuidado de su marido. Ella no se atrevía a tocar a ese viejo sufriente, era un desconocido, imposible reconocer al hombre que la había seducido con su vitalidad. Se desmoronaron la admiración y la dependencia, bases de su amor, y como no supo construir otras, el respeto se le transformó en repugnancia. Apenas encontró una buena disculpa se instaló en la tienda de los niños y Olga se fue a dormir con Charles Reeves para atenderlo durante la noche, según dijo. Gregory y Judy se acostumbraron a verla casi desnuda en la cama de su padre, pero Nora ignoró la situación, dispuesta a fingir indefinidamente que nada había cambiado.

Por un tiempo se suspendió la divulgación del *Plan Infinito,* porque el Doctor en Ciencias Divinas carecía de ánimo para dar esperanza a otros, si él mismo comenzaba a perder la suya y a preguntarse en secreto si acaso el espíritu realmente trasciende o basta un dolor de vientre para hacerlo añicos. Tampoco podía dedicarse a pintar. Los viajes continuaron con grandes penurias y sin un propósito determinado, como si buscaran algo que siempre estaba en otra parte. Olga ocupó con naturalidad el lugar del padre y los demás no se preguntaron si era ésa la mejor solución, decidía la ruta, manejaba el camión, se echaba al hombro los bultos más pesados, reparaba el motor cuando daba guerra, cazaba liebres y pájaros y con la misma autoridad impartía órdenes a Nora o propinaba un par de nalgadas a los niños cuando se sublevaban. Evitaba las grandes ciudades por la competencia despiadada y el celo de la policía, salvo que pudiera acampar en zonas industriales o cerca de los muelles, donde siempre encontraba clientes. Dejaba a los Reeves instalados en las carpas, cogía sus bártulos de nigromante y partía a vender sus artes. Para viajar usaba toscos pantalones de obrero, camiseta y gorra, pero para ejercer su oficio de clarividente rescataba de su baúl chillona falda de flores, blusa escotada, ruidosos collares y botas amarillas. Se maquillaba a brochazos, sin el menor cuidado: las mejillas de payaso, la boca roja, los párpados azules, el efecto de esa máscara, esos vestidos y el incendio de su pelo era atemorizante y pocos se atrevían a rechazarla por miedo que de una morisqueta los convirtiera en estatuas de sal. Abrían la puerta, se encontraban ante esa grotesca aparición con una bola de vidrio en la mano y el estupor los dejaba boquiabiertos, vacilación que ella aprovechaba para introducirse en la casa. Era muy simpática si tenía necesidad de serlo, a menudo regresaba al campamento con un trozo de pastel o carne, regalos de clientes satisfechos no sólo por el futuro prometido en los naipes mágicos, sino sobre todo por el chispazo de buen humor que encendía en el aburrimiento perenne de sus vidas. En ese período de tantas incertidumbres la maga afinó el talento, apremiada por las circunstancias desarrolló fuerzas desconocidas y creció hasta convertirse en ese mujerón formidable que tanta influencia tendría en la juventud de Gregory. Al entrar a una vivienda le bastaba olisquear el aire por unos segundos para impregnarse del clima, sentir las presencias invisibles, captar las huellas de la desgracia, adivinar los sueños, oír los susurros de los muertos y comprender las necesidades de los vivos. Pronto aprendió que las historias se repiten con muy pocos cambios, las personas se parecen mucho, todos sienten amor, odio, codicia, sufrimiento, alegría y temor de la misma manera. Negros, blancos, amarillos, todos iguales bajo la piel, como decía Nora Reeves, la bola de cristal no distinguía razas, sólo dolores. Todos querían escuchar la misma buena fortuna, no porque la creyeran posible, sino porque imaginarla servía de consuelo. Olga descubrió también que hay sólo dos clases de enfermedades: las mortales y las que se curan solas a su debido tiempo. Echaba mano de sus frascos de píldoras de azúcar pintadas de colores diversos, de su bolsa de hierbas y de su caja de amuletos para vender salud a los recuperables, convencida de que si el paciente ponía su mente a trabajar en favor de sanarse, lo más probable es que eso ocurriera. La gente confiaba más en ella que en los gélidos cirujanos de los hospitales. Sus únicas intervenciones importantes eran casi todas ilegales: abortos, extracciones de muelas, costuras de heridas, pero tenía buen ojo y buena mano, de modo que nunca se metió en un lío serio. Le bastaba una mirada para percibir las señales de la muerte y en tal caso no recetaba, en parte por escrúpulo y en parte para no perjudicar su propia reputación de curandera. Su práctica en asuntos de salud no sirvió para ayudar a Charles Reeves, porque estaba demasiado cerca, y si vio síntomas fatídicos no quiso admitirlos.

Por orgullo o por temor el predicador se negó a ver a un médico, dispuesto a vencer el sufrimiento a fuerza de obstinación, pero un día se desmayó y desde entonces el poco mando que le quedaba pasó por completo a manos de Olga. Estaban al este de Los Ángeles, donde se concentraba la población latina, y ella tomó la decisión de conducirlo a un hospital. En esa época la atmósfera de la ciudad ya estaba cargada de cierto tinte mexicano, a pesar de la obsesión únicamente americana de vivir en perfecta salud, belleza y felicidad. Centenares de miles de inmigrantes marcaban el ambiente con su desprecio por el dolor y la muerte, su pobreza, fatalismo y desconfianza, sus violentas pasiones, y también la música, comidas picantes y atrevidos colores. Los hispanos estaban relegados a un *ghetto*, pero por todas partes flotaba su influencia, no pertenecían a ese país y en apariencia no deseaban pertenecer, pero en secreto aspiraban a que sus hijos se integraran. Aprendían inglés a medias y lo transformaban en un *Spánglish* de raíces tan firmes que con el tiempo acabó aceptado como la lengua chicana. Aferrados a su tradición católica y el culto a las ánimas, a un enmohecido sentimiento patriótico y al machismo, no se asimilaban, permanecían relegados por una o dos generaciones a los servicios más humildes. Los americanos los consideraban gente malévola, impredecible, peligrosa y muchos reclamaban que cómo diablos no era posible atajarlos en la frontera, para qué sirve la maldita policía, carajo, pero los empleaban como mano de obra barata, aunque siempre vigilados. Los inmigrantes asumían su papel de marginales con una dosis de soberbia: doblados sí, pero partidos nunca, hermano. Olga había frecuentado ese barrio en varias oportunidades y allí se sentía a sus anchas, chapuceaba el español con desfachatez y casi no se notaba que la mitad de su vocabulario se componía de palabras inventadas. Pensó que allí podía ganarse la vida con su arte.

Llegaron en el camión hasta la puerta del hospital y mientras Nora y Olga ayudaban a bajar al enfermo, los niños, aterrados, enfrentaban las miradas curiosas de quienes se asomaron a observar aquel extraño carromato con símbolos esotéricos pintados a todo color en la carrocería.

–¿Qué es esto? –inquirió alguien.

–El plan infinito, ¿no lo ve? –replicó Judy señalando el letrero en la parte superior del parabrisa. Nadie preguntó más.

Charles Reeves quedó interno en el hospital, donde pocos días después le quitaron la mitad del estómago y le suturaron los agujeros que tenía en la otra mitad. Entretanto Nora y Olga se acomodaron temporalmente con los niños, el perro, la boa y sus bultos, en el patio de Pedro Morales, un mexicano generoso que había estudiado años atrás el curso completo de las doctrinas de Charles Reeves y ostentaba en la pared de su casa un diploma acreditándolo como alma superior. El hombre era macizo como un ladrillo, con firmes rasgos de mestizo y una máscara orgullosa que se transformaba en una expresión bonachona cuando estaba de buen humor. En su sonrisa flameaban varios dientes de oro que se había puesto por elegancia después de hacerse arrancar los sanos. No permitió que la familia de su maestro quedara a la deriva –las mujeres no pueden estar sin protección, hay muchos bandidos por estos lados, dijo– pero no había espacio en su casa para tantos huéspedes, porque tenía seis hijos, una suegra desquiciada y algunos parientes allegados bajo su techo. Ayudó a armar las carpas e instalar la cocina a queroseno de los Reeves en su patio, y se preparó para socorrerlos sin ofender su dignidad. Trataba a Nora de *doña* con gran deferencia, pero a Olga, a quien consideraba más cercana a su propia condición, llamaba sólo *señorita*. Inmaculada Morales, su mujer, permanecía impermeable a las costumbres extranjeras y a diferencia de muchas de sus compatriotas en esa tierra ajena, que andaban maquilladas, equilibrándose en tacones de estilete y con rizos quemados por las permanentes y el agua oxigenada, ella se mantenía fiel a su tradición indígena. Era pequeña, delgada y fuerte, con un rostro plácido y sin arrugas, llevaba el cabello en una trenza que le colgaba a la espalda hasta más abajo de la cintura, usaba delantales sencillos y alpargatas, excepto en las fiestas religiosas cuando lucía un vestido negro y sus aros de oro. Inmaculada representaba el pilar de la casa y el alma de la familia Morales. Cuando se le llenó el patio de visitas no se inmutó, simplemente aumentó la comida con trucos generosos echándole más agua a los frijoles, como decía, y cada tarde invitaba a los Reeves a cenar, órale comadre, venga con los chamacos para que prueben estos burritos, o para que no se pierda el chile, miren que hay mucho, bendito Dios, ofrecía tímida. Algo avergonzados, sus huéspedes se sentaban a la hospitalaria mesa de los Morales.

Varios meses costó a Judy y Gregory comprender las reglas de la vida sedentaria. Se vieron rodeados por una calurosa tribu de chiquillos morenos que hablaban un inglés chapuceado y no tardaron en enseñarles su lengua, comenzando por *chingada,* la palabra más sonora y útil de su vocabulario, aunque no era prudente mencionarla delante de Inmaculada. Con los Morales aprendieron a ubicarse en el laberinto de las calles, a regatear, distinguir de una mirada a los muchachos enemigos, esconderse y escapar. Con ellos iban a jugar al cementerio y a observar de lejos a las prostitutas y de cerca a las víctimas de accidentes fatales. Juan José, de la misma edad de Gregory, tenía un olfato infalible para la desgracia, siempre sabía dónde ocurrían los choques de automóviles, los atropellos, las peleas a navajazos y las muertes. Él se encargó de averiguar en pocos minutos el sitio exacto donde un marido a quien su mujer abandonó por seguir a un vendedor viajero, se suicidó parándose delante del tren, porque no pudo con la vergüenza de ser llamado cornudo. Alguien lo vio fumando calmadamente de pie entre las dos líneas y le gritó que se apartara porque venía la máquina, pero él no se movió. El chisme llegó a oídos de Juan José antes de que ocurriera la tragedia. Los niños Morales y los Reeves fueron los primeros en aparecer en el sitio de la muerte y, una vez superado el espanto inicial, ayudaron a recoger los pedazos, hasta que la policía los sacó de allí. Juan José se guardó un dedo como recuerdo, pero cuando comenzó a ver al difunto por todas partes comprendió que debía desprenderse de su trofeo. Sin embargo, ya era tarde para devolverlo a los deudos porque los fragmentos del suicida habían sido sepultados hacía días.

El muchacho, aterrorizado por el alma en pena, no supo cómo disponer del dedo, lanzarlo a la basura o dárselo a la boa de los Reeves no le pareció una forma respetuosa de reparar el mal. Gregory consultó en secreto a Olga y ella sugirió la solución perfecta: dejarlo discretamente sobre el altar de la iglesia, lugar consagrado donde ningún ánima en su sano juicio podría sentirse ofendida. Allí lo encontró el Padre Larraguibel, a quien todos llamaban simplemente Padre por la dificultad de pronunciar su apellido, un cura vasco de alma atormentada, pero gran sentido práctico, quien lo echó al excusado sin comentarios. Bastantes problemas tenía con sus numerosos feligreses como para perder tiempo indagando el origen de un dedo solitario.

Los hermanos Reeves fueron a la escuela por primera vez en sus vidas. Eran los únicos rubios de ojos azules en una población de inmigrantes latinos donde la regla de sobrevivencia era hablar español y correr rápido. Los alumnos tenían prohibición de usar su lengua nativa, se trataba de aprender inglés para integrarse pronto. Cuando a alguien se le salía una palabra castiza al alcance del oído de la maestra, recibía un par de palmetazos en el trasero. Si a Cristo le bastó el inglés para escribir la Biblia, no se necesita otro idioma en el mundo, era la explicación para tan drástica medida. Por desafío los niños hablaban castellano en toda ocasión posible y quien no lo hacía era calificado de *besa-culo,* el peor epíteto del repertorio escolar. Judy y Gregory no tardaron en percibir el odio racial y temieron ser convertidos en papilla en cualquier descuido. El primer día de clases Gregory estaba tan asustado que no le salía la voz ni para decir su nombre.

–Tenemos dos nuevos alumnos –sonrió la maestra, encantada de contar con un par de chicos blancos entre tantos morenos–. Quiero que los traten bien, los ayuden a estudiar y a conocer las reglas de esta institución. ¿Cómo se llaman, queridos?

Gregory se quedó mudo, aferrado al vestido de su hermana. Por fin Judy lo sacó del apuro.

–Yo soy Judy Reeves y éste es el tonto de mi hermano –anunció. Toda la clase, incluyendo a la profesora, se echó a reír. Gregory sintió algo caliente y pegajoso en los pantalones.

–Está bien, vayan a sentarse –les ordenaron.

Dos minutos más tarde Judy empezó a apretarse la nariz y a mirar a su hermano con expresión poco amable. Gregory fijó la vista en el suelo y trató de imaginar que no estaba allí, que iba en el camión por los caminos, al aire libre, que su padre nunca se había enfermado y esa escuela maldita no existía, era sólo una pesadilla. Pronto el resto de los niños percibió el olor y se armó un jaleo.

–Vamos a ver..., ¿quién fue? –preguntó la profesora con esa sonrisa falsa que parecía tener pegada en los dientes–. No hay nada de que avergonzarse, es un accidente, le puede ocurrir a cualquiera..., ¿quién fue?

–¡Yo no me cagué y mi hermano tampoco, lo juro! –gritó Judy desafiante. Un coro de burlas y carcajadas acogió su declaración.

La maestra se acercó a Gregory y le sopló al oído que saliera de la clase, pero él se agarró a dos manos del pupitre, con la cabeza metida entre los hombros y los párpados apretados, rojo de bochorno. La mujer trató de sacarlo de un brazo, primero sin violencia y luego a tirones, pero el niño estaba adherido a su silla con la fuerza de la desesperación.

–¡Váyate a la chingada! –aulló Judy a la profesora en su reciente español–. ¡Esta escuela es una mierda! –agregó en inglés.

La mujer se quedó pasmada de sorpresa y la clase enmudeció.

–¡Chingada, chingada, chingada! Vámonos, Greg. –Y los dos hermanos salieron de la sala tomados de la mano, ella con la barbilla en alto y él con la suya pegada al pecho.

Judy se llevó a Gregory a una estación de gasolina, lo escondió entre unos tambores de aceite y se las arregló para lavarle los pantalones con una manguera sin que nadie los viera. Volvieron a la casa en silencio.

–¿Cómo les fue? –preguntó Nora Reeves extrañada de verlos de vuelta tan temprano.

–La maestra dijo que no tenemos que volver. Nosotros somos mucho más inteligentes que los otros alumnos. Esos mocosos ni siquiera hablan como la gente, mamá. ¡No saben inglés!

–¿Qué cuento es ése? –interrumpió Olga–. ¿Y por qué Gregory tiene la ropa empapada?

De manera que al día siguiente debieron regresar a la

escuela, arrastrados de un brazo por Olga, quien los acompañó hasta la sala, los obligó a pedir disculpas a la maestra por los insultos proferidos y de paso advirtió a los demás niños que tuvieran mucho cuidado con molestar a los Reeves. Antes de salir enfrentó a la compacta masa de chiquillos morenos haciendo el gesto de maldecir: ambos puños cerrados y el índice y el meñique apuntando como cuernos. Su aspecto extraño, su acento ruso y aquel gesto tuvieron el poder de aplacar a las fieras, al menos por un tiempo.

Una semana después Gregory cumplió siete años. No lo celebraron, en verdad nadie se acordó, porque la atención de la familia estaba puesta en el padre. Olga, la única que iba a diario al hospital, trajo la noticia de que Charles Reeves se encontraba por fin fuera de peligro y había sido trasladado a una sala común donde podían visitarlo. Nora e Inmaculada Morales lavaron a los niños hasta sacarles lustre, les pusieron sus mejores ropas, peinaron con gomina a los varones y con cintas en los moños a las niñas. En procesión partieron al hospital con modestos ramos de margaritas del jardín de la casa y una fuente con tacos de pollo y frijoles refritos con queso, preparada por Inmaculada. La sala era tan grande como un hangar, con camas idénticas a ambos lados y un eterno pasillo al centro que recorrieron en puntillas hasta el lugar donde se encontraba el enfermo. El nombre de Charles Reeves escrito en un cartón a los pies de la cama les permitió identificarlo, de otro modo no lo hubieran reconocido. Estaba transformado en un extraño, se había envejecido mil años, tenía la piel color de cera, los ojos hundidos en las órbitas y olía a almendras. Los niños, apretados codo a codo, se quedaron con las flores en las manos, sin saber dónde ponerlas. Inmaculada Morales, ruborizada, cubrió la fuente de tacos con su chal, y Nora Reeves comenzó a temblar. Gregory presintió que algo irreparable había sucedido en su vida.

—Está mucho mejor, pronto podrá comer —dijo Olga acomodando la aguja del suero en la vena del enfermo.

Gregory retrocedió hasta el pasillo, bajó las escaleras a saltos y luego echó a correr hacia la calle. En la puerta del hospital se acurrucó, con la cabeza entre las rodillas, abrazado a sus piernas, como un ovillo, repitiendo chingada, chingada, como una letanía.

Al llegar los inmigrantes mexicanos caían en casas de amigos o parientes donde se hacinaban a menudo varias familias. Las leyes de la hospitalidad eran inviolables, a nadie se negaba techo y comida en los primeros días, pero después cada uno debía valerse solo. Venían de todos los pueblos al sur de la frontera en busca de trabajo, sin más bienes que la ropa puesta, un atado a la espalda y las mejores intenciones de salir adelante en esa Tierra Prometida, donde les habían dicho que el dinero crecía en los árboles y cualquiera bien listo podía convertirse en empresario, con un «Cadillac» propio y una rubia colgada del brazo. No les habían contado, sin embargo, que por cada afortunado cincuenta quedaban por el camino y otros cincuenta regresaban vencidos, que no serían ellos los beneficiados, estaban destinados a abrir paso a los hijos y los nietos nacidos en ese suelo hostil. No sospechaban las penurias del destierro, cómo abusarían de ellos los patrones y los perseguirían las autoridades, cuánto esfuerzo costaría reunir a la familia, traer a los niños y a los viejos, del dolor de decir adiós a los amigos y dejar atrás a sus muertos. Tampoco les advirtieron que pronto perderían sus tradiciones y el corrosivo desgaste de la memoria los dejaría sin recuerdos, ni que serían los más humillados entre los humildes. Pero si lo hubieran sabido, tal vez de todos modos habrían emprendido el viaje al norte. Inmaculada y Pedro Morales se llamaban a sí mismos «alambristas mojados», combinación de «alambre» y de «lomo mojado», como se designaba a los inmigrantes ilegales, y contaban, muertos de la risa, cómo cruzaron la frontera muchas veces, algunas atravesando a nado el Río Grande y otras cortando los alambres del cerco. Habían ido de vacaciones a su tierra en más de una ocasión, entrando y saliendo con hijos de todas las edades y hasta con la abuela, a quien trajeron desde su aldea cuando enviudó y se le descompuso el cerebro. Al cabo de varios años lograron legalizar sus papeles y sus hijos eran ciudadanos americanos. No faltaba un puesto en su mesa para los recién llegados y los niños crecieron oyendo historias de pobres diablos que cruzaban la frontera escondidos como fardos en el doble fondo de un camión, saltaban de trenes en marcha, o se arrastraban bajo tierra por viejas alcantarillas, siempre con el terror de ser sorprendidos por la policía, la temida «Migra», y enviados de vuelta a su país en grillos, después de ser fichados como criminales. Muchos morían baleados por los guardias, también de hambre y de sed, otros se asfixiaban en compartimientos secretos de los vehículos de los «coyotes», cuyo negocio consistía en transportar a los desesperados desde México hasta un pueblo al otro lado. En la época en que Pedro Morales hizo el primer viaje todavía existía entre los latinos el sentimiento de recuperar un territorio que siempre fue suyo. Para ellos violar la frontera no constituía un delito sino una aventura de justicia. Pedro Morales tenía entonces veinte años, acababa de terminar el servicio militar y como no deseaba seguir los pasos del padre y del abuelo, míseros campesinos de una hacienda de Zacatecas, prefirió emprender la marcha hacia el norte. Así llegó a Tijuana, donde esperaba conseguir un contrato como «bracero» para trabajar en el campo, porque los agricultores americanos necesitaban mano de obra barata, pero se encontró sin dinero, no pudo esperar que se cumplieran las formalidades o sobornar a los funcionarios y policías, ni le gustó ese pueblo de paso, donde según él los hombres carecían de honor y las mujeres de respeto. Estaba cansado de ir de acá para allá buscando trabajo y no quiso pedir ayuda ni aceptar caridad. Por fin se decidió a cruzar el cerco para ganado que limitaba la frontera, cortando los alambres con un alicate, y echó a andar en línea recta en dirección al sol, siguiendo las indicaciones de un amigo con más experiencia. Así llegó al sur de California. Los primeros meses lo pasó mal, no le resultó fácil ganarse la vida como le habían dicho. Fue de granja en granja cosechando fruta, frijoles o algodón, durmiendo en los caminos, en las estaciones de trenes, en los cementerios de carros viejos, alimentándose de pan y cerveza, compartiendo penurias con miles de hombres en la misma situación. Los patrones pagaban menos de lo ofrecido y al primer reclamo acudían a la policía, siempre alerta tras los ilegales. Pedro no podía establecerse en ningún sitio por mucho tiempo, la «Migra» andaba pisándole los talones, pero finalmente se quitó el sombrero y los huaraches, adoptó el bluyin y la cachucha y aprendió a chapucear unas cuantas frases en inglés. Apenas se ubicó en la nueva tierra regresó a su pueblo en busca de la novia de infancia. Inmaculada lo esperaba con el traje de boda almidonado.

–Los gringos están todos chiflados, le ponen duraznos a la carne y mermelada a los huevos fritos, mandan a los perros a la peluquería, no creen en la Virgen María, los hombres friegan los platos en la casa y las mujeres lavan los automóviles en la calle, con sostén y calzones cortos, se les ve todito, pero si no nos metemos con ellos, se puede vivir de lo mejor –informó Pedro a su prometida.

Se casaron con las ceremonias y fiestas habituales, durmieron la primera noche de esposos en la cama de los padres de la muchacha, prestada para la ocasión, y al día siguiente cogieron el bus rumbo al norte. Pedro llevaba algo de dinero y ya era experto en cruzar la frontera, estaba en mejores condiciones que la primera vez, pero igual iba asustado, no deseaba exponer a su mujer a ningún peligro. Se contaban historias espeluznantes de robos y matanzas de bandidos, corrupción de la policía mexicana y maltratos de la americana, historias capaces de escarmentar al más macho. Inmaculada, en cambio, marchaba feliz un paso detrás de su marido, con el bulto de sus pertenencias equilibrado en la cabeza, protegida de la mala suerte por el escapulario de la Virgen de Guadalupe, una oración en los labios y los ojos bien abiertos para ver el mundo que se extendía ante ella como un magnífico cofre repleto de sorpresas. No había salido nunca de su aldea y no sospechaba que los caminos podían ser interminables, pero nada logró desanimarla, ni humillaciones, ni fatigas, ni las trampas de la nostalgia y cuando por fin se encontró instalada con su hombre en un mísero cuarto de pensión al otro lado del límite, creyó haber atravesado el umbral del cielo. Un año más tarde nació el primer niño, Pedro consiguió un puesto en una fábrica de cauchos en Los Ángeles y tomó un curso nocturno de mecánica. Para ayudar a su marido, Inmaculada se empleó enseguida en una industria de ropa y luego para servicio doméstico, hasta que los embarazos y las criaturas la obligaron a quedarse en la casa. Los Morales eran gente ordenada y sin vicios, estiraban el dinero y aprendieron a utilizar los beneficios de ese país donde ellos siempre serían extranjeros, pero en el cual sus hijos tendrían un lugar. Estaban siempre dispuestos a abrir su puerta para amparar a otros, su casa se convirtió en un pasadero de gente. Hoy por ti, mañana por mí, a veces toca dar y otras recibir, es la ley natural de la vida, decía Inmaculada. Comprobaron que la generosidad tiene efecto multiplicador, no les falló la buena fortuna ni el trabajo, los hijos resultaron sanos y las amistades agradecidas, con el tiempo superaron las pobrezas del comienzo. Cinco años después de llegar a la ciudad Pedro instaló su propio taller de automóviles. Para la época en que los Reeves fueron a vivir en su patio eran la familia más digna del barrio, Inmaculada se había convertido en una madre universal y Pedro era consultado como hombre justo de la comunidad. En ese ambiente, donde a nadie le pasaba por la mente acudir a la policía o la justicia para resolver sus conflictos, él actuaba como árbitro en los malentendidos y juez en las disputas.

Olga tenía razón, al menos en parte. Un mes después de la operación Charles Reeves salió del hospital por sus propios pies, pero su idea de volver a deambular por los caminos resultaba absurda porque era evidente que la convalecencia sería muy larga. El médico ordenó tranquilidad, dieta y control permanente, ni pensar en una vida nómada por un buen tiempo, tal vez años. El dinero de los ahorros se había terminado hacía mucho y la familia le debía una suma respetable a los Morales. Pedro no quiso oír hablar de ese asunto pues tenía con su Maestro una deuda espiritual imposible de pagar. Charles Reeves no era hombre capaz de aceptar caridad, ni siquiera de un buen amigo y discípulo, tampoco podían seguir acampando en el patio de una casa ajena y a pesar de las súplicas de los niños, que veían alejarse para siempre la posibilidad de abandonar la opresión de la escuela, el camión fue vendido luego de quitarle el letrero y el megáfono. Con el dinero recaudado y otro tanto conseguido en préstamos, los Reeves pudieron comprar una cabaña en ruinas en los límites del barrio mexicano.

Los Morales movilizaron a sus parientes para ayudar a reconstruir la choza. Ése fue un fin de semana indeleble para Gregory Reeves, la música y la comida latinas quedarían para siempre unidas en su mente con la idea de amistad. El sábado en la madrugada apareció en el lugar una caravana de diversos vehículos, desde una camioneta manejada por un hombronazo de contagiosa sonrisa, hermano de Inmaculada, hasta una columna de bicicletas en las cuales se trasladaron primos, sobrinos y amigos, todos provistos de herramientas y materiales de construcción. Las mujeres instalaron mesones en el terreno y arremangadas cocinaron para esa multitud. Volaban las cabezas decapitadas de los pollos, se apilaban los trozos de cerdo y vacuno, hervían las mazorcas, los frijoles y las papas, se asaban las tortillas, bailaban los cuchillos picando, partiendo y pelando, relucían al sol las fuentes con fruta y aguardaban en la sombra las de jitomate con cebolla, salsa brava y guacamole. De las ollas escapaban aromas de guisos suculentos, de garrafas y botellas escanciaban la tequila y la cerveza, y de las guitarras brotaban las canciones de la tierra generosa del otro lado de la frontera. Los niños correteaban con los perros entre las mesas; las niñas, muy compuestas, ayudaban en el servicio; un primo retardado de plácido rostro asiático lavaba los platos; la abuela chiflada, sentada bajo un árbol contribuía al coro de rancheras con su voz de jilguero; Olga repartía tacos entre los hombres y mantenía a raya a los chiquillos. Durante todo el fin de semana, hasta muy tarde en la noche, trabajaron alegremente bajo las órdenes de Charles Reeves y Pedro Morales, aserruchando, clavando y soldando. Fue una parranda de sudor y canto y el lunes amaneció la casa con las paredes bien apuntaladas, las ventanas en sus goznes, las planchas de zinc en el techo, y un piso de tablas nuevas. Los mexicanos desarmaron las mesas de la comilona, recogieron sus herramientas, sus guitarras y sus hijos, subieron a sus vehículos y desaparecieron por donde habían llegado, discretamente, para que nadie les diera las gracias.

Cuando los Reeves entraron en su nuevo hogar Gregory preguntó si esa casa no se desarmaba, incrédulo ante la firmeza de las paredes. A los niños ese par de modestas habitaciones les pareció un palacete, nunca antes habían dispuesto de un techo sólido sobre sus cabezas, sólo la tela de una carpa o el cielo. Nora instaló su cocina a queroseno, puso en su cuarto la vieja máquina de escribir y en la sala, en un sitio de honor, su fonógrafo a manivela para escuchar ópera y música clásica, enseguida se dispuso a iniciar una nueva etapa.

Olga, sin muchas explicaciones, decidió separarse de ellos. Al principio se quedó en el patio de los Morales con el pretexto de que la casa de los Reeves estaba muy lejos y hasta allí no llegaría su clientela, y poco después consiguió un cuarto de alquiler en los altos de un garaje, en el otro extremo del barrio, donde colgó un letrero ofreciendo sus servicios de adivina, comadrona y curandera. El rumor de su talento se regó rápidamente y confirmó su reputación cuando hizo desaparecer para siempre la barba y los bigotes de la dueña del almacén. En ese lugar, donde ni los hombres tenían mucho pelo en la cara, la almacenera era blanco de las burlas más crueles, hasta que Olga intervino liberándola con una pócima de su invención, la misma que recetaba para curar la sarna. Cuando por fin la barbuda pudo lucir sus mejillas a plena luz del día las malas lenguas dijeron que al menos los pelos le daban un aire interesante, en cambio sin ellos era sólo una señora con cara de pirata. Se corrió la voz de que así como la curandera sanaba con sus ensalmos y ungüentos, igual podía hacer mal con sus brujerías, y la gente le tuvo respeto. Judy y Gregory iban a verla seguido y ella aparecía de vez en cuando a almorzar, los domingos donde los Reeves, pero sus visitas se espaciaron y al fin se suspendieron del todo. Poco a poco su nombre dejó de mencionarse en la familia, porque al hacerlo el aire se cargaba de tensiones. Judy, distraída con tantas novedades, no la echaba de menos, pero Gregory no perdió contacto con ella.

Charles Reeves volvió a ganarse la vida pintando. A partir de una fotografía podía producir una imagen bastante fiel en el caso de los hombres y muy mejorada en el de las señoras, a quienes les borraba las huellas de la edad, les atenuaba la herencia indígena o africana, les aclaraba la piel y el cabello y las vestía de gala. Apenas se sintió con fuerzas suficientes regresó también a sus prédicas y escribir sus libros, que él mismo imprimía. A pesar de los obstáculos económicos de la empresa *El Plan Infinito* siguió su curso a trastabillones, pero con tenacidad. El público se componía principalmente de obreros y sus familias, muchos de los cuales apenas entendían inglés, pero el predicador aprendió algunas palabras claves en español y cuando le fallaba el vocabulario recurría a un pizarrón donde dibujaba sus ideas. Al comienzo asistían sólo amigos y parientes de los Morales, más interesados en ver de cerca a la boa que en los aspectos filosóficos de la conferencia, pero pronto se supo que el Doctor en Ciencias Divinas era muy elocuente y podía trazar a gran velocidad «unas caricaturas de lo más chulas, fíjese, hay que ver cómo las hace, así no más, sin mirar siquiera», y los Morales no tuvieron necesidad de presionar a nadie para llenar la sala. Al enterarse de las precarias condiciones en que vivían sus vecinos, Reeves pasó semanas en la Biblioteca estudiando las leyes, así pudo ofrecer a sus oyentes, además de apoyo espiritual, consejos para navegar en las aguas desconocidas del sistema. Gracias a él los inmigrantes supieron que a pesar de ser ilegales gozaban de algunos derechos ciudadanos, podían acudir al hospital, enterrar a sus muertos en el cementerio del condado –aunque siempre preferían enviarlos a su pueblo de origen– y un sinnúmero de otras ventajas que hasta entonces desconocían. En ese barrio *El Plan Infinito* competía con los oropeles del ceremonial católico, los bombos y platillos del Ejército de Salvación, la novedosa poligamia de los mormones y los ritos de las siete iglesias protestantes del vecindario, incluyendo a los bautistas que se sumergían vestidos en el río, los adventistas que regalaban tarta de limón los domingos y los pentecostales que andaban con las manos levantadas para recibir al Espíritu Santo. Como no era necesario renunciar a la propia religión, porque en el curso de Charles Reeves se acomodaban todas las doctrinas, el Padre Larraguibel de la Iglesia de Lourdes y los pastores de las otras creencias no pudieron objetar, aunque por una vez estuvieron todos de acuerdo y cada uno desde su púlpito acusó al predicador de ser un charlatán sin fundamento.

Desde el primer encuentro, cuando el camión de los Reeves desembarcó su cargamento en el patio de los Morales, Gregory y Carmen, la hija menor de la familia, se hicieron íntimos amigos. Una mirada les bastó para establecer la complicidad que habría de durarles toda la vida. La niña era un año menor, pero en los aspectos prácticos resultaba mucho más avispada, a ella le tocaría revelarle al otro las claves y los trucos de la sobrevivencia en el barrio. Gregory era alto, delgado, muy rubio, y ella pequeña, rechoncha, color azúcar dorada. El muchacho había adquirido conocimientos poco usuales, podía lucirse contando argumentos de ópera, describiendo paisajes del *National Geographic* o recitando versos de Byron; sabía cazar un pato, destripar un pescado y calcular en un instante cuánto recorre un camión en cuarenta y cinco minutos si viaja a treinta millas por hora, todo de escasa utilidad en su nueva situación. Sabía meter una boa en un saco, pero no podía ir a la esquina a comprar pan, no había convivido con otras criaturas ni había entrado a una sala de clases, nada sospechaba de la maldad de los niños ni de las tremendas barreras raciales, porque Nora le había inculcado que las personas son buenas –lo contrario es un vicio de la naturaleza– y todas son iguales. Hasta que fue a la escuela Gregory lo creyó. El color de su piel y su absoluta falta de malicia irritaban a los demás, que le caían encima cuando podían, por lo general en el baño, y lo dejaban medio aturdido a golpes. No siempre inocente, a menudo provocaba los enfrentamientos. Con Juan José y Carmen Morales inventaban bromas pesadas, como quitar con una jeringa el relleno de menta a unos bombones de chocolate, remplazarlo por la salsa más picante de la cocina de Inmaculada y ofrecerlo a la banda de Martínez como quien fuma una pipa de la paz, para que seamos amigos ¿okey? Después debieron ocultarse por una semana.

Cada día, apenas tocaban la campana de salida, Gregory corría como un celaje hasta su casa, perseguido por una jauría de muchachos dispuestos a liquidarlo. Era de piernas tan veloces que solía detenerse en medio de la carrera para insultar a sus enemigos. Cuando su familia acampaba en el patio de los Morales no pasaba susto, porque la casa quedaba cerca, Juan José lo acompañaba y nadie podía alcanzarlo en un trecho corto, pero cuando se trasladaron a la nueva propiedad la distancia era diez veces mayor y las posibilidades de llegar a la meta a tiempo se reducían en forma alarmante. Cambiaba el recorrido, cogía por diversos atajos y conocía escondites donde solía esperar agazapado hasta que se aburrían de buscarlo. Una vez se deslizó en la parroquia, porque en clase de religión el Padre contó que desde la Edad Media existía la tradición de asilo dentro de las iglesias, pero la pandilla de Martínez lo persiguió al interior del edificio y después de una escandalosa carrera saltando bancos, lo agarraron frente al altar y procedieron a darle una pateadura ante la mirada impávida de los santos de bulto bajo sus aureolas de latón dorado. A los gritos acudió el enérgico cura, quien se encargó de quitar a Gregory los enemigos de encima tirándolos de los pelos.

–¡Dios no me salvó! –gritaba el niño más furioso que adolorido señalando al Cristo ensangrentado que presidía el altar.

–¿Cómo que no? ¿Y no llegué yo a ayudarte, mal agradecido? –rugió el párroco.

–¡Demasiado tarde! ¡Mire cómo me tienen! –aullaba señalando sus moretones.

–Dios no tiene tiempo para pendejadas. Ponte de pie y límpiate la nariz –le ordenó el Padre.

–Usted dijo que aquí uno está seguro...

–Claro, siempre que el enemigo sepa que se trata de un lugar sagrado, pero estos atorrantes no sospechan el sacrilegio que han cometido.

–¡Su pinche iglesia no sirve para nada!

–¡Cuidado con lo que dices, mira que te vuelo los dientes, muchacho desgraciado! –lo amenazó con la mano en alto el Padre.

–¡Sacrilegio! ¡Sacrilegio! –alcanzó a recordarle Reeves y eso tuvo la virtud de aplacar el hervor de la sangre vasca en las venas del sacerdote, que respiró profundo para despejar la ira y trató de hablar en un tono más apropiado a sus santas vestiduras.

–Escucha, hijo, tienes que aprender a defenderte. Ayúdate, que Dios te ayudará, como dice el refrán.

Y a partir de ese día el buen hombre, que en su juventud había sido un campesino pendenciero, se encerraba con Gregory en el patio de la sacristía para enseñarle a boxear sin mayores contemplaciones por las reglas de la caballerosidad. Su primera lección consistió en tres principios inapelables: lo único importante es ganar, el que pega primero pega dos veces y dale directo a las bolas, hijo, y que Dios nos perdone. De todos modos el chico decidió que el templo era menos seguro que el firme regazo de Inmaculada Morales, fortaleció la confianza en sus puños en la misma medida en que tambaleaba su fe en la intervención divina. Desde entonces, si estaba en apuros corría a la casa de sus amigos, saltaba la cerca del patio y se metía a la cocina, donde aguardaba que Judy acudiera en su rescate. Con su hermana podía caminar a salvo porque era la niña más bonita de la escuela, todos los muchachos estaban enamorados de ella y ninguno habría cometido la estupidez de hacerle una barrabasada a Gregory en su presencia. Carmen y Juan José Morales trataban de servir de enlace entre su nuevo amigo y el resto de la chiquillería, pero no siempre lo lograban porque Gregory resultaba extraño, no sólo por su color, sino porque era orgulloso, testarudo y taimado. Tenía la cabeza repleta de cuentos de indios, de animales salvajes, protagonistas de ópera y de teorías de almas en forma de naranjas flotantes y Logi y Maestros Funcionarios, de las cuales ni el Padre ni las profesoras deseaban oír detalles. Además perdía el control con la menor provocación y se lanzaba de frente, con los ojos cerrados y los puños listos, peleaba a ciegas y casi siempre perdía, era el más golpeado de la escuela. Se reían de él, de su perro –un bastardo de patas cortas y mala catadura– y hasta del aspecto de su madre, que se vestía a la antigua y repartía folletos de la religión Bahai o del *Plan Infinito*. Pero las peores burlas se centraban en su temperamento sentimental. El resto de los muchachos había interiorizado las lecciones machistas de su medio: los hombres deben ser despiadados, valientes, dominantes, solitarios, rápidos con las armas y superiores a las mujeres en todo sentido. Las dos reglas básicas, aprendidas por los niños en la cuna, son que los hombres no confían jamás en nadie y no lloran por ningún motivo. Pero Gregory escuchaba a la maestra hablar de las focas de Canadá exterminadas a palos por los cazadores de pieles o al Padre referirse a los leprosos de Calcuta y, con los ojos aguados, decidía de inmediato irse al norte a defender a las pobres bestias o al Lejano Oriente de misionero. En cambio lo aturdían a golpes sin arrancarle lágrimas, por soberbio prefería que lo chancaran antes que pedir clemencia, sólo por eso los otros muchachos no lo consideraban maricón perdido. A pesar de todo era un chico alegre, capaz de sacarle música a cualquier instrumento, con una memoria infalible para los chistes, el favorito de las niñas en el recreo.

A cambio de sus lecciones de boxeo el Padre le exigió ayuda en las misas del domingo. Cuando Gregory lo comentó en casa de los Morales tuvo que soportar una andanada de bromas de Juan José y sus hermanos, hasta que Inmaculada los interrumpió para anunciar que por burlarse, su hijo Juan José también sería monaguillo y a mucha honra, bendito Dios. Los dos amigos pasaban horas a regañadientes en la iglesia esparciendo incienso, tocando campanillas y recitando latinazgos, ante la mirada atenta del sacerdote, quien aun en los momentos álgidos los vigilaba con su famoso tercer ojo, ese que la gente decía que tenía en la nuca para ver los pecados ajenos. Al hombre le gustaba que uno de sus ayudantes fuera moreno y el otro rubio, consideraba que esa integración racial sin duda complacía al Creador. Antes de la misa los niños preparaban el altar y después ordenaban la sacristía, al irse recibían un pan de anís de regalo, pero el verdadero premio eran unos sorbos clandestinos del vino ceremonial, un licor añejo, dulce y fuerte como jerez. Una mañana fue tanto el entusiasmo que sin medirse despacharon la botella y se quedaron sin vino para la última misa. Gregory tuvo la inspiración de sustraer unos centavos de la colecta y salir disparado a comprar «Coca-Cola». La revolvieron para quitarle el gas y enseguida llenaron la vinajera. Durante el oficio estaban hechos unos payasos y ni siquiera las miradas asesinas del sacerdote lograron impedir cuchicheos, carcajadas, tropezones y campanillazos a destiempo. Cuando el Padre levantó el copón para consagrar la «Coca-Cola», los muchachos se sentaron en las gradas del altar porque no se tenían en pie de la risa. Minutos más tarde el sacerdote bebió el líquido con reverencia, absorto en las palabras litúrgicas y al primer sorbo se dio cuenta de que el diablo había metido mano en el Cáliz, a menos que por una vez la consagración hubiera producido un cambio verificable en las moléculas del vino, idea que su sentido práctico descartó de inmediato. Tenía un largo entrenamiento en las visicitudes de la vida y continuó la misa impertérrito, sin un gesto que revelara lo ocurrido. Terminó el ritual sin prisa, salió dignamente seguido por sus dos monaguillos a trastabillones, y una vez en la sacristía se quitó una de sus pesadas sandalias de suela y procedió a darles una contundente paliza.

Ése fue el primero de muchos años difíciles para Gregory Reeves, fue un tiempo de inseguridad y temores en el cual muchas cosas cambiaron, pero también de travesuras, amistad, sorpresas y descubrimientos.

Apenas mi familia se organizó en las nuevas rutinas y mi padre se sintió más fuerte, se iniciaron los arreglos de la cabaña. Con la ayuda de los Morales y sus amigos ya no se veía en ruinas, pero todavía faltaban algunas comodidades esenciales. Mi padre instaló un primitivo sistema de luz eléctrica, levantó una casucha para el excusado y entre él y yo limpiamos el terreno de piedras y malezas para que mi madre plantara la huerta de vegetales y flores que siempre había deseado. Construyó también una pequeña bodega en el borde mismo del barranco donde terminaba la propiedad, para guardar sus herramientas y el equipo de viaje, no perdía la ilusión de volver algún día a sus travesías en otro camión. Después me ordenó hacer un hoyo, afirmaba que de acuerdo a un filósofo griego antes de morir todo hombre debe procrear un hijo, escribir un libro, construir una casa y plantar un árbol y él ya había cumplido con los tres primeros requisitos. Cavé donde me indicó sin ningún entusiasmo, no deseaba contribuir a su muerte, pero no me atreví a negarme ni a dejar la labor a medias. *«En una ocasión, cuando yo viajaba en el plano astral, fui conducido a una habitación muy grande, como una fábrica,* explicaba Charles Reeves a sus oyentes. *Allí vi muchas máquinas interesantes, algunas no estaban terminadas y otras eran absurdas, los principios mecánicos estaban equivocados y nunca funcionarían bien. Le pregunté a un Logi a quién pertenecían. Éstas son tus obras incompletas, me explicó. Recordé que en mi juventud tuve la ambición de convertirme en inventor. Esas máquinas grotescas eran productos de aquel tiempo y desde entonces estaban almacenadas allí esperando que yo dispusiera de ellas. Los pensamientos toman forma, mientras más definida una idea, más concreta es la forma. No se deben dejar ideas ni proyectos inacabados, deben ser destruidos, porque si no se malgasta energía que estaría mejor empleada en otro asunto. Hay que pensar de manera constructiva, pero cuidadosa.»* Yo había escuchado este cuento a menudo, me fastidiaba esa obsesión por completar todo y por dar a cada objeto y a cada pensamiento un lugar preciso, porque a juzgar por lo que veía a mi alrededor, el mundo era un puro desorden.

Mi padre salió temprano y regresó con Pedro Morales en la camioneta cargando un sauce de buen tamaño. Entre los dos lo arrastraron a duras penas y lo plantaron en el hoyo. Durante varios días observé al árbol y a mi padre, esperando que en cualquier instante el primero se secara o el segundo cayera fulminado, pero como nada de eso ocurrió, supuse que los antiguos filósofos eran unos pelafustanes. El temor de quedar huérfano me venía a la mente con frecuencia. En sueños Charles Reeves se me aparecía como un crujiente esqueleto de ropajes oscuros con una gruesa serpiente enrollada a los pies, y despierto lo recordaba reducido a una piltrafa, tal como lo vi en el hospital. La idea de la muerte me aterrorizaba. Desde que nos instalamos en la ciudad me perseguía un presentimiento de peligro, las normas conocidas se me descalabraron, hasta las palabras perdieron sus significados habituales y tuve que aprender nuevos códigos, otros gestos, una lengua extraña de erres y jotas sonoras. Los caminos sin fin y los vastos paisajes fueron remplazados por un hacinamiento de callejuelas ruidosas, sucias, malolientes pero también fascinantes, donde las aventuras salían a cada paso. Imposible resistir la atracción de las calles, en ellas transcurría la existencia, eran escenario de peleas, amores y negocios. Me embelesaba con la música latina y la costumbre de contar historias. La gente hablaba de sus vidas en tono de leyenda. Creo que aprendí español sólo para no perder palabra de aquellos cuentos. Mi lugar preferido era la cocina de Inmaculada Morales entre las fragancias de las ollas y los afanes de la familia. No me cansaba de ese circo eterno, pero también sentía la secreta necesidad de recuperar el silencio de la naturaleza en la cual me criaron, buscaba árboles, caminaba horas para subir a una pequeña colina donde por unos minutos volvía a sentir el placer de existir en mi propia piel. El resto del tiempo mi cuerpo resultaba un estorbo, debía protegerlo de amenazas permanentes, me pesaban como lastres mi pelo claro, el color de mi piel y mis ojos, mi esqueleto de pájaro. Dice Inmaculada Morales que yo era un niño alegre, lleno de fuerza y energía, con un tremendo gusto por la vida, pero no me recuerdo así, en el *ghetto* experimenté la desazón de ser diferente, no me integraba, deseaba ser como los otros, diluirme en la multitud, volverme invisible y así moverme tranquilo por las calles o jugar en el patio de la escuela, libre de las pandillas de muchachos morenos que descargaban en mí las agresiones que ellos mismos recibían de los blancos apenas asomaban las narices fuera de su barrio.

Cuando mi padre salió del hospital reiniciamos en apariencia una vida normal, pero el equilibrio de la familia estaba roto. También pesaba en el ambiente la ausencia de Olga, echaba de menos su baúl de tesoros, sus utensilios de nigromante, sus vestidos escandalosos, su risa descarada, sus cuentos, su infatigable diligencia, la casa sin ella era como una mesa coja. Mis padres cubrieron el asunto de silencio y no me atreví a pedir explicaciones. Mi mamá se tornaba por momentos más silenciosa y apartada, mientras mi padre, quien siempre tuvo buen dominio sobre su carácter, se volvió rabioso, impredecible, violento. Es culpa de la operación, la química de su cuerpo físico está alterada, por eso su aura se ha oscurecido, pero pronto estará bien, lo justificaba mi mamá en la jerga del *Plan Infinito,* pero sin la menor convicción en su tono. Nunca me sentí cómodo con ella, ese ser descolorido y amable era muy diferente a las madres de otros niños. Las decisiones, los permisos y los castigos provenían siempre de mi padre, el consuelo y la risa de Olga, las confidencias eran con Judy. A mi madre sólo me unían libros y cuadernos escolares, música y la afición por observar las constelaciones del cielo. Jamás me tocaba, me acostumbré a su distancia física y a su temperamento reservado.

Un día perdí a Judy, entonces experimenté el pánico de la soledad absoluta, que no logré superar hasta varias décadas más tarde cuando un amor inesperado revocó esa especie de maldición. Judy había sido una niña abierta y simpática, que me protegía, me mandaba, me llevaba prendido de sus faldas. Por las noches me deslizaba en su cama y ella me contaba cuentos o me inventaba sueños con instrucciones precisas sobre cómo soñarlos. Las formas de mi hermana dormida, su calor y el ritmo de su respiración acompañaron la primera parte de mi infancia, encogido a su lado olvidaba el miedo, junto a ella nada podía hacerme daño. Una noche de abril, cuando Judy iba a cumplir nueve años y yo tenía siete, esperé que todo estuviera en silencio y salí de mi saco de dormir para introducirme en el suyo, como siempre hacía, pero me encontré ante una resistencia feroz. Tapada hasta la barbilla y con las manos engarfiadas sujetando su saco, me zampó que no me quería, que nunca más me dejaría dormir con ella, que se acabaron los cuentos, los sueños inventados y todo lo demás y que yo estaba muy grande para esas tonterías.

–¿Qué te pasa, Judy? –le supliqué espantado, no tanto por sus palabras como por el rencor en su voz.

–¡Ándate al carajo y no vuelvas a tocarme en los días de tu vida! –y rompió a llorar con la cara vuelta a la pared.

Me senté a su lado en el suelo sin saber qué decir, mucho más triste por su llanto que por el rechazo. Un buen rato después me levanté en puntillas y abrí la puerta a *Oliver*, a partir de ese día dormí abrazado a mi perro. En los meses siguientes tuve la sensación de que existía un misterio en mi casa del cual yo estaba excluido, un secreto entre mi padre y mi hermana, o tal vez entre ellos y mi madre, o entre todos y Olga. Presentí que era mejor ignorar la verdad y no traté de averiguarla. El ambiente estaba tan cargado que procuraba ausentarme de la casa lo más posible, visitaba a Olga o a los Morales, daba largas caminatas por los campos cercanos, me alejaba varias millas y regresaba al anochecer, me escondía en la pequeña bodega, entre herramientas y bultos, y lloraba durante horas sin saber por qué. Nadie me hizo preguntas.

La imagen de mi padre comenzó a borrarse y fue remplazada por la de un desconocido, un hombre injusto y rabioso, que mientras acariciaba a Judy a mí me golpeaba al menor pretexto y me empujaba de su lado, vete a jugar fuera, los muchachos deben hacerse fuertes en la calle, me gruñía. Ninguna semejanza había entre el pulcro y carismático predicador de antes y aquel anciano asqueroso que pasaba el día escuchando la radio en un sillón, a medio vestir y sin afeitarse. Para entonces ya no pintaba y tampoco podía dedicarse al *Plan Infinito,* la situación en la casa desmejoró a ojos vista y nuevamente Inmaculada Morales se hizo presente con sus picantes comistrajos, su sonrisa generosa y su buen ojo para captar las necesidades ajenas. Olga me daba dinero con instrucciones de ponerlo con disimulo en la cartera de mi madre. Esta inusitada forma de ingresos se mantuvo por muchos años, sin que mi madre hiciera jamás el menor comentario, como si no percibiera esa multiplicación misteriosa de billetes.

Olga tenía el talento de marcar su entorno con su sello extravagante. Era un pájaro migratorio y aventurero, pero donde se detenía, aunque fuera por unas horas, lograba crear la ilusión de un nido permanente. Poseía pocos bienes, pero sabía distribuirlos a su alrededor de tal modo que si el espacio era pequeño se contenían en un baúl y si era más grande se esponjaban hasta llenarlo. Bajo una carpa en cualquier recodo del camino, en una choza o en la cárcel, donde fue a parar más tarde, ella era reina en su palacio. Cuando se separó de los Reeves consiguió una habitación alquilada a un precio módico, un cuchitril algo sórdido con la pátina melancólica del resto del barrio, pero logró realzarlo con colores propios, transformándolo en poco tiempo en punto de referencia para quienes solicitaban una dirección: tres cuadras para adelante, doble a la derecha y donde vea una casa pintarrajeada le da a la izquierda, y ya está. La escalera de acceso y las dos ventanas fueron decoradas en su estilo, colgajos de conchas y cristales llamaban a los pasantes con su sonajera de campanas, luces multicolores evocaban una Navidad ininterrumpida y su nombre en letras cursivas coronaba aquella extraña pagoda. Los dueños de la propiedad se cansaron de exigir un poco de discreción y por último se resignaron a los chirimbolos en el edificio. A poco nadie en varias millas a la redonda ignoraba dónde vivía Olga. Puertas adentro la vivienda presentaba un aspecto igualmente estrafalario, con una cortina separó la habitación en dos partes, una para atender a su clientela y otra donde puso su cama y su ropa colgada de clavos en la pared. Aprovechando sus dotes artísticas y la caja de pinturas al óleo, de los tiempos de su empresa con Charles Reeves, cubrió las paredes de signos del Zodíaco y palabras en alfabeto cirílico, que producían gran impresión en los visitantes. Compró un mobiliario de segunda mano y en un pase de imaginación lo convirtió en divanes orientales; en estanterías se alineaban estatuillas de santos y magos, potiches con sus pócimas, velas y amuletos; del techo colgaban atados de hierbas secas y resultaba difícil desplazarse entre las mesas enanas donde atesoraba pebeteros con incienso de dudosa calidad, comprado en las tiendas de los pakistanos. Esa fragancia dulzona luchaba eternamente con la de plantas y pócimas medicinales, esencias para el amor y cirios de ensalmo. Cubrió las lámparas de chales con flecos, tiró por el suelo una apolillada piel de cebra y cerca de la ventana reinaba orondo un gran Buda de yeso dorado. En aquella cueva se las ingeniaba para cocinar, vivir y ejercer su oficio, todo en un espacio mínimo que por arte de fantasía se acomodaba a sus necesidades y caprichos. Concluida la decoración de su casa echó a correr la voz de que hay mujeres capaces de desviar el curso de las desgracias y ver en la oscuridad del alma y ella era una de ésas. Luego se sentó a esperar, pero no por mucho porque la gente ya estaba enterada de la curación de la almacenera barbuda y pronto los clientes se apiñaban para contratar sus servicios.

Gregory visitaba a Olga a cada rato. Al término de las clases salía escapando, perseguido por la patota de Martínez, un muchacho algo mayor que todavía estaba en segundo grado, no había aprendido a leer y no le entraba el inglés en el cerebro, pero ya tenía el cuerpo y la actitud de un matón. *Oliver* aguardaba ladrando junto al quiosco de periódicos en un valiente afán de detener a los enemigos y dar ventaja a su amo, para después seguirlo como flecha a su destino final. Para despistar a Martínez el niño solía desviarse a casa de Olga. Sus visitas a la adivina eran una fiesta. En cierta ocasión se deslizó bajo la cama sin que ella lo viera y desde su escondite presenció una de sus extraordinarias consultas. El dueño del bar «Los Tres Amigos», mujeriego y vanidoso, con bigotillo de actor de cine y una faja elástica para contenerse la barriga, se presentó turbado donde la hechicera en busca de alivio para un mal secreto. Ella lo recibió envuelta en una túnica de astróloga en el cuarto apenas iluminado por bombillos rojos y perfumado de incienso. El hombre se sentó ante la mesa redonda donde ella atendía a sus clientes y contó con titubeantes preámbulos y rogando la mayor discreción, que sufría de un ardor constante en los genitales.

–A ver, muéstremelo –ordenó Olga y procedió a examinarlo largamente con una linterna de bolsillo y una lupa, mientras Gregory se mordía las manos para no estallar de risa bajo la cama.

–Me hice los remedios que me recetaron en el hospital, pero nada. Hace cuatro meses que me estoy muriendo, doña.

–Hay enfermedades del cuerpo y enfermedades del alma –diagnosticó la maga volviendo a su trono a la cabecera de la mesa–. Ésta es una enfermedad del alma, por eso no se cura con medicinas normales. Por donde pecas, pagas.

–¿Ah?

–Usted le ha dado mal uso a su órgano. A veces las faltas se pagan con pestes y otras con picazón moral –explicó Olga, que estaba al tanto de todos los chismes del barrio, conocía la mala reputación del cliente y la semana anterior le había vendido polvos para la fidelidad a la desconsolada esposa del tabernero–. Puedo ayudarlo, pero le advierto que cada consulta le costará cinco dólares y que no va a ser muy agradable. Al ojo puedo calcular que necesitará cinco sesiones por lo menos.

–Si con eso me voy a mejorar...

–Tiene que pagarme quince dólares al empezar. Así nos aseguramos que no se arrepiente por el camino, mire que una vez comenzado el ensalmo debe terminarse o si no se le seca el miembro y le queda como una ciruela pasa ¿me entiende?

–Cómo no, doñita, usted manda –accedió aterrorizado el galán.

–Quítese todo para abajo, puede dejarse la camisa –ordenó ella antes de desaparecer tras el biombo a preparar los elementos necesarios para la curación.

Colocó al hombre de pie al centro del cuarto, lo rodeó con un círculo de velas encendidas, le echó unos polvos blancos en la cabeza, a tiempo que recitaba una letanía en lengua desconocida, enseguida untó la zona afectada con algo que Gregory no pudo ver, pero sin duda era de gran efectividad, porque a los pocos segundos el infeliz daba saltos de mono y gritaba a todo pulmón.

–No se me salga del círculo –indicó Olga mientras esperaba calmadamente a que se le pasara la picazón.

–¡Ay qué chingadera, madrecita! Esto es peor que salsa de chile piquín... –gimió el paciente cuando recuperó la respiración.

–Si no duele no cura –determinó ella, conocedora de los beneficios del castigo para quitar la culpa, lavar la conciencia y aliviar las enfermedades nerviosas–. Ahora le voy a poner algo fresquito –y lo pintó a brochazos con tintura azul de metileno, luego le ató una cinta y le ordenó regresara la semana siguiente sin quitarse la cinta por ningún motivo y echarse la tintura todas las mañanas.

–Pero cómo voy a... bueno, usted me entiende, con ese lazo ahí...

–Tendrá que portarse como un santo no más. Esto le pasó por andar de picaflor ¿por qué no se conforma con su esposa? Esa pobre mujer tiene ganado el cielo, usted no la merece –y con esa última recomendación de buena conducta lo despachó.

Gregory le apostó un dólar a Juan José y a Carmen Morales que el dueño del bar tenía el pirulo azul decorado con una cinta de cumpleaños. Los muchachos pasaron una mañana trepados al techo de «Los Tres Amigos» espiando el baño por un agujero hasta comprobar con sus propios ojos el fenómeno. Poco después todo el barrio sabía el cuento y desde entonces el tabernero debió soportar el apodo de *Pito-de-lirio,* que habría de acompañarlo hasta su tumba.

Como Olga no siempre le abría la puerta porque solía estar ocupada con algún cliente, Gregory se sentaba en la escalera a hacer un inventario de los nuevos adornos de la fachada, maravillado del talento de la mujer para renovarse cada día. En algunas ocasiones ella se asomaba, apenas cubierta por una bata, con el pelo revuelto como una maraña de algas rojas, y le daba galletas o una moneda, no puedo verte hoy, Greg, tengo trabajo, regresa mañana, le decía con un beso fugaz en la mejilla. El chico partía frustrado, pero comprendía que ella tenía deberes ineludibles. Los clientes eran de muchos tipos: desesperados en busca de mejorar su fortuna, mujeres preñadas dispuestas a utilizar cualquier recurso para derrotar a la naturaleza, enfermos desalentados por la medicina tradicional, amantes despechados y ansiosos de venganza, solitarios atormentados por el silencio y gente ordinaria que sólo quería un masaje, un fetiche, una lectura de la palma de las manos o té de flores orientales para el dolor de cabeza. Para cada uno Olga disponía de una dosis de magia e ilusión, sin detenerse a considerar la legitimidad de sus métodos, porque en ese barrio nadie entendía y ni daba importancia a las leyes de los gringos.

La adivina no tuvo hijos propios y adoptó en su corazón a los de Charles Reeves. No se ofendió con los desaires de Judy, porque sabía que apenas la niña la necesitara estaría de nuevo a su lado, y agradeció calladamente la fidelidad de Gregory, a quien premiaba con mimos y regalos. Por él se enteraba del destino de los Reeves. Muchas veces el chiquillo le preguntó por qué no visitaba la casa, pero sólo obtuvo respuestas vagas. En una de aquellas oportunidades en que la adivina no pudo recibirlo, creyó escuchar la voz de su padre a través de la puerta y el corazón casi le revienta en el pecho: se vio de pie al borde de un abismo sin fondo, a punto de destapar una caja de horrores. Disparó corriendo, sin deseos de averiguar lo que temía, pero la curiosidad pudo más y a medio camino volvió para esconderse en la calle a esperar que saliera el cliente de Olga. Cayó la noche sin que la puerta se abriera y por fin debió regresar a su casa. Al llegar encontró a Charles Reeves leyendo el periódico en su sillón de mimbre.

¿Cuánto vivió mi padre en realidad? ¿Cuándo empezó a morirse? En los meses finales ya no era él, su cuerpo había cambiado tanto que era difícil reconocerlo y su espíritu tampoco estaba allí. Un soplo maléfico animaba a ese viejo que seguía llamándose Charles Reeves, pero no era mi padre. Por eso yo no tengo malos recuerdos. Judy, en cambio, está llena de odio. Hemos hablado de esto y no coincidimos en los hechos ni en los personajes, como si cada uno fuera protagonista de un cuento diferente. Vivíamos juntos en la misma casa al mismo tiempo, sin embargo su memoria no registró lo mismo que la mía. Mi hermana no comprende por qué sigo aferrado a la imagen de un padre sabio y a una época dichosa acampando al aire libre bajo la cúpula profunda de un cielo lleno de estrellas o cazando patos agazapado entre unos juncos al amanecer. Jura que las cosas nunca fueron así, que siempre hubo violencia en nuestra familia, que Charles Reeves fue un charlatán de poca monta, un vendedor de mentiras, un degenerado que murió de puro vicioso y no nos dejó nada bueno. Me acusa de haber bloqueado el pasado, dice que prefiero ignorar sus vicios, debe ser verdad porque no sabía que fuera alcohólico y lleno de maldad, como ella sostiene. ¿No te acuerdas cómo te azotaba por cualquier tontería con un cinturón de cuero?, me repite Judy. Sí, pero no le guardo rencor por eso, en aquellos tiempos a todos los muchachos les pegaban, era parte de la educación. A Judy la trataba mejor, no se acostumbraba golpear tanto a las niñas, parece. Además yo era muy inquieto y testarudo; mi madre nunca pudo doblegarme, por eso intentó deshacerse de mí en más de una ocasión. Poco antes de morir, en uno de esos raros encuentros en que pudimos hablar sin herirnos, me aseguró que no lo hizo por falta de cariño, siempre me quiso mucho, dijo, pero no podía mantener a dos niños y naturalmente prefirió quedarse con mi hermana, que era más dócil, en cambio a mí no era capaz de controlarme. A veces sueño con el patio del orfelinato. Judy era mucho mejor que yo, de eso no hay duda, una chiquilla mansa y simpática, siempre estaba dispuesta a obedecer y tenía esa coquetería natural de las niñas bonitas. Así fue como hasta los trece o catorce años, después se transformó.

Lo primero fue el olor a almendras. Volvió solapadamente, casi imperceptible al principio, una ráfaga tenue que pasaba sin dejar rastros, tan leve que me resultaba imposible determinar si la había sentido en realidad o si era sólo el recuerdo de la visita al hospital cuando operaron a mi padre. Después fue el ruido. El cambio más notable fue ese ruido. Antes, en los tiempos de los viajes en el camión, el silencio era parte de la vida, cada sonido tenía su espacio preciso. En la ruta sólo se escuchaba el motor del vehículo y a veces la voz de mi madre leyendo; al acampar percibíamos el crepitar de la leña en el fuego, el cucharón en la olla, las lecciones escolares, breves diálogos, la risa de mi hermana jugando con Olga, el ladrido de *Oliver*. En la noche el silencio era tan denso que el graznido de una lechuza o el aullar de un coyote parecían escandalosos. De acuerdo a mi padre, tal como cada cosa tiene su lugar, cada sonido tiene su momento. Se indignaba cuando alguien interrumpía en la conversación; en sus sermones se debía retener el aire, porque hasta una tos involuntaria provocaba su mirada de hielo. Al final todo se desordenó en la mente de Charles Reeves. En sus peregrinaciones astrales debe haber encontrado no sólo aquel hangar lleno de artefactos malogrados y de inventos demenciales, sino también cuartos atiborrados de olores, sabores, gestos y palabras sin sentido, otros llenos a reventar de intenciones disparatadas y uno donde los ruidos del descalabro retumbaban como el repique de una monstruosa campana de hierro. No me refiero a los sonidos del barrio: el tráfico en la calle, los gritos de la gente, las máquinas de los obreros construyendo la gasolinera, sino a esa confusión que marcó sus últimos meses. La radio, que antes sólo se encendía para escuchar noticias de la guerra y música clásica, atronaba ahora día y noche con toda suerte de mensajes inútiles, juegos de pelota y canciones vulgares. Por encima de ese estrépito mi padre reclamaba a gritos por nimiedades, daba órdenes contradictorias, nos llamaba a cada rato, leía en alta voz sus propios sermones o pasajes de la Biblia, tosía, escupía sin cesar y se soplaba la nariz con un alboroto injustificado, martillaba clavos en las paredes y jugaba con sus herramientas como si estuviera arreglando algún desperfecto, pero en realidad esos frenéticos quehaceres no tenían un fin preciso. Hasta dormido era ruidoso. Ese hombre, antes tan pulcro en sus modales y en sus hábitos, se dormía de pronto en la mesa, con la boca llena de comida, sacudido por un ronquido profundo, jadeando y murmurando perdido en el laberinto de quién sabe qué desvaríos lujuriosos. Basta, Charles, lo despertaba mi madre azorada cuando lo sorprendía manoseándose el sexo en sueños; es la fiebre, niños, agregaba para tranquilizarnos. Mi padre deliraba, no hay duda, la fiebre lo atacaba a mansalva en cualquier momento del día, pero durante la noche no tenía descanso, amanecía empapado de transpiración. Mi madre lavaba las sábanas cada mañana, no sólo por el sudor de la agonía, también por las manchas de sangre y pus de los forúnculos. En sus piernas crecían abscesos purulentos, que él trataba con árnica y compresas de agua calientes. Desde que comenzó su enfermedad mi madre no dormía en su cama, pasaba la noche recostada en un sillón cubierta con un chal.

Hacia el final, cuando mi padre ya no podía levantarse, Judy se negaba a entrar a su cuarto, no quería verlo, y ninguna amenaza o recompensa lograban acercarla al enfermo, entonces yo pude aproximarme poco a poco, primero a observarlo desde el umbral y después a sentarme en el borde de la cama. Estaba demacrado, la piel verdosa pegada a los huesos, los ojos hundidos en las órbitas, sólo el rumor asmático de su respiración indicaba que aún vivía. Tocaba su mano, él abría los párpados y su mirada no me reconocía. A ratos le bajaba la fiebre y parecía resucitar de una larga muerte, bebía un poco de té, pedía que encendieran la radio, se levantaba y daba unos pasos vacilantes. Una mañana salió medio desnudo al patio a ver el sauce y me mostró las ramas tiernas, está creciendo y vivirá para llorarme, dijo.

Ese día, al regresar de la escuela, Judy y yo vimos desde lejos la ambulancia en el callejón de nuestra casa. Yo corrí, pero mi hermana se sentó en la acera, abrazada a su bolsón de libros. Ya se habían juntado algunos curiosos en el patio, Inmaculada Morales estaba en el porche ayudando a dos enfermeros a pasar una camilla a través del umbral demasiado estrecho. Entré a la casa y me aferré al vestido de mi madre, pero me rechazó descompuesta, como si tuviera náuseas. En ese momento sentí una bocanada intensa de olor a almendras y un anciano escuálido apareció de pie, muy erguido, en la puerta del cuarto, llevaba sólo una camiseta, iba descalzo, revuelto el poco cabello que aún le quedaba en la cabeza, los ojos llameantes por la locura de la fiebre, y un hilo de saliva escurriendo por las comisuras de la boca. Con la mano izquierda se apoyaba en la pared, con la derecha se masturbaba.

–¡Basta, Charles, deja eso! –le ordenó mi madre–. Basta, por favor basta –suplicó ocultando la cara entre las manos.

Inmaculada Morales abrazó a mi madre mientras los enfermeros cogían a mi padre, lo sacaban al porche y lo colocaban en la camilla cubierto con una sábana y atado con dos correas. Lanzaba maldiciones y terribles palabrotas, un lenguaje que hasta entonces yo nunca le había oído. Lo acompañé a la ambulancia, pero mi madre no me permitió ir con ellos, el vehículo se alejó aullando en una nube de polvo. Inmaculada Morales cerró la puerta de la casa, me cogió de la mano llamó a *Oliver* con un silbido y echó a andar. Por el camino encontramos a Judy, que seguía inmóvil en el mismo sitio, sonriendo de una extraña manera.

–Vamos, niños, les compraré algodones de azúcar –dijo Inmaculada Morales, aguantando las lágrimas.

Ésa fue la última vez que vi a mi padre con vida, horas después murió en el hospital, derrotado por incontenibles hemorragias internas. Esa noche dormimos con Judy en casa de los amigos mexicanos. Pedro Morales estuvo ausente, acompañaba a mi madre en los trámites de la muerte. Antes de sentarnos a cenar, Inmaculada nos llevó aparte a mi hermana y a mí y nos explicó lo mejor que pudo que ya no debíamos preocuparnos, el Cuerpo Físico de nuestro padre había dejado de sufrir y su Cuerpo Mental había volado al plano astral, donde seguramente se había reunido con los Logi y los Maestros Funcionarios, entre los cuales pertenecía.

–Es decir, se fue al cielo con los ángeles –agregó suavemente, mucho más cómoda con los términos de su fe católica que con los del *Plan Infinito.*

Judy y yo nos quedamos con los niños Morales, que dormían de dos o tres por cama, todos en la misma habitación. Inmaculada permitió entrar a *Oliver,* estaba mal acostumbrado y si se quedaba afuera armaba un escándalo de gemidos. Yo empezaba a cabecear, agotado por emociones contradictorias, cuando oí en la oscuridad la voz de Carmen susurrando que le hiciera un hueco y sentí su cuerpo pequeño y tibio deslizarse a mi lado. Abre la boca y cierra los ojos, me dijo, y sentí que me ponía un dedo en los labios, un dedo untado con algo viscoso y dulce, que chupé como un caramelo. Era leche condensada. Me incorporé un poco y metí también el dedo en el tarro para darle a ella y así estuvimos lamiéndonos y chupándonos, hasta que se terminó el dulce. Después me dormí tranquilo, empalagado de azúcar, con la cara y las manos pegajosas, abrazado a ella, con *Oliver* a los pies, acompañado por la respiración y el calor de los otros niños y el ronquido de la abuela chiflada atada con una larga cuerda a la cintura de Inmaculada Morales, en el cuarto contiguo.

La muerte del padre desquició a la familia, en poco tiempo se perdió el rumbo y cada uno debió navegar solo. Para Nora la viudez fue una traición, se consideró abandonada en un medio bárbaro, con dos hijos y sin recursos, pero al mismo tiempo sintió un inconfesable alivio, porque en los últimos tiempos su compañero no era el mismo hombre que había amado y la convivencia con él se había convertido en un martirio. Sin embargo poco después del funeral comenzó a olvidar su decrepitud final y a acariciar recuerdos anteriores, imaginaba que estaban unidos por un hilo invisible, como aquel del cual colgaba la naranja del *Plan Infinito;* esa imagen le devolvió la seguridad de antaño, cuando su marido reinaba sobre el destino de la familia con su firmeza de Maestro. Nora se rindió a la languidez de su temperamento, se acentuó el letargo iniciado por el horror de la guerra, un deterioro de la voluntad que creció solapadamente y se manifestó en toda su magnitud al enviudar. Nunca hablaba del difunto en pasado, aludía a su ausencia en términos vagos, como si hubiera partido a un prolongado viaje astral, y más tarde, cuando comenzó a comunicarse con él en sueños, se refería al asunto con el tono de quien comenta una conversación telefónica. Sus hijos, avergonzados, no querían oír hablar de esos delirios, temiendo que la condujeran a la locura. Se quedó sola. Era extranjera en ese medio, apenas mascullaba un poco de español y se veía muy diferente a las demás mujeres. La amistad con Olga había terminado, con sus hijos se relacionaba apenas, no intimó con Inmaculada Morales o con alguna otra persona del barrio, era amable, pero la gente la evitaba porque parecía extraña, nadie quería oír sus desvaríos de óperas o del *Plan Infinito*. La costumbre de la dependencia estaba tan arraigada en ella que al perder a Charles Reeves quedó como aturdida. Realizó algunos intentos de ganarse el sustento con dactilografía y costura, pero nada le resultó, tampoco pudo traducir del hebreo o del ruso, como pretendió, porque nadie necesitaba esos servicios en el barrio y la perspectiva de aventurarse al centro de la ciudad para buscar trabajo la aterrorizaba. No se inquietó demasiado por mantener a sus hijos porque no los consideraba completamente suyos, tenía la teoría de que las criaturas pertenecen a la especie en general y a nadie en particular. Se sentó en el porche de su casa a mirar el sauce, inmóvil durante horas, con una expresión ausente y apacible en su hermoso rostro eslavo, que ya comenzaba a decolorarse. En los años siguientes desaparecieron sus pecas, se desdibujaron sus facciones y toda ella pareció borrarse de a poco. En la vejez llegó a ser tan tenue que costaba recordarla y como a nadie se le ocurrió tomarle fotografías, después de su muerte Gregory llegó a temer que tal vez su madre no había existido nunca. Pedro Morales trató de convencer a Nora de que se ocupara en algo, recortó avisos de diversos empleos y la acompañó en las primeras entrevistas, hasta que se convenció de su incapacidad para enfrentar los problemas reales. Tres meses más tarde, cuando la situación se tornó insostenible, la llevó a las oficinas de la Beneficencia Social para conseguirle ayuda como indigente, agradecido de que su maestro Charles Reeves no estuviera vivo para presenciar semejante humillación. El cheque de la caridad pública, apenas suficiente para cubrir los gastos mínimos, fue el único ingreso seguro de la familia por muchos años, el resto provino del trabajo de los hijos, de los billetes que Olga mandaba colocar en la cartera de Nora y de la ayuda discreta de los Morales. Surgió un comprador para la boa y el animal acabó expuesto a las miradas de los curiosos en un teatro de mala reputación, junto a unas coristas livianas de ropas, un ventrílocuo obsceno y diversos números artísticos de poca monta que divertían a los embrutecidos espectadores. Allí sobrevivió algunos años, alimentada con ratas y ardillas vivas y los desperdicios que echaban en la jaula sólo para verla abrir sus fauces de bestia aburrida, creció y engordó hasta adquirir aspecto terrorífico, aunque no se alteró la mansedumbre de su carácter.

Los chicos Reeves sobrevivieron solos, cada uno en su estilo. Judy se empleó en una panadería, donde trabajaba cuatro horas diarias después de la escuela y por las noches solía cuidar niños o limpiar oficinas. Era muy buena estudiante, aprendió a imitar cualquier tipo de caligrafía, y por una suma razonable hacía las tareas de otros alumnos. Mantuvo ese negocio clandestino sin ser sorprendida, mientras seguía portándose como una muchacha ejemplar, siempre sonriente y dócil, sin revelar jamás los demonios de su alma, hasta que los primeros síntomas de la pubertad le trastornaron el carácter. Cuando le brotaron dos firmes cerezas en los senos, se le marcó la cintura y sus facciones de bebé se afinaron, todo cambió para ella. En ese barrio de gente morena y más bien baja, su color de oro y sus proporciones de walkiria llamaban de tal manera la atención que le era imposible pasar inadvertida. Siempre había sido bonita, pero cuando cruzó el umbral de la infancia y los hombres de todas las edades y condiciones comenzaron a asediarla, esa niña dulce se transformó en un animal rabioso. Sentía las miradas del deseo como una violación, llegaba a menudo a su casa gritando maldiciones, golpeando las puertas, a veces llorando de impotencia porque en la calle la silbaban o le hacían gestos procaces. Desarrolló un lenguaje de filibustero para replicar a los piropos y si alguien intentaba tocarla se defendía con un largo alfiler de sombrero, que siempre llevaba al alcance de la mano como una daga, y que no tenía el menor escrúpulo en clavárselo a su admirador en la parte más vulnerable. En la escuela arremetía contra los varones por sus miradas maliciosas y contra sus compañeras por rencores de raza y por los celos que inevitablemente provocaba. Gregory vio varias veces a su hermana en esas extrañas riñas de muchachas –revolcones, arañazos, tirones de pelo, insultos– tan diferentes a las peleas de los hombres, por lo general breves, silenciosas y contundentes. Las mujeres buscaban humillar a su enemiga, los hombres parecían dispuestos a matar o morir. Judy no necesitaba ayuda para defenderse, con la práctica se convirtió en un verdadero luchador. Mientras otras jóvenes de su edad ensayaban los primeros maquillajes, practicaban besos franceses y contaban el tiempo que les faltaba para ponerse tacones altos, ella se cortó el cabello como un presidiario, se vistió con ropa de hombre y devoraba con ansias las sobras de masa y de dulce de la panadería. Se le llenó la cara de granos y cuando entró a la secundaria había aumentado tanto de peso que nada quedaba de la delicada muñeca de porcelana que fue en la infancia, parecía un león marino, como ella misma decía buscando denigrarse.

A los siete años Gregory se lanzó a la calle. No estaba unido a su madre por sentimentalismos, sino apenas por algunas rutinas compartidas y por una tradición de honor sacada de cuentos edificantes sobre hijos abnegados que reciben recompensa y de ingratos que van a parar al horno de una bruja. Le tenía lástima, estaba seguro de que sin Judy y él, Nora moriría de inanición sentada en el sillón de mimbre contemplando el vacío. Ninguno de los dos niños consideraba la indolencia de su madre como un vicio, sino como una enfermedad del espíritu, tal vez su Cuerpo Mental había partido en busca del padre y se había perdido en el laberinto de algún plano cósmico, o se había quedado rezagado en uno de esos vastos espacios repletos de máquinas estrafalarias y de almas desconcertadas. La intimidad con Judy había desaparecido y cuando Gregory se cansó de buscar caminos de encuentro con ella, remplazó a su hermana por Carmen

Morales, con quien compartía el cariño brusco, las peleas y la lealtad de los buenos compinches. Era travieso e inquieto, en la escuela se portaba pésimo y se le iba la mitad del tiempo cumpliendo diversos castigos, desde pararse de cara al rincón con orejas de burro, hasta soportar los palmetazos en el trasero propinados por la directora. En su casa actuaba como pensionista, llegaba a dormir lo más tarde posible, prefería ir donde los Morales o a visitar a Olga. El resto de su vida transcurría en la jungla del barrio, que llegó a conocer hasta en sus últimos secretos. Lo llamaban *el Gringo* y a pesar de los rencores de raza, muchos lo querían porque era alegre y servicial. Contaba con varios amigos: el cocinero de la taquería, quien siempre tenía algún plato sabroso para ofrecerle, la dueña del almacén, donde leía las revistas de historietas sin pagar, el acomodador del cine, quien de vez en cuando lo introducía por la puerta trasera y le permitía ver la película. Hasta *Pito-de-lirio,* quien jamás sospechó su intervención en el apodo, solía ofrecerle una gaseosa de vez en cuando en el bar «Los Tres Amigos». Tratando de aprender español perdió buena parte del inglés y terminó hablando mal los dos idiomas. Por un tiempo se puso tartamudo y la directora llamó a Nora Reeves para recomendarle que colocara a su hijo en la escuela para retardados de las monjas del barrio, pero intervino su maestra, Miss June, quien se comprometió a ayudarlo con las tareas. Los estudios le interesaban poco, su mundo eran las calles, allí aprendía mucho más. El barrio era una ciudadela dentro de la ciudad, un *ghetto* tosco y pobre, nacido por impulso espontáneo en torno a la zona industrial, donde los inmigrantes ilegales podían emplearse sin que nadie les hiciera preguntas. El aire estaba infectado por el olor de la fábrica de cauchos, en días de semana se sumaban el humo del tráfico y de las cocinerías y se formaba una nube espesa flotando sobre las casas como un manto visible. Los viernes y los sábados resultaba peligroso aventurarse al oscurecer, cuando pululaban los borrachos y los drogados prontos a estallar en batallas mortales. Por las noches se oían disputas de parejas, gritos de mujeres, llantos de niños, riñas de hombres, a veces balazos y sirenas de la policía. En el día las calles hervían de actividad, mientras en las esquinas languidecían hombres sin trabajo, ociosos, bebiendo, molestando a las mujeres, jugando dados y esperando que se cumplieran las horas con un fatalismo de cinco siglos a la espalda. Las tiendas exhibían los mismos productos baratos de cualquier pueblo mexicano, los restaurantes servían platos típicos y en los bares tequila y cerveza, en el salón de baile se tocaba música latina y en las celebraciones no faltaban las bandas de mariachis con sus enormes sombreros y trajes de luces cantándole a la honra y al despecho. Gregory, que los conocía a todos y no se perdía ninguna fiesta, entraba a la siga de los músicos como la mascota del grupo, los acompañaba en el canto y lanzaba el inevitable ayayay de las rancheras como un experto, provocando entusiasmo en el público que no había visto a un gringo con tales aptitudes. Saludaba a medio mundo por su nombre y gracias a su expresión de angelote se ganó la confianza de mucha gente. Se sentía mejor que en su casa en el laberinto de callejuelas y pasajes, en los sitios baldíos y en los edificios abandonados, donde jugaba con los hermanos Morales y media docena de otros niños de su edad, evitando siempre el encuentro con las pandillas mayores. Tal como ocurría con los jóvenes negros, orientales o blancos pobres en otros puntos de la ciudad, para los hispanos el barrio era más importante que la familia, era su territorio inviolable. Cada pandilla se identificaba por su lenguaje de signos, sus colores, su graffiti en los muros. De lejos todas parecían iguales, muchachos desarrapados, incapaces de articular un pensamiento; de cerca eran diferentes, cada una con sus ritos y su intrincado lenguaje simbólico de gestos. Para Gregory el aprendizaje de los códigos fue asunto de primera necesidad, podía distinguir a los miembros de las diferentes bandas por el tipo de chaquetas o de gorras, por los signos de las manos con los cuales se enviaban mensajes o se provocaban para la guerra, le bastaba ver el color de una letra solitaria en la pared para saber quiénes la habían trazado y qué significaba. El graffiti marcaba los límites y cualquiera que se aventurara en el ámbito ajeno por ignorancia o por atrevimiento lo pagaba caro, por eso debía dar largos rodeos en cada una de sus salidas. La única banda de niños de la escuela primaria era la de Martínez, que se entrenaba para pertenecer un día a «Los Carniceros» la más temible pandilla del barrio. Sus miembros se identificaban por el color morado y la letra C, su bebida era tequila con refresco de uva por el color y su saludo la mano derecha engarfiada tapando la boca y la nariz. En guerra eterna contra otros grupos y con la policía, tenía como único propósito dar un sentido de identidad a los jóvenes, la mayoría de los cuales había abandonado la escuela, carecía de trabajo y vivían en la calle o en cuartos comunitarios. Los pandilleros estaban fichados por múltiples ingresos a la cárcel por raterías, tráfico de marihuana, borracheras, asaltos y robos de coches. Unos pocos andaban armados con pistolas artesanales fabricadas con un pedazo de cañería, un mango de madera y un detonante, pero en general usaban cuchillos, cadenas, navajas y garrotes, lo que no impedía que en cada batalla callejera la ambulancia se llevara a dos o tres en estado grave. Las pandillas representaban la mayor amenaza para Gregory, nunca podría incorporarse a ninguna, aquello también era una cuestión de raza, y enfrentarlas constituía un acto de locura. No se trataba de adquirir fama de valiente, sino de sobrevivir, pero tampoco podía pasar por un cobarde, porque se ensañarían con él. Bastaron algunas palizas para hacerle comprender que los héroes solitarios sólo triunfan en las películas, que debía aprender a negociar con astucia, no llamar la atención, conocer al enemigo para sacar ventaja de sus debilidades y eludir peleas, porque tal como decía el pragmático Padre Larraguibel, Dios ayuda a los buenos cuando son más que los malos.

La casa de los Morales se convirtió en el verdadero hogar de Gregory, adonde llegaba en calidad de hijo en cualquier momento. En el tumulto de muchachos era uno más y la misma Inmaculada se preguntaba distraída cómo le había salido un niño rubio. En esa tribu nadie se quejaba de soledad o de aburrimiento, todo se compartía, desde las angustias existenciales hasta el único baño, y lo intrascendental se discutía a gritos, pero los asuntos importantes se mantenían en estricto secreto familiar de acuerdo a un milenario código de honor. La autoridad del padre no se cuestionaba, los pantalones los llevo yo, rugía Pedro Morales cada vez que alguien le movía el piso bajo los pies, pero en el fondo Inmaculada era el verdadero jefe de la familia. Nadie se dirigía directamente al padre, preferían pasar por la burocracia materna. Ella no contradecía a su marido ante testigos, pero se las arreglaba para salirse con la suya. La primera vez que el hijo mayor apareció vestido de *pachuco* Pedro Morales le dio una tunda de correazos y lo echó de la casa. El muchacho estaba harto de trabajar el doble que cualquier americano por la mitad del pago y vagaba gran parte del día con sus compinches por boliches y bares de mala muerte, sin más dinero en los bolsillos que el ganado en apuestas y el que su madre le pasaba a escondidas. Para evitar discusiones con su mujer, Pedro Morales hizo la vista gorda mientras pudo, pero cuando se presentó ante sus ojos emperifollado como un chulo y con una lágrima tatuada en una mejilla, lo molió a golpes. Esa noche, cuando los demás estaban ya en la cama, se escuchó por horas el murmullo de la voz de Inmaculada ablandando la resistencia de su marido. Al día siguiente Pedro salió a buscar a su hijo, lo encontró parado en una esquina piropeando a las mujeres que pasaban, lo cogió del cuello y se lo llevó a su garaje, le quitó a tirones su atuendo de *pachuco*, le puso un pantalón engrasado y lo obligó a trabajar de sol a sol durante varios años, hasta convertirlo en el mejor mecánico de los alrededores y dejarlo instalado por su cuenta en un taller propio. Cuando Pedro Morales cumplió medio siglo, su hijo casado, con tres niños y una casa propia en los suburbios, se hizo quitar la lágrima de la mejilla como regalo de cumpleaños para su padre, la cicatriz fue el único recuerdo que quedó de su época de rebeldía. Inmaculada pasaba la existencia atendiendo como una esclava a los hombres de su familia, de niña debió hacerlo con su padre y hermanos y más tarde lo hizo con su marido y sus hijos. Se levantaba al alba para cocinar un desayuno contundente a Pedro, quien debía abrir el taller muy temprano, nunca sirvió en su mesa tortillas añejas, habría desacreditado su dignidad. El resto del día se le iba en mil tareas ingratas, incluyendo la preparación de tres comidas completas y diferentes, convencida de que los hombres necesitan alimentarse con platos enormes y siempre variados. Jamás se le ocurrió pedir ayuda a sus hijos, cuatro fornidos hombronazos, para raspar los pisos, sacudir los colchones o lavar la tosca ropa del taller, tiesa de aceite de motor, que refregaba a mano. A las dos niñas, en cambio, les exigía que sirvieran a los varones, porque lo consideraba su obligación. Dios quiso que naciéramos mujeres, mala suerte, estamos destinadas al trabajo y al dolor, decía en tono pragmático, sin asomo de autocompasión.

Ya en esos años Carmen Morales era un bálsamo para las asperezas de la existencia de Gregory Reeves y una luz en sus momentos de aturdimiento, tal como lo sería siempre en el futuro. La niña parecía una comadreja inquieta, infatigable y hábil, con un tremendo sentido práctico que le permitía evadir las severas tradiciones familiares sin enfrentarse con su padre, quien tenía ideas muy claras sobre la posición de las mujeres: calladas y en la casa, y no vacilaba en propinar una zurra a cualquier sublevado incluyendo sus dos hijas. Carmen era su preferida, pero no ambicionaba para ella un destino diferente al de las niñas sumisas de su aldea en Zacatecas, en cambio trabajaba sin respiro para educar a sus cuatro hijos varones, en quienes había puesto esperanzas desproporcionadas, deseaba verlos elevados muy por encima de sus humildes abuelos y de sí mismo. Con una tenacidad inagotable, a punta de sermones, castigos y buen ejemplo, mantuvo a la familia unida y logró salvar a sus muchachos del alcohol y la delincuencia, obligarlos a terminar la secundaria y encaminarlos en diversos oficios. Con excepción de Juan José, que murió en Vietnam, todos tuvieron cierto éxito. Al final de sus días Pedro Morales, rodeado de nietos que no hablaban palabra de castellano, se felicitaba por su descendencia, orgulloso de ser el tronco de esa tribu, aunque bromeaba diciendo que ninguno llegó a millonario ni se hizo famoso. Carmen estuvo a punto de lograrlo, pero a ella nunca le reconoció mérito en público, eso habría sido una capitulación de sus principios de macho. Envió a las dos niñas a la escuela porque era obligatorio y no se trataba de dejarlas sumidas en la ignorancia, pero no esperaba que tomaran en serio los estudios, sino que aprendieran oficios domésticos, ayudaran a su madre y cuidaran su virginidad hasta el día del matrimonio, única meta para una joven decente.

—Yo no pienso casarme, quiero trabajar en un circo con fieras amaestradas y un trapecio bien alto para columpiarme de cabeza y mostrarle a todo el mundo los calzones —susurraba secretamente Carmen a Gregory.

—Mis hijas serán buenas madres y esposas o irán al convento —alardeaba Pedro Morales cada vez que alguien venía con el cuento de una muchacha soltera que quedaba preñada antes de terminar la secundaria.

—¡Que encuentren un buen marido, San Antonio bendito! —clamaba Inmaculada Morales, colgando la estatua del santo patas arriba para obligarlo a escuchar sus modestas súplicas. Para ella era evidente que ninguna de sus hijas tenía vocación de monja y no deseaba imaginar la tragedia de verlas comportarse como esas perdidas que retozaban sin casarse y dejaban un desperdicio de condones en el cementerio.

Pero todo eso fue mucho después. En los tiempos de la escuela primaria, cuando Carmen y Gregory sellaron su pacto de hermandad, todavía esas cuestiones no se planteaban y nadie esgrimió argumentos de virtud para impedirles jugar sin vigilancia. Tanto se acostumbraron a verlos juntos que después, cuando los amigos estaban en plena pubertad, los Morales confiaban en Gregory más que en sus propios hijos para acompañar a Carmen. Cuando la muchacha pedía permiso para ir a una fiesta la primera pregunta era si él iba también, en cuyo caso los padres se sentían seguros. Lo acogieron sin reservas desde el primer día y en los años futuros hicieron oídos sordos a las murmuraciones inevitables de las vecinas, convencidos, contra toda lógica y experiencia, de la pureza de sentimientos de los muchachos. Trece años más tarde, cuando Gregory dejó para siempre esa ciudad, la única nostalgia que nunca lo abandonó fue la del hogar de los Morales.

La caja de lustrar de Gregory contenía betún negro, café, amarillo y rojo oscuro, pero faltaban cera neutra para el cuero gris o azul, también de moda, y tinta para repasar las peladuras. Se había propuesto juntar dinero para completar sus materiales de trabajo, pero le fallaba la determinación apenas aparecía una nueva película. El cine era su adicción secreta, en la oscuridad era uno más del montón de chiquillos ruidosos, no se perdía función de la sala del barrio, donde pasaban películas mexicanas, y los sábados iba con Juan José y Carmen al centro de la ciudad a ver los seriales americanos. El espectáculo terminaba con el protagonista atado de pies y manos en un galpón lleno de dinamita al cual el villano había encendido una mecha, en el momento culminante la pantalla se volvía negra y una voz invitaba a ver la continuación el próximo sábado. A veces Gregory se sentía tan desdichado que deseaba morir, pero postergaba el suicidio hasta la semana siguiente, imposible abandonar este mundo sin saber cómo diablos su héroe escapaba de la trampa. Y siempre se salvaba, en verdad era asombroso que pudiera arrastrarse entre las llamas y salir ileso, con el sombrero puesto y la ropa limpia. La película transportaba a Gregory a otra dimensión, por un par de horas se convertía en El Zorro o el Llanero Solitario, todos sus sueños se cumplían, por arte de magia el bueno se recuperaba de machucones y heridas, se soltaba de las amarras y los cepos, triunfaba sobre sus enemigos por sus propios méritos y se quedaba con la chica, los dos besándose en primer plano mientras a su espalda brillaba el sol o la luna y una orquesta de cuerdas y vientos dejaba oír su música lánguida. No había que preocuparse, el cine no era como su barrio, en las películas sólo cabían sorpresas agradables, el malo era siempre vencido por el bueno y pagaba sus crímenes con la muerte o la prisión. A veces se arrepentía y después de una inevitable humillación reconocía sus errores, se alejaba escoltado por una música de escarmiento, por lo general trompetas y timbales. Gregory sentía que la vida era hermosa y América *la tierra de los libres y el hogar de los bravos,* donde alguien como él podía convertirse en presidente, todo era cuestión de mantener el corazón puro, amar a Dios y a su madre, ser eternamente fiel a una sola novia, respetar las leyes, defender a los desvalidos y despreciar el dinero, porque los héroes nunca esperan recompensa. Sus incertidumbres se esfumaban en ese formidable universo en blanco y negro. Salía del teatro reconciliado con la vida, pletórico de amables intenciones que le duraban un par de minutos, el impacto de la calle le devolvía el sentido de la realidad. Olga se encargó de informarle que las películas se hacían en Hollywood a poca distancia de su propia casa y que todo era una monumental mentira, lo único cierto eran los bailes y cantos de las comedias musicales, lo demás eran trucos de la cámara, pero el chiquillo no permitió que esa revelación lo perturbara.

Trabajaba lejos de su casa, en una zona de oficinas, bares y pequeños comercios. Su radio de acción eran cinco cuadras que recorría en ambas direcciones ofreciendo sus modestos servicios, la vista fija en el suelo, observando los zapatos de la gente, tan gastados y deformes como los de sus vecinos latinos. Allí tampoco usaban calzado nuevo, excepto algunos pandilleros y traficantes con mocasines de charol, botas con remaches de plata o calzado de dos colores, muy difíciles de lustrar. Adivinaba la cara de las personas por la forma de caminar y por los zapatos: los hispanos usaban rojos con tacón, los negros y mulatos preferían amarillos puntiagudos, los chinos eran de pies pequeños, los blancos tenían las puntas levantadas y los tacos gastados. Lustrar le resultaba fácil, lo más arduo era conseguir clientes dispuestos a pagar diez céntimos y perder cinco minutos en el aspecto de su calzado. ¡Bien lustrado, bien recibido! pregonaba hasta desgañitarse, pero pocos le hacían caso. Con suerte hacía cincuenta céntimos en una tarde, el equivalente a un pito de marihuana. Las pocas veces que fumó yerba calculó que no valía la pena lustrar tantas horas para financiar esa porquería que le dejaba el estómago revuelto y la cabeza resonando como un tambor, pero en público fingía que lo elevaba al cielo, como aseguraban los demás, para no pasar por tonto. Para los mexicanos, que la habían visto crecer como maleza en los campos de su país, era sólo un pasto, pero para los gringos fumarla era signo de hombría. Por imitación y para impresionar a las rubias, los muchachos del barrio la usaban a destajo. Dado su escaso éxito con la marihuana y para darse aires, Gregory se acostumbró a lucir un cigarrillo pegado en los labios, copiando a los villanos del cine. Tenía tanta práctica que podía conversar y masticar chicle sin perder el cigarro. Cuando necesitaba posar de macho delante de los amigos sacaba una pipa de manufactura casera y la llenaba con una mezcla de su invención: restos de cigarros recogidos en la calle, algo de aserrín y aspirina molida, que según el rumor popular hacía volar tanto como cualquier droga conocida. Los sábados trabajaba todo el día y por lo general ganaba algo más de un dólar, que entregaba casi completo a su madre, dejando sólo diez céntimos para el cine de la semana y a veces otros cinco para la caja de los misioneros en la China. Si juntaba cinco dólares, el Padre le entregaba un certificado de adopción de una niña china, pero la gracia era reunir diez, lo cual le daba derecho a un niño. Que el Señor te bendiga, decía el cura cuando Gregory llegaba con sus cinco centavos para la alcancía, y en una ocasión Dios no sólo lo bendijo, también lo premió con una billetera con quince dólares que puso en el cementerio para que la encontrara. Ése era el lugar preferido de las parejas clandestinas al atardecer, allí se escondían entre las tumbas para retozar a gusto, espiadas por los niños del barrio que no se perdían el espectáculo tumultuoso de aquellos escarceos de amor. Ay, qué miedo, aquí andan penando, lloriqueaban las mujeres, confundiendo las risas sofocadas de los mirones con susurros de ánimas, pero igual se dejaban levantar los vestidos para rodar entre lápidas y cruces. Nuestro cementerio es el mejor de la ciudad, mucho más bonito que el de los millonarios y las actrices de Hollywood, que sólo tiene pasto y árboles, parece una cancha de golf y no un camposanto, dónde se ha visto que los difuntos no tengan ni una estatua para acompañarlos, opinaba Inmaculada Morales, aunque en realidad sólo los ricos podían pagar los mausoleos y los ángeles de piedra, los inmigrantes apenas alcanzaban financiar una lápida con una inscripción sencilla. En noviembre, para la celebración del Día de los Muertos, los mexicanos visitaban a los parientes fallecidos que no habían podido mandar de vuelta a sus pueblos, llevándoles música, flores de papel y dulces. Desde la madrugada se escuchaban las rancheras, las guitarras y los brindis, y al anochecer todos estaban achispados, incluyendo a las almas del purgatorio a quienes escanciaban tequila en la tierra. Los niños Reeves iban al camposanto con Olga, quien les compraba calaveras y esqueletos de azúcar para comer sobre la tumba de su padre. Nora se quedaba en casa, decía que no le gustaban esas fiestas paganas, buen pretexto para parranda y vicio, pero Gregory sospechaba que la verdadera razón era su deseo de evitar el encuentro con Olga. O tal vez negaba que su marido estuviera enterrado, para ella Charles Reeves se encontraba en otro ámbito ocupado del *Plan Infinito*. La billetera con los quince dólares estaba disimulada debajo de unos arbustos. Gregory andaba buscando arañas de agujero, en esa época todavía le atraían más las maravillosas trampas para cazar insectos tejidas por las arañas y sus bolsas con un centenar de minúsculas crías, que los torpes sacudones y los incomprensibles gemidos de las parejas. También recogía unos globos de goma blanca, que quedaban por allí y al inflarlos tomaban la forma de largas salchichas. Vio la cartera al inclinarse sobre un agujero y sintió una estampida en el corazón y en las sienes, nunca había encontrado nada de valor y no supo si se trataba de una dádiva celestial o una tentación del diablo. Echó una mirada alrededor para asegurarse que estaba solo, la cogió apresuradamente y corrió a ocultarse tras un mausoleo para revisar su tesoro. La abrió con manos temblorosas y extrajo tres flamantes billetes de cinco dólares, más dinero del que había visto junto en toda su existencia. Pensó en el Padre Larraguibel, quien le diría que el Señor los colocó allí para ponerlo a prueba y comprobar si se quedaba con el botín o lo depositaba en la caja de las Misiones para adoptar de un tirón a dos niños. No había nadie tan rico en la escuela como para pagar por un chino de cada sexo, eso lo convertía en una celebridad; sin embargo decidió que una bicicleta era mucho más práctica que dos remotas criaturas orientales a quienes de todos modos jamás conocería. Tenía echado el ojo a la bicicleta desde hacía meses, un vecino de Olga se la había ofrecido por veinte dólares, un precio exorbitante, pero esperaba que ante los billetes se tentaría. Era un aparato primitivo y en estado calamitoso, pero aún en condiciones de rodar. Pertenecía a un indio envilecido por una vida de tráficos inconfesables, a quien Gregory temía porque con diversos pretextos lo llevaba a un garaje donde intentaba meterle la mano dentro de los pantalones, así es que le pidió a Olga que lo acompañara.

–No muestres la plata, no abras la boca y déjame a mí hacer el trabajo –le indicó ella. Tan bien regateó que por doce dólares y un amuleto contra el mal de ojo obtuvo la bicicleta–. Los tres que sobraron se los das a tu madre ¿me oíste? –le ordenó al despedirse.

Partió pedaleando entusiasmado por la mitad de la calle y no vio a un camión de refresco que venía en sentido contrario. Se estrelló de frente. El impacto no lo despachurró por milagro, pero de la bicicleta quedaron apenas unos pedazos de hierro torcidos y las astillas de las ruedas. El chófer del camión se bajó maldiciendo, lo cogió de la camisa, lo puso de pie, lo sacudió como un plumero y enseguida lo mandó con un dólar de consuelo.

–¡Agradece que no te meto preso por andar con la boca abierta en la vía pública, chiquillo condenado! –masculló el hombre, más asustado que su víctima.

–Jamás he visto a nadie más tonto que tú, debiste cobrarle dos dólares por lo menos –lo increpó Judy al saberlo.

–Esto te pasa por desobediente, te he dicho mil veces que no te metas en el cementerio, dinero mal habido no tiene buen fin –diagnosticó Nora Reeves mientras le echaba whisky en las peladuras de rodillas y codos.

–Jesús bendito, menos mal que estás con vida –lo abrazó Inmaculada Morales.

Conseguir dinero se convirtió en una obsesión para Gregory. Estaba dispuesto a hacer cualquier trabajo, incluso pelar los granos de maíz para hacer tortillas, un tedioso proceso que le despellejaba las manos y cuyo olor lo dejaba con náuseas por varias horas. Después optó por robar, pero nunca se le ocurrió robar plata, eso era una aventura, un deporte, no una forma de ganarse la vida. De noche se metía por un hueco a través de la cerca de la escuela, se trepaba al techo del quiosco de golosinas, levantaba una plancha de zinc y se deslizaba adentro para sacar helados, se tomaba dos o tres y le llevaba otro a Carmen. Esas excursiones nocturnas le producían una mezcla de exaltación y culpa, las rígidas normas de honestidad impuestas por su madre le martillaban la cabeza, se sentía perverso no tanto por desafiarla sino porque la dueña del quiosco era una vieja bonachona que lo distinguía entre los demás niños y siempre estaba dispuesta a regalarle un dulce. Una noche la mujer regresó a buscar algo, abrió la puerta, encendió la luz antes que él alcanzara a huir y lo sorprendió con la evidencia del delito en la mano. Quedó paralizado, mientras ella gimoteaba ¡cómo puedes hacerme esto a mí, que he sido tan buena contigo! Gregory se echó a llorar pidiéndole perdón y jurando pagar todo lo que le había robado. ¡Cómo! ¿Ésta no es la primera vez? Y el otro debió confesar que le debía más de seis dólares en helados. A partir de ese día sólo se le acercaba para cancelar su deuda que pagó de a poco. Aunque la mujer lo perdonó, no volvió a sentirse cómodo en su presencia. Fue menos afortunado en la tienda de desechos del Ejército, donde robaba despojos de guerra que no le servían para nada. En la bodega de las herramientas juntaba sus tesoros dentro de un saco: cantimploras, botones, gorras y hasta un par de enormes botas que se llevó escondidas en el bolsón de la escuela, sin sospechar que el dueño de la tienda lo tenía en la mira. Una tarde sustrajo una linterna, se la metió bajo la camisa y ya iba por la puerta cuando llegó al carro de la policía. Fue imposible escapar, se lo llevaron al retén y lo colocaron en una celda, desde donde pudo ver la feroz golpiza que le propinaron a un muchacho moreno. Esperó su turno, aterrorizado, sin embargo lo trataron bien, se limitaron a registrar sus datos, darle una reprimenda y obligarlo a devolver lo que ocultaba en su casa. Fueron a buscar a Nora Reeves, a pesar de que les imploró casi histérico que no lo hicieran, porque le partirían el corazón. Ella se presentó con su vestido azul de cuello de encaje, como una aparición escapada de un retrato antiguo, firmó el libro, oyó los cargos en silencio y del mismo modo salió seguida por su hijo. Agradece que eres blanco, Greg, si fueras del color de mis hijos te habrían dado duro, le dijo Inmaculada Morales cuando se enteró. Nora estaba tan avergonzada que enmudeció por varias semanas y cuando habló fue para decirle que se lavara y se pusiera su único traje, el del funeral de su padre, que ya le quedaba bastante estrecho, porque iban a una diligencia importante. Se lo llevó al orfelinato de las monjas, para rogar a la madre superiora que lo aceptara, porque se sentía incapaz de sacar adelante a ese hijo de mala índole. De pie detrás de su madre, con los ojos clavados en sus propios zapatos, mascullando no voy a llorar, no voy a llorar, mientras las lágrimas le caían a raudales, Gregory se juró que si lo dejaban allí se treparía a la torre de la iglesia y se lanzaría de cabeza. No fue necesario, porque las monjas lo rechazaron, había demasiadas criaturas huérfanas a quienes recoger y él tenía familia, vivía en una casa propia y recibía ayuda de la Beneficencia Social, no calificaba para el orfelinato. Cuatro días después su madre puso sus cosas en una bolsa y lo llevó en bus fuera de la ciudad, a casa de unos granjeros dispuestos a adoptarlo. Se despidió de su hijo con un beso triste en la frente, asegurándole que le escribiría, y se fue sin mirar hacia atrás. Esa noche Gregory se sentó a cenar con su nueva familia, sin decir palabra y sin levantar los ojos, pensando en que nadie le daría de comer a *Oliver,* que nunca más vería a Carmen Morales y que había dejado su cortaplumas en la bodega.

—Nuestro único hijo se murió hace once años —dijo el granjero—. Nosotros somos gente de Dios, gente de trabajo. Aquí no tendrás tiempo para divertirte, la escuela, la iglesia y ayudarme en el campo, eso es todo. Pero la comida es buena y si te portas bien recibirás buen trato.

—Mañana te haré flan de leche —dijo la mujer—. Debes estar cansado, seguro quieres acostarte. Te mostraré tu cuarto, era el de nuestro hijo, no hemos cambiado nada desde que se fue.

Por primera vez Gregory disponía de una habitación propia y una cama, hasta entonces había usado un saco de dormir. Era un cuarto pequeño con una ventana abierta hacia el horizonte de campos cultivados, amueblado con lo indispensable. Las paredes lucían fotos de veteranos jugadores de béisbol y de antiguos aviones de guerra, muy diferentes a los que aparecían en los modernos documentales del cine. Pasó revista sin atreverse a tocar nada, acordándose de su padre, de la boa, de los collares para la invisibilidad de Olga y de la cocina de Inmaculada, de Carmen Morales y del empalagoso sabor de la leche condensada, mientras le crecía dentro del pecho una terrible bola de hielo. Sentado sobre la cama, con la bolsa de sus modestas pertenencias sobre las rodillas, esperó que la casa estuviera dormida, luego salió silenciosamente, cerrando con cuidado la puerta. Los perros ladraron, pero los ignoró. Echó a andar en dirección a la ciudad, por el mismo camino por donde había llegado en el bus y que retuvo como un mapa en su mente. Caminó toda la noche y temprano en la mañana se presentó ante la puerta de su casa extenuado. *Oliver* lo recibió con ruidosa alegría y Nora Reeves apareció en el umbral, tomó el atado de ropa de su hijo y estiró la otra mano para hacerle una caricia, pero el gesto se detuvo en el aire.

–Trata de crecer pronto –fue todo lo que dijo.

Esa tarde a Gregory se le ocurrió torear al tren.

Corro colina arriba, seguido por *Oliver,* buscando los árboles, jadeando, las ramas me arañan las piernas, me caigo y me rompo la rodilla, mierda grito mierda y dejo que el perro me lama la sangre, casi no veo dónde pongo los pies, pero sigo corriendo hasta mi refugio verde, donde siempre me escondo. No necesito ver las marcas en los troncos para encontrar mi camino, he estado tantas veces allí que puedo llegar a ciegas, conozco cada eucalipto, cada mata de moras salvajes, cada peñasco. Levanto una rama y aparece la entrada, un estrecho túnel bajo un arbusto espinudo, debe haber sido una madriguera de zorros, justo el ancho de mi cuerpo; si me arrastro con los codos, deslizándome con cuidado y calculando bien la curva, con la cara entre los brazos, puedo pasar sin clavarme, afuera *Oliver* espera que lo llame, conoce la rutina. Ha llovido en la semana y el suelo está blando, hace frío, pero tengo fiebre por todo el cuerpo desde hace horas, desde la mañana en el cuarto de las escobas en la escuela, un fuego que nunca terminará, estoy seguro. Algo me sujeta por atrás y se me sale un grito, son sólo las espinas de las ramas en mi chaleco. Así me cogió Martínez, por la espalda, todavía siento la punta del cuchillo en el cuello, pero parece que ya no me sale sangre, si te mueves te mato pinche gringo hijo de la chingada, y no pude defenderme, lo único que hice fue llorar y maldecir mientras me lo hacía. Ahora corre a contárselo a la Miss June y ahí mismo le corto la cara a tu hermana y ya sabes lo que te hago a ti, me dijo después, mientras se acomodaba los pantalones. Se fue riéndose. Si los demás se enteran estoy jodido, me llamarán maricón para el resto de mi vida. ¡Nadie tiene que saberlo jamás! ¿Y si Martínez lo cuenta? ¡Quiero matarlo! Tengo las manos, la ropa y la cara manchadas de barro, mi madre se pondrá furiosa, más vale que se me ocurra alguna disculpa: me atropelló un auto o me agarró la pandilla de nuevo, pero entonces me acuerdo que no será necesario inventar ninguna mentira porque voy a morir y cuando encuentren mi cuerpo no le importará la mugre, así lo espero, estará desesperada, no pensará en mis maldades, sólo en mi lado bueno, que lavo los platos y le doy casi todo lo que gano lustrando, y por fin se dará cuenta que soy un buen hijo y lamentará no haber sido más cariñosa conmigo, haber querido regalarme a las monjas y a los granjeros y no haberme hecho huevos al desayuno ni una sola vez, y no es que eso sea tan difícil, doña Inmaculada los hace a ojos cerrados, hasta un retardado puede freír un par de huevos, se arrepentirá pero será tarde porque yo estaré muerto. Habrá un acto en la escuela, me rendirán homenaje como a Zárate, que se ahogó en el mar, dirán que yo era el mejor compañero y tenía un gran futuro, pondrán a los alumnos en fila y los obligarán a pasar delante de mi ataúd para besarme en la frente, los más chicos se echarán a llorar y las niñas seguro se desmayan, las mujeres no aguantan ver sangre, todas chillarán menos Carmen, que abrazará mi cadáver sin asco. Ojalá en el funeral no se le ocurra a la Miss June leer la carta que le escribí, híjole, para qué hice eso, nunca más podré mirarla a la cara, es tan chula, parece una hada o una actriz de cine, si ella supiera las cosas que se me ocurren en la clase, ella allá adelante, explicando las sumas en el pizarrón y yo en mi pupitre mirándola como un cretino, con la cabeza en las nubes ¡quién puede pensar en números con ella! Pienso, por ejemplo, que me decía te voy a ayudar en las tareas, Greg, porque tus notas son un desastre, entonces yo me quedaba después de clases, los demás se iban y estábamos solos en el edificio, sin que yo le dijera nada como que se volvía loca y se acostaba en el suelo y yo hacía pipí entre sus piernas. Nunca, en todos los días de mi vida le voy a confesar al Padre estas porquerías que se me ocurren, soy un degenerado, un inmundo. ¡Mira que escribirle esa carta de despedida a Miss June! Hay que ser bien pendejo. Bueno, al menos no tendré que soportar la vergüenza de volver a verla, estaré completamente muerto cuando ella la lea. Y Carmen, pobre Carmen... por lo único que me da pena de morirme es porque no volveré a verla. Si supiera lo que me hizo Martínez me acompañaría para morirse aquí conmigo, pero no se lo puedo decir a nadie, mucho menos a ella.

Esto es lo más terrible que me ha pasado en toda mi vida, es la maldad más grande que me ha hecho el desgraciado de Martínez, peor que en la Primera Comunión, cuando me obligó a comer un pedazo de pan antes de comulgar, para que al tragarme la hostia me partiera un rayo y me fuera de cabeza al infierno; pero no me pasó nada, no sentí ninguna cosa porque el pecado no fue mío, sino suyo, y quien hervirá en las pailas de Satanás será él y no yo, por inducirme al pecado, lo cual es más grave que el pecado mismo como nos explicó el Padre

Larraguibel cuando nos contó lo de Adán y Eva. Esa vez tuve que escribir quinientas veces no debo blasfemar porque le dije al cura que el pecado era de Dios, puesto que Él había colocado la manzana en el Jardín del Edén sabiendo que Adán se la iba a comer de todos modos, y si eso no era inducir al pecado ¿qué era? Peor que cuando Martínez me desnudó en el gimnasio y me escondió la ropa, si no llega la señora de la limpieza y me ayuda habría pasado la noche en la ducha y al otro día toda la escuela me habría visto en pelotas. Peor que cuando anunció a gritos en el patio que me había visto en el baño jugando al doctor con Ernestina Pereda. Lo odio, desde el fondo de mi alma lo odio, ojalá se muera, pero no de enfermedad, sino que alguien lo mate, pero primero le corte el pito, para que el cabrón de Martínez me las pague todas, lo odio, lo odio.

Ya estoy en mi guarida, le silbo a *Oliver* y lo oigo arrastrarse por el túnel, lo abrazo y se queda quieto, acezando, con la lengua afuera, me mira con sus ojos de miel y comprende, es el único que conoce todos mis secretos. *Oliver* es un perro bastante feo, Judy lo detesta, es mezcla de varias razas y salió con una cola gorda y larga como bate de béisbol. Además es mañoso, se come la ropa, se revuelca en la caca de otros perros y después se echa en las camas, le gustan las peleas y a veces llega todo mordido, pero es caliente y cuando no se ha metido en porquerías huele rico. Meto la nariz en su cuello, por encima tiene el pelo duro y corto, junto a la piel encuentro una pelusa suave, como de algodón, y allí me gusta olisquearlo, no hay nada mejor que el olor a perro. Se ha puesto el sol y está lleno de sombras, hace frío, es una de esas raras tardes invernales, y a pesar de que estoy ardiendo puedo sentir que se me hielan las orejas y las manos, una sensación limpia. Decido no rebanarme el pescuezo con mi cortaplumas, como tenía planeado, me voy a morir de frío, me voy a helar de a poco durante la noche y mañana estaré tieso, una muerte lenta pero más tranquila que el tren. Ésa fue la primera idea, pero siempre que corro delante del tren me acobardo y en el último instante pego el salto y me salvo por un pelo. No sé cuántas veces lo he intentado y no me decido a morir así, debe doler mucho, y además me repugna ese desparrame de tripas, no quiero que me recojan con una pala ni que algún gracioso guarde mis dedos de recuerdo. Empujo a *Oliver* para que no me abrigue, o no me congelaré nunca, escarbo un poco el suelo para acomodarme y me tiendo de espalda. Permanezco inmóvil, con ese dolor allí –maldito Martínez maricón desgraciado– y la cabeza llena de pensamientos, de visiones, de palabras, pero después de un rato muy largo se me terminan las lágrimas y empiezo a respirar como siempre y entonces percibo la tierra blanda y fresca acogiéndome como el abrazo de doña Inmaculada, me hundo, me abandono y pienso en el planeta, redondo, flotando sin gravedad en el abismo negro del cosmos, girando y girando, y también en las estrellas de la Vía Láctea y en cómo será el fin del mundo, cuando todo explote y salgan las partículas disparadas como los fuegos artificiales del 4 de julio y siento que yo soy parte de la tierra, estoy hecho del mismo material, cuando me muera me desintegraré, me volveré puras migajas como un queque y seré parte del suelo y crecerán árboles de mi cuerpo. Se me ocurre que no estoy solo en el universo, que ni siquiera soy algo especial, debo ser apenas un trozo de barro, tal vez no tengo un alma propia, de repente existe una sola alma grande para todos los seres vivientes, incluso *Oliver,* y no hay cielo, infierno ni purgatorio, deben ser pamplinas del Padre, que de puro viejo tiene la mente aturdida, y los Logi y los Maestros de mi papá tampoco existen y la única que anda más o menos cerca de la verdad es mi mamá con su religión Bahai, aunque ella se enreda con unas chingaderas que están buenas para Persia, pero cómo las vamos a usar aquí. La idea de ser una partícula me gusta, ser un grano de arena cósmica. Dice Miss June que el rabo errante de los cometas está formado por polvo estelar, millares de piedrecillas que reflejan la luz. Me invade una calma profunda, se me olvida Martínez, el miedo, el dolor y el cuarto de las escobas, estoy en paz, me elevo y me voy volando con los ojos abiertos hacia el vacío sideral, me voy volando, volando con *Oliver*.

Desde pequeña Carmen Morales tuvo la misma habilidad manual que la caracterizó el resto de su vida, cualquier objeto entre sus dedos perdía la forma original y se transformaba. Podía fabricar collares con fideos de sopa, soldados con tubos de papel higiénico, juguetes con carretes de hilo y cajas de fósforo. Un día, jugando con tres manzanas, descubrió que podía mantenerlas todas en el aire sin ninguna dificultad, pronto hacía malabarismo con cinco huevos y de eso pasó naturalmente a objetos más exóticos.

–Lustrando zapatos se suda mucho y se gana poco, Greg. Aprende alguna gracia y trabajamos juntos. Yo necesito un socio –le ofreció a su amigo.

Después de innumerables huevos reventados quedó en evidencia la torpeza de Gregory. No logró dominar ningún truco interesante, fuera de mover las orejas y comer moscas vivas, pero tocaba la armónica con buen oído. *Oliver* resultó más talentoso, le enseñaron a caminar en dos patas con un sombrero en el hocico y a sacar papeles de una caja. Al comienzo se los tragaba, pero después aprendió a pasarlos con delicadeza al cliente. Carmen y Gregory prepararon cuidadosamente los detalles del espectáculo y partieron lo más lejos posible para escapar de las miradas de sus amigos y vecinos, pues sabían que si el asunto llegaba a oídos de Pedro o Inmaculada Morales nadie los salvaría de una buena paliza, como la que se llevaron cuando tuvieron la idea de pedir limosna por el barrio. La chica fabricó una falda con pañuelos multicolores y un bonete con plumas de gallina, y consiguió prestadas las botas amarillas de Olga. Gregory sustrajo el sombrero de copa y el corbatín de mariposa que su padre usaba para predicar y que Nora preservaba como reliquias. Solicitaron ayuda de Olga para la redacción de los papeles de la suerte, asegurándole que se trataba de un juego para la fiesta de fin de curso; ella les lanzó una de sus miradas más penetrantes, pero no pidió explicaciones y procedió a dictarles una retahíla de profecías al estilo de las galletas chinas de la fortuna. Completaron su equipo con huevos, velas y cinco cuchillos de cocina escondidos en una bolsa, porque no podían salir con ese cargamento de sus casas sin levantar sospechas. A *Oliver* le dieron un baño de manguera y le ataron una cinta en el cogote con intención de atenuar en algo su aspecto de fiera. Se instalaron en una esquina bien alejada del barrio, vistieron sus ropas de juglares y enseguida iniciaron el acto. Pronto se congregó una pequeña multitud alrededor del par de niños y el perro. Carmen, con su diminuta figura, sus trapos estrafalarios y su increíble habilidad para lanzar al aire velas encendidas y cuchillos afilados, resultaba una atracción irresistible, mientras Gregory se perdía en las canciones de su armónica. En una pausa de la malabarista el muchacho abandonó la música e invitó a los presentes a probar suerte. Por una módica suma el perro escogía un papelillo doblado y se lo pasaba al cliente, algo baboseado, es cierto, pero perfectamente legible. En un par de horas los chiquillos juntaron tanto dinero como un obrero en una jornada completa de trabajo en cualquiera de las fábricas de los alrededores. Cuando comenzó a oscurecer se quitaron los disfraces, guardaron sus bártulos, se repartieron las utilidades y regresaron a sus casas después de jurar que ni bajo tortura revelarían el asunto. Carmen enterró su botín en una caja en el patio y Gregory lo entregó de a poco en su casa, para evitar preguntas incómodas guardándose una parte para el cine.

–Si aquí ganamos tanto, imagínate cuánto podemos hacer en la plaza Pershing. Nos haríamos millonarios. Ahí va mucha gente a oír a los locos y también están los ricos que entran y salen del hotel –dijo Carmen.

Tamaño atrevimiento no había pasado por la mente

de Gregory, para quien existía una frontera invisible que no sobrepasaban las personas de su condición; al otro lado el mundo era diferente, los hombres caminaban de prisa porque tenían trabajo y proyectos urgentes, las mujeres paseaban con guantes, las tiendas eran lujosas y los automóviles relucientes. Había estado allí un par de veces, acompañando a su madre a tramitar papeles, pero no se le habría ocurrido aventurarse solo. Carmen le reveló en un instante las posibilidades del mercado: llevaba tres años lustrando zapatos por diez céntimos entre los más pobres de los pobres, sin pensar que pocas cuadras más lejos podía cobrar el triple y conseguir más clientela. Pero enseguida descartó la idea asustado.

—Estás loca.

—¿Por qué eres tan pajarón, Gregory? Apuesto que no conoces el hotel.

—¿El hotel? ¿Has entrado al hotel?

—Claro. Es como un palacio, con dibujos en los techos y en las puertas, cortinas con pompones, y unas lámparas que ni te cuento, parecen barcos llenos de luces. En las alfombras se hunden los pies, como en la playa, y todo el mundo se viste elegante y sirven té con pasteles.

—¿Tomaste té en el hotel?

—Bueno, no exactamente, pero he visto las bandejas. Hay que entrar sin mirar a nadie, como si la mamá nos estuviera esperando en una mesa ¿entiendes?

—¿Y si te pillan?

—Nunca hay que confesar nada, por principio. Si alguien te dice algo tú te haces el niño rico, levantas la nariz y contestas una grosería. Un día te voy a llevar. En todo caso, por ahí es el mejor lugar para trabajar.

—No podemos ir con *Oliver* en el tranvía —alegó débilmente Gregory.

—Caminaremos —replicó ella.

A partir de ese día fueron a la plaza Pershing cada vez que Carmen Morales lograba escapar a la vigilancia materna. Atraían más público que los predicadores encaramados en sus cajones hablando con pasión inútil de cosas que a nadie le importaban. Sin las pruebas de malabarismo el espectáculo carecía de novedad, de modo que si su amiga no podía acompañarlo, Gregory volvía a su rutina de lustrar, aunque ahora lo hacía en las calles del distrito comercial. Los niños estaban unidos por la necesidad mutua y el secreto compartido, además de muchas otras complicidades.

A los dieciséis años Gregory estaba en la secundaria con Juan José Morales, Carmen estudiaba un curso más abajo y Martínez había abandonado la escuela y formaba parte de la banda de «Los Carniceros». Reeves no lo tenía cerca y mientras pudiera evitarlo se sentía a salvo. Para entonces se había atenuado la rebeldía que antes lo mantenía en permanente movimiento, pero otras angustias silenciosas lo martirizaban. En la secundaria había una mayoría de alumnos blancos, ya no se sentía señalado con el dedo ni debía disparar corriendo apenas tocaran la campana para eludir a sus enemigos. La educación obligatoria no siempre se cumplía entre los pobres y menos entre los latinos, que apenas finalizada la primaria debían ganarse la vida en un empleo. Su padre había inculcado a Gregory la ambición de estudiar, que él nunca pudo satisfacer porque desde los trece años recorría los campos de Australia esquilando ovejas. Su madre también le alimentaba la idea de adquirir una profesión para que no se partiera la espalda en los oficios más humildes, saca la cuenta, hijo, un tercio de las horas de tu vida se gastarán durmiendo, un tercio trasladándote de un lado para otro y cumpliendo rutinas, y el tercio más interesante se te irá trabajando, por eso es mejor hacerlo en algo que te guste, decía. La única ocasión en que habló de dejar la escuela para buscar trabajo, Olga le vio la suerte en las barajas y le salió la carta de la Ley.

—Ni se te ocurra. Serás bandido o policía y en ambos casos es mejor tener estudios —determinó.

—No quiero ser ninguna de las dos cosas.

–Esta carta dice claramente que estarás metido con la Ley.

–¿No dice si voy a ser rico?

–A veces rico y a veces pobre.

–Pero llegaré a ser alguien importante ¿verdad?

–En la vida no se llega a ninguna parte, Gregory. Se vive no más.

Con Carmen Morales aprendieron a bailar los ritmos americanos y llegaron a ser tan expertos en pasos ornamentales que la gente hacía rueda para aplaudirlos en sus exhibiciones de *jitter bug y rock an'roll.* Ella volaba con las piernas en el aire y cuando estaba a punto de estrellarse de cabeza, él le daba una vuelta imposible por encima del hombro, se la pasaba entre las piernas arrastrándola por el suelo y de un tirón la dejaba de pie sana y salva, todo esto sin perder el ritmo ni los dientes. Gregory ahorró durante meses para comprarse una chaqueta de cuero negro y trató de cultivar un rizo sobre los ojos, pero como ningún exceso de gomina lograba evitar el triste aspecto de fleco de su pelo, optó por un peinado corto hacia atrás, más cómodo pero menos adecuado a la imagen de rebelde que hacía temblar de temor y de gusto a las chicas. Carmen tampoco se parecía a las protagonistas de las películas para adolescentes, rubia, virtuosa y algo tonta, por quien suspiraban los muchachos y a quien intentaban inútilmente imitar las morenas y rechonchas niñas mexicanas que se decoloraban el pelo con agua oxigenada. Ella era pura pólvora. Los fines de semana los dos amigos se emperifollaban con sus mejores ropas, él siempre con su chaqueta de cuero negro aunque hiciera un calor de infierno, ella con pantalones ajustados que escondía en una bolsa y se colocaba en un baño público, porque si su padre los hubiera visto se los arrancaba del cuerpo, y partían a los salones donde ya los conocían y no pagaban la entrada, porque eran la mejor atracción de la noche. Bailaban incansables sin consumir siquiera un refresco porque no podían pagarlo. Carmen se había convertido en una intrépida joven de melena ne-

gra y rostro simpático con cejas y labios gruesos; era de
risa fácil y curvas firmes, con los senos demasiado grandes para su estatura y su edad, protuberancias que detestaba como una deformación, pero Gregory los observaba crecer calculando que cada día estaban más llenos. Al
bailar la zarandeaba sólo para ver aquellos pechos de
cortesana desafiar las leyes de la gravedad y de la decencia, pero al comprobar que no era el único en admirarlos,
sentía una rabia sorda. Su amiga no lo atraía con un deseo concreto, la sola idea lo habría horrorizado como pecado de incesto. La consideraba tan hermana suya como
Judy, sin embargo a veces sus buenas intenciones se tam-
baleaban bajo la traición de sus hormonas, que lo mantenían en permanente estado de emergencia. El Padre
Larraguibel se encargó de llenarle la cabeza de apocalíp-
ticos pronósticos respecto a las consecuencias de pensar
con malicia en mujeres y de tocarse el cuerpo. Amenazaba a los lascivos con rayos fulminantes, aseguraba que
salían pelos en la palma de las manos, aparecían granos
purulentos, el pene se gangrenaba y finalmente el culpable moría en medio de atroces sufrimientos, amén de irse
de cabeza al infierno, en caso de morir sin confesión. El
muchacho dudaba del rayo divino y de los pelos en la
palma de las manos, pero estaba seguro de que los otros
males eran ciertos, los había visto en su padre, recordaba
cómo se llenó de pústulas y cómo se murió por manosearse. Ni pensar tampoco en buscar consuelo entre las
niñas de la escuela o del barrio, que para él estaban fuera
de los límites alcanzables, ni recurrir a prostitutas, que le
parecían casi tan temibles como Martínez. Andaba desesperado de amor, encendido por un calor brutal e incomprensible, asustado del tambor de su corazón, de la
miel pegajosa en su saco de dormir, de los sueños turbu-
lentos y de las sorpresas de su cuerpo, se le estiraban los
huesos, le aparecían músculos, le crecían vellos y se le
cocinaba la sangre en una calentura pertinaz. Bastaba un
estímulo insignificante para estallar en un placer súbito,
que lo dejaba consternado y medio desvanecido. El roce

de una mujer en la calle, la vista de una pierna femenina, una escena del cine, una frase en un libro, hasta el trémulo asiento del tranvía, todo lo excitaba. Además de estudiar debía trabajar, sin embargo el cansancio no anulaba el deseo insondable de hundirse en un pantano, de perderse en el pecado, de padecer otra vez ese goce y esa muerte siempre demasiado breves. Los deportes y el baile lo ayudaban a liberar energía, pero se requería algo más drástico para acallar el bullicio de sus instintos. Tal como en la infancia se enamoró como un demente de Miss June, en la adolescencia padecía unos súbitos arrebatos pasionales por muchachas inaccesibles, por lo general mayores, a quienes no se atrevía a acercarse y se conformaba con adorar a la distancia. Un año más tarde alcanzó de un tirón su tamaño y peso definitivos, pero a los dieciséis era todavía un adolescente delgado, con las rodillas y las orejas demasiado grandes, algo patético, aunque se podía adivinar su buena pasta.

–Si te escapas de ser bandido o policía, serás actor de cine y las mujeres te adorarán –le prometía Olga para consolarlo cuando lo veía sufrir en el cilicio de su propia piel.

Fue ella quien lo rescató finalmente de los incandescentes suplicios de la castidad. Desde que Martínez lo acorraló en el cuarto de las escobas en la escuela primaria, lo asediaban dudas inconfesables respecto a su virilidad. No había vuelto a explorar a Ernestina Pereda ni a ninguna otra chica con el pretexto de jugar al médico y sus conocimientos sobre ese lado misterioso de la existencia eran vagos y contradictorios. Las migajas de información obtenidas a hurtadilla en la biblioteca sólo contribuían a desconcertarlo más, porque se estrellaban contra la experiencia de la calle, las chirigotas de los hermanos Morales y otros amigos, las prédicas del Padre, las revelaciones del cine y los sobresaltos de su fantasía. Se encerró en la soledad, negando con terca determinación las perturbaciones de su corazón y el desasosiego de su cuerpo, tratando de imitar a los castos caballeros de la Tabla Redonda o a los héroes del Lejano Oeste, pero a cada instante el ímpetu de su naturaleza lo traicionaba. Ese dolor sordo y esa confusión sin nombre lo doblegaron por un tiempo eterno, hasta que ya no pudo seguir soportando aquel martirio y si Olga no acude en su socorro habría terminado medio loco. La mujer lo vio nacer, había estado presente en todos los momentos importantes de su infancia, lo conocía como a un hijo, nada referente al muchacho escapaba a sus ojos y lo que no deducía por simple sentido común, lo adivinaba mediante su talento de nigromante, que en buenas cuentas consistía en el conocimiento del alma ajena, buen ojo para observar y desfachatez para improvisar consejos y profecías. En este caso no se requerían dotes de clarividencia para ver el estado de desamparo de Gregory. En aquella época Olga estaba en la cuarentena de su vida, las redondeces de la juventud se habían convertido en grasa y los trastrueques de su vocación gitana le habían marchitado la piel, pero mantenía su gracia y su estilo, el follaje de crines rojizos, el rumor de sus faldas y la risa vehemente. Todavía vivía en el mismo lugar, pero ya no ocupaba sólo una habitación, había comprado la propiedad para convertirla en su templo particular, donde disponía de un cuarto para las medicinas, el agua magnetizada y toda clase de hierbas, otro para masajes terapéuticos y abortos y una sala de buen tamaño para sesiones de espiritismo, magia y adivinación. A Gregory lo recibía siempre en la pieza encima del garaje. Ese día lo encontró demacrado y volvió a conmoverla esa ruda compasión que en los últimos tiempos era su sentimiento primordial hacia él.

–¿De quién estás enamorado ahora? –se rió.

–Quiero irme de este lugar de mierda –masculló Gregory con la cabeza entre las manos, derrotado por ese enemigo en el bajo vientre.

–¿Adónde piensas irte?

–A cualquier parte, al carajo, no me importa. Aquí no pasa nada, no se puede respirar, me estoy ahogando.

–No es el barrio, eres tú. Te estás ahogando en tu propio pellejo.

La adivina sacó del armario una botella de whisky, le escanció un buen chorro en el vaso y otro para ella, esperó que lo bebiera y le sirvió más. El muchacho no estaba acostumbrado al licor fuerte, hacía calor, las ventanas estaban cerradas y el aroma de incienso, hierbas medicinales y patchulí espesaba el aire. Aspiró el olor de Olga con un estremecimiento. En un instante de inspiración caritativa, la mujerona se le aproximó por detrás y lo envolvió en sus brazos, sus senos ya tristes se aplastaron contra su espalda, sus dedos cubiertos de baratijas desabotonaron a ciegas su camisa, mientras él se convertía en piedra, paralizado por la sorpresa y el miedo, pero entonces ella comenzó a besarlo en el cuello, a meterle la lengua en las orejas, a susurrarle palabras en ruso, a explorarlo con sus manos expertas, a tocarlo allí donde nadie lo había tocado nunca, hasta que él se abandonó con un sollozo, precipitándose por un acantilado sin fondo, sacudido de pavor y de anticipada dicha, y sin saber lo que hacía ni por qué lo hacía se volvió hacia ella, desesperado, rompiéndole la ropa en la urgencia, asaltándola como un animal en celo, rodando con ella por el suelo, pateando para quitarse los pantalones, abriéndose camino entre las enaguas, penetrándola en un impulso de desolación y desplomándose enseguida con un grito, al tiempo que se vaciaba a borbotones, como si una arteria se le hubiera reventado en las entrañas. Olga lo dejó descansar un rato sobre su pecho, rascándole la espalda, como muchas veces lo había hecho cuando era niño, y apenas calculó que le empezaban los remordimientos se levantó y fue a cerrar las cortinas. Enseguida procedió a quitarse reposadamente la blusa rota y la falda arrugada.

–Ahora te enseñaré lo que nos gusta a las mujeres –le dijo con una sonrisa nueva–. Lo primero es no apurarse, hijo...

–Necesito saber algo Olga, júrame que me vas a decir la verdad.

–¿Qué quieres saber?

–Mi padre y tú... quiero decir, ustedes...

–Eso no te incumbe, no tiene nada que ver contigo.

–Tengo que saberlo... ustedes eran amantes ¿verdad?

–No, Gregory. Te lo diré una sola vez: no, no éramos amantes. No me vuelvas a tocar el tema, porque si lo haces no te veré nunca más ¿me has entendido?

Gregory tenía tanta necesidad de creerle que no hizo más preguntas. A partir de esa tarde el mundo cambió de color para él, visitaba a Olga casi todos los días y, como un alumno esforzado, aprendió lo que ella tuvo a bien revelarle, hurgó en sus escondrijos, se atrevió a decir en murmullos todas las obscenidades posibles y descubrió maravillado que no estaba completamente solo en el universo y que ya no tenía ningunas ganas de morirse. Tal como se le esponjó el alma, se le desarrolló el cuerpo y en pocas semanas dejó de parecer un chiquillo y se fijó en su rostro una expresión de hombre contento. Cuando Olga se dio cuenta que de puro agradecido se estaba enamorando, lo zarandeó furiosa y lo obligó a mirarla desnuda y hacer un inventario meticuloso de su gordura, sus canas y arrugas, su fatiga de tantos años de andar a palos con el destino, y lo amenazó solemnemente con echarlo de su lado si persistía en ideas torcidas. Le hizo ver con claridad los límites de su relación y agregó que se diera con una piedra en el pecho, porque tenía una suerte brutal, no encontraría otra mujer que le ofreciera sexo gratis y seguro, le planchara las camisas, le metiera plata en los bolsillos y no le exigiera nada a cambio, que todavía era un mocoso y cuando dejara de serlo ella estaría convertida en una anciana, que se concentrara en estudiar, a ver si lograba salir del hoyo donde había crecido y convertirse en alguien, que vivía en la tierra de las oportunidades y si no las aprovechaba era un imbécil sin remedio.

Sus notas mejoraron, hizo nuevos amigos, empezó a colaborar en el periódico de la escuela y pronto se encontró escribiendo artículos encendidos y encabezando mítines de alumnos por diversas causas, algunas burocráticas, como el horario de deportes, y otras de principios, como la discriminación contra negros y latinos. Lo heredaste de tu padre, suspiraba Nora algo preocupada, porque no quería verlo convertido en predicador. Apaciguado por Olga pudo tomar el gusto a la lectura, aprovechaba todo momento libre para ir a la biblioteca municipal, donde hizo amistad con Cyrus, un viejo ascensorista. El hombre movía los controles con una mano y con la otra sostenía un libro, tan absorto que el ascensor funcionaba a su antojo, como una máquina desquiciada. Sólo levantaba los ojos cuando llegaba Gregory, entonces por unos segundos se iluminaba su anémica cara de profeta y una sonrisa leve cambiaba el rictus huraño de su boca, pero dominaba el gesto de inmediato y lo saludaba con un gruñido, para dejar muy en claro que sólo los unía una cierta afinidad intelectual. El muchacho aparecía por lo general a media tarde, después de la escuela, y se quedaba sólo una media hora, porque debía trabajar. El anciano lo aguardaba desde temprano y a medida que se acercaba la hora se sorprendía mirando el reloj, siempre en guardia para dominar afectos innecesarios, pero si fallaba era como si no hubiera salido el sol. Se hicieron buenos amigos. A Reeves le gustaba pasar los sábados en su compañía, lo visitaba en el sórdido cuarto de la pensión donde vivía, otras veces salían de paseo o al cine, y al caer la tarde se despedía para ir con Carmen a los salones de baile. Tiempo después Cyrus lo citó en un parque con el pretexto de discutir filosofía y compartir una merienda. Lo esperaba con una cesta donde asomaba un pan y el cuello de una botella, lo condujo del brazo a un sitio aislado, donde nadie pudiera escucharlos, y allí le anunció en susurros que estaba dispuesto a revelarle un secreto de vida y muerte. Después de hacerlo jurar que jamás lo traicionaría, le confesó solemne su afiliación al Partido Comunista. El muchacho no tenía claro el significado de tal confidencia, a pesar de que estaban en plena época de la caza de brujas desencadenada contra las ideas liberales, pero imaginó que debía ser algo contagioso y de tan mala reputación como las enfermedades venéreas. Hizo algunas indagaciones que sólo contribuyeron a oscurecer más el panorama. Su madre le ofreció una respuesta vaga sobre Rusia y la masacre de una cierta familia real en un palacio de invierno, todo tan distante que le resultó imposible relacionarlo con su lugar y su tiempo. Cuando lo mencionó donde los Morales, Inmaculada se persignó espantada, Pedro le prohibió decir groserías en su casa y lo previno contra el desatino de meterse en asuntos que no eran de su incumbencia. La política es un vicio, la gente honesta y trabajadora no la necesita para nada, determinó el Padre Larraguibel, cuya inclinación hacia lo tremebundo aumentaba con los años, acusó a los comunistas de ser el anti-Cristo en persona y enemigos naturales de los Estados Unidos, aseguró que hablar a uno de ellos constituía una automática traición a la cultura cristiana y a la patria, puesto que todo lo dicho era de inmediato remitido a Moscú para fines diabólicos. Cuidado, puedes verte en líos con la autoridad y acabar en la silla eléctrica, en cuyo caso bien merecido lo tendrías, por gilipollas, los rojos son ateos, bolcheviques y mala gente, no tienen nada que hacer en este país, que se vayan a Rusia si eso es lo que les gusta, concluyó con un puñetazo sobre la mesa que hizo saltar su taza de café con brandy. Gregory comprendió que Cyrus le había dado la mayor prueba de amistad al contarle su secreto y a cambio se dispuso a no defraudarlo en el camino intelectual recién emprendido. El hombre cultivó en él la pasión por ciertos autores y cada vez que Gregory formulaba una pregunta, lo mandaba a buscar la información por sí mismo, así aprendió a usar enciclopedias, diccionarios y otros recursos de la biblioteca. Si todo lo demás falla, revisa los periódicos antiguos, le aconsejó. Ante sus ojos se abrió un vasto horizonte, por primera vez le pareció posible salir del barrio, no estaba condenado a permanecer allí enterrado por el resto de sus días, el mundo era enorme, se le despertó la curiosidad y el deseo de vivir las aventuras que antes le bastaba ver en el cine. Cuando estaba libre de la escuela y del trabajo permanecía horas con su maestro, subiendo y bajando en el ascensor, hasta que lo vencía el mareo y salía a trastabillones a respirar aire puro.

En las noches cenaba con los Morales y de paso ayudaba a Carmen en sus tareas, porque era pésima alumna, luego iba donde Olga y llegaba a su casa cuando Judy y su madre estaban dormidas. A veces, durante los fines de semana, buscaba la compañía de Nora para comentar sus lecturas, pero su relación se enfriaba día a día y no volvieron a disfrutar las conversaciones de los tiempos del camión bohemio, cuando ella le contaba argumentos de óperas y le descifraba los misterios del firmamento en las noches estrelladas. Con su hermana tenía muy poco en común y habría debido ser muy distraído para no percibir su firme hostilidad. En esos años la cabaña se había vuelto a deteriorar, las maderas crujían y se llovía el techo, pero el terreno se había valorizado con el avance de la ciudad en esa dirección. Pedro Morales sugirió vender la propiedad y que los Reeves se instalaran en un apartamento pequeño, donde los gastos serían menores y la mantención más fácil, pero Nora temía que su marido se perdiera en el traslado.

–Los muertos necesitan un hogar fijo, no pueden estar mudándose de un lado para otro. También las casas necesitan un muerto y un nacimiento. Un día nacerán aquí mis nietos –decía.

Aparte de Olga, con quien compartía la prodigiosa intimidad de los amantes impúdicos, Carmen Morales era la persona más cercana a Gregory. Una vez que Olga le tranquilizó los instintos, pudo contemplar las prominencias de su amiga sin sufrir incómodos descalabros. Deseaba para ella un destino menos sórdido que el de las mujeres de su barrio, maltratadas por los maridos, abatidas por los hijos y pobres de solemnidad, creía que con un poco de ayuda podría terminar la escuela y estudiar un oficio. Trató de iniciarla en la lectura, pero ella se aburría en la biblioteca, detestaba los estudios y no demostraba el menor interés en las noticias de los periódicos.

–Si leo más de media página me duele la cabeza. Mejor lees tú y me cuentas... –se disculpaba cuando la acorralaba entre un libro y la pared.

–Es porque tiene los pechos grandes. A más senos, menos cerebro, es una ley de la naturaleza, por eso las desdichadas mujeres son como son –le explicó Cyrus a Gregory.

–¡Ese viejo es un cretino! –estalló Carmen cuando lo supo, y a partir de ese día usaba sostenes con rellenos por simple espíritu de desafío, con tan espectaculares resultados que nadie en el vecindario dejó de comentar lo bien que se estaba desarrollando la menor de los Morales.

No sólo sus senos llamaban la atención, había dejado atrás su aspecto de ratón diligente y se estaba convirtiendo en una muchacha explosiva en torno a quien revoloteaban los pretendientes, pero sin atreverse a cruzar la delicada frontera del honor, porque al otro lado estaban Pedro Morales y sus cuatro hijos, todos macizos, determinados y celosos. En apariencia no era distinta a otras chicas de su edad, le gustaban las fiestas, escribía pensamientos románticos y versos copiados en un diario de vida, se enamoraba de los actores de cine y coqueteaba con cuanto muchacho se encontraba a su alcance, siempre que lograra eludir la vigilancia de su familia y de Gregory, posesionado del papel de caballero andante. Sin embargo, a diferencia de otras jóvenes, poseía una turbulenta imaginación que más tarde la salvaría de una existencia banal.

Un jueves, a la salida de la escuela, Gregory y Carmen se encontraron en la calle frente a Martínez y tres de sus pandilleros. El flujo de jóvenes que salía del edificio se detuvo un instante y luego se desvió para evitarlos, no fueran a considerarlo una provocación, pero Martínez había visto a la muchacha el sábado anterior en un salón de baile y la estaba esperando con la soberbia de quien se sabe más fuerte. Ella se detuvo en seco y lo mismo hicieron los otros alumnos a su alrededor, que percibieron la amenaza en el aire y fueron incapaces de reaccionar.

Martínez había crecido mucho para su edad, era un gigante insolente con bigotillo de galán, algunos tatuajes a la vista, vestido de *pachuco,* el pelo pegado de pomada en dos copetes levantados, pantalones con pliegues en la cintura, zapatos con remaches de metal en las puntas, chaqueta de cuero y camisa morada.

–Andale, chulita, dame un beso... –dio un par de pasos y tomó a Carmen por la barbilla.

De un manotazo ella lo apartó y los ojos del otro se achicaron al tamaño de dos rayos. Gregory cogió a su amiga del brazo y trató de sacarla de aquella encerrona cobarde, pero la pandilla bloqueaba el paso y no había a quién recurrir, en la calle se había abierto un terrible vacío, los otros muchachos retrocedieron a distancia prudente en un amplio semicírculo y al centro sólo quedaron ellos y los agresores.

–A ti te conozco, hijo de la chingada –se burló Martínez empujando ligeramente a Gregory, y agregó para sus secuaces–: Éste es el pinche gringo maricón que les conté.

Sin soltar a Carmen, Gregory volvió a intentar una maniobra de escape, pero Martínez avanzó amenazante y entonces comprendió que había llegado el momento tan temido, ya no era posible evadir aquella amenaza que siempre estuvo acechándolo. Respiró profundo, tratando de controlar su terror, obligándose a pensar, calculando que se encontraba solo, porque ninguno de sus camaradas acudiría en su defensa, y que los otros eran cuatro y seguro tenían cuchillos o manoplas. El odio le volvió como una oleada caliente, desde el fondo del vientre hacia la garganta, los recuerdos acudieron en tropel, aturdiéndolo, y por un momento perdió la visión y el entendimiento y se hundió en un lodazal oscuro. La voz de Carmen lo devolvió a la calle.

–No me toques, cabrón –y se defendía de las manos de Martínez mientras los otros se reían.

Gregory empujó a Carmen a un lado y se enfrentó con su enemigo, las caras a pocos centímetros, los puños listos, los ojos llenos de rencor, jadeando.

–¿Qué es lo que quieres, gringo puto...? Tienes ganas de que te culee de nuevo o prefieres tirar chingazos conmigo? –musitó Martínez con voz lenta y suave, como si le hablara de amor.

–¡Chinga tu madre! Cuatro de tus matones contra uno solo y desarmado es bien fácil –replicó Gregory.

–¡Ja! órale, pues, carnales. Esto será entre los dos solos –ordenó Martínez a los suyos.

–No quiero una pelea de chavos. Lo que yo quiero es un duelo a muerte –masculló Gregory con los dientes apretados.

–¿Qué chingadera es ésa?

–Lo que oíste, pocho desgraciado. –Y Gregory levantó la voz para que todos en la calle pudieran escucharlo–. Dentro de tres días, detrás de la fábrica de cauchos, a las siete de la tarde.

Martínez lanzó unas miradas a su alrededor, sin comprender muy bien de qué se trataba y los pandilleros se encogieron de hombros, todavía burlones, mientras el círculo de curiosos se cerraba un poco, porque nadie quería perder palabra de lo que estaba sucediendo.

–¿Cuchillo, garrote, cadena o pistola? –preguntó Martínez incrédulo.

–El tren –replicó Gregory.

–¿Y qué hay con el chingado tren?

–Vamos a ver quién tiene más huevos. –Y Gregory cogió a Carmen de la mano y se alejó por la calle, dándole la espalda con el fingido desprecio de un torero por la bestia que aún no ha derrotado, caminando de prisa, para que nadie oyera el retumbar de su corazón.

Hacía varios años que yo corría contra el tren, primero con la intención de morirme y después nada más que para tomarle el gusto a la vida. Pasaba rugiendo cuatro veces al día como un dragón en estampida, alborotando el viento y el silencio. Lo esperaba siempre en el mismo lugar, un terreno baldío y plano, donde en algunas temporadas se acumulaban chatarra y basura y en otras, cuando lo limpiaban, iban los niños a jugar a la pelota. Primero me llegaba el pitazo lejano y el rumor de las máquinas, después lo veía aparecer, un formidable culebrón de hierro y ruido. Mi desafío era calcular el momento exacto para cruzar la línea delante de la locomotora, aguardar hasta el último instante, tenerlo casi encima, correr entonces como un desesperado y alcanzar el otro lado de un salto. La vida dependía del menor error, una leve vacilación, un tropiezo en el riel, la destreza de mis piernas y mi sangre fría. Podía distinguir los diferentes trenes por el estrépito de las máquinas, sabía que el primero de la mañana era el más lento y el de las siete quince el más veloz. Me sentía bastante seguro, pero como no lo había toreado en un buen tiempo, fui a ensayar con cada uno que pasó en los días siguientes, acompañado por Carmen y Juan José, para medir los resultados. La primera vez que me vieron hacerlo se les cayó el cronómetro de las manos y Carmen se puso a gritar sin control, por suerte no la oí hasta después que pasó la máquina, porque seguro habría titubeado y ahora no estaría contando el cuento. Descubrimos el mejor lugar para la carrera, allí donde los rieles se veían con claridad, quitamos la piedras y marcamos la distancia con una raya en el suelo, acortándola en cada intento, hasta que no fue posible reducirla más, el tren me rozaba la espalda. En la tarde era más difícil porque a esa hora estaba casi oscuro y las luces de la locomotora encandilaban. Supongo que Martínez también se ejercitó en otra parte, donde nadie lo vio y su orgullo desmesurado quedó a salvo, delante de sus compinches no podía demostrar la menor preocupación por el duelo, debía aparentar desprecio absoluto por el peligro, a lo mero macho. Yo contaba con ello para sacarle ventaja, porque durante mis años en la jungla del barrio aprendí a aceptar con humildad el miedo, ese incendio en el estómago que a veces me atormentaba durante varios días seguidos.

El domingo señalado ya se había corrido la voz en la

escuela y a las seis y media había una hilera de automóviles, motos y bicicletas estacionados en el sitio baldío y una cincuentena de mis compañeros, sentados en el suelo cerca de las líneas esperaban el comienzo del espectáculo. La fábrica de cauchos estaba cerrada, pero en el aire todavía flotaba el olor nauseabundo de la goma caliente. Había un ambiente de fiesta, algunos habían llevado meriendas, unos cuantos whisky y ginebra disimulados en botellas de refresco, varios cargaban cámaras fotográficas. Carmen evitó la algazara, se mantuvo apartada de los demás, rezando. Me había rogado que no lo hiciera, es preferible pasar por cobarde que perder la vida en un suspiro, después de todo Martínez no me hizo nada, este duelo es una aberración, un pecado, Dios nos va a castigar a todos, me suplicó. Le expliqué que esto nada tenía que ver con el incidente en la calle, no era ella la causante sino sólo el pretexto, se trataba de deudas muy antiguas imposibles de contar, cosas de hombres. Me colgó al cuello un pequeño rectángulo de trapo bordado.

—Es el escapulario de la Virgen de Guadalupe que mi madre traía puesto cuando vino de Zacatecas. Es muy milagroso...

A las siete en punto aparecieron cuatro destartalados automóviles, pintarrajeados con el color morado de «Los Carniceros», acarreando a la pandilla, que acudió a respaldar a Martínez. Pasaron entre nosotros haciendo el saludo de la mano engarfiada ante la cara y tocándose el sexo, en gesto de provocación. Imaginé que si las cosas no resultaban bien se armaría un tremendo lío y mi grupo de amigos, aunque más numeroso, no era en ningún caso un adversario temible para ellos, habituados a dar guerra y armados. Tuve que mirar dos veces para distinguir a Martínez, porque todos parecían iguales, los mismos peinados a la gomina, chaquetas, adornos y balanceos provocativos al caminar. No había renunciado a su ropa de chulo, ni siquiera a sus zapatos de tacón alto, en cambio yo vestía con comodidad —en ese tiempo sólo podía comprar ropa de segunda mano en el bazar de la iglesia– y me había puesto zapatillas de gimnasia. Revisé mis ventajas: yo era más rápido y liviano, en realidad en una carrera mano a mano no podía ganarme, pero esto era un desafío a la muerte y en el último instante contaba más el atrevimiento que la destreza. En la escuela primaria él era buen atleta, en cambio yo siempre fui mediocre en los deportes, pero traté de no pensar en ello.

–A las siete quince en punto pasa el expreso. Corremos al mismo tiempo separados por tres pasos largos para que no puedas empujarme, cabrón, yo más cerca del tren, te doy ese regalito si quieres –grité para que todos escucharan.

–No necesito ventaja, pinche gringo mariposa.

–Elige entonces: corres más cerca del tren o partes más atrás.

–Salgo más atrás.

Con un palo marqué dos rayas en el suelo, mientras tres pandilleros y algunos de mis compañeros, encabezados por Juan José Morales, cruzaban el riel para controlar el duelo desde el otro lado.

–¿Tan cerca? ¿Tienes miedo, maricón? –se burló desdeñoso Martínez.

Había calculado su reacción, borré las rayas con el pie y las tracé de nuevo más atrás. Juan José Morales y un pandillero midieron los pasos de separación y en ese momento escuchamos el pitazo del tren. Todos los espectadores se adelantaron, la pandilla a la izquierda, en un bloque compacto, mis compañeros a la derecha. Carmen me dio una última mirada animosa, pero la vi descompuesta. Nos colocamos en las marcas, toqué el escapulario disimuladamente y luego cerré por completo la mente a todo lo que me rodeaba, concentrándome en mí mismo y en esa mole de hierro que se precipitaba, contando los segundos, el cuerpo tenso, atento al estrépito que crecía, yo solo frente al tren, como tantas veces antes había estado. Tres, dos, uno ¡ahora! y sin tener conciencia de lo que hacía sentí un bramido salvaje en las entrañas, las piernas salieron disparadas por impulso autónomo, un corrientazo formidable me recorrió por completo, los músculos estallaron en el esfuerzo y el pavor me cegó con un velo de sangre. El clamor del tren y mi propio alarido se me metieron bajo la piel, invadiéndome enteramente, me convertí en un solo terrible rugido. Vislumbré las luces inmensas que se me venían encima, me ardió la piel con el calor de los motores y del aire partido en dos por esa gigantesca flecha, las chispas de las ruedas metálicas contra los rieles me dieron en la cara. Hubo un instante que duró un milenio, una fracción de tiempo congelada para siempre, y quedé suspendido en un abismo inconmensurable, flotando delante de la locomotora, un pájaro petrificado en pleno vuelo, cada partícula del cuerpo extendida en el último salto hacia adelante, la mente detenida en la certeza de la muerte.

No sé lo que ocurrió enseguida. Sólo recuerdo que desperté rodando al otro lado de los rieles con náuseas, extenuado, aspirando a todo pulmón el olor a metal caliente, aturdido por el fragor furioso de la enorme bestia que pasaba y pasaba, larguísima, interminable, y cuando acabó por fin de alejarse, sentí un silencio anormal, un vacío absoluto, y la oscuridad me envolvió entero. Un siglo después Carmen y Juan José me tomaron de los brazos para ponerme de pie.

—Levántate, Gregory, vámonos de aquí antes que llegue la policía...

Y entonces tuve un chispazo de lucidez y alcancé a ver en la penumbra de la tarde cómo los muchachos escapaban corriendo hacia la carretera, cómo salían disparados los coches morados de los pandilleros, cómo no quedaba un alma en el lugar más que Carmen, Juan José y yo, salpicado de sangre, y los pedazos de Martínez repartidos por todos lados.

SEGUNDA PARTE

Tanto se repitió de boca en boca el duelo del tren, adornado hasta alcanzar proporciones fantásticas, que Gregory Reeves pasó a ser un héroe entre sus compañeros. Algo fundamental cambió en su carácter entonces, creció de golpe y perdió esa especie de candor angélico, causante de tantos sinsabores y palizas, adquirió seguridad y por primera vez en años se sintió bien en su piel, ya no deseaba ser moreno como los demás del barrio, empezaba a evaluar las ventajas de no serlo. En la escuela secundaria había cerca de cuatro mil alumnos provenientes de diferentes sectores de la ciudad, casi todos blancos de clase media. Las muchachas usaban el pelo recogido en cola de caballo, no decían malas palabras ni se pintaban las uñas, frecuentaban la iglesia y algunas ya tenían aire de inamovibles matronas, como sus madres. No perdían ocasión de besarse con el novio de turno en la última fila del cine o en el asiento trasero de un coche, pero no lo comentaban. Ellas soñaban con un diamante en el anular y entretanto los muchachos aprovechaban su libertad mientras pudieran, antes de que el rayo fulminante del amor los domesticara. Vivían su última oportunidad de relajo, de juegos y deportes bruscos, de aturdirse de alcohol y velocidad, un período de travesuras viriles, algunas inocuas como robarse el busto de Lincoln de la oficina del rector, y otras no tanto, como atrapar a un negro, un mexicano o un homosexual para embadurnarlo de excremento. Se burlaban del romanticismo, pero lo utilizaban para conseguir pareja. Entre ellos hablaban de sexo sin parar, pero muy pocos tenían ocasión de practicarlo. Por pudor Gregory Reeves nunca mencionó a Olga entre sus amigos. En la escuela se sentía a sus anchas, ya no estaba segregado por su color, nadie conocía su casa ni su familia, se ignoraba que su madre recibía un cheque de la Beneficencia Social. Era de los más pobres, pero siempre tenía algo de dinero en el bolsillo porque trabajaba, podía invitar a una chica al cine, no le faltaba para una ronda de cervezas o una apuesta y en el último año la bonanza le alcanzó para un automóvil bastante machucado, pero con un buen motor. La escasez sólo se percibía en los pantalones brillosos, las camisas gastadas y la falta de tiempo libre. Parecía mayor, era delgado, ágil y tan fuerte como lo había sido su padre, se creía guapo y actuaba como si lo fuera. En los años siguientes sacó provecho a la leyenda de Martínez y su conocimiento de las dos culturas en las cuales había crecido. Las extravagancias intelectuales de su familia y su amistad con el ascensorista de la biblioteca le desarrollaron la curiosidad, en un lugar donde los hombres apenas leían la página deportiva de los periódicos y las mujeres preferían los chismes de artistas de Hollywood, él había leído por orden alfabético a los más notables pensadores desde Aristóteles hasta Zoroastro. Tenía una visión del mundo deformada, pero en cualquier caso más amplia que la de los demás estudiantes y de varios profesores. Cada nueva idea lo deslumbraba, creía haber descubierto algo único y sentía el deber de revelarlo al resto la humanidad, pero pronto se dio cuenta de que la exhibición de conocimientos caía como una patada de mula entre sus compañeros. Con ellos se cuidaba, pero ante las muchachas no podía evitar la tentación de lucirse como un funámbulo de la palabra. Las infatigables discusiones con Cyrus le enseñaron a defender sus ideas con pasión, su maestro le desbarataba todo intento de marearlo a punta de elocuencia, más fundamento y menos retórica, hijo, le decía, pero Gregory comprobó que sus trucos de orador funcionaban bien con otras personas. Sabía colocarse siempre a la cabeza del grupo, los otros se acostumbraron a abrirle paso y como la modestia no era una de sus virtudes, naturalmente se imaginó lanzado en una carrera política.

–No es mala idea. De aquí a unos años el socialismo habrá triunfado en el mundo y podrás ser el primer senador comunista de este país –lo entusiasmaba Cyrus en cuchicheos secretos en la bodega de la biblioteca, donde por años había intentado, sin grandes resultados, sembrar en la mente de su discípulo su encendida pasión por Marx y Lenin. A Reeves esas teorías le resultaban incuestionables desde el punto de vista de la justicia y la lógica, pero intuía que no tenían la menor posibilidad de triunfar, por lo menos en su mitad del planeta. Por otra parte, la idea de hacer fortuna le parecía más seductora que la de compartir la pobreza por igual, pero jamás se habría atrevido a confesar tan mezquinos pensamientos.

–No estoy seguro de que quiero ser comunista –se defendía con prudencia.

–¿Y qué vas a ser entonces, hijo?

–Demócrata, por ejemplo...

–No hay ninguna diferencia entre demócratas y republicanos ¿cuántas veces tengo que explicártelo? En fin, si quieres llegar al Senado debes empezar ahora mismo. Camarón que se duerme, se lo lleva la corriente. Tienes que ser presidente de los estudiantes.

–Estás loco, Cyrus, soy el más pobre de la clase y hablo inglés como un chicano. ¿Quién votaría por mí? No soy ni gringo ni latino, no represento a nadie.

–Por eso mismo puedes representarlos a todos. –Y el viejo le prestó *El Príncipe, y* otras obras de Nicolás Maquiavelo para que aprendiera sobre la naturaleza humana. A las tres semanas de lectura superficial Gregory Reeves regresó bastante confundido.

–Esto no me sirve de nada, Cyrus. ¿Qué relación hay entre los italianos del siglo xv y los atorrantes de mi escuela?

–¿Es todo lo que me puedes decir de Maquiavelo? No has entendido nada, eres un ignorante. No mereces ser secretario de un preescolar, mucho menos presidente de los alumnos de la secundaria.

El muchacho volvió a meter la nariz en los libracos, esta vez con mayor dedicación, y poco a poco el rayo iluminador del estadista florentino atravesó cinco siglos de historia, la distancia de medio mundo, las barreras culturales y las brumas de un cerebro juvenil para revelarle el arte del poder. Tomó notas en un cuaderno que tituló modestamente «Yo Presidente» y que resultó profético, porque gracias a las estrategias de Maquiavelo, a los consejos de su maestro y a las manipulaciones de inspiración propia logró ser elegido por una abrumadora mayoría. Ése fue el primer año sin problemas raciales en la escuela, porque alumnos y profesores trabajaron al unísono, convencidos por Reeves de que navegaban en el mismo bote y a nadie le convenía remar en direcciones contrarias. También organizó el primer baile en calcetines, ante el escándalo de la Junta Directiva, que lo consideró el paso definitivo hacia una orgía romana, pero nada pecaminoso ocurrió, fue una fiesta inocente donde sólo los zapatos se quitaron los participantes. El nuevo presidente estaba decidido a dejar un recuerdo imborrable en los anales de la institución y a iniciarse en el camino hacia la Casa Blanca, pero la tarea resultó más ardua de lo calculado. Además de las responsabilidades del cargo ayudaba en la cocina de una taquería hasta muy entrada la noche, los fines de semana reparaba cauchos en el garaje de Pedro Morales y los veranos partía de *bracero* a recoger fruta en los campos. Su existencia transcurría tan ocupada que se salvó del alcohol, las drogas, las apuestas en el juego y las competencias de velocidad en las que varios de sus amigos dejaron buena parte de su inocencia, cuando no la salud y hasta la vida.

Las muchachas se convirtieron en su idea fija, manifestada a veces como un aturdimiento feliz capaz de hacerlo olvidar hasta su propio nombre, pero en general era sólo un martirio de sopa caliente en las venas y de obscenidades comunes en la mente. Con delicadeza, porque le tenía mucho cariño, pero con determinación irrevocable, Olga lo desterró de su cama con el pretexto de que ya era hora de buscar otros consuelos. Se sentía muy vieja para esos trotes, dijo, pero en realidad se había enamorado de un camionero, diez años más joven que ella, quien solía visitarla entre viaje y viaje. Esa matrona de indómito espíritu acabó zurciéndole las calcetas y aguantándole las mañas durante varios años a un amante de mala catadura, hasta que en una de sus travesías el hombre se desvió del camino para seguir a otro amor y nunca más regresó. Por otra parte, los encuentros entre Olga y Gregory habían perdido el atractivo de la novedad y el encanto de lo inconfesable, habían degenerado en una discreta gimnasia entre una abuela y su nieto. Olga fue remplazada por Ernestina Pereda, compañera de Gregory en la primaria que ahora trabajaba en un restaurante. Con ella imaginaba el amor, ilusión que se disipaba a los pocos minutos, dejándole un sabor de culpa. Posiblemente era el único amante de Ernestina con tales escrúpulos, pero para derrotarlos habría tenido que traicionar su naturaleza romántica y los principios de caballerosidad aprendidos de su madre y de sus lecturas, no deseaba aprovecharse de ella, como tantos otros, pero tampoco era capaz de mentirle amor. Aún no se perfilaban en el horizonte los cambios en las costumbres que convertirían el sexo en un saludable ejercicio sin riesgo de embarazo ni obstáculo de culpa. Ernestina Pereda era uno de esos seres destinados a explorar el abismo de los sentidos, pero le tocó nacer quince años demasiado pronto cuando las mujeres debían escoger entre la decencia y el placer y ella no tenía valor para renunciar a ninguno de los dos. Desde que podía acordarse vivió deslumbrada por las posibilidades de su cuerpo, a los siete años había convertido el baño de la escuela en su primer laboratorio y a sus compañeros en conejillos de Indias, con los que investigó, hizo experimentos y llegó a sorprendentes conclusiones. Gregory no escapó a semejante afán científico, los dos se escabullían a la sórdida intimidad del baño para manosearse con la mejor buena voluntad, juego que habría continuado indefinidamente si la brutalidad de Martínez y su banda no lo hubiera cortado en seco. En un recreo se treparon en un cajón para espiarlos, los descubrieron jugando al doctor y armaron tal escándalo de burlas, que Gregory cayó enfermo de vergüenza por una semana y no volvió a intentar esas diversiones hasta que Olga lo rescató de su turbación. Para entonces Ernestina Pereda había tenido innumerables experiencias, no quedaba muchacho en el barrio que no hiciera alarde de conocerla, algunos con justificada razón, pero muchos por simple fanfarronada. Gregory procuraba no pensar en tal promiscuidad, sus encuentros carecían de artificios sentimentales, pero siempre contaron con una elemental cortesía, aunque no hablaban de sentimientos. El amor se le presentaba a cada rato en forma de pasiones efímeras por algunas chicas de los alrededores, con quienes no podía practicar las piruetas de perdición del repertorio de Olga ni los caracoleos frenéticos de Ernestina Pereda. No tenía dificultad en conseguir mujeres, pero nunca se sentía suficientemente amado, el efecto que recibía era apenas un reflejo deslucido de la pasión total en que se consumía. Le gustaban delgadas y altas, pero cedía sin oponer mayor resistencia ante cualquier tentación del sexo opuesto, aunque fuera más bien rechoncha, como era el caso de las latinas del barrio. Sólo a Carmen descartaba como inspiración de sus desvaríos eróticos, a ella la consideraba su compinche y sus atributos femeninos no alteraba en nada su prístina camaradería. Sin embargo eran de temperamentos diferentes y poco a poco se había creado un abismo intelectual entre ambos. Con ella compartía confidencias, bailes y cine, pero resultaba inútil comentarle sus lecturas o las inquietudes sociales y metafísicas sembradas en su corazón por Cyrus. Cuando excursionaba por esos senderos su amiga no se daba el trabajo de halagarlo con fingido interés, lo congelaba con una mirada de hielo y le ordenaba dejarse de pendejadas. Con otras niñas no tenía mejor acogida, las atraía al comienzo por su prestigio de salvaje y de buen bailarín, pero pronto se cansaban de sus apremios y partían comentando que era un pedante lleno de aires, incapaz de tener las manos quietas, cuidado con aceptarle un paseo a solas en su cacharro, primero te aburre con una jerigonza de candidato y luego intenta sacarte el sostén, pero aun así a Reeves no le faltaban aventuras amorosas. Juan José Morales opinaba que no valía la pena intentar comprender a las mujeres, eran objetos de lujuria y perdición, como aseguraba el cancionero latino y el Padre Larraguibel cuando se inflamaba de celo católico. Para los machos del barrio había sólo dos clases de mujeres, unas como Ernestina Pereda y otras intocables destinadas a la maternidad y el hogar, pero de ninguna había que enamorarse, eso convierte al hombre en esclavo, cuando no en cornudo. Gregory jamás se conformó con esas premisas y en los treinta años siguientes persiguió sin tregua la quimera del amor perfecto, tropezando incontables veces, cayendo y volviendo a levantarse, en una interminable carrera de obstáculos, hasta que renunció a la búsqueda y aprendió a vivir en soledad. Y entonces, por una de esas irónicas sorpresas de la existencia, encontró el amor cuando ya no pensaba hallarlo. Pero ésa es otra historia.

Las aspiraciones senatoriales de Gregory Reeves terminaron abruptamente al día siguiente de su graduación de la secundaria, cuando Judy le preguntó qué pensaba hacer con su destino porque ya era hora de salir de la casa de su madre.

—Hace tiempo que deberías vivir en otro lado, aquí no cabemos, estamos muy incómodos.

—Está bien, buscaré dónde irme —replicó Gregory con

una mezcla de tristeza por esa brusca manera de ser expulsado de la familia y de alivio por salir de un hogar donde nunca se sintió querido.

—Debemos arreglarle los dientes a mamá, no podemos postergarlo más.

—¿Hay algo ahorrado?

—No alcanza. Faltan trescientos dólares. Y además le prometimos un televisor para Navidad.

Judy había pasado por una adolescencia infeliz y se había convertido en una mujer devastada por una indignación sorda. Su rostro todavía era de una belleza sorprendente y su cabello, aunque cortado a tijeretazos, tenía el mismo color oro blanco de la primera infancia. Perniciosas capas de grasa se le habían asentado en el esqueleto, pero no la deformaban del todo porque aún era muy joven, a pesar de la obesidad se adivinaban las formas originales de su cuerpo y en las escasas ocasiones en que dejaba de detestarse a sí misma y se reía, recuperaba su encanto. Había tenido algunos amores con hombres blancos que encontraba en su trabajo o en otros barrios, sus vecinos hispanos habían abandonado hacia mucho tiempo la cacería, convencidos de que era una presa inalcanzable. Ella se encargaba de espantar a los esforzados pretendientes con sus arrebatos de altanería o sus largos silencios.

—Esta pobre niña nunca se casará, está visto que odia a los hombres —diagnosticó Olga.

—Mientras no adelgace está fregada —apuntó Gregory.

—El peso no tiene nada que ver, Gregory. No se quedará solterona por gorda, sino porque tiene ganas de serlo, de pura rabia.

Por una vez a Olga le falló la clarividencia. A pesar de su aspecto, Judy se casó tres veces y tuvo incontables enamorados, algunos de los cuales perdieron la paz del alma persiguiendo un amor que ella no pudo o no quiso dar. Tuvo varios hijos de diferentes maridos y adoptó otras criaturas, a quienes crió con cariño. Esa ternura natural, que marcó los primeros años de la vida de Gregory y que intentó muchas veces recuperar a lo largo de la tormentosa relación con su hermana, permaneció congelada en el alma de Judy hasta que pudo encauzarla hacia los afanes de la maternidad. Los hijos propios y ajenos la ayudaron a superar la parálisis emocional de su juventud y a sobrellevar con fortaleza el trágico secreto oculto en su pasado. En esa época había abandonado la escuela y trabajaba en una fábrica de ropa, la situación de la familia era precaria, sus aportes y los de Gregory no alcanzaban. Después de un año limpiando casas en sus horas libres, con las manos despellejadas y la certidumbre de que por ese camino no llegaría a ninguna parte, decidió emplearse a tiempo completo como obrera. Junto a otras mujeres mal pagadas y mal tratadas cosía en un sucucho oscuro y sin ventilación, donde paseaban orondas las cucarachas. En ese oficio las leyes se violaban con impunidad y las trabajadoras eran explotadas por patrones sin escrúpulos. Regresaba a casa con paquetes de telas y pasaba buena parte de la noche ante la máquina de coser de su madre. Le pagaban las horas extras al mismo precio de las normales, pero necesitaba el dinero y ante el menor reclamo la ponían en la puerta sin más trámites; había muchos desesperados esperando turno.

Por su parte Gregory también estaba habituado al trabajo, había contribuido al presupuesto de la casa desde los siete años. Con sus ahorros hizo algunos cambios, remplazó la antigua nevera por una moderna, la cocina a queroseno por una de gas y el gramófono por un tocadisco eléctrico para que su madre escuchara su música favorita. No lo asustaba la idea de vivir solo. Su amigo Cyrus y Olga procuraron convencerlo de que en vez de emplearse para sobrevivir buscara la forma de pagarse la universidad, pero esa alternativa no se planteaba entre los muchachos de su medio, sobre sus cabezas había un techo invisible que los mantenía mirando el suelo. Al terminar la escuela Gregory se encontró de golpe limitado otra vez por el chato horizonte del barrio. Durante once años había hecho lo posible por ser aceptado como uno más del vecindario y a pesar de su color casi lo consigue. Aunque no pudo ponerlo en palabras, tal vez la verdadera razón para convertirse en obrero fue su deseo de pertenecer al ambiente donde le tocó crecer, la idea de elevarse por encima de los demás a través del estudio le pareció una traición. En los años felices de la secundaria tuvo la breve ilusión de escapar a su suerte, pero en el fondo había asumido su condición de marginal y a la hora de enfrentarse al futuro lo aplastó el peso de la realidad. Alquiló un cuarto y allí se instaló con sus pocas pertenencias en cajas, los libros prestados por Cyrus y con *Oliver* por única compañía. El perro estaba muy viejo y medio ciego, había perdido varios dientes y buena parte del pelo, apenas podía con su pesado esqueleto de bestia bastarda, pero seguía siendo un amigo discreto y fiel. Pocas semanas trabajando como *lomo mojado* le bastaron a Reeves para comprender que el sueño americano no alcanzaba para todos. Cuando regresaba a su cuarto en la noche y se echaba extenuado sobre la cama a mirar el techo, sacaba la cuenta de su desesperanza, se sentía preso en un cepo. Pasó el verano en una empresa de transporte donde debía echarse bultos pesados a la espalda, le salieron músculos donde no sabía que los hubiera y estaba adquiriendo la tosca catadura de un gladiador, cuando un accidente lo obligó a cambiar de rumbo. Subían entre dos un refrigerador sostenido por cinchas que cada uno llevaba al hombro, hacía un calor sofocante, el hueco de la escalera era estrecho y en cada peldaño el peso descansaba por completo en un lado del cuerpo. De pronto, en la pierna derecha sintió una ardiente descarga eléctrica, tuvo que echar mano de toda su voluntad para no soltar la carga, que hubiera aplastado a su compañero. Se le escapó un bramido seguido por una retahíla de maldiciones y cuando pudo asentar el refrigerador y mirarse vio un árbol morado de grueso tronco y ramificaciones, se le habían reventado las venas y en pocos minutos se le deformó la pierna. Fue a dar al hospital, donde después de examinarlo le aconsejaron reposo absoluto y le advirtieron que las venas dañadas tomarían el aspecto de varices, sólo la cirugía podría eliminarlas. Su empleador le pagó una semana y Reeves pasó la convalecencia en su cuarto, sudando bajo el ventilador, con el consuelo de la lealtad de *Oliver,* algunos masajes terapéuticos de Olga y los platos criollos preparados por Inmaculada Morales. Los libros de Cyrus, la música clásica y las visitas de algunos amigos fueron su entretención. Carmen aparecía por su cuarto muy seguido y le contaba con detalle las películas en cartelera, tenía el don de narrar y al oírla le parecía encontrarse frente a la pantalla. Juan José Morales, quien también había cumplido dieciocho años, pasó a despedirse antes de enrolarse en las Fuerzas Armadas y le dejó de recuerdo su álbum con fotografías de mujeres desnudas, que prefirió no examinar para evitar mayores suplicios, bastante tenía con la canícula, la inmovilidad y el fastidio. Cyrus iba a verlo a diario y le comentaba las noticias en un tono sepulcral, la humanidad estaba al borde de una catástrofe, la guerra fría ponía en peligro al planeta, existían demasiadas bombas atómicas listas para ser activadas y demasiados generales arrogantes dispuestos a hacerlo, en cualquier momento alguien apretaría el botón fatídico, reventaría el mundo en una hoguera final y todo se iría definitivamente al carajo.

–Se ha perdido la ética, vivimos en un mundo de valores mezquinos, de placeres sin alegría y de acciones sin sentido.

–¡Vaya, Cyrus! ¿No me has prevenido muchas veces contra el pesimismo burgués? –replica burlón su discípulo.

Su madre se materializaba de pronto, discreta y tenue. Le llevaba unas galletas y un hueso para *Oliver,* se sentaba junto a la puerta en el borde de la silla y conversaba con la mayor formalidad de los mismos temas de siempre: Historia, recuerdos del padre, música. Cada día parecía más etérea y borrosa. Los sábados escuchaban juntos el programa de ópera de la radio y Nora, conmovida hasta las lágrimas, comentaba que ésas eran voces de seres sobrenaturales, los humanos no podían alcanzar tal perfección. Con sus habituales buenas maneras miraba de lejos el montón de libros junto a la cama y preguntaba cortésmente qué estaba leyendo.

–Filosofía, mamá.

–No me gustan los filósofos, Greg, están contra Dios. Tratan de racionalizar la Creación, que es un acto de amor y de magia. Para entender la vida es más útil la fe que la filosofía.

–A usted le gustarían estos libros, mamá.

–Sí, supongo que sí. Hay que leer mucho, Greg. Con conocimiento y sabiduría sería posible derrotar al mal en la tierra.

–Estos libros dicen con otras palabras lo mismo que usted me ha enseñado, que hay una sola humanidad, que nadie debe poseer la tierra porque pertenece a todos, que un día habrá justicia e igualdad entre los hombres.

–¿Y ésos no son libros religiosos?

–Todo lo contrario, no son libros sobre dioses, sino sobre hombres. Hablan de economía, de política, de Historia...

–Ojalá no sean libros comunistas, hijo.

Al despedirse le dejaba un folleto sobre su fe Bahai o sobre algún novedoso guía espiritual de los tantos que brotaban por esos lados, y partía con un gesto suave de la mano, sin tocar a su hijo. Su paso por el cuarto era tan ligero que Gregory quedaba con la duda de si realmente había estado allí o si esa señora de cabello color niebla y vestido antiguo había sido sólo una broma de su imaginación. Sentía por ella un cariño doloroso, le parecía una criatura seráfica, intocada por la maldad, fina y delicada como las apariciones de los cuentos. En algunos momentos lo agobiaba la ira contra ella, quería arrancarla a sacudones de su persistente duermevela, gritarle que abriera los ojos de una vez y lo mirara de frente, míreme, madre, aquí estoy ¿no me ve? Pero en general deseaba sólo acercarse, tocarla, reírse con ella y contarle sus secretos.

Una tarde Pedro Morales cerró el garaje temprano

para ir a verlo. Desde la muerte de Charles Reeves había asumido tácitamente la tarea de velar por la familia de su maestro.

–Éste es un accidente del trabajo. Deben darte una indemnización –le explicó.

–Me dijeron que no tengo derecho a nada, don Pedro.

–Tu patrón tiene un seguro ¿no?

–El patrón dijo que él no es el patrón y que nosotros no somos sus empleados, somos contratistas independientes. Nos pagan en efectivo, nos echan en cualquier momento y no estamos asegurados. Usted sabe cómo son las cosas.

–Eso es ilegal. Un abogado puede ayudarte, hijo.

Pero Reeves no tenía dinero para abogados y lo desanimó la idea de empantanarse por años en engorrosos trámites. Apenas pudo ponerse de pie consiguió un trabajo menos esforzado, aunque no más agradable, en una fábrica de muebles, donde el fino polvo de aserrín que flotaba en el ambiente y los efluvios de cola de pegar, barniz y disolvente mantenían a los trabajadores en permanente estado de ofuscación. Durante varios meses hizo patas de sillas, todas exactamente iguales. El accidente de la pierna lo puso sobre aviso y tantas veces enfrentó al capataz reclamando derechos escritos en los contratos e ignorados en la práctica, que terminaron por calificarlo de revoltoso incurable y lo despidieron. De allí dio bote por diferentes empleos y de todos salía en mala forma a las pocas semanas.

–¿Para qué alborotas tanto, Greg? No estás en la secundaria, ya no eres el presidente de nada. Si te pagan lo tuyo no reclames, quédate tranquilo –le aconsejaba Olga sin esperanza de ser escuchada.

–Haces bien, hijo, hay que tener solidaridad de clase. En la unión está la fuerza –exclamaba Cyrus, apuntando a una invisible bandera roja con un índice tembleque–. El trabajo eleva al hombre, y todos los trabajos son igualmente dignos y debieran recibir la misma paga, pero no todos los hombres tienen las mismas habilidades. Pero tú no sirves para esto, Greg, es un esfuerzo inútil, no te conduce a ninguna parte, es como echarle arena al mar.

–¿Por qué no te dedicas al arte, mejor? Tu padre era artista ¿no? –le aconsejaba Carmen.

–Y se murió en la miseria dejándonos a cargo de la beneficiencia pública. No gracias, estoy harto de ser pobre. La pobreza es una mierda.

–Nadie se hace rico de obrero en una fábrica. Además tú no sabes obedecer órdenes y te aburres pronto. Para lo único que sirves es para ser tu propio jefe –insistía su amiga, quien aplicaba los mismos principios para ella.

La joven ya no tenía edad para malabarismos callejeros vestida de trapos multicolores, pero tampoco quería ganarse la vida en un empleo, le producía horror la idea de pasar el día encerrada en una oficina o en un galpón ante una máquina de coser, ganaba algún dinero haciendo artesanías para vender en tiendas de regalos y ferias ambulantes. Como Judy y muchas otras muchachas del barrio, tampoco había terminado la secundaria, no tenía preparación pero le sobraba inventiva y en secreto contaba con la complicidad de su padre para escapar del martirio de un trabajo rutinario. A Pedro Morales le flaqueaba la voluntad ante esa chica extravagante y le permitía algunas licencias que no toleró en otros hijos.

En la fábrica de latas el trabajo era sencillo, pero cualquier distracción podía costar un par de dedos. La máquina a cargo de Gregory Reeves sellaba el interminable desfile de tarros que pasaba en una correa transportadora. El ruido era enloquecedor, un clamor de palancas y de láminas metálicas, un rugido de selladoras y de ruedas dentadas, un chirriar de hierros mal aceitados, un tronar de martillos, un rasguñar de cuchillas, un cloqueteo de rodillos. Gregory, provisto de bolas de cera en las orejas, apenas soportaba el estrépito en su cabeza, se sentía dentro de un escandaloso campanario, el ruido lo dejaba exhausto, al salir a la calle estaba tan aturdido que no se percataba del bullicio del tráfico y por un buen rato le parecía encontrarse sumido en un silencio de fondo de mar. Lo único importante era la producción y cada obrero estaba obligado a llegar al límite de sus fuerzas y a menudo cruzarlo a tientas, si deseaba mantener el empleo. Los lunes los hombres llegaban lánguidos por la resaca de las parrandas de fin de semana y apenas lograban mantenerse despiertos. Al sonar el silbato de la tarde el ruido cesaba de pronto y por algunos minutos Gregory perdía asidero y creía flotar en el vacío. Los trabajadores se lavaban en los grifos del patio, se cambiaban ropa y salían en tropel rumbo a los bares. Al principio intentó acompañarlos, inmerso en el humo saturado de tequila barata y cerveza negra, riéndose de los chistes groseros y cantando rancheras desafinadas, más aburrido que alegre, podía imaginar por algunos momentos que tenía amigos, pero apenas salía al aire libre y se le despejaban un poco las brumas del bar, comprendía que se estaba consolando con engañifas de despechado. Nada tenía en común con los demás, los mexicanos desconfiaban de él, tal como hacían de todos los gringos. Pronto renunció a esa camaradería ilusoria y de la fábrica partía a su cuarto, donde se encerraba a leer y a escuchar música. Para ganar la confianza de los otros obreros, se colocaba a la cabeza de las protestas, era el primero en armar guerra cuando alguien se accidentaba o se cometía un atropello, pero en la práctica resultaba difícil difundir las ideas a Cyrus sobre justicia social, porque no contaba con el apoyo de los supuestos beneficiados.

–Quieren seguridad, Cyrus. Tienen miedo. Cada uno se ocupa de lo suyo, a nadie le importa los demás.

–Se puede vencer el temor, Gregory. Debes enseñarles a sacrificar los intereses individuales por causas comunes.

–En la vida real parece que cada uno defiende su palo del gallinero. Vivimos en una sociedad muy egoísta.

–Debes hablarles, Greg. El hombre es el único animal que se guía por una ética y que puede ir más allá del instinto. Si no fuera así todavía estaríamos en la Edad de Piedra. Éste es un momento crucial de la Historia, si nos salvamos de un cataclismo atómico los elementos están dados para el nacimiento del Hombre Nuevo –explicaba incansable el ascensorista en su elaborada jerga.

–Ojalá tengas razón, pero me temo que el Hombre Nuevo nacerá en otra parte, Cyrus, no por estos lados. En este barrio nadie piensa en saltos biológicos, sino en sobrevivir.

Así era, ninguno deseaba llamar la atención. Los hispanos, ilegales en su mayoría, habían llegado al Norte venciendo incontables obstáculos y no tenían la menor intención de provocar nuevas desgracias con martingalas políticas que podían atraer a los temibles agentes de la «Migra». El capataz de la fábrica, un hombronazo de barba roja, había observado a Reeves durante meses. No lo había despedido porque era uno de los pacientes admiradores de Judy, soñaba con desnudarla algún día para recorrer sus carnes generosas, y por un tiempo pensó ablandarle el corazón sirviéndose de su hermano. No dejaba pasar ocasión de tomarse unos tragos con Gregory, siempre a la espera de ser correspondido con una invitación a casa de los Reeves. No quiero verlo por aquí, gruñó Judy cuando su hermano se lo insinuó, sin imaginar que el pelirrojo ganaría la partida a punta de tenacidad y con el tiempo llegaría a ser su primer marido. Cierta vez el hombre sorprendió a Gregory repartiendo unas hojas mal escritas en español y quiso saber de qué diablos se trataba.

–Son artículos de la Ley del Trabajo –replicó desafiante.

–¿Qué pendejada es ésa?

–Las condiciones de este galpón son insalubres y nos deben muchas horas extraordinarias.

–Ven a la oficina, Reeves.

Una vez a solas le ofreció asiento y un trago de una botella de ginebra que guardaba en el botiquín de primeros auxilios. Durante un momento muy largo lo observó en silencio, buscando la forma de explicarle sus razones. Era de pocas palabras y jamás se hubiera tomado esa molestia si Judy no estuviera de por medio.

–Aquí puedes llegar lejos, hombre. Tal como veo la cosa, puedes ser capataz en menos de cinco años. Tienes educación y sabes mandar.

–Y también soy blanco ¿verdad? –apuntó Reeves.

–También. Hasta en eso tienes suerte.

–Por lo visto ninguno de mis compañeros saldrá nunca de la correa transportadora...

–Esos indios pulguientos son mala gente, Reeves. Pelean, roban, no se puede confiar en ellos. Además son tontos, no entienden nada, no aprenden inglés, son flojos.

–No sabes lo que dices. Tienen más habilidad y sentido del honor que tú y yo. Has vivido en este barrio toda tu vida y no sabes una palabra de español, en cambio cualquiera de ellos aprende inglés en pocas semanas. Tampoco son flojos, trabajan más que cualquier blanco por la mitad del pago.

–¿Qué te importa esa gentuza? No tienes nada que ver con ellos, eres diferente. Créeme, serás capataz y quién sabe si un día serás dueño de tu propia fábrica, tienes buena pasta, debes pensar en tu futuro. Te ayudaré, pero no quiero peloteras, no te conviene. Por otra parte estos indios no se quejan de nada, están de lo más contentos.

–Pregúntales, a ver cuán contentos están...

–Si no les gusta que se vayan a su país, nadie les pidió que vinieran aquí.

Reeves había oído esa frase muchas veces y salió de la oficina indignado. En el patio donde los obreros se lavaban vio el tarro de basura lleno a rebosar con sus panfletos, lo volteó de una patada y partió maldiciendo. Para pasar el mal rato se fue al cine a ver dos películas de horror, después se comió una hamburguesa de pie en un mesón y a medianoche volvió caminando a su pieza. Entretanto la rabia se le había transformado en un angustioso sentimiento de impotencia. Al llegar encontró un mensaje en su puerta: Cyrus estaba en el hospital.

El anciano ascensorista agonizó dos días sin más compañía que Gregory Reeves. No tenía familia y no quiso avisar a ninguno de sus amigos porque consideraba la muerte como un asunto privado. Detestaba los sentimentalismos y advirtió a Gregory que a la primera lágrima mejor se iba, porque no estaba dispuesto a pasar los últimos momentos en esta tierra consolando a un llorón. Lo había llamado, explicó, porque le quedaban algunas cosas por enseñarle y no deseaba partir con el remordimiento de una tarea inconclusa. En esos días su corazón se fue apagando con rapidez, pasaba muchas horas concentrado en el fatigoso proceso de despedirse de la vida y desprenderse de su cuerpo. A ratos disponía de fuerzas para hablar y tuvo suficiente lucidez para prevenir a su discípulo una vez más sobre los peligros del individualismo y dictarle una lista de autores ineludibles con instrucciones de leerlos en el orden señalado. Luego le entregó la llave de una casilla de la estación de trenes y con muchas pausas para sujetar el aliento le dio sus disposiciones finales.

—Ahí encontrarás ochocientos diez dólares en billetes. Nadie sabe que los tengo, el hospital no podrá reclamarlos para pagar mis gastos. La caridad pública o la biblioteca se harán cargo de mi funeral, no me echarán a la basura, estoy seguro. Ese dinero es para ti, para que vayas a la universidad. Se puede empezar por abajo, pero es mucho mejor empezar por arriba y sin un diploma te costará mucho salir de este agujero. Mientras más alto te encuentres, más podrás hacer por cambiar las cosas de este condenado capitalismo ¿me entiendes?

—Cyrus...

—No me interrumpas, se me van las fuerzas. ¿Para qué te he llenado el cerebro de lectura durante tantos años? ¡Para que lo uses! Cuando uno se gana el sustento en lo que no le gusta se siente como un esclavo, cuando uno lo hace en lo que ama se siente como un príncipe. Coge el dinero y te vas lejos de esta ciudad ¿me has oído? Tuviste buenas notas en la escuela, te admitirán sin problemas en cualquier universidad. Júrame que lo harás.

–Pero...

–¡Júramelo!

–Te juro que lo intentaré...

–No me basta. Júrame que lo harás.

–Está bien, lo haré. –Y Gregory Reeves tuvo que salir al pasillo para que su amigo no lo viera llorar. Como un zarpazo le había vuelto un miedo antiguo. Después de ver a Martínez destrozado en la línea del tren creyó que había superado su obsesión con la muerte y en verdad no pensó en ella por años, pero al sentir en el aire del cuarto de Cyrus ese tenue aroma de almendras amargas, el terror le volvió con la misma intensidad de su infancia. Se preguntó por qué ese olor le producía náuseas, pero no pudo recordarlo. Esa noche Cyrus murió con discreción y dignidad, tal como había vivido, acompañado del hombre a quien consideraba su hijo. Poco antes del fin sacaron al moribundo de la sala común y lo trasladaron a un cuarto privado. Advertido por Carmen Morales, el Padre Larraguibel se presentó a ofrecer los consuelos de su fe, pero el enfermo ya estaba inconsciente y Gregory consideró una falta de respeto molestar a Cyrus, agnóstico irrestricto, con aspersiones de agua bendita y latinazgos.

–Esto no puede hacerle mal y quién sabe si le haga bien –razonó el cura.

–Lo siento, Padre, a Cyrus no le gustaría, usted perdone.

–No te toca a ti decidir, muchacho –replicó el otro, categórico, y sin más dilaciones lo apartó de un empujón, extrajo de su maletín la estola de su autoridad y el óleo santo de la extremaunción y procedió a cumplir su cometido aprovechando que el enfermo no estaba en condición de defenderse.

La muerte fue tranquila y pasaron varios minutos antes de que Gregory se diera cuenta de lo ocurrido. Se quedó un rato largo sentado junto al cuerpo de su amigo hablándole por última vez, agradeciéndole lo que debía agradecer, pidiéndole que no lo abandonara y velara por él desde el cielo de los incrédulos, mira qué tonto soy, Cyrus, pedirte esto justamente a ti, que si no crees en Dios menos debes creer en los ángeles de la guarda. A la mañana siguiente sacó el modesto tesoro de la casilla y le agregó algunos ahorros propios para financiar un solemne funeral con música de órgano y profusión de gardenias, al cual invitó al personal de la biblioteca y a otras personas que desconocían la existencia de Cyrus y asistieron sólo porque se lo pidió, como su madre, Judy y la tribu de los Morales, incluyendo a la abuela chiflada, quien se acercaba a los cien años y aún era capaz de regocijarse con un sepelio ajeno, feliz de no ser ella quien iba en el ataúd. El día del entierro amaneció un sol radiante, hacía calor y Gregory sudaba en su traje oscuro alquilado. Al marchar tras el féretro por el sendero del cementerio se despedía calladamente de su viejo maestro, de la primera etapa de su vida, de esa ciudad y de los amigos. Una semana más tarde tomó el tren a Berkeley. Llevaba noventa dólares en el bolsillo y muy pocos buenos recuerdos.

Salté del tren con la anticipación de quien abre un cuaderno en blanco, mi vida empezaba de nuevo. Había oído tanto de aquella ciudad profana, subversiva y visionaria, donde convivían los lunáticos junto a los Premios Nobel, que me pareció sentir el aire cargado de energía, aletazos de un viento contagioso sacudiéndome de encima veinte años de rutinas, fatiga y asfixia. Ya no daba más, Cyrus tenía razón, se me estaba pudriendo el alma. Vi una hilera de luces amarillas en la niebla lunar, un andén algo desportillado, sombras de viajeros silenciosos cargando maletas y bultos, oí los ladridos de un perro. Había una impalpable humedad fría y un extraño olor, mezcla de hierros de la locomotora y tufillo de café. Era una estación tristona como muchas, pero eso no derrotó mi entusiasmo, me eché el saco de lona a la espalda y partí dando brincos de mocoso y gritando a pleno pulmón que ésa era la primera noche de todos los demás días estupendos de mi fantástica vida. Nadie se volteó a mirarme, como si aquel arrebato de súbita demencia fuera de lo más normal, y así era en verdad, como comprobé a la mañana siguiente apenas salí del hostal de jóvenes y puse los pies en la calle para emprender la aventura de inscribirme en la universidad, conseguir un empleo y encontrar un lugar donde vivir. Era otro planeta. A mí, que había crecido en una especie de *ghetto,* la atmósfera cosmopolita y libertaria de Berkeley me emborrachó. En un muro estaba escrito a brochazos con pintura verde: *todo se tolera menos la intolerancia.* Los años que pasé allí fueron intensos y espléndidos, todavía cuando voy de visita, cosa que hago a menudo, siento que pertenezco a esa ciudad. Cuando llegué, al comienzo de la década de los sesenta, no era ni sombra del circo indescriptible que llegó a ser en la época en que me fui al otro lado de la bahía, pero ya era extravagante, cuna de movimientos radicales y atrevidas formas de rebelión. Me tocó asistir a la transformación del gusano en capullo al insecto de grandes alas multicolores que alborotó a una generación. De los cuatro puntos cardinales llegaban jóvenes tras ideas nuevas que aún no tenían nombre, pero se percibían en el aire como pulsaciones de un tambor en sordina. Era La Meca de los peregrinos sin Dios, el otro extremo del continente, donde se iba escapando de viejas desilusiones o en busca de alguna utopía, la esencia misma de California, alma de este vasto territorio iluminado y sin memoria, una Torre de Babel de blancos, asiáticos, negros, algunos latinos, niños, viejos, jóvenes, sobre todo jóvenes: *No confíes en nadie mayor de treinta.* Estaba de moda ser pobre, o al menos aparentar serlo, y siguió estándolo en las décadas futuras, cuando el país entero se abandonó a la embriaguez de la codicia y del éxito. Sus habitantes me parecieron todos algo andrajosos, con frecuencia el mendigo de la esquina tenía un aspecto menos lamentable que el pasante generoso que le daba una limosna. Yo observaba con curiosidad de provinciano. En mi barrio de Los Ángeles no había un solo hippie, los machos mexicanos lo habrían destrozado, y aunque había visto algunos en la playa, en el centro o por televisión, nada era comparable a ese espectáculo. En torno a la Universidad los herederos de los *beatniks* se habían tomado las calles con sus melenas, barbas y patillas, flores, collares, túnicas de la India, bluyines pintarrajeados y sandalias de fraile. El olor de la marihuana se mezclaba con el del tráfico, incienso, café y oleadas de especias de las cocinerías orientales. En la Universidad todavía se usaba el pelo corto y la ropa convencional, pero creo que ya se vislumbraban los cambios que un par de años más tarde acabarían con esa prudente monotonía. En los jardines los estudiantes se quitaban los zapatos y las camisas para tomar sol, como anticipo de la época cercana en que hombres y mujeres se desnudarían por completo festejando la revolución del amor comunitario. Jóvenes *para siempre,* decía el graffitti de un muro, y cada hora el despiadado carillón del Campanile nos recordaba el paso inexorable del tiempo.

Me había tocado ver de cerca varios rostros del racismo, soy de los pocos blancos que lo ha sufrido en carne propia. Cuando la hija mayor de los Morales se lamentó de sus pómulos indígenas y su color canela, su padre la cogió por un brazo, la arrastró ante un espejo y le ordenó que se mirara bien mirada y agradeciera a la Santísima Virgen de Guadalupe no ser una *negra cochina.* En esa ocasión pensé que a don Pedro Morales le había servido de muy poco el diploma del *Plan Infinito* colgado en la pared certificando la superioridad de su alma, en el fondo tenía los mismos prejuicios de otros latinos que detestan a negros y asiáticos. A la Universidad no entraban hispanos en ese tiempo, todos eran blancos excepto unos pocos descendientes de los inmigrantes chinos. Tampoco había negros en las salas de clases, apenas unos cuantos en los equipos deportivos. Se veían muy pocos en oficinas, tiendas y restaurantes, en cambio atestaban cárceles y hospitales. Es cierto que había segregación, pero los negros no tenían la condición de extranjeros, tan humillante para mis amigos latinos, al menos ellos caminaban sobre su propio suelo y muchos empezaban a hacerlo con grandes trancos ruidosos.

Recorrí las oficinas tratando de ubicarme en el laberinto del campus, calculando cuánto dinero necesitaba para sobrevivir y cómo conseguir un empleo. Me mandaban de una ventanilla a otra en trámites circulares que se pillaban la cola, la burocracia me aplastó, nadie tenía idea de nada, los recién llegados éramos considerados una molestia inevitable de la cual procuraban sacudirse. No supe si a todos nos trataban como basura para curtirnos el ánimo o si solamente yo andaba tan perdido, llegué a sospechar que me discriminaban por mi acento chicano. De vez en cuando algún estudiante de buena voluntad, sobreviviente de otros obstáculos, me soplaba alguna información para guiarme en la dirección correcta, sin esa ayuda habría pasado un mes dándome vueltas como un pánfilo. En los dormitorios no había vacantes y no me interesaban las fraternidades, son antros conservadores y clasistas donde un tipo como yo no tiene cabida. Un muchacho con quien me topé varias veces durante las engorrosas diligencias de esos días, me dijo que había conseguido un cuarto de alquiler y estaba dispuesto a compartirlo conmigo. Se llamaba Timothy Duane y, según supe después, era considerado por las chicas el hombre más buenmozo de la universidad. Cuando Carmen lo conoció, muchos años más tarde, dijo que parecía una estatua griega. De griego no tiene nada, es un irlandés de ojos claros y pelo negro, igual a tantos. Me contó que su abuelo escapó de Dublín a comienzos del siglo perseguido por la justicia inglesa, llegó a Nueva York con una mano por delante y otra por detrás y en pocos años dedicado a oscuros negocios hizo una fortuna. En la vejez se convirtió en benefactor de las artes y nadie se acordó de sus comienzos algo turbios, al morir le dejó a su descendencia un montón de dinero y un buen nombre. Timothy se crió interno en colegios católicos para niños ricos, donde aprendió algunos deportes y le cultivaron un oprimente sentido de culpa que, de todos modos, estoy seguro que ya traía desde la cuna. En el fondo de su alma deseaba ser actor, pero su padre consideraba que sólo había dos profesiones respetables, médico o abogado, todo los demás era burumballa para truhanes y con mayor razón lo relacionado con el teatro, que a sus ojos era cosa de homosexuales y pervertidos. Distraía la mitad de sus impuestos con la fundación para las artes inventada por el abuelo Duane, pero eso no le desarrolló simpatía por los artistas. Se mantuvo autoritario y en buena salud durante casi un siglo, privando a la Humanidad de la figura perfecta de su hijo en la pantalla o sobre un escenario. Tim se convirtió en un médico que detesta su profesión y asegura que se dedicó a la patología porque al menos a los muertos no tiene necesidad de escucharles sus quejas ni consolarlos. Al renunciar a sus sueños histriónicos y cambiar las tablas por heladas salas de disección, se convirtió en un solitario atormentado por tenaces demonios. Muchas mujeres lo han perseguido, pero todos sus amores fracasaron por el camino dejándole un reconcomio de pesadumbre y desconfianza, hasta que tarde en su vida, cuando había perdido la risa, la esperanza y buena parte de su apostura, apareció alguien que lo salvó de sí mismo. Pero me estoy adelantando, eso ocurrió mucho después. En la época en que lo conocí engañaba a su padre con la promesa de estudiar leyes o medicina, mientras a escondidas se dedicaba al teatro, su verdadera pasión. Había llegado esa semana a la ciudad y todavía estaba en la fase exploratoria, pero a diferencia de mí, contaba con experiencia en el mundo de la educación para blancos, tenía el respaldo de un padre rico y una actitud que le abría las puertas. Por su aplomo parecía el dueño de la universidad. Aquí se estudia poco, pero se aprende mucho, abre los ojos y cierra la boca, me aconsejó. Yo aún andaba como espirituado. Su cuarto resultó ser el ático de una casa vieja, una sola pieza con techos de catedral y dos claraboyas por donde se vislumbraba la torre del Campanile. Tim me demostró que también se podían ver otras cosas, trepándonos en una silla divisábamos el baño de un dormitorio, donde cada mañana desfilaban hileras de muchachas en ropa interior camino a las duchas. Al descubrir poco después que las observábamos varias se paseaban desnudas. En la habitación había muy pocos muebles, apenas dos camas, una mesa grande y una repisa para libros. Tendimos un trozo de cañería entre dos vigas para colgar la ropa y lo demás fue a parar a unas cajas de cartón en el suelo. El resto de la casa estaba ocupado por dos mujeres encantadoras, Joan y Susan, que con el tiempo se convirtieron en muy buenas amigas mías. Tenían una amplia cocina donde preparaban las recetas de un libro que pensaban escribir, el aroma de sus guisos me hacía agua la boca, gracias a ellas aprendí a cocinar. Poco después serían famosas, no tanto por su talento culinario o por el libro que jamás llegó a publicarse, sino porque pusieron de moda la idea de quemar el sostén en protestas públicas. Ese gesto, producto de un arrebato de inspiración cuando les negaron la entrada a un bar para hombres solos y captado casualmente por la máquina fotográfica de un turista japonés, salió en el noticiario de televisión, fue imitado por otras mujeres y pronto se convirtió en la contraseña de las feministas del mundo. La casa resultó ideal, estaba a un paso de la Universidad y era muy cómoda. Además me gustaba su aire señorial, comparada con los otros sitios donde había vivido parecía un palacio. Años después albergaría a una de las más célebres comunidades hippies de la ciudad, veintitantas personas en amable promiscuidad bajo el mismo techo, y el jardín se convertiría en una enmalezada plantación de marihuana, pero para entonces yo me había mudado a otra parte.

Tim me obligó a desprenderme de mis camisas, dijo que parecía un pájaro tropical con esa moda del sur de California, en Berkeley nadie se vestía así, no podía salir a protestar en esa facha. Me explicó que si no protestábamos no éramos nadie y no conseguíamos mujeres. Yo había notado los letreros y afiches anunciando diversas causas: hambrunas, dictaduras y revoluciones en puntos del planeta imposibles de ubicar en un mapa, derechos de las minorías, de las mujeres, los bosques y las especies en peligro, paz y fraternidad. No se podía avanzar una cuadra sin poner la firma en algún manifiesto ni tomarse un café sin donar veinticinco céntimos a una colecta para algún fin tan altruista como distante. El tiempo del estudio era mínimo comparado con el dedicado a reclamar por los males ajenos, denunciar al gobierno, los militares, la política exterior, los abusos raciales, los crímenes ecológicos y las injusticias sempiternas. Esa preocupación obsesiva por los asuntos del mundo, aún los más disparatados, fue una revelación. Cyrus me había sembrado por años preguntas en la mente, pero hasta entonces me parecían material de libros y de ejercicios intelectuales sin aplicación práctica en la existencia cotidiana, cosas que sólo podía discutir con él porque el resto de los mortales resultaba impermeable a tales temas. Ahora compartía esas inquietudes con los amigos, nos sentíamos parte de una compleja red donde cada acción repercutía con imprevisibles consecuencias en el destino futuro de la humanidad. Segun mis compinches de los cafés había una revolución en marcha que nadie podría detener, nuestras teorías y costumbres serían pronto universalmente imitadas, teníamos la responsabilidad histórica de estar al lado de los buenos, y los buenos eran, por supuesto, los extremistas. Nada debía quedar en pie, era necesario allanar el terreno para la nueva sociedad. Escuché por primera vez la palabra *política* en susurros en el ascensor de la biblioteca y sabía que ser llamado *liberal* o *radical* era un insulto apenas menos ofensivo que *comunista*. Ahora estaba en la única ciudad de los Estados Unidos donde esto era al revés, allí lo único peor que ser *conservador*, era ser neutral o indiferente. Una semana más tarde me encontraba instalado en el desván con mi amigo Duane, asistía regularmente a clases y había conseguido dos trabajos para mantenerme a flote. El estudio no me pesaba, todavía esa universidad no se convertía en el terrible colador de cerebros que llegó a ser después, me pareció como la escuela secundaria, pero más desordenada. Había obligación de asistir a cursos militares por dos años. Me divertía tanto en los ejercicios y en los campamentos de verano, y me gustaba tanto el uniforme, que lo hice por cuatro y obtuve grado de oficial. Al inscribirme me hicieron firmar una declaración jurada de que no era comunista. Mientras colocaba mi firma al pie del documento sentí la mirada irónica de Cyrus en mi nuca tan vívidamente, que me volví para saludarlo.

El capataz de la fábrica de latas, soñaba cada noche con Judy Reeves y despierto lo perseguía sin tregua la visión de esa mujer. No era uno de aquellos hombres obsesionados por las gordas, ni siquiera había notado que ella lo fuera. A sus ojos era perfecta, no le faltaba ni le sobraba nada, y si alguien le hubiera dicho que tenía prácticamente el doble de su peso normal se hubiera sorprendido de veras. No se fijaba en el tamaño de sus defectos, sino en la calidad de sus virtudes, amaba sus senos redondos y su trasero ampuloso y le gustaba que fueran grandes, así había más para coger a dos manos. Lo deslumbraba la piel de bebé, las manos dañadas por la costura y los quehaceres de la casa, pero de noble forma, la radiante sonrisa que había vislumbrado en un par de ocasiones y su cabello fino y tan rubio como hilos de plata. La determinación de la joven para rechazarlo sólo aumentaba su deseo. Buscaba oportunidades para acercarse a pesar de la arrogancia con que ella lo ignoraba una y otra vez. Recién lavado, con camisa limpia y rociado con agua de colonia para disipar el ácido olor de la fábrica, se apostaba cada tarde en la parada del bus a esperar que su amada regresara del trabajo, le tendía la mano para ayudarla a bajar del vehículo y no se molestaba cuando ella prefería descender a trastabillones antes que apoyarse en él. Caminaba a su lado hablándole en un tono cotidiano, como si fueran íntimos amigos, sin desanimarse por el taimado silencio de Judy, le contaba pormenores de su jornada, noticias de personas desconocidas para ella y resultados del béisbol. La acompañaba hasta la puerta de su casa, la invitaba a cenar –seguro de su negativa silenciosa– y se despedía con la promesa de verla al día siguiente en el mismo sitio. Este paciente asedio se mantuvo sin variaciones durante dos meses.

–¿Quién es ese hombre que viene todos los días? –preguntó Nora Reeves por fin.

–Nadie, mamá.

–¿Cómo se llama?

–No le he preguntado, ni me interesa.

Al día siguiente Nora aguardó atisbando por la ventana y antes que Judy alcanzara a cerrar la puerta en las narices del gigante pelirrojo, le salió al encuentro y lo invitó a tomar una cerveza, a pesar de la mirada asesina de su hija. Sentado en la minúscula sala en una silla demasiado frágil para su enorme corpachón, el pretendiente permaneció callado apretándose las manos para hacer sonar los nudillos mientras Nora lo observaba sin disimulo desde el sillón de mimbre. Judy había desaparecido en el dormitorio y a través de las delgadas paredes se oían sus furiosos resoplidos.

–Permítame agradecerle sus finas atenciones con mi hija –dijo Nora Reeves.

–Ajá –replicó el hombre, incapaz de discurrir una respuesta más laboriosa, porque no estaba acostumbrado a ese lenguaje rebuscado.

–Usted parece buena persona.

–Ajá...

–¿Lo es?

–¿Qué?

–Si acaso es usted buena persona.

–No sé, señora.

–¿Cómo se llama?

–Jim Morgan.

–Yo me llamo Nora y mi marido es Charles Reeves, Maestro Funcionario y Doctor en Ciencias Divinas, seguramente usted ha oído hablar de él, es muy conocido...

Judy, que escuchaba la conversación desde el otro cuarto, no aguantó más y entró como un tifón a la sala, enfrentando a su tímido admirador con los brazos en jarras.

–¡Qué diablos quieres de mí! ¡Por qué no me dejas en paz!

–No puedo... creo que estoy enamorado, en verdad lo siento... –balbuceó el desdichado galán, la cara tan encendida como su pelo.

–¡Está bien, si la única forma de librarme de esta pesadilla es acostándome contigo, vamos de una vez!

Nora Reeves lanzó una exclamación de espanto y se levantó con tal sobresalto que el sillón se volcó, su hija nunca había usado ese vocabulario en su presencia. Morgan también se puso de pie, se despidió con un gesto de Nora, se encasquetó su gorra y salió.

–Veo que me equivoqué contigo. Lo que yo quiero es matrimonio –le dijo secamente desde el umbral.

Al bajar del bus al otro día Judy no encontró a nadie dispuesto a tenderle la mano para ayudarla. Suspiró aliviada y echó a andar con su lento bamboleo de fragata observando el quehacer de la calle, las gentes en sus afanes, los gatos escarbando en los basureros, los niños morenos correteando en juegos de vaqueros y bandidos. El camino se le hizo largo y cuando llegó a su casa la alegría se le había disipado y en su lugar sentía un áspero despecho. Esa noche no pudo dormir, se retorcía entre las sábanas como una ballena varada en la marea baja, desesperada. Se levantó al amanecer, se comió dos plátanos, una taza de chocolate, tres huevos fritos con tocino y ocho tostadas untadas con mantequilla y mermelada. Su madre la encontró en el porche con bigotes de chocolate y yema de huevo y dos hilos de lágrimas cayéndole por las mejillas.

–Anoche vino tu padre de nuevo. Manda decir que entierres hígados de pollo a los pies del sauce.

147

–No me hables de él, mamá.

–Es por las hormigas. Dice que así se irán de la casa.

Ese día Judy no fue a trabajar y en cambio fue a visitar a Olga. La adivina la miró de pies a cabeza, evaluando los rollos, las piernas hinchadas, la respiración jadeante, el horrible vestido cosido de prisa en una tela ordinaria, la tremenda desolación en los ojos absolutamente azules de la muchacha y no tuvo necesidad de su bola de cristal para improvisar un consejo.

–¿Qué es lo que más te gustaría tener, Judy?

–Hijos –replicó ella sin vacilar.

–Entonces necesitas un hombre. Y ya que estás en eso, es mejor que sea un marido.

La joven se dirigió a la pastelería de la esquina y devoró tres pasteles de mil hojas y dos vasos de sidra de manzana, de allí se dirigió a la peluquería, donde no había puesto jamás los pies, y en las tres horas siguientes una mexicana chaparrita y simpática le hizo una permanente, le pintó las uñas de las manos y de los pies de un rosa fulminante y le depiló las piernas con cera, mientras ella se comía un kilo de bombones con paciente determinación. Luego tomó el bus al centro con la intención de comprar un vestido en la única tienda para gordas que había entonces en el estado de California. Consiguió una falda celeste y un blusón floreado que disimulaban un poco su volumen y resaltaban la frescura infantil de su piel y sus ojos. Así ataviada a las cinco de la tarde se apostó de brazos cruzados y con una tremebunda expresión en la puerta de la fábrica donde trabajaba su enamorado. Sonó el silbato, vio salir al tropel de obreros latinos y veinte minutos más tarde apareció el capataz sin afeitarse, sudado y con una camiseta grasienta. Al verla se detuvo boquiabierto.

–¿Cómo dijiste que te llamabas? –le preguntó Judy con un vozarrón poco amable para ocultar su vergüenza.

–Jim. Jim Morgan... Te ves muy bonita.

–¿Todavía quieres casarte conmigo?

–¡Claro que sí!

El Padre Larraguibel celebró la ceremonia en la parroquia de Lourdes, a pesar de que Judy era bahai como su madre y Jim pertenecía a la Iglesia de los Santos Apóstoles, pero sus amigos eran católicos y en ese barrio el único matrimonio válido era con los ritos del Vaticano. Gregory viajó especialmente para conducir a su hermana del brazo al altar. Pedro Morales financió la fiesta, mientras Inmaculada, sus hijas y amigas pasaron dos días cocinando platos mexicanos y fabricando galletas de boda. El novio se encargó del licor y de la música, armaron una parranda en el medio de la calle con el mejor grupo de mariachis y más de cien invitados que bailaron toda la noche los ritmos latinos. Nora Reeves fabricó para su hija un primoroso vestido de novia con tantos vuelos de organdí que de lejos parecía un velero de piratas y de cerca la cuna de un príncipe heredero. Jim Morgan tenía algunos ahorros y pudo instalar a su mujer en una casa pequeña, pero cómoda, y comprarle un juego de dormitorio nuevo con una cama de medidas especiales capaz de contenerlos a ambos y de resistir los encontronazos de rinoceronte con que se amaron de buena fe la primera semana. El viernes siguiente el marido no llegó a dormir a la casa. Su esposa lo esperó hasta el domingo, cuando apareció tan embriagado que no podía recordar dónde había estado ni con quién. Judy cogió una botella de leche y se la partió en la cabeza. A otro más débil el golpe tal vez lo habría matado, pero a Jim Morgan apenas le fracturó la frente y, lejos de apabullarlo, lo puso en un frenético estado de excitación. Se secó la sangre de los ojos con la manga, se lanzó encima de Judy y a pesar de sus furiosos pataleos esa noche gestaron al primer hijo, un rozagante niño que pesó cinco kilos al nacer. Judy Reeves, iluminada por una felicidad que jamás imaginó posible, se lo puso al pecho, determinada a dar a esa criatura el amor que ella nunca tuvo. Había descubierto su vocación de madre.

Para Carmen Morales la partida de Gregory fue una ofensa personal. En el fondo de su corazón siempre supo que él no pertenecía al barrio y tarde o temprano emprendería otros rumbos, pero suponía que cuando llegara ese momento partirían juntos, tal vez a correr aventuras con un circo ambulante, como tantas veces habían planeado. No podía imaginar su existencia sin él. Desde que podía recordar lo había visto casi a diario, nada grande o pequeño le había sucedido nunca sin compartirlo con su amigo. Él le había revelado los misterios de la infancia, que Santa Claus no existía y los bebés no crecían en repollos ni los traía la cigüeña de París; fue el primero en enterarse de la novedad cuando ella descubrió a los once años una mancha roja en sus calzones. Estaba más cerca suyo que de su propia madre o de sus hermanos, habían crecido juntos, se contaban incluso aquellas cosas vedadas por el pudor en el cual la habían educado. Como Gregory, ella también se enamoraba a cada rato con pasiones fulminantes y de corto aliento, pero a diferencia de él, estaba atada por las tradiciones patriarcales de su familia y de su ambiente. Su apasionada naturaleza se estrellaba contra el doble código moral que convertía a las mujeres en prisioneras y en cambio otorgaba licencia de caza a los hombres. Debía cuidar su reputación porque cualquier sombra podía desencadenar una tragedia, su padre y sus hermanos la vigilaban celosamente, dispuestos a defender el honor de la casa, mientras al mismo tiempo intentaban hacer con otras mujeres lo que jamás les permitirían a las de su misma sangre. Carmen tenía un espíritu indómito, pero en ese tiempo todavía estaba enredada en las telarañas del qué dirán. Temía sobre todo a su padre, luego al explosivo cura Larraguibel y a Dios, en este orden, finalmente a las malas lenguas, capaces de destrozarle el futuro. Como tantas otras muchachas de su generación, fue criada con el axioma de que el matrimonio y la maternidad eran el más perfecto destino –*se casaron, tuvieron muchos hijos y fueron muy felices*– pero a su alrededor no había un solo ejemplo de dicha doméstica, ni siquiera sus padres, que permanecían juntos porque no podían imaginar otra alternativa, pero estaban lejos de imitar a las románticas parejas del cine. Nunca los había visto hacerse una caricia y se rumoreaba que Pedro Morales tenía un hijo con otra mujer. No, no era eso lo que deseaba para sí misma. Seguía soñando, como en la niñez, con una vida diferente y aventurera, pero no tenía el coraje de romper con su ambiente y salir de allí. Sabía que a sus espaldas corrían muchos chismes ¿qué se ha creído la menor de los Morales? no tiene un trabajo fijo, anda sola de noche, se pinta demasiado los ojos, ¿no es una pulsera eso que lleva en el tobillo? sale demasiado con Gregory Reeves, después de todo no son parientes, los Morales debieran ocuparse más de su hija, ya está en edad de casarse, pero no le será fácil conseguir marido con esos modales de gringa suelta. Sin embargo a Carmen no le habían faltado vehementes candidatos al matrimonio. La primera proposición la recibió a los quince años recién cumplidos y a los diecinueve ya había tenido cinco pretendientes desesperados por casarse, de todos ellos se había enamorado con una pasión quimérica y se había fastidiado al cabo de pocas semanas, apenas empezaban las inevitables rutinas. En la época en que Reeves se fue tenía su primer novio americano, Tom Clayton, todos los demás habían sido latinos del vecindario. Se trataba de un periodista irónico e intenso que la deslumbró con su conocimiento del mundo y sus estupendas teorías sobre el amor libre y la igualdad entre los sexos, temas que ella jamás se atrevería a sugerir en su casa, pero que había discutido extensamente con Gregory.

–Pura palabrería, lo que quiere es acostarse contigo y después salir corriendo –determinó su amigo.

–¡Eres el eslabón perdido, más atrasado que mi papá!

–¿Te ha hablado de casarse?

–El matrimonio mata el amor.

–¡Y qué no lo mata, Carmen, por Dios!

–No me interesa entrar a la iglesia vestida de blanco, Greg. Yo soy diferente.

–Dilo de una vez, ya te acostaste con él...

–No, todavía no. –Y después de una pausa llena de suspiros–: ¿Qué se siente? Cuéntame qué se siente...

–Como un corrientazo de electricidad, nada más. La verdad es que el sexo está sobrevalorizado, muchas ilusiones y al final siempre se queda uno medio frustrado.

–Mentiroso. Si fuera así no andarías jadeando detrás de todas las mujeres.

–Justamente ahí está la trampa, Carmen. Uno siempre cree que con otra será mejor.

Gregory se fue en septiembre y en enero del año siguiente Tom Clayton partió a Washington con la intención de incorporarse al equipo de prensa del presidente más carismático del siglo, cuya política de ideas ampulosas le fascinaba. Deseaba palpar el poder y participar en los sobresaltos de la historia, sentía que en el oeste no había futuro para un periodista ambicioso, estaba demasiado lejos del corazón del imperio, como le dijo a Carmen. La dejó en lágrimas, porque para entonces estaba enamorada por primera vez, comparados con el sentimiento que ahora la sacudía, todos los demás habían sido amoríos insignificantes. Por teléfono y en breves notas salpicadas de horrores gramaticales, contó a Gregory día a día los pormenores de su romántico suplicio, reprochándole no sólo que la hubiera dejado sola en semejante momento, sino que le hubiera mentido respecto al corrientazo eléctrico, porque de haber sabido cómo era el asunto en realidad, no se habría demorado tanto en incorporarlo a su vida.

–Lástima que estés tan lejos, Greg. No tengo con quién desahogarme.

–Aquí la gente es más moderna, todos se acuestan con todos y después lo comentan.

–Si se enteran mis padres me matan.

Los Morales lo supieron tres meses más tarde, cuando llegó la policía a interrogarlos. Tom Clayton no contestó las cartas de Carmen ni dio señales de vida hasta que varias semanas más tarde ella logró atraparlo por teléfono a una hora intempestiva de la madrugada, para anunciarle, con la voz quebrada de terror, que estaba embarazada. El hombre fue amable, pero terminante: ése no era su problema, intentaba dedicarse al periodismo político y debía pensar en su carrera, no era cosa de regresar en ese momento y por otra parte nunca había mencionado la palabra matrimonio, era partidario de las relaciones espontáneas y suponía que ella compartía sus ideas ¿no lo habían discutido así muchas veces? En todo caso no intentaba perjudicarla, asumía su responsabilidad y al día siguiente pondría un cheque en el correo para resolver de la manera habitual ese pequeño inconveniente. Carmen abandonó la central de teléfonos y caminó como una sonámbula hasta una cafetería, donde se desmoronó en una silla, totalmente descompuesta. Allí estuvo con la vista clavada en su taza hasta que le anunciaron la hora de cerrar el local. Más tarde, tendida sobre su cama con un dolor sordo en las sienes, decidió que lo más importante era guardar el secreto o arruinaría su vida irremisiblemente. En los días siguientes estuvo varias veces a punto de marcar el número de Gregory, pero tampoco a él deseaba confiarle su desgracia. Ésa era su hora de la verdad y quiso enfrentarla sola, una cosa era desafiar al mundo con vagas fanfarronerías feministas y otra muy distinta ser madre soltera en ese medio. Sacó las cuentas de que su familia no volvería a dirigirle la palabra, la expulsarían de la casa, de su clan y hasta del barrio, sus padres y hermanos morirían de bochorno, le tocaría hacerse cargo sin ayuda de una criatura, mantenerla y criarla, trabajar en cualquier oficio para sobrevivir, las mujeres la repudiarían y los hombres la tratarían como a una prostituta. Pensó que el niño cargaría también con el peso insoportable del anatema. No tenía valor para tan larga batalla, pero tampoco lo tenía para tomar una resolución. En esa incertidumbre se debatió un tiempo interminable, disimulando las náuseas que la agobiaban por las mañanas y la somnolencia que la volteaba en las tardes, eludiendo a su familia y comunicándose el mínimo con Gregory, hasta que un día no pudo abotonarse la falda y comprendió la urgencia de actuar pronto. Llamó otra vez a Tom Clayton, pero le indicaron que estaba de viaje y no sabían cuándo regresaría. Entonces se fue a la Iglesia de Lourdes, rogando que el párroco vasco no apareciera, se arrodilló ante el altar, como tantas veces había hecho en su vida, y por primera vez se dirigió a la Virgen para hablarle de mujer a mujer. Desde hacía años cultivaba calladas dudas sobre la religión, la misa del domingo se había convertido sólo en un rito social para ella, pero en ese instante de temor tuvo necesidad de reencontrarse con los consuelos de su fe. La estatua de la Madonna con sus ropajes de seda y su aureola de perlas no le ofreció ayuda, el rostro de yeso miraba al vacío con sus ojos de vidrio pintado. Carmen le explicó sus razones para cometer el pecado que estaba planeando, le pidió benevolencia y bendición y de allí se fue directamente a la casa de Olga.

—No debiste esperar tanto —dijo la maga después de palparla con sus manos expertas—. En las primeras semanas no hay problema, pero ahora...

—Ahora también. Tienes que hacerlo.

—Es muy arriesgado.

—No importa. Por favor ayúdame... —Y se echó a llorar desesperada en los brazos de la adivina.

Olga había visto crecer a Carmen, los Morales eran como su propia familia, y había vivido en ese barrio lo suficiente para saber lo que esperaba a la muchacha apenas empezara a notársele la barriga. La citó para la noche siguiente, preparó sus instrumentos y sus hierbas medicinales y le sacó brillo a su Buda, porque en esta ocasión las dos iban a necesitar de mucha suerte. Carmen anunció en su casa que se iría con una amiga a la playa por un par de días y se trasladó donde Olga. Nada quedaba del alegre desenfado de la joven, el miedo al dolor inmediato anulaba los demás temores, no podía pensar en los riesgos ni en las consecuencias posibles, lo único que deseaba era dormir profundamente y despertar libre de esa pesadilla. Pero a pesar de las pócimas de Olga y la media botella de whisky que se bebió al seco no perdió el sentido del presente y ningún sueño piadoso la ayudó en ese trance, tuvo que soportarlo atada por las muñecas y los tobillos a la mesa de la cocina, con un trapo metido en la boca para que sus quejidos no se oyeran en la calle, hasta que no pudo más y le hizo señas que prefería cualquier cosa antes que ese martirio, pero la curandera le contestó que ya era tarde para arrepentirse, debían llegar hasta el final de aquella tarea brutal. Después Carmen se quedó acurrucada como una criatura, con una bolsa de hielo en el vientre, llorando a mares, hasta que el cansancio la venció, le hicieron efecto los calmantes y el alcohol y pudo dormir. Treinta horas después, cuando aún no despertaba y parecía perdida en delirios de otro mundo, mientras un hilo de sangre, tenue pero constante manchaba las sábanas, Olga supo que por una vez le había fallado su estrella de la buena fortuna. Intentó bajarle la fiebre y detener la hemorragia con todos los recursos de su ingenioso repertorio, pero la chica empeoraba por momentos, era evidente que se le estaba escapando la vida. Olga se vio atrapada, podía morir bajo su techo y en ese caso ella estaba perdida, por otra parte no podía ponerla en la calle ni avisar a su familia. Mientras le sostenía la cabeza para obligarla a beber agua, le pareció que murmuraba el nombre de Gregory y enseguida comprendió que era el único a quien podía pedir ayuda. Cuando lo llamó, él dormía. Ven ahora mismo le dijo, y por el tono de su voz Gregory adivinó la urgencia del mensaje y no hizo preguntas, tomó el primer avión de la mañana y pocas horas después tenía a su amiga en los brazos y la llevaba en un taxi al hospital más cercano, maldiciendo por qué en esas horribles semanas no había confiado en él, por qué me excluiste, yo debí acompañarte, te lo dije, Carmen, Tom Clayton es un desalmado hijo de puta, pero no todos son iguales, no todos se acuestan y se van, como dice tu padre, te juro que hay mejores que Clayton, por qué no me dejaste ayudarte antes, tal vez el bebé habría vivido, no debiste hacer esto sola, para qué somos amigos para qué somos hermanos si no es para ayudarnos, qué chingada vida, Carmen, no te vayas a morir, por favor no te mueras.

Mientras los cirujanos operaban, la policía, advertida por el hospital de las condiciones en que llegó la paciente, intentaba sonsacarle información a Gregory Reeves.

—Hagamos un trato —ofreció el oficial exasperado después de tres horas de inútil interrogatorio—. Me dices quién le hizo el aborto y te dejo ir de inmediato, ni siquiera quedas fichado. No más preguntas, nada, quedas totalmente libre.

—No sé quién lo hizo, se lo he dicho cien veces. Ni siquiera vivo aquí, tomé el avión de la mañana, vea mi pasaje. Mi amiga me llamó y yo la traje al hospital, es todo lo que sé.

—¿Eres el padre del crío?

—No. No he visto a Carmen Morales desde hace más de ocho meses.

—¿Dónde la recogiste?

—Me esperaba en el aeropuerto.

—¡Eso es imposible, no puede caminar! Dime dónde la recogiste y te dejo ir. De lo contrario vas preso por cómplice y por encubridor.

—Eso tendrá que probarlo.

Y volvía a repetirse una vez más el mismo ciclo de preguntas, respuestas, amenazas y evasivas. Por último los policías lo soltaron y fueron a la casa de los Morales a interrogar a la familia. Así se enteraron Pedro e Inmaculada de lo sucedido, y aunque sospecharon de Olga no lo dijeron, en parte porque adivinaron la buena intención de ayudar a su hija y en parte porque en el barrio mexicano la delación era un crimen inconcebible.

—Dios la ha castigado, así no tengo que castigarla yo —dijo Pedro Morales con voz ronca cuando se enteró del grave estado en que se encontraba su hija. Gregory Reeves se quedó junto a su amiga hasta que pasó el peligro. Durmió sentado en una silla a su lado durante tres noches, despertando a cada rato para vigilar la respiración de la enferma. El cuarto día en la madrugada Carmen amaneció sin fiebre.

–Tengo hambre –anunció.

–¡Gracias a Dios! –sonrió él y sacó de una bolsa una lata de leche condensada. Se bebieron el pegajoso dulce a lentos sorbos, tomados de la mano, como tantas veces lo hicieron de niños.

Entretanto Olga cogió su maleta y se fue a Puerto Rico, lo más lejos que pudo, anunciando por el barrio que partía a jugar a los casinos de Las Vegas porque el espíritu de un indio se le había aparecido para soplarle al oído una martingala de barajas. Pedro Morales se puso una cinta negra en el brazo, en la calle dijo que se le había muerto un pariente, en la casa hizo saber que su hija no había existido jamás y prohibió que se mencionara su nombre. Inmaculada prometió a la Virgen rezar un rosario diario por el resto de su existencia para que perdonara a Carmen el pecado cometido, cogió el dinero que tenía escondido bajo una tabla del piso y se fue a verla a espaldas de su marido. La encontró sentada en una silla mirando por la ventana el muro de ladrillos del edificio del frente, vestida con la túnica de tosca tela verde del hospital. La vio tan desdichada que se guardó sus reproches y sus lágrimas y simplemente la rodeó con sus brazos. Carmen escondió la cara en el pecho de su madre y se dejó mecer por largo rato, aspirando ese olor a ropa limpia y cocinería que la había acompañado toda su infancia.

–Aquí tienes mis ahorros, hija. Es mejor que partas por un tiempo, hasta que de tanto echarte de menos se le ablande el corazón a tu padre. Escríbeme, pero no a la casa, sino a la de Nora Reeves. Es la persona más discreta que conozco. Cuídate mucho y que Dios te ayude...

–Dios se ha olvidado que yo existo, mamá.

–No digas eso ni en broma –la atajó Inmaculada–. Pase lo que pase Dios te quiere y yo también, hija. Los dos estaremos siempre a tu lado ¿has entendido?

–Sí, mamá.

Gregory Reeves vio a Samantha Ernst por primera vez en una cancha de tenis donde jugaba mientras él podaba los arbustos vecinos del parque. Uno de sus empleos era el servicio de comedor en un pabellón de mujeres que había frente a su casa. Dos cocineras preparaban los alimentos y Gregory dirigía un equipo de cinco estudiantes para servir las mesas y lavar los platos, posición muy envidiada porque le daba libre acceso al edificio y a las estudiantes. En sus horas libres trabajaba como jardinero. Aparte de cortar el césped y arrancar malezas, nada sabía de plantas cuando comenzó pero tenía un buen maestro, un rumano de nombre Balcescu, de aspecto bárbaro y corazón blando, que se afeitaba la cabeza y sacaba lustre a su cráneo con un paño de fieltro, chapuceaba una vertigosa mezcolanza de idiomas y amaba a las plantas tanto como a sí mismo. En su país fue guardia fronterizo, pero apenas se le presentó la ocasión escapó aprovechando su conocimiento del terreno y después de mucho deambular entró a los Estados Unidos a pie por Canadá, sin dinero, sin papeles y con sólo dos palabras en inglés: dinero y libertad. Convencido de que de eso se trataba América, hizo pocos esfuerzos por ampliar su vocabulario y se las arreglaba a base de mímica. Con él Gregory aprendió a luchar contra gusanos, moscas blancas, caracoles, hormigas y otras bestias enemigas de la vegetación, a fertilizar, hacer injertos y transplantes. Más que una tarea, estas horas al aire libre eran un divertido pasatiempo, sobre todo porque debía descifrar las instrucciones de su jefe mediante un permanente ejercicio de intuición. Ese día podaba el cerco cuando se fijó en una de las jugadoras de tenis, se quedó observándola un buen rato, no tanto por el aspecto de la muchacha, que en reposo no le hubiera llamado la atención, como por su precisión de atleta. Tenía músculos tensos, piernas veloces, un rostro alargado de huesos nobles, el cabello corto y ese bronceado un poco tierroso de quienes han estado siempre al sol.

Gregory se sintió atraído por su agilidad de animal sano, esperó que terminara el partido y se plantó a la salida a esperarla. No sabía qué decirle y cuando ella pasó por su lado con la raqueta al hombro y la piel brillante de sudor, todavía no se le ocurría ninguna frase memorable y se quedó mudo. La siguió a cierta distancia y la vio entrar a un ostentoso coche deportivo. Esa noche se lo contó a Timothy Duane en un tono de estudiada indiferencia.

–No serás tan cretino de enamorarte, Greg.

–Claro que no. Me gusta, nada más.

–¿No vive en el dormitorio?

–Nunca la he visto allí.

–Mala suerte. Por una vez te habría servido la llave...

–No parece estudiante, tiene un convertible rojo.

–Debe ser la mujer de algún magnate...

–No creo que sea casada.

–Entonces es puta.

–¿Dónde has visto que las putas jueguen a tenis, Tim? Trabajan de noche y duermen de día. No sé cómo hablarle a una muchacha como ésta... es muy diferente a las de mi medio.

–No le hables. Juega a tenis con ella.

–Jamás he tenido una raqueta en las manos.

–¡No puedo creerlo! ¿qué has hecho toda tu vida?

–Trabajar.

–¿Qué diablos sabes hacer, Greg?

–Bailar.

–Entonces invítala a bailar.

–No me atrevo.

–¿Quieres que yo le hable?

–¡Ni te acerques! –exclamó Gregory, poco dispuesto a competir con su amigo ante los ojos de nadie y menos los de esa mujer.

Al día siguiente estuvo un buen rato espiándola mientras fingía ocuparse de los arbustos y cuando ella pasó por su lado hizo un gesto para detenerla, pero de nuevo lo venció la timidez. La escena se repitió hasta que por fin Balcescu se fijó que las plantas habían sido podadas hasta la raíz y decidió intervenir antes que el resto del parque sufriera igual suerte. El rumano se metió en la cancha, interrumpió el partido con una retahíla de palabras en lengua de Transilvania y como la aterrorizada muchacha no obedeció sus perentorios gestos en dirección al admirador, que observaba atónito al otro lado de la reja, la cogió de un brazo y la arrastró mascullando algo respecto al dinero y a la libertad, para mayor confusión de la jugadora. Y así fue como Gregory Reeves se encontró cara a cara con Samantha Ernst, quien por escapar de Balcescu se aferró a él, y terminaron tomando un café con el beneplácito del pintoresco maestro jardinero. Se sentaron en una de las desvencijadas mesas de la cafetería más frecuentada de la ciudad, un sucucho en perpetua decadencia, atestado de gente, donde varias generaciones de estudiantes han escrito miles de poemas y discutido todas las teorías posibles y otras parejas como ellos iniciaron el cauteloso proceso de conocerse. Gregory intentó deslumbrarla con su repertorio de temas literarios, pero ante su aire distraído, pronto abandonó esa táctica y optó por tantear en busca de un terreno común. La joven tampoco se entusiasmó con los derechos civiles o la revolución cubana, parecía no tener opiniones sobre nada, pero Gregory confundió su actitud pasiva con profundidad de espíritu y no soltó la presa.

Fuera de la cancha deportiva Samantha Ernst no ofrecía demasiado interés, pero en todo caso bastante más que las jóvenes de la escuela secundaria o del barrio latino. Deseaba dedicarse a la arqueología, le gustaba la idea de explorar lugares exóticos en busca de civilizaciones milenarias, al aire libre y en pantalones cortos, pero cuando averiguó las exigencias de la profesión renunció a sus propósitos. No tenía pasta para la meticulosa clasificación de huesos roídos y pedazos de cántaros inservibles. Comenzó entonces un tiempo de indecisión que abarcaría diversos aspectos de su existencia. Había crecido en la hermosa casa con dos piscinas de un productor de películas en Hollywood, su padre se casó cuatro veces y vivía rodeado de ninfas recién salidas del cascarón a quienes prometía un fulminante estrellato a cambio de pequeños favores personales. Su madre, una aristócrata de Virginia con orgullo de reina y buenos modales de institutriz, soportó estoicamente los devaneos de su marido con el consuelo de un arsenal de drogas y varias tarjetas de crédito, hasta que un día se miró en el espejo y no distinguió su propia imagen, borrada por el desgaste de la soledad. La encontraron flotando en espuma rosada en la bañera de mármol donde se abrió las venas. Samantha, que para entonces tenía dieciséis años, logró pasar inadvertida en el tumulto de hermanastros, ex esposas, novias de turno, sirvientes, amistades y perros de raza de la mansión paterna. Siguió nadando y jugando a tenis con la misma tenacidad de siempre, sin nostalgias inútiles y sin juzgar a su madre. No la echaba de menos, no había tenido con ella ninguna intimidad, y tal vez la habría olvidado del todo a no ser por recurrentes pesadillas de espuma rosada. Llegó a Berkeley, como tantos otros, atraída por su reputación libertaria, estaba harta de las buenas maneras burguesas impuestas por su madre y las fiestas de efebos y doncellas de su padre. Su automóvil llamaba la atención entre los vapuleados cacharros de otros estudiantes y su casa era un refugio bohemio encerrado entre árboles y gigantescos helechos con una vista soberbia de la bahía, cuyo alquiler pagaba su padre. A Gregory Reeves lo deslumbró el refinamiento de la joven, no conocía a nadie capaz de comer con seis cubiertos y distinguir la autenticidad de un chaleco de cachemira o de una alfombra persa a la primera mirada, excepto Timothy Duane, pero él se burlaba de todo, especialmente de los chalecos de cachemira y las alfombras persas. La primera vez que la invitó a bailar apareció radiante con un vestido amarillo escotado y un collar de perlas. Sintiéndose ridículo en el traje prestado por Duane, comprendió que debía llevarla a un sitio mucho más caro de lo presupuestado. Samantha bailaba mal, seguía la música con atención y contaba los pasos, dos, uno, dos, uno, rígida como una escoba en los brazos de su compañero, bebía jugo de fruta, hablaba poco y tenía un aire distante y frío que Gregory imaginó cargado de misterio. Puso su testarudez al servicio de ese amor y se convenció de que los gustos comunes o la pasión no eran requisitos indispensables para formar una familia. Y ésa era exactamente su intención, aunque todavía no se atrevía a admitirlo en su fuero interno y mucho menos ponerlo en palabras. Toda su vida había deseado pertenecer a un verdadero hogar, como el de los Morales, y tan enamorado estaba de aquel sueño doméstico, que decidió realizarlo con la primera mujer a su alcance, sin investigar si ella tenía el mismo plan.

Reeves se graduó con mención en literatura, su buen amigo Cyrus debe haberlo celebrado en el otro mundo, e ingresó a la Escuela de Leyes en San Francisco. La idea de convertirse en abogado se le ocurrió por contradecir a Timothy Duane, quien consideraba que lo más próximo a un abogado es un bucanero, y luego lo sedujo. Apenas tomó la decisión llamó por teléfono a Olga para decirle que se había equivocado en sus pronósticos respecto a él, no sería bandido ni policía, si podía evitarlo. La hechicera, que había regresado de Puerto Rico hacía un buen tiempo con nuevos conocimientos adivinatorios y medicinales, le contestó que ella había acertado medio a medio, como siempre, porque trabajaría con la ley y además los abogados eran sólo ladrones con licencia. Una de las razones de Reeves para continuar los estudios fue evitar el servicio militar mientras pudiera. La guerra de Vietnam, que antes parecía un conflicto minúsculo y lejano, había tomado un giro alarmante y ya no le resultaba divertido lucir el uniforme de oficial de reserva ni ejercitarse en juegos bélicos durante los fines de semana. Una postergación de tres o cuatro años, mientras recibía su título, podría salvarlo de ir al frente.

—No me explico la feroz resistencia de esos enanos

orientales. ¿Cómo no se han enterado todavía que somos el poder militar más abrumador de la historia? Estamos ganando, por supuesto. Sus bajas son tantas, según los cálculos oficiales, que no quedan enemigos vivos, los que disparan del otro lado son fantasmas –se burlaba Timothy Duane.

Aquello que para Duane era un sarcasmo, para muchos otros constituía una verdad, estaban convencidos de que bastaba un último esfuerzo y esos seres ilusorios serían vencidos para siempre o eliminados de la faz del planeta. Así lo aseguraban los generales por televisión, mientras a sus espaldas las cámaras mostraban las hileras de bolsas con cuerpos de soldados americanos esperando en las pistas de aterrizaje. Himnos, banderas y desfiles en las ciudades de la patria. Fragor, polvareda y confusión en el sudeste asiático. Callado registro de los nombres de los muertos, ninguna lista de los mutilados en cuerpo o en alma. En las protestas callejeras los jóvenes pacifistas quemaban banderas y tarjetas de reclutamiento. Traidores, rojos maricones, si no les gusta América váyanse, no los queremos, les gritaban sus contrincantes. La policía sofocaba las revueltas a palos y a veces a tiros. Paz y amor, hermano, canturreaban entretanto los hippies ofreciendo flores a quienes los apuntaban con rifles y danzando en ronda tomados de las manos, con los ojos perdidos en un paraíso de marihuana, sonriendo siempre con esa chocante felicidad que nadie podía perdonarles. Gregory vacilaba. Lo atraía la aventura de la guerra, pero sentía una desconfianza instintiva contra el entusiasmo bélico. Dementes, todos dementes, suspiraba Timothy Duane, a salvo del servicio militar mediante una docena de dudosos certificados médicos que probaban una infancia de padecimientos.

Después de un largo período de amistad la pasión inicial de Gregory por Samantha se convirtió en amor, la desconfianza de ella se disipó y la relación se acomodó en las rutinas y los ritos de los novios eternos. Compartían el cine y excursiones al aire libre, conciertos y teatro, se sentaban juntos a estudiar bajo los árboles, otras veces se reunían a la salida de clases en San Francisco y paseaban como turistas de la mano por el barrio chino. Los planes de Reeves eran tan burgueses que no se atrevía a comentarlos ni con Samantha, construirían una casa con un jardín de rosas y mientras él ganaba el pan como abogado ella cocinaría tartas y criaría niños, todo correcto y decente. El recuerdo de su hogar en el camión transhumante, cuando su padre estaba sano, perduraba en su memoria como el único tiempo feliz de su existencia. Imaginaba que si pudiera reproducir esa pequeña tribu volvería a sentirse seguro y tranquilo, soñaba con sentarse a la cabecera de una larga mesa con sus hijos y amigos, como había visto tantas veces a los Morales. Pensaba en ellos a menudo, porque a pesar de las pobrezas y limitaciones del medio donde tuvieron que vivir, eran el mejor ejemplo a su alcance. En aquellos tiempos de comunidades hippies y comida rápida su secreta ilusión de patriarca era sospechosa y más valía no mencionarla en alta voz. La realidad cambiaba a un ritmo aterrador, cada día había menos espacio para mesas familiares, el mundo rodaba velozmente, las cosas andaban patas arriba, la vida se había vuelto una pura pelotera y ni siquiera el cine, único terreno seguro de antaño, ofrecía el menor consuelo. Los vaqueros, los indios, los enamorados castos y los bravos soldados en sus pulcros uniformes sólo aparecían por televisión en películas antiguas interrumpidas cada diez minutos por avisos comerciales de desodorante y cerveza, pero en el santuario de las salas de cine, donde antes se refugiaba en busca de una efímera tranquilidad, ahora había muchas probabilidades de recibir un golpe bajo. John Wayne, el héroe duro, valiente y solitario a quien intentaba emular sin ningún éxito, había retrocedido ante el avance de las películas de vanguardia. Cautivo en su sillón de espectador soportaba a guerreros japoneses haciéndose el harakiri en pantalla grande, lesbianas suecas en acción y extraterrestres sádicos apoderándose del planeta. Ni en los melodramas podía relajarse porque ya no terminaban con besos y violines sino en depresión o suicidio.

En las vacaciones se separaban durante semanas, Samantha se iba a visitar a su padre y él distribuía su tiempo entre los obligados campamentos militares y la labor política, difundiendo junto a otros estudiantes los postulados de los derechos civiles. Imposible dos realidades más diferentes: los rudos entrenamientos militares, donde blancos y negros eran aparentemente iguales bajo las órdenes del sargento, y las arriesgadas misiones por los estados del sur, donde trabajaba con las comunidades negras prácticamente en secreto para eludir a los grupos de matones blancos dispuestos a impedir cualquier idea de justicia racial. Para entonces los Panteras Negras con sus boinas, su malévola retórica y sus marchas marciales producían espanto y fascinación. Negros de arrogante negritud, negros vestidos de negro con negros lentes y una expresión provocadora ocupaban el ancho de la acera al pasar, codo a codo con sus mujeres, negras atrevidas marchando con los senos enhiestos apuntando al frente, ya no cedían el paso a los blancos, ya no miraban al suelo ni bajaban la voz. Los tímidos y humillados de antes ahora desafiaban. Al fin del verano los novios se reencontraban sin urgencia, pero con sincera alegría, como dos buenos camaradas. Rara vez discutían, no hablaban de temas conflictivos, pero tampoco se aburrían, el silencio les quedaba cómodo. Gregory no pedía su opinión a Samantha ni le contaba sus actividades, porque ella parecía no escucharlo, el esfuerzo de comunicar sus ideas la abrumaba. Nada la entusiasmaba, salvo el deporte y algunas novedades traídas del Oriente, como danzas migratorias de los derviches y técnicas de meditación trascendental. En ese aspecto había mucho donde elegir, porque la ciudad ofrecía una infinidad de cursillos maratónicos para quienes desearan adquirir la laboriosa sabiduría de los grandes místicos de la India en un cómodo fin de semana. Reeves se había criado entre Logi y Maestros Funcionarios, había visto a su madre desprenderse de la realidad y huir por derroteros espirituales, y conocía las brujerías de Olga, no es raro que se burlara de esas disciplinas. Samantha lamentaba su escasa sensibilidad, pero no se ofendía ni intentaba cambiarlo, la tarea habría sido agotadora. Su energía era muy limitada, tal vez era simplemente perezosa como sus gatos, pero en ese lugar y en esos tiempos resultaba fácil confundir su temperamento abúlico con la paz budista tan en boga. Carecía de bríos incluso para el amor, pero Gregory se obstinaba en llamar timidez a la frialdad y ponía su perseverante imaginación al servicio de aquel desabrido noviazgo, inventando virtudes donde no las había. Aprendió a usar una raqueta de tenis para acompañar a su novia en su única pasión, aunque detestaba ese juego porque jamás lograba ganarle y como se trataba de un enfrentamiento entre sólo dos contrincantes no había modo de diluir la derrota entre otros miembros del mismo equipo. Ella, en cambio, no intentó aprender ninguna de las cosas que a él lo atraían. En la única ocasión que asistieron a la ópera se durmió en el segundo acto y cada vez que salían a bailar terminaban de mal humor porque era incapaz de relajase o de vibrar con la música. Lo mismo le ocurría cuando hacían el amor, se abrazaban a diferente ritmo y les quedaba una sensación de vacío, pero ninguno de los dos vio en esos desencuentros una advertencia para el futuro y le echaron la culpa al temor del embarazo. Ella objetaba todos los contraceptivos, unos por poco estéticos o incómodos y otros porque no estaba dispuesta a interferir con el delicado equilibrio de sus hormonas. Cuidaba su cuerpo en forma obsesiva, hacía gimnasia por horas, bebía dos litros de agua al día y se daba baños de sol desnuda. Mientras Gregory aprendía a cocinar con sus amigas Joan y Susan y leía el *Kamasutra* y cuanto manual erótico caía en sus manos, ella mordisqueaba vegetales crudos y defendía la castidad como medida higiénica para el organismo y disciplina del alma.

Reeves perdió el deslumbramiento inicial por la universidad en la misma medida en que perdió el acento chicano. Al graduarse concluyó, como tantos otros, que había obtenido más conocimientos en la calle que en las aulas. La educación universitaria intentaba adaptar a los estudiantes a una existencia productiva y dócil, proyecto que se estrellaba contra la reciente rebelión de los jóvenes. Los profesores no se daban por aludidos de ese terremoto, enfrascados en sus pequeñas rivalidades y su burocracia no percibían la gravedad de lo que estaba ocurriendo. Durante ese tiempo Gregory no tuvo maestros dignos de ser recordados, ninguno como Cyrus que lo obligara a revisar sus ideas y aventurarse en la exploración intelectual, a pesar de que muchos eran celebridades científicas o humanistas. Las horas se le iban en investigaciones inútiles, memorizando datos y escribiendo disertaciones que nadie revisaba. Sus románticas ideas sobre la vida de estudiante fueron barridas por una rutina sin sentido. No quería abandonar esa ciudad extravagante, a pesar de que por razones prácticas habría sido preferible vivir en San Francisco. La República Popular de Berkeley se le había metido bajo la piel, le gustaba perderse en esas calles donde pululaban swamis en túnicas de algodón, mujeres con aires de espíritus renacentistas, sabios sin asidero en la tierra, revolucionarios sin revolución, músicos callejeros, predicadores, locos, vendedores de chucherías, artesanos, policías y criminales. El estilo de la India predominaba entre los jóvenes, que deseaban alejarse lo más posible de sus padres burgueses. Se comerciaba de cuanto hay por calles y plazas: drogas, camisetas, discos, libros usados, adornos de pacotilla. El tráfico era un bochinche de autobuses cubiertos de graffiti, bicicletas, antiguos «Cadillacs» verde limón y rosa sandía y coches decrépitos de una empresa de taxis baratos para la gente normal y gratuitos para la gente especial, como vagabundos y manifestantes de alguna protesta.

Para ganarse la vida, Gregory cuidaba niños después de las horas de clases, que recogía en la escuela y entretenía durante unas horas por la tarde, hasta que los padres regresaban a sus hogares. Al comienzo sólo contaba con cinco criaturas, pero pronto aumentó el número y pudo dejar su empleo de mozo en el pabellón de muchachas y de jardinero con Balcescu, compró un pequeño bus y contrató un par de ayudantes. Ganaba más dinero que cualquiera de sus compañeros y vista desde afuera la tarea era simpática, pero en la práctica resultaba agotadora, los niños eran como de arena, todos iguales a la distancia, escurridizos cuando intentaba ponerles límites y pegajosos cuando quería sacudírselos de encima, pero les tomó cariño y en los fines de semana los echaba de menos. Uno de los chiquillos tenía talento para desaparecer, hacía tantos esfuerzos por pasar desapercibido que por lo mismo sería el único inolvidable en los años venideros. Una tarde se perdió. Antes de partir, Gregory siempre contaba a los chicos, pero en esa ocasión iba atrasado y no lo hizo. Su recorrido habitual lo condujo a la casa del chiquillo y al llegar se dio cuenta aterrado de que no estaba en el bus. Dio vuelta y enfiló como un celaje de regreso al parque, donde llegó cuando ya oscurecía. Corrió llamándolo a todo pulmón, mientras dentro del vehículo los demás lloriqueaban cansados, y por último voló a un teléfono a pedir socorro. Quince minutos más tarde había un destacamento de policías con linternas y perros, varios voluntarios, una ambulancia que esperaba por si acaso, dos periodistas, un fotógrafo y medio centenar de vecinos y curiosos observando detrás de los cordones.

–Debe avisar a los padres –decidió el oficial.

–¡Dios mío! ¿Cómo se lo voy a decir?

–Vamos, lo acompaño. Estas cosas pasan, a mí me ha tocado ver de todo. Después aparecen los cadáveres, mejor no describirlos, algunos violados... torturados... Nunca faltan pervertidos. Yo los mandaría a todos a la silla eléctrica.

A Reeves le flaquearon las rodillas, sentía náuseas. Al llegar se abrió la puerta y apareció en el umbral el moco- so perdido con la cara embadurnada de mantequilla de maní. Se había aburrido y prefirió irse a la casa a ver televisión, dijo. Su madre aún no había regresado del trabajo y no sospechaba que a su hijo lo daban por desaparecido.

Desde ese día Gregory le amarró a su huidizo cliente una cuerda en la cintura, tal como hacía Inmaculada Morales con su madre loca, eso evitó nuevos problemas y desanimó cualquier asomo de independencia en los otros niños. Excelente idea ¿qué importa si después tienen que pagar un psiquiatra para que les quite el complejo de perro faldero? comentó Carmen cuando se lo contó por teléfono.

Joan y Susan se mudaron a una antigua mansión bastante deteriorada, pero aún firme en sus pilares, donde inauguraron un restaurante vegetariano y macrobiótico que con los años sería el mejor de la ciudad. En su lugar se instaló en la casa una colonia de hippies que comenzó a crecer y multiplicarse a un ritmo veloz. Primero fueron dos parejas con sus niños, pero pronto la tribu aumentó, las puertas permanecían abiertas para quienes desearan llegar a ese oasis de drogas, modestas artesanías, yoga, música oriental, amor libre y olla común. Timothy Duane no soportó el revoltijo, la confusión y la mugre y alquiló un departamento en San Francisco, donde estudiaba medicina. Ofreció compartirlo, pero Reeves no se decidía a dejar el ático, a pesar de que también estudiaba en la ciudad y estaba harto con los hippies. Le molestaba encontrar extraños en su pieza, detestaba la música monótona de tamboriles, pitos y flautas, y montaba en cólera cuando desaparecían sus objetos personales. Paz y amor, hermano, le sonreían con mansedumbre los llamados Hijos de las Flores cuando bajaba convertido en una fiera a reclamar sus camisas. Casi siempre regresaba con la cola entre las piernas al último rincón privado de su cuarto, sin el botín y sintiéndose como un podrido capitalista. Berkeley se había convertido en un centro de drogas y de rebelión, cada día aparecían nuevos nómadas en busca del paraíso, llegaban en motos ruidosas, cacharros desvencijados y buses adaptados como viviendas provisorias, acampaban en los parques públicos, copulaban dulcemente en las calles, se alimentaban de aire, música y yerba. El olor de la marihuana anulaba los demás aromas. Eran dos las revoluciones en marcha, una de los hippies que intentaban cambiar las leyes del universo con oraciones en sánscrito, flores y besos, y otra de los iconoclastas que pretendían cambiar las leyes del país con protestas, gritos y piedras. La segunda se avenía más al carácter de Gregory, pero no le quedaba tiempo para esas actividades y se le agotó el entusiasmo por las revueltas callejeras cuando comprendió que se habían convertido en un modo de vida, una especie de sufrido pasatiempo. Dejó de sentirse culpable cuando se quedaba estudiando en vez de provocar a la policía, consideraba más útil su silencioso trabajo casa por casa entre los negros del sur durante los veranos. Cuando no había manifestaciones en apoyo a los derechos civiles, las había contra la guerra de Vietnam, rara vez pasaba un día sin algún altercado público. La policía usaba tácticas y equipos de combate para mantener un simulacro de orden. Se organizó una contraofensiva destinada a preservar los valores de los Padres de la Patria entre aquellos horrorizados con la promiscuidad, la revoltura y el desprecio por la propiedad privada. Se elevó un coro de voces en defensa del sagrado *American Way of Life.* ¡Están demoliendo los fundamentos de la civilización cristiana occidental! ¡Este país acabará convertido en una Sodoma comunista y psicodélica, es lo que quieren esos desgraciados! ¡Los negros y los hippies mandarán el sistema al carajo! parodiaba Timothy Duane a su padre y a otros señorones del Club. No eran los únicos en colocar a todos los disidentes en el mismo paquete, en esa simplificación solía caer también la prensa, a pesar de que bastaba una mirada superficial para ver las enormes diferencias. Los derechos civiles se fortalecían en la misma medida en que los hippies se desintegraban. La revolución contra el racismo avanzaba rotunda e inevitable, pero la de las flores era un sueño. Los hippies, embarcados en un viaje prodigioso con callampas alucinógenas, yerba, sexo y rock, poca cuenta se daban de sus propias debilidades y de la fuerza de sus enemigos, creían que la humanidad había entrado en una etapa superior y nada volvería a ser como antes. No debemos subestimar la estupidez humana, unos cuantos chiflados se dan besos y se tatúan palomas en el pecho, pero te aseguro que de ellos no quedará ni rastro, se los devorará la historia, aseguraba Duane. En las prolongadas conversaciones nocturnas de los dos amigos, él ponía siempre la nota escéptica, convencido que la mediocridad derrotaría finalmente a los grandes ideales y por lo tanto no valía la pena entusiasmarse con la Era de Acuario ni con ninguna otra. Sostenía que era una pérdida de tiempo perder los veranos inscribiendo negros en los registros electorales, porque no se darían la molestia de votar o lo harían por los republicanos, sin embargo cada vez que se trataba de juntar fondos para las campañas de los derechos civiles se las arreglaba para sacar un cheque de tres ceros a su madre. Defendía el feminismo como un magnífico invento porque lo liberaba de pagar la parte de la dama en una cita y de paso podía llevarla gratis a la cama, pero en la vida real no aprovechaba esas ventajas. Tenía una actitud cínica que chocaba y divertía a Gregory.

Libertad y dinero, dinero y libertad, profetizaba enigmático Balcescu, quien para entonces había adquirido un vocabulario algo más extenso en inglés, se había dejado crecer una coleta de mandarín en su cráneo afeitado, vestía como un campesino feudal ruso y enseñaba en el parque su propia filosofía a un grupo de seguidores. Duane atribuía el éxito del maestro jardinero a que nadie entendía de qué diablos estaba hablando y a su extraordinaria pericia para cultivar marihuana en tinas de baño y hongos mágicos en maceteros dentro de los armarios. El rumano tenía en su garaje una pequeña fábrica de ácido lisérgico, negocio floreciente que en poco tiempo lo convertiría en hombre rico. Aunque Gregory no trabajaba con él desde hacía años, habían mantenido una buena amistad basada en el amor por las rosas y los placeres de la comida. Balcescu tenía un instinto natural para inventar platos a base de ajo que nombraba de manera impronunciable y hacía pasar como típicos de su país. También le enseñó a cultivar rosas en barriles con ruedas, para que pudiera llevarlas consigo en caso de mudarse de casa o de emigrar.

–¡No pienso emigrar! –se reía Gregory.

–Nunca se sabe. Falta libertad, falta dinero ¿qué se hace? Emigrar –suspiraba el otro con patética expresión de nostalgia.

Samantha Ernst estudiaba literatura en los ratos libres, después de hacer su gimnasia y deportes. No había trabajado nunca y nunca lo haría. Ese año su padre se arruinó con una película millonaria sobre el Imperio de Bizancio que fue un fiasco monumental y destruyó en poco tiempo su propio imperio. Como todos sus hermanastros y madrastras, quienes hasta entonces habían disfrutado de la generosidad del productor de cine, Samantha debió arreglárselas sola, sin embargo no alcanzó a pasar necesidades porque Gregory Reeves estaba allí. Habían planeado el matrimonio para cuando él terminara sus estudios y consiguiera un trabajo seguro, pero la ruina del magnate precipitó las cosas y debieron adelantar la boda un par de años. Se casaron en una ceremonia tan privada que pareció secreta, con Timothy Duane y el instructor de tenis como únicos testigos, y luego dieron la noticia por teléfono a los parientes y amigos. Nora y Judy Reeves veían a Gregory una vez al año para el Día de Gracia, se sentían muy lejos de él y no les sorprendió no ser invitadas a la ceremonia, pero los Morales se ofendieron profundamente y dejaron de hablarle por un tiempo al «hijo gringo», como lo llamaban, hasta que el nacimiento de Margaret les ablandó el corazón y terminaron por perdonarlo. Gregory se trasladó a la casa de Samantha con sus pertenencias, incluidos los barriles de rosas, dispuesto a cumplir su sueño de una familia feliz. La vida de casados no resultó tan idílica como había imaginado, en realidad el matrimonio no resolvió ninguno de los problemas del noviazgo, sólo agregó otros, pero no se dejó apabullar y supuso que las cosas mejorarían cuando se recibiera de abogado, tuviera un trabajo normal y menos presiones. Su empresa de cuidar niños daba suficiente para ofrecer una existencia cómoda a su mujer, pero él no gozaba nada de ese bienestar. Su horario había degenerado en una verdadera carrera de obstáculos. Se levantaba al amanecer para hacer sus tareas, demoraba una hora en llegar a clases y otra en regresar, trabajaba por la tarde. Llevaba a los niños a museos, parques y espectáculos, y mientras los vigilaba con un ojo, con el otro estudiaba. Una vez por semana iba a la lavandería automática y al mercado, muchas noches ganaba unos dólares ayudando a Joan y Susan en el restaurante. Al fin de la jornada aparecía en su casa extenuado, se preparaba un trozo de carne a la parrilla, comía solo y seguía estudiando. A Samantha le repugnaba la vista de la carne cruda y el olor a asado, prefería no estar allí a la hora de la cena. Tampoco coincidían sus horarios, ella dormía hasta el mediodía y comenzaba sus actividades en la tarde siempre tenía alguna clase por la noche: tambores africanos, yoga, danzas de Cambodia. Mientras su marido volaba cumpliendo con una infinidad de obligaciones, ella parecía siempre confundida, como si la mera existencia fuera una prueba titánica para su evasiva naturaleza. Con la convivencia no aumentó su interés por los juegos de amor y en la cama siguió tan indiferente como antes, con el agravante que ahora tenían más oportunidades de estar juntos y menos pretextos para la frialdad. Gregory intentó practicar los consejos de sus manuales, a pesar de que se sentía bastante ridículo en el ejercicio de maromas eróticas que Samantha no apreciaba para nada. Ante los escasos resultados de sus esfuerzos supuso que las mujeres no sienten gran entusiasmo por ese asunto, salvo Ernestina Pereda, que constituía una feliz excepción. Ignoró las incontables publicaciones probando lo contrario y mientras el mundo occidental descubría la torrentosa libido femenina, él se dispuso a remplazar la pasión por la paciencia, aunque no renunció del todo a la idea de conducir a Samantha poco a poco hacia los pecaminosos jardines de la lujuria, como llamaba Timothy Duane, con su atormentada conciencia católica, a la pura y simple diligencia sexual.

Cuando Samantha descubrió que estaba embarazada se desmoralizó por completo. Sintió que su cuerpo bronceado y sin un gramo de grasa, se había convertido en un asqueroso recipiente donde crecía un ávido guarisapo imposible de reconocer como algo suyo. En las primeras semanas se agotó haciendo los más violentos ejercicios de su repertorio con la inconsciente esperanza de librarse de aquella perniciosa servidumbre, pero luego la venció la fatiga y acabó tendida en la cama mirando al techo, desesperada y furiosa con Gregory, quien parecía encantado con la idea de un descendiente y a sus quejas respondía con consuelos sentimentales, lo menos apropiado en esas circunstancias, como se lo dijo muchas veces. Es culpa tuya, sólo culpa tuya, le reprochaba, yo no quiero hijos, al menos todavía, eres tú quien habla todo el tiempo de formar una familia, mira qué ideas se te ocurren, y de tanto hablar de semejante estupidez ahora resultó, maldito seas. No podía entender ese golpe de mala suerte, creía ser estéril, porque en tantos años sin tomar precauciones no había pasado sobresaltos. Si no lo deseo nunca ocurrirá, porfiaba como una niña consentida incapaz de tolerar una imposición desagradable. Le daban ataques de náuseas, más por repugnancia de sí misma y rechazo de la criatura que por su estado. Su marido compró un libro sobre comida naturista y pidió ayuda a Joan y Susan para hacerle platos saludables, esfuerzo inútil, porque ella apenas toleraba un trozo de apio o de manzana. Tres meses después, cuando notó cambios en la cintura y en los senos, se abandonó a su suerte con una especie de rabia urgente. Su desgano se convirtió en voracidad y contra todos sus principios vegetarianos devoraba metódicamente grasientas chuletas de cerdo y salchichones que Gregory preparaba por la tarde y ella mordisqueaba fríos a lo largo del día. Una noche cenaron con un grupo de amigos en un restaurante español, donde descubrió la especialidad del día, callos a la madrileña, un revoltijo de tripas con la consistencia de toalla remojada en salsa de tomate. Fue tantas veces a horas intempestivas a pedir el mismo plato, que el cocinero se entusiasmó con ella y le regalaba tiestos de plástico rebosantes de su insalubre guiso. Engordó, se le cubrió la piel de ronchas y terminó por deprimirse del todo, se sentía enferma y culpable, envenenada por alimentos putrefactos y cadáveres de animales, pero que no podía dejar de devorar, como un castigo. Dormía demasiado y el resto del tiempo veía televisión echada en la cama con sus gatos. Reeves, alérgico a los pelos de esos animales, se trasladó a otro cuarto sin perder el buen humor ni la paciencia, ya se le pasará, son antojos de embarazada, sonreía. Samantha detestaba las labores domésticas pero al menos antes mantenía una cierta decencia en la casa, durante esos meses su relativa organización casera se transformó en caos. Gregory procuraba poner algo de orden, pero por mucho que limpiara, el olor de los gatos encerrados y de callos a la madrileña impregnaba el ambiente.

Ese año empezó la moda de los alumbramientos naturales acuáticos, una original combinación de ejercicios respiratorios, bálsamos, meditación oriental y agua común y corriente. Era necesario entrenarse con tiempo para dar a luz dentro de una bañera, sostenida por el padre de la criatura y acompañada por los amigos y quien quisiera participar, para que el recién nacido entrara al mundo sin el trauma de abandonar el ambiente líquido, tibio y silencioso del vientre materno para aterrizar de súbito en el terror de un pabellón de obstetricia, bajo inexorables focos y rodeado de instrumentos quirúrgicos. La idea no era mala, pero en la práctica resultaba algo complicada. Samantha se había negado a tocar el tema del parto, fiel a su teoría de que si algo no lo deseaba jamás ocurriría, pero hacia el séptimo mes no tuvo más remedio que enfrentarse con la realidad, porque dentro de un plazo fijo el bebé iba a nacer y ella tendría una intervención inevitable en el evento. Parir en una bañera de agua tibia, a media luz, con un par de matronas beatíficas, le pareció menos temible que hacerlo sobre una mesa de hospital en manos de un hombre con delantal y la cara embozada para que nadie lo reconociera, sin embargo, no estaba de acuerdo en convertir aquello en una reunión social, a pesar de la promesa de las comadronas naturalistas de que no debería ocuparse de nada, el costo del alumbramiento incluía las bebidas, la marihuana, la música y las fotos. Si nos casamos en privado, no pienso parir en público y tampoco quiero que me retraten con las piernas abiertas, decidió Samantha, poniendo fin al dilema. Se levantó finalmente de la cama y comenzó a ir con su marido a las clases, donde vio a otras mujeres en su mismo estado y descubrió que la maternidad no es necesariamente una desgracia. Sorprendida, notó que las demás lucían sus barrigas con orgullo y hasta parecían contentas. Eso tuvo un efecto terapéutico, recuperó en parte el respeto por su cuerpo y decidió cuidarse, no renunció a los callos a la madrileña, pero agregó también verduras y frutas a su dieta, daba largas caminatas y se frotaba la piel con aceite de almendras y loción de salvia y yerbabuena, compró ropa para la criatura y por unas semanas reapareció su antigua personalidad. Los extensos preparativos para el alumbramiento incluyeron la instalación de una enorme tinaja de madera en la sala, que en principio podían alquilar, pero los convencieron de los beneficios de comprarla. Después del alumbramiento podían ocuparla para otros fines, les dijeron, ya que también empezaban a ponerse de moda los baños comunitarios entre amigos, todos desnudos remojándose en agua caliente. El artefacto resultó inútil, porque cinco semanas antes de la fecha prevista Samantha dio a luz una hija a quien llamaron Margaret, como la abuela materna muerta en espuma rosada. Gregory llegó a la casa por la tarde y encontró a su mujer sentada en el charco de sus aguas amnióticas, tan desconcertada que no se le había ocurrido pedir ayuda y ni siquiera recordaba la respiración de foca aprendida en los cursos del parto acuático. La montó en el bus que usaba para su trabajo y disparó al hospital, donde debieron practicar una cesárea para salvar a la niña. Margaret no entró al mundo en una tina de madera arrullada por cánticos sedantes y nubes de incienso, como estaba previsto, se inició en la vida dentro de una incubadora, como un patético pez solitario en un acuario. Dos días más tarde, cuando la madre daba sus primeros pasos tentativos por el pasillo del hospital, el padre se acordó de llamar a las comadronas espirituales, a los parientes y a los amigos para contarles la noticia. Lamentó no tener a su lado a Carmen, la única persona con quien habría deseado compartir los apuros de esos momentos.

Para Margaret Ernst el viento del desastre comenzó a soplar el mismo día de su nacimiento, cuando su aristocrática madre la puso en manos de una enfermera y se desentendió de ella para siempre, y se convirtió en un huracán que la lanzó fuera de la realidad al momento de dar a luz a su hija. Mucho más tarde confesaría a su analista con la mayor sinceridad que esa criatura diminuta respirando con dificultad dentro de una caja de vidrio, sólo le inspiraba rechazo. Secretamente agradeció no tener leche para amamantarla y tal vez en lo más profundo de su corazón deseó que desapareciera para no verse obligada a cargarla en brazos. Lo aprendido en los cursos no le sirvió de nada, le resultaba imposible considerar a Margaret una niña más entre las miles nacidas en el planeta el mismo día y a la misma hora, nunca pudo aceptarla. Tampoco se resignó a la idea de que estaba unida a ese gusano por ineludibles responsabilidades. Se miró en el espejo y vio un largo costurón atravesado en su vientre, antes liso y bronceado, ahora un pellejo flojo lleno de estrías, y lloró sin consuelo por la belleza perdida. Su marido intentó acercarse para ayudarla, pero cada vez lo apartó con virulencia demencial. Ya se acostumbrará, es muy reciente, está desconcertada, pensaba Gregory, pero al cabo de tres semanas, cuando dieron de alta a la niña en el hospital y la madre todavía no dejaba de examinarse en el espejo y lamentarse, tuvo que pedir auxilio a su hermana. Tal vez su madre hubiera sido la persona más indicada en aquel trance, pero Samantha no soportaba a su suegra, nunca pudo apreciar ninguna de sus virtudes, la consideraba una viejuca estrafalaria capaz de sacar de sus casillas a una tortuga. También pensó en Olga, que tanto disfrutaba de los alumbramientos y los bebés, pero comprendió que si su mujer no toleraba a Nora, menos podría sufrir a Olga.

–Te necesito, Judy, Samantha está deprimida y enferma y yo no sé nada de críos, por favor ven –clamó Gregory en el teléfono.

–Pediré permiso en el trabajo el viernes y pasaré el fin de semana con ustedes, no puedo hacer más –replicó ella.

Harta de las parrandas de Jim Morgan, el gigante pelirrojo con quien tuvo dos hijos, Judy se divorció y regresó a vivir con su madre en la misma cabaña de siempre. Nora cuidaba a los dos nietos, uno de los cuales todavía andaba en brazos, mientras Judy mantenía a la familia. Jim Morgan amaba a su mujer y la amaría hasta el fin de sus días, a pesar de que ella se había convertido en una arpía que lo perseguía por la casa a gritos, se apostaba en la puerta de la fábrica a insultarlo delante de sus obreros y recorría los bares buscándolo para armarle escándalo. Cuando lo echó definitivamente de la casa y entabló demanda de divorcio, el hombre sintió que se le terminaba la vida y se abandonó en una borrachera sin memoria de la cual despertó entre rejas. No podía explicar cómo ocurrió la desgracia, ni siquiera recordaba al hombre que mató. Algunos testigos dijeron que fue un accidente y Morgan nunca tuvo intención de liquidarlo, le dio un golpe insignificante y el infeliz se fue para el otro mundo, pero las circunstancias no beneficiaban al acusado. La víctima estaba a todas luces sobrio y era un alfeñique peso pluma que cuando empezó el altercado se encontraba en una esquina con una campanita en la mano pidiendo limosna para el Ejército de Salvación. Desde su celda

Jim Morgan no pudo ayudar con los gastos de los hijos y Judy se alegró de que así fuera, convencida que mientras menos contacto tuvieran los niños con un padre criminal mejor sería para ellos, pero como no le alcanzaba para mantener la casa, sola, volvió con su madre.

Gregory fue a buscar a su hermana al aeropuerto y se espantó al ver cuánto había engordado. No pudo disimular la mala impresión y ella lo notó.

—No me digas nada, ya sé lo que estás pensando.

—¡Ponte a dieta, Judy!

—Decirlo es de lo más fácil, la prueba es que lo he hecho tantas veces. Ya he bajado como dos mil libras en total.

La mujer se trepó con dificultad al bus de Gregory y partieron en busca de Margaret al hospital. Les entregaron un pequeño bulto cubierto por un chal, tan liviano que lo abrieron para verificar su contenido. Entre la lana descubrieron una minúscula criatura durmiendo plácida. Judy acercó la cara a su sobrina y empezó a besarla y olisquearla como una perra con su cachorro, transfigurada por una ternura que Gregory no le había visto en décadas, pero no había olvidado. Todo el camino se fue hablándole y acariciándola, mientras su hermano la observaba de reojo, sorprendido al ver que Judy se transformaba, las capas de grasa que la deformaban desaparecieron revelando la radiante belleza oculta en su interior. Al llegar a la casa encontraron a los gatos metidos en la cuna y a Samantha parada de cabeza en su cuarto, buscando alivio a la zozobra emocional con acrobacias de faquir. Gregory procedió a sacudir los pelos de los animales para instalar al bebé, mientras Judy, cansada por el viaje y las horas de pie, sacó de un empujón a su cuñada del nirvana y la devolvió a la posición cabeza arriba y a los groseros afanes de la realidad.

—Ven que te explico cómo se prepara un biberón y cómo se cambian los pañales —le ordenó.

—Tendrás que explicárselo a Greg, yo no sirvo para esas cosas —balbuceó Samantha retrocediendo.

—Más vale que él no se acerque demasiado a la niña,

no vaya a salir con las mismas chingaderas de mi padre –gruñó Judy de muy mal humor.

–¿De qué estás hablando? –preguntó Gregory con la recién nacida en brazos.

–Sabes muy bien de qué estoy hablando. No soy retardada, ¿crees que no me he dado cuenta que siempre andas rodeado de criaturas?

–¡Es mi trabajo!

–Claro, es tu trabajo. De todos los trabajos posibles tenías que escoger ése. Por algo será. Apuesto que cuidas niñitas también ¿no? Los hombres son todos unos pervertidos.

Gregory depositó a Margaret sobre la cama, cogió a su hermana de un ala y la arrastró a la cocina, cerrando la puerta a su espalda.

–¡Ahora me vas a explicar qué carajo estás diciendo!

–Tienes una sorprendente capacidad de hacerte el tonto, Gregory. No puedo creer que no lo sepas...

–¡No!

Y entonces Judy derramó el veneno que había soportado en silencio desde aquella noche en la cual no le permitió dormir junto a ella, hacía más de veinte años, el pesado secreto guardado celosamente con la sospecha de que no era en verdad un enigma y todos lo sabían, el recóndito tema de sus malos sueños y sus rencores, la vergüenza inconfesable que ahora se atrevía a exponer sólo para proteger a su sobrina, la pobre inocente, como dijo, para evitar que se repita el mismo pecado de incesto en la familia, porque esas cosas se llevan en la sangre, son maldiciones genéticas y la única herencia de Charles Reeves, ese crápula que en mala hora nos trajo al mundo es la sucia maldad de su lujuria, y si necesitas más detalles puedo contártelos, porque nada se me ha olvidado, todo lo tengo grabado a fuego en la memoria, si quieres te cuento cómo me llevaba a la bodega con diferentes pretextos y me hacía desabrocharlo y me lo ponía en las manos y me decía que ése era mi muñeco, mi caramelo, que le diera así y así, más fuerte, hasta que...

–¡Basta! –gritó Gregory con las manos en los oídos.

Cada lunes por la mañana Gregory Reeves llamaba por teléfono a Carmen Morales, costumbre que ha mantenido hasta el día de hoy. Después del aborto que casi le cuesta la vida, su amiga se despidió de su madre y desapareció sin dejar rastro. En casa de los Morales su nombre fue borrado, pero nadie la olvidó, sobre todo su padre, que la soñaba calladamente, pero su orgullo jamás admitió que se estaba muriendo de pena por la hija ausente. La joven no volvió a comunicarse con su familia, pero dos meses más tarde Gregory recibió una tarjeta de México con un número y una pequeña flor dibujada, la inconfundible firma de Carmen. Fue el único que tuvo noticias suyas en ese tiempo, por él se enteraba Inmaculada Morales de los pasos de su hija. En las breves conversaciones de los lunes los dos amigos se ponían al día sobre sus vidas y planes. Las voces les llegaban desfiguradas por interferencias y por la ansiedad propia de las comunicaciones de larga distancia, les costaba reconocerse en esas frases interrumpidas y a ambos se les empezaba a borrar la cara del otro, eran dos ciegos con las manos extendidas en la oscuridad. Carmen se había instalado en un cuarto de mala muerte en los extramuros de la capital de México y trabajaba en un taller de orfebrería. Perdía tantas horas trasladándose en autobús de un extremo a otro de esa inmensa ciudad desesperada, que no le quedaba tiempo para otras actividades. No tenía amigos ni amores. La desilusión provocada por Tom Clayton destruyó su ingenua tendencia a enamorarse al primer vistazo y por otra parte en ese medio resultaba muy difícil hallar un compañero que entendiera y aceptara su carácter independiente. El machismo de su padre y sus hermanos era suave comparado con el que ahora soportaba y por prudencia se conformó a la soledad, como a un mal menor. La desafortunada intervención de Olga y la operación posterior la privaron de la capacidad de tener hijos, eso la hizo más libre pero también más triste. Vivía en la tácita frontera donde termina la ciudad oficial y empieza el mundo inadmisible de los marginales. El edificio era un pasillo angosto con dos hileras de cuartos a los lados, un par de grifos, un lavadero al centro y baños comunes al fondo, siempre tan sucios que procuraba evitarlos. Ese lugar era más violento que el *ghetto* donde se había criado, la gente debía luchar por su pequeño espacio, abundaban rencores y escaseaban esperanzas, estaba en un país de pesadilla ignorado por los turistas, un laberinto terrible en torno a la hermosa ciudad fundada por los aztecas, un enorme conglomerado de viviendas míseras y calles sin pavimento y sin luz, inundadas de basura, que se extendía hacia una periferia sin término. Deambulaba entre indios humillados y mestizos indigentes, niños desnudos y perros hambrientos, mujeres dobladas por el peso de los hijos y el trabajo, hombres ociosos y resignados a la mala suerte, con las manos en las cachas de los puñales listos para defender la dignidad y la hombría eternamente amenazadas. Ya no contaba con la protección de su familia y muy pronto comprendió que allí una mujer joven y sola era como un conejo rodeado de perros perdigueros. No salía de noche, dormía con una tranca en la puerta, otra en la ventana y un cuchillo de carnicero bajo la almohada. Cuando iba a lavar su ropa encontraba a otras mujeres que la miraban con desconfianza porque era diferente. La llamaban «gringa», a pesar de haberles explicado mil veces que su familia era de Zacatecas. Con los hombres no hablaba. A veces compraba caramelos y se sentaba en el callejón a esperar que se acercaran los niños, eran sus pocos momentos alegres. En el taller de orfebrería trabajaban unos indios herméticos, de manos mágicas, quienes rara vez le dirigían la palabra, pero le enseñaron los secretos de su arte. A ella se le pasaban las horas sin sentirlas, absorta en el laborioso proceso de moldear la cera, vaciar los metales, tallar, pulir, engarzar las piedras y montar cada minúscula pieza. Por las noches diseñaba aretes, anillos y pulseras en su cuarto, al principio los fabricaba de latón con trozos de vidrio para practicar y después, cuando pudo ahorrar algo, en plata con piedras semipreciosas. En sus ratos libres las vendía de puerta en puerta, cuidando que sus patrones no se enteraran de esa modesta competencia.

El nacimiento de su hija sumió a Samantha Ernst en una discreta, pero feroz depresión, no tuvo arrebatos escandalosos ni grandes cambios aparentes en su conducta, pero no volvió a ser la misma. Siguió levantándose a mediodía, viendo televisión y tomando sol como una lagartija, sin oponer resistencia a la realidad, pero tampoco participando en ella. Comía muy poco, estaba siempre somnolienta y sólo resucitaba en la cancha deportiva, mientras Margaret vegetaba en un coche a la sombra, tan abandonada que a los ocho meses todavía no era capaz de sentarse y apenas sonreía. Su madre sólo la tocaba para cambiarle pañales y colocarle el biberón en la boca. En las noches Gregory la bañaba y a veces la mecía un rato, procurando hacerlo siempre en presencia de Samantha. Quería mucho a la niña y cuando la cogía en brazos sentía una dolorosa ternura, un deseo abrumador de protegerla, pero no era capaz de mimarla como deseaba. La confesión de su hermana erguía una muralla china entre su hija y él. Tampoco se sentía cómodo con los chicos que cuidaba en su trabajo y se sorprendía examinándose en busca de cualquier detalle revelador de una supuesta índole silenciosa heredada de su padre. Al comparar a Margaret con otras criaturas de su edad la encontraba atrasada en su desarrollo, sin duda algo andaba mal, pero no quiso compartir las dudas con su mujer para no asustarla y alejarla aún más del bebé. Le hacía pruebas a ver si oía bien, tal vez era sorda y por eso parecía tan quieta, pero cuando golpeaba las manos cerca de la cuna ella se sobresaltaba. Pensaba que Samantha no se había dado cuenta, pero un día ella le preguntó cómo se sabe cuando un crío es retardado y entonces pudieron hablar por primera vez de sus temores. Después de examinar a Margaret por dentro y por fuera, en el hospital diagnosticaron que estaba sana, simplemente necesitaba un poco de aliciente, era como un animal dentro de una caja, privado de sus sentidos. Los padres tomaron un curso de estimulación precoz donde aprendieron a acariciar a su hija, hablarle en gorgojeos, señalarle poco a poco el mundo circundante y otras elementales destrezas que cualquier miserable orangután nace sabiendo y que ellos tuvieron que aprender con un manual de instrucciones. Los resultados fueron evidentes a las pocas semanas, cuando la niña comenzó a arrastrarse por el suelo y un año más tarde pronunció sus dos primeras palabras, que no fueron papá ni mamá, sino gato y tenis.

Gregory estudiaba para los exámenes finales, horas, días, meses metido en los libros y agradeciendo al cielo su buena memoria, lo único que funcionaba bien mientras lo demás a su alrededor parecía deteriorarse irremisiblemente en un rápido proceso de descomposición. La guerra de Vietnam, lejos de terminar, como había calculado, adquiría proporciones de catástrofe. Junto con el alivio de recibirse finalmente de abogado estaba la inevitable pesadilla de ir al frente, porque tenía un contrato con las Fuerzas Armadas y no podía seguir posponiendo el servicio. Su familia era el principal motivo de angustia, su relación con Samantha daba tumbos y una separación sin duda acabaría de romperla, además temía dejar a Margaret, que crecía llena de rarezas. Su hija existía en forma tan solapada y misteriosa que a veces Samantha la olvidaba y cuando Gregory llegaba en la noche descubría que no había comido desde el desayuno. No jugaba con otros chicos, se entretenía por horas mirando telenovelas, nunca tenía apetito, se lavaba en forma obsesiva, sucia, sucia, decía a cada rato, arrastrando un taburete junto al lavatorio para jabonarse las manos largamente. Se orinaba en la cama y lloraba con desesperación cuando despertaba con las sábanas mojadas. Era muy bonita y seguiría siéndolo, a pesar de las agresiones que cometería contra su cuerpo, poseía la gracia noble de su abuela de

Virginia y el exótico rostro eslavo de Nora Reeves, tal como se la ve en una fotografía tomada en el barco de refugiados que la trajo de Odesa. Mientras Margaret vivía en la sombra de los muebles y escondida en los rincones, sus padres, demasiado ocupados en sus propios asuntos y engañados por su apariencia de niña buena, no fueron capaces de ver los demonios que se gestaban en su alma.

Se vivían tiempos de grandes alteraciones y de sorpresas continuas. La novedad del amor libre, después de tantos siglos de mantenerlo en cautiverio, se regó con rapidez y lo que comenzó como otra fantasía de los hippies se convirtió en el juego predilecto de los burgueses. Asombrado, Gregory vio cómo las mismas personas que poco antes defendían las ideas más puritanas ahora practicaban el libertinaje en pequeñas orgías de índole doméstica. Cuando estaba soltero resultaba casi imposible conseguir una muchacha dispuesta a hacer el amor sin una promesa matrimonial, el placer sin culpa y sin miedo era impensable antes de las píldoras anticonceptivas. Tenía la impresión de haber pasado los primeros diez años de su juventud dedicado a conseguir mujeres, todo el empeño y la imaginación se le iban en esa agobiante cacería, por lo general en vano. De pronto las cosas se dieron vuelta y en cuestión de un par de años la castidad dejó de ser una virtud para convertirse en un defecto del cual había que curarse antes de que los vecinos se enteraran. Fue un viraje tan brusco que Gregory, enfrascado en sus problemas, no tuvo tiempo de adaptarse a los dramáticos cambios, la revolución le llegó tarde. A pesar de su fracaso con Samantha, no se le pasó por la mente la idea de aprovechar las insinuaciones de algunas audaces compañeras de estudios o madres de los niños que cuidaba.

Un sábado de primavera los Reeves fueron invitados a cenar en casa de unos amigos. Ya no era costumbre sentarse a la mesa, la comida esperaba en la cocina y cada comensal se servía en platos de cartón y se acomodaba como mejor pudiera equilibrando un vaso lleno, un plato chorreado de salsa, un pan, una servilleta y a veces hasta un cigarrillo. Se bebía demasiado y se fumaba marihuana. Gregory había tenido un día pesado, se sentía cansado y se preguntaba si no estaría mejor en su casa que ocupado en despedazar un pollo sobre sus rodillas sin echárselo encima. Después de los postres se inició una maniobra colectiva, la gente se quitó la ropa y se metió en una gran bañera de agua caliente instalada en el jardín a la luz de la luna. La moda de los partos acuáticos pasó sin grandes consecuencias, pero a muchas familias les quedó de recuerdo una tina monumental. Los Reeves aún tenían la suya en la sala y servía de corral para Margaret y depósito donde iba a parar lo que recogían del suelo y se destinaba al olvido. Otros más audaces convirtieron los artefactos en centro de atracción, inspirados en la idea de los baños comunitarios del Japón, hasta que la industria nacional puso en el mercado grandes tinajas especiales para tal fin. Gregory no se sintió tentado de salir recién comido a enfriarse al patio, pero le pareció de mal gusto quedarse vestido cuando los demás estaban en cueros, no fueran a pensar que tenía algo de que avergonzarse. Se quitó la ropa, observando de reojo a Samantha y extrañado de la naturalidad de su mujer para exhibirse. No tenía pudores, se sentía orgulloso de su cuerpo y a menudo circulaba desnudo en su casa, pero esa exposición pública lo puso un poco nervioso, en cambio los otros participantes de la reunión parecían tan a gusto como cualquier aborigen del Amazonas. Las mujeres procuraban mantenerse dentro del agua, pero los hombres aprovechaban cualquier pretexto para lucirse, los más arrogantes ofrecían el espectáculo de su desnudez mientras servían tragos, encendían pitos o cambiaban los discos, algunos incluso se ponían en cuclillas al borde de la bañera a pocos centímetros de la cara de una esposa ajena. Gregory comprendió que no era la primera vez que sus amigos se encontraban en esa situación y se sintió traicionado, como si todos compartieran un secreto del cual había sido excluido a propósito. Sospechó que Samantha había estado antes en fiestas parecidas y no había considerado necesario contárselo. Procuró no mirar a las mujeres, pero los ojos se le iban a los senos perfectos de la madre de la dueña de la casa, una matrona de casi sesenta años, en quien no se había fijado hasta que aparecieron flotando en el agua esos atributos inesperados en una persona de su edad. En su inquieto destino Reeves habría de pasearse por tantas geografías femeninas que le sería imposible recordarlas todas, pero nunca olvidaría los senos de esa abuela. Entretanto Samantha, con los párpados cerrados y la cabeza echada hacia atrás, más relajada y contenta de lo que su marido nunca la había visto, canturreaba a sus anchas, con un vaso de vino blanco en una mano y la otra perdida bajo el agua, a su parecer demasiado cerca de las piernas de Timothy Duane. En el camino de regreso a casa él trató de hablar del tema, pero ella se durmió en el automóvil. Al día siguiente, ante una taza de café humeante en la cocina iluminada por el sol, la fiesta nudista parecía un sueño lejano y ninguno de los dos la mencionó. A partir de esa noche Samantha aprovechaba toda oportunidad de experimentar nuevas sensaciones en grupo, en cambio en la privacidad de la cama matrimonial seguía siendo tan fría como antes. ¿Por qué privarse? No hay que restar sino sumar experiencias a la vida, de cada encuentro uno sale enriquecido y tiene, por lo tanto, más para ofrecer a su pareja, el amor alcanza para muchos, el placer es un pozo inagotable del que se puede beber hasta la saciedad, aseguraban los profetas del matrimonio abierto. Gregory sospechaba que había alguna trampa en esos razonamientos, pero no se atrevía a manifestar sus dudas por temor a parecer un troglodita. Se sentía como un forastero en ese medio, la promiscuidad no acababa de convencerlo y al ver la aceptación entusiasta de todos sus amigos imaginó que le pesaba su pasado del barrio y por eso no lograba adaptarse. No quería admitir cuánto le molestaba que otros hombres manosearan a Samantha con el pretexto de hacerle masajes desintoxicantes, activar sus puntos holísticos o estimular el crecimiento espiritual mediante la comunión de los cuerpos.

Ella lo confundía, creía que le ocultaba aspectos de su personalidad y mantenía una existencia secreta, nunca mostraba su verdadero rostro sino una sucesión de máscaras. Le parecía perverso acariciar a otra mujer delante de la suya, pero tampoco deseaba quedarse atrás. Cada semana los sexólogos de moda descubrían nuevas zonas erógenas y por lo visto había que explorarlas todas para no pasar por ignorante, en su mesa de noche se acumulaban manuales esperando turno para ser estudiados. En una oportunidad se atrevió a objetar un método de encuentro con el Yo y despertar de la Conciencia mediante la masturbación colectiva y Samantha lo acusó de ser un bárbaro, un alma incipiente y primitiva.

—¡No sé qué tiene que ver la calidad de mi alma con el hecho perfectamente natural de que no me guste ver los dedos de otros hombres entre tus piernas!

—Típico de una cultura subdesarrollada y foránea —anotó ella sorbiendo impasible su jugo de apio.

—¿Cómo? —preguntó desconcertado.

—Eres como esos latinos entre los cuales te criaste. Nunca debiste salir de ese barrio.

Gregory pensó en Pedro e Inmaculada Morales y trató de imaginarlos en pelotas en una bañera de agua caliente con sus vecinos escarbándose mutuamente el Yo y la Conciencia. La sola idea le desinfló la rabia y se echó a reír a carcajadas. El lunes siguiente se lo comentó por teléfono a Carmen y a través de miles de kilómetros de distancia oyó la risa incontrolable de su amiga; ninguno de esos modernismos había llegado al *ghetto* de Los Ángeles y mucho menos a México, donde ella vivía.

—Locos, todos locos —opinó Carmen—. Ni muerta me muestro en cueros delante de maridos ajenos. No sabría dónde poner los ojos, Greg. Por otra parte, si algunos hombres me dan manotazos vestida, imagínate cómo sería si me desnudo.

—¡Qué india eres, mujer! Aquí nadie te miraría.

—¿Y entonces para qué lo hacen?

No me sentía cómodo en ninguna parte, el barrio donde crecí pertenecía al pasado y no había logrado plantar raíces en otro lado. De mi familia quedaba poco, mi mujer y mi hija estaban tan distantes de mí como antes lo estuvieron mi madre y Judy. También los amigos me hacían falta, Carmen se encontraba en otro planeta, no contaba mucho con Timothy porque se aburría con Samantha y creo que nos evitaba; hasta el mismo Balcescu, tan parecido a una caricatura que era casi impermeable al cambio, había dado un vuelco para convertirse en la imagen de un santón. Vivía rodeado de acólitas que veneraban el aire que exhalaba, y de tanto mirarse reflejado en el espejo de esos ojos adoradores, el estrafalario rumano acabó tomándose en serio. Junto con perder el sentido del humor, desapareció también su interés por inventar platillos exóticos o cultivar rosas, de modo que no nos quedó mucho en común. Joan y Susan conservaban su encanto y el delicioso olor de hierbas, especias que les impregnaba la piel, pero se habían puesto inaccesibles, vivían dedicadas a sus luchas feministas y a la química culinaria de sus recetas vegetarianas, eran expertas en disfrazar el tofu para darle sabor a pastel de riñones. En la Escuela de Leyes no hice nuevas amistades, los estudiantes competíamos en un medio feroz, cada uno absorto en sus proyectos y ambiciones, estudiábamos sin descanso. No me quedaba ánimo para mítines y hasta las inquietudes políticas e intelectuales habían pasado a último plano. Habría sido difícil explicarle a Cyrus que por allí el único problema con la izquierda es que nadie quería ser de derecha. Al regresar a mi casa por la tarde sentía un cansancio visceral, por el camino imaginaba la posibilidad de tomar un desvío y perderme en el horizonte, como hacía mi padre cuando recorríamos el país sin rumbo ni meta. El caos de la casa me ponía nervioso, y no es que yo sea fanático del orden, ni mucho menos. Supongo que estaba agotado por los estudios y el trabajo, seguramente no me

comportaba como un buen marido y por eso Samantha
ponía tan poco de su parte. A ratos parecíamos contrincantes más que aliados. En esas circunstancias uno se ciega y no vislumbra salida al callejón donde se encuentra
metido, parece que uno estará siempre en la misma mole-
dora de carne, que no hay escapatoria. Cuando tengas tu
diploma todo será diferente, me consolaba Carmen a la
distancia, pero yo sabía que ésa no era la única causa de
mi malestar. Veía fielmente un serial de televisión sobre
un astuto abogado quien se jugaba la reputación y a veces la vida por salvar de la cárcel a un inocente o castigar
a un culpable. No me perdía capítulo con la esperanza de
que el personaje me devolviera el entusiasmo por las leyes y me redimiera del inmenso fastidio que me provocaba esa profesión. Aún no comenzaba a ejercerla y ya
estaba desilusionado. El futuro se presentaba muy diferente a la aventura imaginada en mi juventud, el último
esfuerzo por terminar la carrera me aburría tanto que
empecé a hablar de abandonar los estudios y dedicarme a
otra cosa. El aburrimiento es rabia sin entusiasmo, me
aseguró Timothy Duane. Según él, yo estaba enojado
con el mundo y conmigo mismo y no era para menos, mi
destino nunca fue un lecho de rosas. Me aconsejaba desprenderme de complicaciones, empezando por mi matrimonio con Samantha, que le parecía un error evidente.
Me negaba a admitirlo, sin embargo llegó un momento
en que al menos en ese aspecto tuve que darle razón. Fue
en una fiesta como tantas otras a las cuales íbamos en esa
época, en una casa como todas, muebles desvencijados,
tapices indígenas cubriendo las manchas del sofá, afiches
de Ho Chi Min y del Che Guevara junto a los mantras
bordados de la India, las mismas parejas de amigos, los
hombres sin calcetines y las mujeres sin sostén, la comida
fría y pedazos de queso más y más rancios a medida que
transcurrían las horas, demasiados tragos, cigarrillos y
marihuana de tan mala calidad que el humo espantaba a
los mosquitos. También las mismas conversaciones interminables sobre los últimos seminarios del grito pri-

mario, donde cada cual aullaba hasta desgañitarse para liberar la agresión, o del regreso al útero, donde los participantes sin ropa se colocaban en posición fetal y se chupaban el dedo. Nunca entendí esas terapias ni me presté para experimentarlas, me reventaba hablar del tema, estaba cansado de oír los múltiples cambios trascendentales en las vidas de cada uno de mis conocidos. Me instalé en la terraza a beber solo. Admito que cada día tomaba más. Había desistido de los licores fuertes porque me alborotaban las alergias y empezaba a ahogarme con las mucosas inflamadas y una terrible opresión en el pecho. Pronto descubrí que el vino me producía los mismos síntomas, pero podía consumir más cantidad antes de sentirme realmente enfermo. Horas antes había tenido una discusión a gritos con Samantha y empezaba a sospechar que nuestro matrimonio rodaba hacia un abismo. Entraba al garaje con el automóvil, cuando vi venir a un vecino con Margaret de la mano, mi hija tenía poco más de dos años. Creo que es suya, la encontré vagando a un par de millas de aquí, para llegar tan lejos debe haber caminado desde la mañana, dijo el hombre sin disimular su reproche y su desprecio. Abracé a la niña espantado. Me latían las sienes y casi no podía hablar cuando enfrenté a mi mujer para preguntarle dónde estaba cuando Margaret salió de la casa, cómo no se dio cuenta de su ausencia en tantas horas. Me respondió con los brazos en jarra, tan furiosa como yo, alegando que el vecino era un desgraciado y le odiaba porque los gatos se comieron su canario, que no me debía explicaciones, después de todo ella no me preguntaba dónde estaba yo todo el día, Margaret era muy independiente para su edad y no estaba dispuesta a vigilarla como un carcelero ni mantenerla amarrada con una cuerda, como hacía yo con los niños que cuidaba, y siguió rezongando hasta que no aguanté más y me fui de la pieza con un portazo. Después me di una larga ducha fría para quitarme de la imaginación las diversas fatalidades que podrían haberle ocurrido a Margaret en esas dos malditas millas, pero no fue suficiente porque en la fiesta seguía amostazado contra Samantha. Me fui a la terraza con un vaso de vino y me desmoroné en una silla, de mal humor, algo mareado y harto con la monótona música de Katmandú que llegaba desde la sala. Saqué la cuenta del tiempo perdido en esa fastidiosa reunión, dentro de una semana debía presentar los exámenes finales y cada minuto de estudio era precioso. En eso llegó Timothy Duane y al verme acercó otra silla y se instaló a mi lado. Teníamos pocas oportunidades de estar solos. Noté que había perdido peso en los últimos años y sus rasgos se habían marcado a cincel, ya no tenía ese aire de inocencia que a pesar de sus fanfarronadas, era uno de sus encantos cuando nos conocimos. Sacó del bolsillo un tubo de vidrio, se echó cocaína en el dorso de la mano y lo aspiró ruidosamente, luego me ofreció, pero yo no puedo usarla, me mata, la única vez que la probé sentí que me clavaban un puñal helado entre los ojos, el dolor de cabeza me duró tres días y del paraíso prometido ni me acuerdo. Tim me dijo que entráramos porque estaban organizando un juego, pero yo no tenía el menor interés en ver de nuevo a todo el mundo en pelotas.

—Esto es distinto. Vamos a intercambiar esposas —insistió.

—Tú no tienes, que yo sepa.

—Traje a una amiga.

—Tiene facha de puta tu amiga.

—Lo es —se rió, arrastrándome a la sala.

Los hombres se habían reunido alrededor de la mesa del comedor, pregunté por las mujeres y me informaron; que esperaban en los automóviles. Parecían nerviosos, se palmoteaban las espaldas, hacían bromas de doble sentido y las celebraban con grandes risotadas. Explicaron las normas: prohibido echar pie atrás, nada de arrepentirse ni de intentar cambios. Apagaron la luz, pusieron sus llaves sobre una bandeja, alguien las revolvió y cada participante tomó una al azar. A pesar de la nebulosa del alcohol y del desconcierto, que me impidió precipitarme sobre la bandeja como los demás, cuando encendieron la luz vi claramente mi llavero en manos de un dentista algo barrigón y pedante, considerado una pequeña celebridad porque sacaba muelas con agujas chinas clavadas en los pies como única anestesia. Tomé el último llavero, deseando coger al dentista por la ropa y reventarle la cara con uno de aquellos certeros puñetazos que me había enseñado el Padre Larraguibel en el patio de la Iglesia de Lourdes, pero me detuvo el temor de hacer el ridículo. Los otros salieron rumbo a los carros entre carcajadas y bromas, y yo partí a la cocina a poner la cabeza bajo un chorro de agua fría para sacudirme el aturdimiento. Me serví los restos de café de un termo y me senté en un taburete a evocar los tiempos en que la vida era más sencilla y cualquiera entendía las reglas. Poco después me encontró en el mismo sitio la compañera que me había tocado en suerte, una rubia pecosa y simpática, madre de tres niños y profesora de matemáticas en una escuela primaria, la última persona con quien se me hubiera ocurrido practicar el adulterio. Te estoy esperando desde hace un buen rato, me dijo con una sonrisa tímida. Traté de explicarle que no me sentía bien, pero creyó que la rechazaba porque no me gustaba, pareció encogerse en el umbral de la puerta como una niña pillada en falta. Le sonreí lo mejor que pude y se acercó, me tomó de la mano, me ayudó a ponerme de pie y me llevó al automóvil con una mezcla de delicado pudor y de firmeza que me desarmó. Manejó hasta su casa. Encontramos a sus hijos dormidos frente a la televisión y los llevamos en brazos a sus camas. Mi amiga les puso pijamas, los besó en la frente, les acomodó las cobijas y se quedó con ellos hasta que volvieron a dormirse. Después fuimos al dormitorio, donde la fotografía del marido vestido con toga de graduación presidía sobre la cómoda. Ella anunció que se pondría algo más cómodo y desapareció en el baño, mientras yo abría la cama sintiéndome como un imbécil porque no podía quitarme a Samantha y el dentista de la mente y preguntándome por qué diablos no era capaz de participar en esos juegos con el desenfado de los demás, por qué me daban tanta rabia. La rubia volvió sin maquillaje y cepillándose el pelo, vestida con una bata acolchada color helado de fresa, perfecta para una madre que madruga para preparar el desayuno de su familia, pero muy poco adecuada a las circunstancias. No había ninguna coquetería en sus gestos, como si fuéramos un viejo matrimonio en las últimas rutinas antes de ir a la cama después de una jornada de trabajo. Se sentó sobre mis rodillas y procedió a desabotonarme la camisa. Tenía una acogedora sonrisa, la nariz respingada y un fresco aroma de jabón y pasta dentífrica, pero no me provocaba ninguna excitación. Le dije que me perdonara, que había tomado mucho y me molestaba la alergia.

–La verdad es que no sé para qué vine. No me gustan estos juegos, no me gustan nada y creo que a Samantha tampoco –le confesé por último.

–¿Qué dices? –Y se echó a reír encantada–. Tu mujer se acuesta con varios de tus amigos y dicen que con algunas de tus amigas ¿por qué no te diviertes tú también un poco?

Aquéllos no fueron buenos tiempos para mí. Mi vida ha sido una suma de tropiezos, pero ahora, a los cincuenta años, cuando miro hacia atrás y saco la cuenta de los esfuerzos y las desgracias, creo que ese período fue el peor porque algo fundamental se me torció en el alma y ya no volví a ser el mismo. Supongo que tarde o temprano se pierde el candor. Tal vez es mejor, porque no se puede andar por el mundo como un ingenuo, en carne viva y sin defensas. Me crié peleando en la calle. Debí endurecerme mucho antes, pero no fue así. Ahora, cuando ya le he dado la vuelta al dolor varias veces y puedo leer mi destino como un mapa lleno de errores, cuando no tengo ninguna lástima de mí mismo y soy capaz de revisar mi existencia sin sentimentalismos, porque he encontrado cierta paz, sólo lamento la pérdida de la inocencia. Echo de menos el idealismo de la juventud, la época en que todavía existía para mí una nítida línea divisoria entre el bien y el mal y creía que es posible actuar siempre de acuerdo a principios inamovibles. No era una postura práctica ni realista, ya lo sé, pero había una limpia pasión en esa intransigencia que todavía me conmueve cuando la encuentro en otros. No puedo decir en qué momento comencé a cambiar y me convertí en el hombre duro que soy ahora. Sería fácil atribuirlo todo a la guerra, pero en verdad el deterioro empezó antes. O bien podría decir que el oficio de abogado requiere una buena dosis de cinismo, no conozco a ninguno que se libre de ello, pero ésa también es una respuesta incompleta. Carmen dice que no me preocupe, que por mucho cinismo que tenga nunca será suficiente para vivir en este mundo y por lo demás estas dudas son pura majadería de mi parte, a pesar de las apariencias sigo siendo el mismo animalote rudo y combativo pero de corazón manso, que ella adoptó como hermano hace mucho tiempo, pero yo me conozco bien y sé cómo soy por dentro.

Colegas, mujeres, amigos y clientes me han traicionado, pero ninguna traición me ha dolido tanto como la de Samantha, porque no la esperaba. A partir de entonces siempre desconfío, ya no me sorprendo cuando alguien me falla. Esa noche no volví a mi casa. Le quité la bata de helado de fresa a la maestra de matemáticas y rodamos en su cama matrimonial. No debe guardar un buen recuerdo de mí, seguro esperaba un amante imaginativo y experto y se encontró con alguien dispuesto a salir del paso lo antes posible. Luego me vestí y me fui caminando al apartamento de Joan y Susan, donde llegué a las tres de la mañana extenuado y con rastros evidentes de haber bebido. Me colgué del timbre por varios minutos, hasta que aparecieron en camisa de dormir y descalzas. Me acogieron sin hacer preguntas, como si estuvieran habituadas a recibir visitas a esa hora. Mientras una me preparaba una taza de camomila, la otra improvisó una cama en el sofá de la sala. Algo deben haber echado a la camomila, porque desperté doce horas más tarde con el sol en la cara y el perro de mis amigas echado a los pies. Creo que en esas horas de sueño terminó mi juventud.

Cuando me levanté tenía en la mente y el corazón las resoluciones que guiarían mi vida en los años futuros, aunque en ese momento lo ignoraba. Ahora, que puedo ver el pasado con cierta perspectiva, me doy cuenta que en ese instante empecé a ser la persona que fui por mucho tiempo, un hombre arrogante, frívolo y codicioso que siempre detesté y de quien me ha costado tanto desprenderme.

Me quedé con mis amigas cinco días sin comunicarme con Samantha. Se turnaron para acompañarme y escuchar con paciencia el recuento mil veces repetido de mis nostalgias, desesperanzas y quejas. El viernes me presenté a los exámenes finales sin angustia, porque no tenía ilusión, el título de abogado no me interesaba, en verdad sentía una profunda indiferencia por el futuro. Un par de meses más tarde me avisaron al otro lado del mundo que obtuve el diploma al primer intento, lo cual rara vez ocurre en esta torcida profesión. Del examen fui directamente a la oficina de reclutamiento de las Fuerzas Armadas. Debía entrenar durante dieciséis semanas, pero la guerra estaba en su apogeo y se había reducido el curso a doce. En algunos aspectos esos tres meses fueron peores que la guerra misma, pero salí de allí con noventa kilos de músculos, la resistencia de un camello y totalmente embrutecido, listo para destrozar a mi propia sombra, si me lo hubieran ordenado. Dos días antes de embarcarme la computadora me seleccionó para el Instituto de Idiomas en Monterrey. Supongo que haberme criado en el barrio mexicano y estar acostumbrado al ruso de mi madre y al italiano de sus óperas me entrenó el oído. Estuve casi dos meses en un paraíso de costas abruptas con focas tomando sol sobre las rocas, casas victorianas y atardeceres de tarjeta postal, estudiando vietnamita a tiempo completo con profesores que se rotaban cada hora y con la amenaza de que si no aprendía pronto sería juzgado por traición a la patria. Al final del curso chapuceaba ese idioma mejor que la mayoría de mis compañeros. Partí a Vietnam acariciando la secreta fantasía de morir para no tener que enfrentar los trabajos y las pesadumbres de la existencia. Pero morir es mucho más difícil que seguir viviendo.

TERCERA PARTE

Gente. La guerra es gente. La primera palabra que me
viene a la mente cuando pienso en ella es gente: nosotros,
mis amigos, mis hermanos, todos unidos en la misma
fraternidad desesperada. Mis compañeros. Y los otros,
esos hombres y mujeres pequeños, de rostros indescifra-
bles, a quienes debo odiar, pero no puedo, porque en las
últimas semanas he aprendido a conocer. Aquí todo es
en blanco o negro, no hay medias tintas ni ambigüeda-
des, se acabó la manipulación, la hipocresía, el engaño.
Vida o muerte, matas o mueres. Nosotros somos los
buenos y ellos son los malos, sin esa certeza estamos jodidos y en cierta forma ese desvarío es refrescante, es una
de las virtudes de la guerra. A este agujero llega de todo,
negros escapando de la miseria, campesinos pobres que
todavía creen en el sueño americano, algunos latinos
afiebrados por una rabia de siglos, aspirantes a héroes,
psicópatas, y otros como yo, que andan escapando de
fracasos o de culpas, pero en combate somos iguales, no
importa el pasado, una bala es la gran experiencia demo-
crática. Debemos probar cada día que somos hombres,
somos guerreros, resistir, soportar el dolor y la incomodidad, no quejarse nunca, matar, apretar los dientes y no
pensar, no averigües, obedece, para eso nos domaron

como a los caballos, nos entrenaron a punta de patadas, insultos y humillaciones. No somos individuos, en este trágico teatro de la violencia somos máquinas al servicio de la chingada patria. Uno hace cualquier cosa por sobrevivir, me siento bien cuando he matado porque al menos por esta vez estoy vivo. Acepto la demencia y no intento explicarla, simplemente me aferro a mi arma y disparo. No pensar, para no confundirse y vacilar, si lo haces mueres, es la ley inequívoca de la guerra. El enemigo no tiene cara, no es humano, es un animal, un monstruo, un demonio, si pudiera creerlo en el fondo del corazón sería más sencillo, pero Cyrus me enseñó a cuestionarlo todo, me obligó a llamar las cosas por sus nombres: matar, asesinar. Vine para sacudirme la indiferencia y sumergirme en algo apasionante, vine con una actitud cínica, dispuesto a coleccionar experiencias temerarias para darle sentido a mi vida. Vine por culpa de Hemingway, en busca de la hombría, del mito del macho, de una definición de masculinidad, orgulloso de los músculos y la resistencia adquirida en los entrenamientos, dispuesto a probar mi fortaleza, porque estaba harto de que me traicionaran los sentimientos. Un rito de iniciación tardío. A los 28 años nadie viene a esta perdición. Los primeros cuatro meses fueron como un juego fatídico, una apuesta constante contra mí mismo, me observaba desde cierta distancia y me juzgaba con ironía, me acosaba el pasado y buscaba los extremos del riesgo, el dolor, el cansancio, el embrutecimiento, y entonces, cuando alcanzaba el límite, no lo podía soportar. Las drogas ayudan. Pero de pronto un día desperté sintiéndome vivo, esencialmente vivo, más vivo de lo que nunca antes había estado, enamorado de esta hoguera que es la existencia. Comprendí que soy muy mortal, una cáscara de huevo, una insignificancia que en un instante se hace polvo y no queda ni el recuerdo. Cuando llegan los nuevos contingentes voy a mirar a los hombres, los examino con cuidado, he desarrollado un sexto sentido para leer las señales, sé quiénes morirán y quiénes tal vez no. Los más valentones y atrevidos morirán primero porque se creen invencibles, a ésos los mata la soberbia. Los más asustados morirán también porque se paralizan o se trastornan, disparan a ciegas y pueden darle a un compañero, no conviene tenerlos cerca, traen mala suerte, no los quiero en mi pelotón. Los mejores se mantienen tranquilos, no corren riesgos inútiles, no tratan de ganar ni de llamar la atención, tienen una tremenda voluntad de vida. Me gustan los latinos, son callados y hoscos por fuera, como dinamita por dentro, explosivos, mortíferos, no les asusta la muerte. No sólo son bravos, también son buenos camaradas.

Trago a puñados las píldoras de anfetaminas, todas juntas, un garrotazo en el estómago, el gusto amargo en la boca, hablo tan rápido que no sé lo que digo, al poco rato no puedo hablar, masco chicle para no mascarme la lengua, después me aturdo de alcohol y somníferos para poder dormir un poco. Sueño con ríos de sangre, marejadas de gasolina en llamas, heridas abiertas, labios de mujer, vulvas, pilas de muertos, cabezas decapitadas, niños ardiendo en napalm, esas repugnantes fotografías que coleccionan los soldados, todo en rojo, sólo rojo. He aprendido a dormir en fragmentos, cinco o diez minutos cada vez que puedo, tirado en cualquier parte, envuelto en mi poncho de plástico, siempre con los sentidos alerta. Se me ha desarrollado el oído, puedo escuchar las patas de un insecto arrastrándose por la tierra, y se me ha afinado el olfato, puedo oler a los guerrilleros a varios metros de distancia, comen salsa de pescado y cuando están asustados y transpiran el olor se reparte. ¿A qué olemos nosotros? A loción de afeitar, supongo, porque la bebemos como si fuera whisky, tiene cuarenta por ciento de alcohol. Cuando logro dormir un par de horas sin pesadillas quedo como nuevo, pero no siempre se puede. Si no estoy de guardia o en alguna misión, paso la noche en el campamento, tiritando bajo un toldo ensopado de lluvia en una tienda fétida a orines, botas, humedad, restos de raciones descompuestas, sudor, escuchando las carreras diligentes de las ratas y las rutinas de los hombres, con mosquitos hasta en la boca. A veces despierto llorando como un imbécil, cómo se reiría de mi Juan José, cuántas veces me llevó a un rincón en el patio de la escuela para que los demás no me vieran llorar, cállate, gringo maricón, los hombres no lloran, me sacudía furioso, y como las amenazas lejos de resolver el problema lo empeoraban, optaba por suplicarme que por favor me callara, por lo que más quieras, mano, antes que nos agarren a patadas a los dos por mujercitas. Para empezar a funcionar tomo aspirinas con café, frío, por supuesto, me fumo la primera yerba del día y antes de partir me zampo las anfetaminas. Echo de menos una comida caliente, una ducha, una cerveza helada, estoy harto de estas raciones que nos lanzan desde el aire en paquetes azules y amarillos, frijoles con cochino y ensalada de fruta. Aquí vuelvo a ser como un niño, es una extraña sensación, no hay responsabilidades con uno mismo, no hay interrogantes, sólo obedecer, aunque en verdad me cuesta bastante, sirvo para dar órdenes, pero no para obedecerlas a ciegas, nunca seré un buen militar. Es fácil pasar desapercibido, borrarse como una sombra. A menos que uno cometa una estupidez descomunal los días transcurren uno detrás de otro con la única meta de sobrevivir, esta tremenda maquinaria invencible se hace cargo de todo, los de arriba toman las decisiones y se supone que saben hacerlo, no tengo preocupaciones, puedo desaparecer en las filas, soy igual a los demás, soy un número sin cara, sin pasado y sin futuro. Es como volverse loco, uno flota en un limbo de tiempo eterno y de espacios torcidos, nadie puede pedirme cuenta de nada, basta con cumplir mi trabajo y en lo demás puedo hacer lo que me dé la gana. Nada más peligroso que sentirse superior, te quedas solo como un ombligo, me previno Juan José a través del humo de un pito de marihuana empapado en opio ese día en la playa. Cierto, lo único que te salva es la obstinada fraternidad de los soldados. Siento una lástima furiosa, ganas de llorar por el dolor acumulado, el propio y el ajeno, de coger una ametralladora y salir a matar, no aguanto las ganas de aullar hasta que reviente el universo entero, tengo un bramido inacabable atravesado en la garganta. Estás loco, mano, en la guerra no hay piedad. Nos encontramos con Juan José en la playa en un par de días de permiso, un milagro que entre medio millón de combatientes estuviéramos en el mismo lugar al mismo tiempo. Nos estrechamos sin poder creer en tamaña casualidad, qué fantástica suerte venir a vernos aquí, mano, y nos palmoteábamos y reíamos, felices, olvidando por un momento dónde estábamos y para qué. Tratamos de ponernos al día del pasado, tarea imposible porque no nos veíamos desde hacía diez años, desde que él entró a las Fuerzas Armadas y andaba pavoneándose en su uniforme, mientras yo me había convertido en obrero de dólar cincuenta la hora. Cada uno partió a lo suyo, él a su destino de soldado y yo a trabajar de *lomo mojado* por un año, hasta que Cyrus me obligó a salir del barrio. No pienso seguir en el pinche garaje de mi padre, hermano, me dijo Juan José en esa ocasión, mi viejo es un negrero, la milicia es lo mejor que puedo hacer, sirvo en esa chingadera hasta los treinta y ocho o cuarenta años, luego me jubilo con una buena pensión y el mundo es mío, mano, ¿qué otra cosa puedo hacer con mi color de piel y mi cara de indio? y además a las mujeres les encantan los uniformes. Nos reíamos como locos en la playa. ¿Te acuerdas cuando nos robábamos los cigarros de *Pito-de-lirio* y el vino de misa del cura Larraguibel? ¿y de las peleas con bosta de caballo? ¿y cuando afeitamos a *Oliver* y le echamos mercuriocromo y lo llevamos a la escuela con el cuento de que tenía peste bubónica? ¿qué mierda es la peste bubónica, mano? con ese cariño brusco y disimulado, esa rudeza salpicada de palabrotas y de buenas intenciones con que nos tratábamos desde niños. Me contó que se había enamorado de una muchacha vietnamita y al mostrarme la fotografía que guardaba en un sobre de plástico en su billetera se puso serio y le cambió la voz. Era una de esas instantáneas de mala calidad, con demasiada exposición, donde el rostro de la mujer parecía una luna pálida enmarcada por la sombra del cabello. Me llamaron la atención los ojos, pero el resto me pareció igual a tantas otras caras asiáticas que he visto en estos meses.

–Se llama Thui –me dijo.

–Es un nombre de duende.

–Significa agua.

Yo había oído rumores de mi amigo, los soldados hablan, corren chismes en susurros. Me confirmó lo que circulaba secretamente: una misión difícil, el oficial a cargo del pelotón era nuevo, se vieron rodeados, comenzó el fuego, cayeron cinco y el oficial ordenó retirarse sin llevarse a los heridos. Mira qué cabrón, mano, cómo íbamos a dejarlos allí, imagínate que fueras tú, yo no te abandonaría en manos del enemigo, eso fue lo que traté de explicarle, pero el hijo de su chingada madre estaba histérico, mano, sacó la pistola nos amenazó, gritaba y movía los brazos sin control. Yo no esperé que se calmara, no había tiempo, le disparé a quemarropa. Cayó sin darse cuenta. Nos batimos en retirada cargando a los nuestros, como debe ser, mano. Los salvamos a todos menos a uno, que no tenía vuelta, se le habían vaciado las tripas. Pobre chavo, se sujetaba los intestinos con las manos y me miraba desesperado, no me dejes vivo, *Buena Estrella* no me dejes, suplicó… Y tuve que darle un tiro en la sien, que Dios me perdone, maldita chingadera ésta, mano.

Los cuerpos debieran estar en bolsas con su nombre en una etiqueta, pero no siempre se cumplen las formalidades, falta tiempo o faltan bolsas, los cogen de las muñecas y los tobillos y los tiran dentro de los helicópteros, o los amarran como paquetes, envueltos en sus ponchos, cubiertos de moscas; en unas cuantas horas los cadáveres están hinchados, deformes, comidos por las larvas, hirviendo en el caldo de la descomposición. Los helicópteros son pájaros de hacer viento, aterrizan en un tornado levantando el polvo, los desperdicios y el barro inmundo a treinta metros a la redonda. Cuando los muertos han estado muchas horas esperando en el calor o la lluvia, salen trozos de carne en el remolino y si estás cerca te pueden dar en la cara. En la montaña me negué a subir los cuerpos. Ayudé a los heridos, pero después me volví de piedra y nadie se atrevió a darme órdenes, parece que yo estaba más allá de la vida y de la muerte, desquiciado. Crisis nerviosa, brote psicótico, no me acuerdo el nombre que le dieron. Lavan los helicópteros con manguera, pero el olor no desaparece. Tampoco el eco de los gritos, los muertos jamás se van del todo. No estoy llorando, es la maldita alergia o el humo, vaya uno a saber, ando siempre con los ojos irritados, uno vive respirando porquería. Cada vez doy gracias por no ser yo uno de los que viajan en bolsas de plástico, o peor aún, uno de los otros, los que llevan el pecho abierto como una fruta reventada, muñones rojos donde tenían los brazos o las piernas, pero todavía viven y tal vez sigan haciéndolo por muchos años, perseguidos siempre por los malos recuerdos. Gracias por estar aún vivo, gracias Dios mío, gritaba en inglés, allá en la montaña, ángel de la guarda, dulce compañía, no me desampares de noche ni de día, agregaba en español, pero nadie me escuchaba, ni yo mismo me podía oír entre el fuego de la batalla y los aullidos de los heridos, chingada-madre-de-Dios sácame vivo de aquí, clamaba con el escapulario de la Virgen de Guadalupe al cuello, un trapito negro y duro por la sangre seca de Juan José. Me lo dio un capellán varias semanas después que mataron a mi hermano. Le tocó cerrarle los ojos, me dijo que ya tenía el color gris de los fantasmas cuando se quitó el escapulario y le pidió que me lo entregara para darme suerte, a ver si yo salía con vida de aquí. ¿Cuáles fueron sus últimas palabras? fue lo único que se me ocurrió preguntarle al capellán. Sujéteme, padre, que me estoy cayendo, sujéteme porque allá abajo está muy oscuro, fue lo último que dijiste, mano, y yo no estaba allí para oírte ni para sujetarte firme y arrebatarte a la muerte a tirones ¡mierda, maldita mierda! ¡De qué te sirvió el escapulario, mano! Uno pierde la fe aquí, pero se pone supersticioso y empieza a ver signos fatídicos por todas partes: los martes son de mala suerte, hace justo siete días que no pasa nada, es la calma antes de la tormenta, los aviones siempre caen de a tres y hoy ya cayeron dos... Vivirás hasta viejo, Greg, tendrás tiempo de cometer muchos errores, de arrepentirte de algunos y de sufrir como un condenado, no será una vida fácil, pero te garantizo que será larga, así está escrito en las líneas de tu mano y en los naipes del Tarot, me juró Olga, pero puede haberlo inventado, ella no sabe nada, es una charlatana peor que mi padre, peor que todos los adivinos y vendedores de amuletos de este condenado país. A Juan José Morales le dijo lo mismo y se lo creyó, hay que ver qué pendejo eras, mano. Estaba seguro de su buena suerte, por lo mismo no se cuidaba, su confianza era tan contagiosa que dos tipos de su Pelotón hacían lo posible por no despegarse de su lado, convencidos de que junto a él estaban a salvo. Ahora ninguno de los tres puede ir donde Olga a reclamarle nada.

La jungla está llena de rumores, de chillidos de animales, de patas, de roces, de murmullos, en cambio el bosque es silencioso, un silencio opaco. Supongo que desde el aire todo parece purificado por el fuego, limpio, pero abajo es el infierno. Con el tiempo uno se acostumbra: la peor perversión, lo más obsceno de la guerra, es que a uno le parece normal. Al principio estuve ofuscado, después eufórico, pero siempre con la conciencia dormida. Ahora, en la aldea, volví a pensar. En la batalla no hay que pensar, uno se transforma en una máquina de estropicio y muerte. Nadie quiere a los tipos educados, críticos, con consciencia, sólo sirven los machos reventados de testosterona, los negros analfabetos, los bandidos latinos, los criminales que sacan de las prisiones para traerlos, los tipos como yo son un lastre. Después de cada misión, me palpitan los músculos, no puedo controlar las manos, tengo los dientes apretados y un tic en la cara, es como una sonrisa demente, muchos la tienen igual, después se pasa, dicen. En estos meses me he acostumbrado a los huesos empapados, los pies en carne viva dentro de las botas, los dedos agarrotados en el arma, esa sensación constante de estar rodeado de sombras, de esperar el tiro de gracia que vendrá en cualquier instante de cualquier lado, contando los pasos que faltan para alcanzar aquel arbusto, los minutos para llegar al río, las horas para cumplir este turno, los días para completar mi tiempo y regresar a casa. Contando los segundos de vida y sacando la cuenta que con mucha suerte la próxima ráfaga de metralla matará a un compañero, no a mí. Y preguntándome qué mierda hago aquí, sin querer admitir ni en lo más profundo de lo profundo la extraña fascinación de la violencia, este vértigo de la guerra. Aquella madrugada en la montaña cuando empezó a aclarar, vimos que sólo nueve quedábamos vivos, los muertos y los heridos no se podían contar. Habíamos peleado toda la noche. Con la primera luz de la mañana llegaron los bombarderos y rociaron las laderas, obligando a los guerrilleros a retirarse, y después aterrizaron los helicópteros. El ruido de los motores fue música para mí, los latidos del corazón de mi madre cuando aún no nacía, tic-tac-tic-tac, vida. Oremos, dice el capellán metodista y los otros cantan Aleluya mientras yo canto O Susana; confiésate, hijo, me dice el capellán católico y yo le digo que se vaya a confesar a la chingada madre que lo parió, pero luego me arrepiento, no vaya a ser que me caiga un rayo, como decía el Padre Larraguibel, y me pille en pecado mortal. No temas, Dios está contigo. En el sermón del domingo leyeron la historia de Job. Agobiado por las desgracias con que lo prueba el Señor, Job dice «lo que temo, eso me llega, lo que me atemoriza, eso me coge; no tengo descanso; se ha adueñado de mí la turbación». No pienses cosas feas, mano, porque ocurren, no hay que llamar a la mala muerte con el pensamiento, me aconsejaba Juan José Morales, siempre riéndose. *Buena Estrella,* lo llamaban a Juan José, *Buena Estrella Morales.*

Y el humo, claro. Tengo la mente en brumas. Humo

de tabaco, de yerba, de haschich y de cuanta porquería fumo, neblina de los amaneceres fríos en las montañas y del vapor quemante de los valles al mediodía, polución de los motores y polvo, humareda fétida de napalm, de fósforo, de los incontables explosivos y del incendio sin principio ni fin que está convirtiendo este país en un desierto cruzado de negras cicatrices. Toda clase de humo de todos colores. Desde arriba deben parecer nubes y a veces lo son, aquí abajo es parte del miedo. No podemos detenernos ni un instante, nadie puede, si nos movemos tenemos la ilusión de burlar a la muerte, corremos como ratas envenenadas. El enemigo, en cambio, está quieto, no malgasta angustia, espera calladamente, tiene varias generaciones de entrenamiento para el dolor, imposible descifrar la expresión inmutable de esas caras. Estos cabrones no sienten nada, son como sapos de laboratorio, me dijo un Marine que se especializa en arrancar confesiones. Nosotros nos movilizamos enloquecidos por vivir y en el camino nos encontramos cara a cara con la muerte. Ellos se arrastran silenciosos en sus túneles, se mimetizan con el follaje, desaparecen en un instante, tienen ojos para ver de noche. Nunca estamos a salvo. Saca la cuenta, me dijo Juan José Morales, ¿cuántos hombres han venido a esta chingadera y cuántas son las bajas? el porcentaje es insignificante, mano, vamos a salir enteros, no te preocupes. Supongo que tenía razón y la mayoría de nosotros vivirá para contarlo, pero aquí sólo pensamos en los muertos y en las historias atroces de los sobrevivientes. Sí, muchos salen ilesos en apariencia, pero ninguno vuelve a ser el de antes, quedamos marcados para siempre, pero a quién le importa, de cualquier modo somos basura, ésta es una guerra de negros y de blancos pobres, muchachos del campo, de los pueblos pequeños, de los barrios más míseros, los señoritos no están en las primeras filas, sus padres se las arreglan para mantenerlos en casa o sus tíos coroneles los mandan a terreno seguro. Mi madre sostiene que la más grave perversidad es el racismo, Cyrus decía que es la injusticia de clases, los dos tienen razón, supongo, ni a la hora de ir a la guerra somos iguales. No se aceptan mexicanos ni perros, anunciaban no hace tanto en algunos restaurantes; sólo para blancos, estaba escrito en los baños públicos; aquí, en cambio, los *de color* son bienvenidos, muy bienvenidos, pero detrás de la aparente camaradería arde el rencor de raza, blancos con blancos, negros con negros, latinos con latinos, asiáticos con asiáticos, cada uno con su lenguaje, su música, sus ritos, sus supersticiones. En los campamentos los barrios tienen fronteras inviolables, yo no me atrevería a meterme en el de los negros sin ir invitado, igual que en el *ghetto* donde me crié, nada ha cambiado. Cada uno tiene su cuento, pero yo no quiero oírlo, tampoco quiero amigos, no puedo darme el lujo de tomarle cariño a alguien y después verlo morir, como Juan José o ese pobre chico de Kansas allá en la montaña, sólo deseo cumplir con mi trabajo, hacer mi tiempo y salir con vida. Rezo por una herida grave para que me devuelvan a casa, pero no tanto como para quedar inválido. Que al menos no me den en las bolas, decía en cada vuelo un piloto de helicóptero, un alegre mulato de Alabama que regresó a su pueblo cargado de medallas y en una silla de ruedas. Eso nunca me pasará a mí, lo de las medallas, decía yo, y me dieron una porque me volví loco, soy un héroe de guerra, tengo una pinche estrella de plata, no era mi intención hacer nada más allá del deber, siempre he dicho que es preferible vivir como un cobarde que morir como un tonto, pero por una de esas ironías ridículas ahora soy un chingado héroe. Primera lección del barrio: no hay mérito alguno en el heroísmo, sólo en la sobrevivencia. Ay, Juan José, ¿cómo no lo sabías si tú mismo me lo enseñaste cuando éramos un par de chavos moquillentos? Y ahora cómo le explico a tus padres y a tus hermanos, cómo diablos puedo mirar a la cara a tu madre y a Carmen, cómo les digo la verdad, tendré que mentirles, hermano, y seguiré mintiéndoles siempre porque no tengo cara para decirles que te pulverizaron medio cuerpo y que esas condecoraciones ganadas a punta de coraje, que seguro le habrán entregado a tu madre para colgar en la pared de la sala, son sólo estrellas de latón pintado y a la hora de morir gritando nada significan.

Conozco la violencia, es una fiera desquiciada, inútil razonar con ella, hay que tratar de engañarla. Envidio a los pilotos, arriba desapareces con más elegancia, te caes como una piedra o explotas en un millón de fragmentos, sin tiempo ni para rezar, como Martínez cuando lo cogió el tren, *pachuco* cabrón, ya ni siquiera lo odio, en cambio aquí abajo con la infantería te puedes despachar de mil maneras, ensartado en los palos afilados de una trampa, decapitado de un machetazo, reventado por una granada o una mina, partido en dos por una ráfaga de metralla, convertido en una antorcha, y eso sin contar todas las muertes ingeniosas en caso de caer prisionero. Cavar un hoyo en la tierra y esconderme allí hasta que esto termine, refugiarme en una madriguera, como hacía con *Oliver* cuando era chico. ¿Por qué no me tocó un trabajo de escritorio? hay muchos tipos que pasan la guerra debajo de un ventilador; si hubiera sido más astuto no estaría aquí, habría hecho el servicio cuando me salí de la secundaria, por ejemplo, en vez de partirme los huesos como el más bajo de los peones, en ese tiempo nadie hablaba de guerra todavía. Y ahora aquí estoy como un cretino, a una edad en que nadie viene a esta perdición, me siento como el abuelo de estos jodidos niños en uniforme de camuflaje. No me interesa terminar con los huesos carcomidos bajo una cruz del cementerio militar, uno más entre miles iguales, prefiero morir de viejo en los brazos de Carmen. Vaya, no había pensado en Carmen en mucho tiempo. ¿Por qué dije Carmen y no dije Samantha? ¿Por qué me vino este destello a la mente? En su última carta me anunció otro pretendiente, chino o japonés parece que dijo, no lo nombra ¿quién será esta vez? Tiene verdadero talento para escoger lo que menos le conviene, debe ser un comeflor harapiento y melenudo, también en Europa los hay por montones. En la última foto que me mandó, aparece de pie ante la Catedral de Barcelona vestida de bailadora flamenca o algo por el estilo, no soy ningún puritano, pero me acordé de Pedro Morales y le escribí diciéndole que ya no tiene edad para esas chiquilladas, que se quite esos trapos y se ponga un sostén, enfín, qué me importa, es cosa suya, que se joda por tonta. Carmen... me gustaría oírte la voz, Carmen.

Temo haberme desquiciado por completo, haber perdido la noción del bien y del mal, de la decencia. Me he acostumbrado tanto a la infamia que no puedo imaginar la realidad sin ella. Trato de recordar cómo se divierten los amigos, cómo se comparte un desayuno familiar, cómo se le habla a una mujer en una primera cita, pero todo eso se esfumó y creo que no volverá nunca más. El pasado es un torbellino de ráfagas borrosas, los concursos de baile con Carmen, mi madre en su sillón de mimbre escuchando la ópera, el duelo con Martínez que me convirtió en un pinche héroe de la escuela, carajo, hay que ver las tonterías que uno hace a esa edad, ninguna muchacha se me resistía y cuando compré el «Buick» me rogaban, yo era más pobre que ratón de sacristía, pero conseguí ese destartalado cacharro, al volante me sentía como un jeque y en el asiento de atrás cometí no se cuántos desvaríos pecaminosos. No pasábamos de los manoseos, por supuesto, uno atacaba y la chica se defendía sin entusiasmo, no debía colaborar con su propia seducción aunque se muriera de ganas, unas calenturas que más parecían peleas de gatos y nos dejaban a ambos extenuados, acabar afuera, no sea cosa de embarazarla, si te acuestas con ella te tienes que casar, eres un caballero ¿no?, sólo Ernestina Pereda lo hacía con todos, bendita Ernestina Pereda, Dios te guarde santa Ernestina, a ti te gustaba a rabiar, pero después llorabas y había que jurarte guardar el secreto, un secreto a voces, todos los sabíamos y nos aprovechábamos de tu ardor y tu generosidad, si no hubiera sido por ti se me habría emponzoñado la sangre de tantas obsesiones. Aquí las mujeres son como niñas impúberes, diminutas, unos montoncitos de huesos, no tienen pechos ni vellos por ninguna parte y están siempre tristes, suscitan más compasión que ganas de acostarse, lo único abundante es el cabello largo, esas melenas lisas y oscuras con fulgores azules. Lo hice con una chica en un cuarto lleno de gente, la familia comía en un rincón y un niño lloraba dentro una caja de suministros del ejército, nosotros en la cama, separados del resto por una cortina raída, ella me recitaba una retahíla de obscenidades en inglés aprendida de memoria, seguro hay un manual para porquerías, el Alto Mando piensa en cada detalle, si hay manuales para el uso de las letrinas, por qué no harían otro para entrenar prostitutas, mal que mal se trata de los buenos muchachos, el corazón de la patria, ¿no? Cállate, desgraciada, le rogué, pero no me entendió o no le dio la gana callarse y su familia hablaba al otro lado de la cortina y el bebé seguía llorando. Recordé de pronto algo que vi a los cinco años en un pueblo polvoriento del sur, dos hombres violando a una negrita, dos gigantes estrujando a una infeliz criatura tan flaca y tan pequeña como la que estaba conmigo, y me sentí como uno de ellos, enorme y satánico, y las ganas se me fueron, me desinflé por completo, no sé por qué me acordé en ese momento de algo ocurrido hace más de veinte años al otro lado del planeta. Leo Galupi, ese bellaco encantador, me llevó a ver a la *Abuela*, una de las curiosidades de por aquí, una mujer inmemorial cruzada de arrugas que se arrastra bajo las mesas del bar ofreciendo sus servicios, es una maestra, dicen, después de pasar por sus mandíbulas de chimpancé uno se pone exigente; se le dan diez dólares y no hay que ocuparse de nada, ella se encarga de todo, después hasta te limpia y te sube el cierre, va por turnos agasajando a cada uno de los parroquianos, afanada bajo la mesa, mientras los demás siguen bebiendo y jugando a los naipes y contando chistes vulgares. Yo no pude, me venció la repugnancia o la lástima. La *Abuela* tiene el pelo casi blanco, una anciana nada venerable con bíceps de Charles Atlas y unos cuantos dientes afilados como serrucho, en cualquier momento hará lo que todos tememos, arrancarle a alguno el pito de un violento tarascón, ese riesgo es parte del juego, cada cliente teme que justo cuando le toque a él la vieja se decida y ¡zas!

Aquí en la aldea he vuelto a sentirme como un hombre. Me invitan por turnos, un día en cada casa, cocinan para mí y la familia se instala a mi alrededor para verme comer, todos sonrientes, orgullosos de alimentarme aunque no alcance para ellos. Y yo he aprendido a aceptar lo que me ofrecen y agradecerlo sin exageraciones, para no ofenderlos. Nada más difícil que recibir con sencillez, ya no lo recordaba, desde los tiempos en casa de los Morales no me habían dado sin esperar algo a cambio, para mí ha sido una lección de cariño y de humildad, es imposible pasar por la vida sin deberle nada a nadie. A veces uno de los hombres me toma de la mano, como una novia, y también he aprendido a no retirar la mía. Al principio me avergonzaba, los hombres no se tocan, los hombres no lloran, los hombres no se conmueven, los hombres, los hombres... ¿Cuánto hacía que alguien me tocaba por pura simpatía, por amistad? No debo ablandarme, abrirme, confiar, si te descuidas, mueres. No pensar, lo más importante es no ponerse a cavilar, si uno imagina la muerte, sucede, es como una premonición, pero no puedo dejar de hacerlo, tengo la cabeza llena de visiones de muerte, de palabras de muerte. Quiero pensar en la vida...

A finales de febrero la compañía se encontraba en la cima de una montaña con órdenes de defender el lugar a cualquier costo. En la investigación posterior no quedó clara la razón por la cual los hombres debían resistir como lo hicieron, pero la burocracia y el tiempo se encargaron de tapar el asunto con un manto de olvido. Aquí vamos a morir todos, le dijo temblando un muchacho de Kansas a Gregory Reeves. No era su bautizo de fuego, llevaba meses en el frente, pero tuvo la corazonada certera del final y calculó que apenas tuvo tiempo de tomarle el gusto a la vida, había cumplido veinte años hacía menos de una semana. No vas a morir, no hables de eso, lo sacudió Reeves. Los soldados aguardaron, cavando trincheras y amontonando sacos de tierra y piedras para formar una barricada, no tanto por la esperanza de protegerse, sino para distraer el miedo y mantenerse ocupados, pero de todos modos la espera se hizo eterna, tensos, angustiados, las armas empuñadas, consumiéndose de frío después de la puesta de sol y de calor en el día. El ataque se produjo de noche y desde el primer momento supieron que estaban ante un enemigo diez veces más numeroso y que no había escapatoria. Pocas horas después el campamento era un enclave desesperado donde un puñado de hombres aún se mantenía disparando, rodeados por los cuerpos de más de cien compañeros desparramados en las laderas. En el fulgor anaranjado de una explosión Gregory Reeves alcanzó a ver al soldado de Kansas que volaba por el aire al otro lado de la barricada y sin saber lo que hacía ni por qué, saltó por encima de los sacos y se arrastró hacia él en un infierno de fuego cruzado, de fulgurantes estallidos y de humareda irrespirable. Alcanzó a sostenerlo en sus brazos llamándolo por su nombre, no te preocupes, estoy aquí, no ha pasado nada, y sintió las manos aferradas a su ropa y su voz quebrada por los estertores de la agonía, y el olor del miedo, de la sangre y de la carne desgarrada, y en otro chispazo de otro estruendo le vio la muerte en los ojos y en el color de la piel y alcanzó a ver también que le faltaban las piernas, para abajo era un charco negruzco. No pasa nada, te llevaré al otro lado, en un rato vendrán los helicópteros y pronto estaremos tomando cerveza y celebrando, ánimo. No me dejes solo, por favor no me dejes solo, y Reeves sintió que a los dos los envolvían las tinieblas y quiso salvarlo de la desesperación, pero se le fue entre las manos como arena, se le desmigajó, se le hizo humo, y cuando tuvo el peso de la cabeza del hombre en su pecho y las manos lo soltaron y el último espasmo de sangre caliente le bañó el cuello, supo que algo se le había roto por dentro en un millón de fragmentos, un espejo pulverizado. Con cuidado colocó a su compañero en el suelo y enseguida lanzó su arma lejos. Entonces el sonido terrible de una inmensa campana, repicó dentro de él y un alarido metálico le salió de las entrañas y sacudió la noche y por un instante venció el fragor de los explosivos, congeló el tiempo y detuvo la marcha del mundo. Y siguió gritando y gritando hasta que no le quedó más aire ni más grito. Por fin se disipó el eco de la campana, pero el tiempo continuó alterado y a partir de ese instante hasta el amanecer todo sucedió en una sola imagen inmóvil e inmutable, una fotografía en blanco, negro y rojo en la cual los acontecimientos de la noche quedaron fijos para siempre. Él no está en ese sangriento mural. Se busca entre los cadáveres y los heridos, entre los sacos de tierra y en los surcos de las trincheras, pero no se encuentra. Ha desaparecido de su propia memoria. Uno de los hombres rescatados contó después que lo vio arrojar el arma y aullar de pie, con los dos brazos levantados, como si clamara por la próxima ráfaga de balas, y cuando vació ese largo bramido de los pulmones se volvió hacia él, que estaba a dos metros de distancia desangrándose sin dolor, lo cargó atravesado en su espalda y así caminó, sin cuidarse del fuego que zumbaba a su alrededor, en línea recta hacia la cumbre, donde cuatro manos se tendieron para recibir al herido. Gregory Reeves volvió atrás en busca de otro compañero caído y luego otro más y durante el resto de esa noche aciaga los transportó bajo la metralla cerrada, con la certeza de que mientras estuviera haciéndolo nada podía ocurrirle, era invulnerable. En su vida jamás había tenido antes y nunca tendría después esa sensación de poder absoluto.

Al amanecer llegó ayuda. Los helicópteros se llevaron primero a los heridos, después a los nueve sobrevivientes y finalmente descargaron las bolsas de plástico para echar a los muertos. De los hombres que salvaron, ocho estaban extenuados de tensión y terror, temblando tanto en sus ropas ensopadas que no podían sostener el frasco en la mano para tomarse un trago de whisky, pero cuando los depositaron horas más tarde en la playa para que en tres días de diversión y relajo se recuperaran del horror, ya podían hablar de lo sucedido y contaron los detalles. Inmundos y excitados hasta la demencia, todos juntos, codo a codo, una familia de bandoleros desesperados, se abalanzaron como animales sobre las cervezas heladas y las hamburguesas calientes que no habían visto en meses, y cuando alguien quiso explicarles las normas armaron una camorra que por poco degenera en otra matanza. Cuando llegó la policía militar y les vieron las caras y supieron por lo que habían pasado, les quitaron las armas y los dejaron sueltos, a ver si un poco de agua salada y arena los devolvían al mundo de los vivos. El noveno sobreviviente, Gregory Reeves, fue el último en subir a un helicóptero, después de ayudar a los demás. Permaneció mudo y rígido en su asiento, con la vista fija al frente, surcos de profunda fatiga marcados en la cara, sin un rasguño y totalmente cubierto de sangre ajena. Tenía los nervios hechos añicos. No pudieron enviarlo a la playa, le pusieron una inyección y despertó dos días más tarde en un hospital de campaña, atado a la cama para que no se hiciera daño en el tumulto de las pesadillas. Le anunciaron que salvó la vida de once compañeros y por sus actos de extremo valor le habían otorgado una de las más altas condecoraciones. De acuerdo con los supersticiosos códigos de la guerra, los nueve sobrevivientes intactos de la masacre habían escamoteado el cuerpo a la muerte, pero ya estaban señalados. Juntos no tenían la menor posibilidad de escapar una segunda vez, pero separados tal vez podían continuar engañando al destino. Los enviaron a diferentes compañías, con el tácito acuerdo de que no se pondrían en contacto por un tiempo. Por otra parte, ninguno lo deseaba, a la euforia de haber sido rescatados siguió el terror de no poder explicarse por qué fueron los únicos afortunados entre más de cien hombres. Dos de los heridos se recuperaron en pocas semanas y Gregory Reeves se cruzó con ellos en un par de ocasiones. No le dirigieron la palabra, fingieron no reconocerlo porque la deuda era demasiado grande, no podían pagarla y eso les creaba un sentimiento de vergüenza.

Habían pasado varios meses desde que Reeves puso los pies en Vietnam, cuando por fin sus superiores recordaron que hablaba la lengua nativa y el Servicio de Inteligencia lo envió a una aldea de las montañas, como enlace con las guerrillas aliadas. Su misión oficial era enseñar inglés en la escuela, pero ningún lugareño tenía la menor duda sobre la verdadera naturaleza de su trabajo, de modo que ni él mismo se dio la molestia de fingir. El primer día de clases llegó con su ametralladora en una mano y un maletín con libros en la otra, cruzó la sala sin mirar hacia los lados, depositó el portadocumentos sobre la mesa y se volvió hacia sus alumnos. Veinte hombres de diferentes edades, doblados en una profunda reverencia, lo saludaban. No se inclinaban ante él, sino ante el maestro, por el respeto ancestral de ese pueblo ante el conocimiento. Sintió un golpe de sangre en la cara, en ningún momento de la guerra había sentido tanta responsabilidad como entonces. Lentamente se quitó el arma del hombro y caminó hasta la pared, para colgarla de una percha, luego regresó al pizarrón y se inclinó a su vez para saludar a los alumnos, agradeciendo calladamente sus doce años de escuela y siete de universidad. El curso de inglés, que en principio era sólo una pantalla para recopilar información, desde el primer día se convirtió en un deber apremiante para él, la única forma de retribuir en algo a los aldeanos lo mucho que de ellos recibía.

Se alojaba en una casa modesta, pero fresca y cómoda, que había pertenecido a un funcionario del gobierno francés, una de las pocas en varias millas a la redonda que disponía de una letrina al fondo del patio. Las carreras de gatos y ratones en el techo terminaron por resultarle tan familiares que cuando por momentos se callaban en la noche, despertaba sobresaltado. Disponía de mucho tiempo para preparar sus clases, en verdad había muy poco que hacer, la misión militar era cosa de broma, la guerrilla aliada resultó ser una sombra impredecible. Los esporádicos contactos eran surrealistas y sus informes terminaron por convertirse en ejercicios de adivinación. Se comunicaba diariamente por radio con su batallón, pero rara vez podía ofrecer novedades. Estaba en plena zona de combate, sin embargo a ratos la guerra daba la impresión de ser un cuento de otra parte. Caminaba entre las casas con sus techos de paja, pisando el barro y los excrementos de cerdo, saludando a cada uno por su nombre, ayudando a los campesinos a mover los pesados arados de madera tirados por búfalos para preparar los plantíos de arroz, a las mujeres que iban con su recua de niños a buscar agua en grandes cántaros, a los chiquillos a encumbrar cometas y hacer pelotas de trapo. En las noches vibraban los cantos de las madres meciendo a sus criaturas y las voces de los hombres en su idioma de trinos y murmullos. Esos sonidos marcaban el ritmo de las horas, eran la música del pueblo. También volvió a escuchar su propia música por primera vez en una eternidad, se instalaba con sus cintas de conciertos y durante algunas horas imaginaba que la guerra era sólo un mal sueño. Le parecía haber nacido entre esa gente tolerante y dulce, capaz sin embargo de empuñar un arma y dejar la piel por defender su tierra. Al poco tiempo hablaba el idioma con fluidez, aunque con un acento áspero que provocaba alegres risotadas, pero nunca en la sala de clase. Aquellos que lo trataban con familiaridad cuando lo invitaban a comer, lo saludaban con zalemas en la escuela. Jugaba a los naipes con un grupo de hombres por las noches y la norma era lanzarse pullas en verdaderos duelos verbales de humor sarcástico, en los cuales llevaba todas las de perder, porque en lo que se demoraba en traducir el chiste los demás ya estaban en otra cosa. Debía ser cuidadoso en el trato, había un límite incierto entre las bromas habituales y un protocolo inviolable impuesto por el respeto y las buenas maneras. En apariencia se comportaban como iguales, pero había un complejo y sutil sistema de jerarquías, cada cual velaba por su honor con orgullosa determinación. Eran hospitalarios y amistosos, así como las puertas de las casas estaban siempre abiertas para Reeves, del mismo modo llegaban visitantes a la suya sin previo aviso y se quedaban horas y horas en amena charla. La habilidad para contar historias constituía el rasgo más apreciado, había entre ellos un anciano narrador capaz de arrastrar al auditorio por el cielo o el infierno, de conmover a los hombres más bravos con sus cuentos sentimentales, sus complicados relatos de doncellas en peligro y de hijos en desgracia. Cuando callaba todos quedaban en silencio por un largo momento y enseguida el mismo viejo lanzaba la primera risotada burlándose de sus oyentes, embaucados como niños por la magia de sus palabras. Reeves se sentía rodeado de amigos, un miembro más de una vasta familia. Pronto dejó de percibirse a sí mismo como un gigante blanco, olvidó las diferencias de tamaño, cultura, raza, lengua y propósitos, y se abandonó al placer de ser como todos. Una noche se sorprendió mirando la bóveda negra del cielo y sonriendo ante la evidencia de que allí, en ese remoto villorrio asiático, era el único lugar donde se había sentido aceptado como parte de una comunidad en casi treinta años de vida.

Escribió a Timothy Duane pidiéndole una lista de materiales para sus clases porque sus textos eran infantiles y anticuados, y se puso en contacto con una escuela secundaria en San Francisco para que sus estudiantes intercambiaran cartas con los muchachos americanos. Sus alumnos contaron sus vidas en un par de páginas escritas en su laborioso inglés y semanas más tarde recibieron una bolsa con las respuestas de los Estados Unidos. Esa tarde hubo una fiesta para celebrar el acontecimiento. Entre otras cosas Timothy Duane mandó una máscara para ilustrar la tradición anual de Halloween, de goma con facciones de gorila, pelos verdes, dentadura de tiburón y unas orejas en punta que se movían como gelatina. Reeves se la colocó, se cubrió el cuerpo con una sábana y salió dando saltos por la calle con una antorcha encendida en cada mano, sin imaginar el terrorífico efecto de su broma. Se armó un alboroto comparable al provocado por un ataque aéreo, mujeres y niños escaparon hacia la selva con una ensordecedora gritadera y los hombres que lograron sobreponerse al espanto se organizaron para atacar al monstruo a palos. El gorila debió correr por su vida, enredado en la sábana, mientras procuraba arrancarse el disfraz a tirones. Logró identificarse justo a tiempo, pero no antes de recibir unos cuantos piedrazos. La máscara se convirtió en el trofeo más apreciado por la gente, los curiosos hacían fila para admirarla de cerca y tocarla con un dedo vacilante. Reeves pensó darla de premio al mejor alumno de su curso, pero ante semejante estímulo muchos sacaron la nota máxima, de modo que optó por entregar aquel tesoro a la comunidad. El rostro de King Kong terminó en la Casa Municipal, junto a una bandera ensangrentada, un botiquín de primeros auxilios, una radio emisora y otras reliquias. En retribución le regalaron al maestro de inglés un pequeño dragón de madera, símbolo de prosperidad y buena suerte, que comparado con el monstruo de goma parecía un querubín.

La ilusoria tranquilidad de esos meses en el villorrio terminó para Reeves antes de lo previsto. Los primeros síntomas fueron similares a los de una disentería, culpó al agua contaminada y a las extrañas comidas, y se limitó a pedir un medicamento por radio. Le enviaron una caja con varios frascos y una hoja impresa con instrucciones. Empezó a hervir el agua, trató de rechazar las invitaciones sin ser ofensivo y se administró los remedios metódicamente. Por unos días se sintió mejor, pero luego regresó el malestar con mayor fuerza. Pensó que era la resaca del mal anterior y no se preocupó, dispuesto a matar el virus con indiferencia, no era cosa de lloriquear como una vieja, los hombres no se quejan, mano, pero empeoraba a ojos vista, bajó de peso, no podía con sus huesos, le costaba un esfuerzo descomunal levantarse de la cama y fijar la vista en las letras para preparar sus clases o revisar las tareas de sus alumnos. Se quedaba con la tiza en la mano, sin ánimo para mover el brazo, mirando la negra superficie del pizarrón con aire atontado, sin saber qué significaban las patas de gallina escritas por él mismo ni qué era ese calor abrasante consumiéndole por dentro. *Is this pencil red? no, this pencil is blue,* y no lograba recordar de cuál lápiz se trataba ni a quién le podía importar un cuerno que fuera rojo o azul. En menos de dos meses perdió dieciocho kilos y cuando alguien comentó que se estaba reduciendo de tamaño y poniéndose color de calabaza, replicó con una sonrisa débil que un buen espía debía mimetizarse en el ambiente. Para entonces ya nadie en el pueblo hacía misterio de sus mensajes en clave y él mismo se permitía chistes al respecto. La gente consideraba su presencia como una inevitable consecuencia de la guerra, no se trataba de algo personal, si no era Reeves, sería otro, no había escapatoria. De los incontables extranjeros que habían desfilado por allí, amigos o enemigos, ése era el único con el cual se sentían cómodos, le habían tomado cariño. A veces aparecía un chiquillo a soplarle al oído que se avecinaba una noche de tormenta y sería conveniente mantener las luces apagadas, cerrar bien las puertas y no salir por ningún motivo. Por lo general el clima no parecía alterado, Reeves atisbaba la herradura lívida de la luna por una rendija de la ventana, escuchaba los gritos de pájaros nocturnos y hacía oídos sordos a otros tráficos en las callejuelas del villorrio. No informaba sobre esos episodios, sus superiores no entenderían que para sobrevivir la gente no podía más que doblegarse ante los más fuertes, de uno y otro lado. Una palabra suya sobre esas extrañas noches de silenciosas diligencias y una expedición punitiva acabaría con sus amigos y dejaría el pueblo reducido a un montón de chozas calcinadas, tragedia que de ningún modo cambiaría los planes de los guerrilleros. La falta de noticias pareció sospechosa en su batallón y fueron a recogerlo para hacerle algunas preguntas personalmente. Camino a la base se desmayó en el jeep y al llegar tuvieron que bajarlo entre dos hombres y arrastrarlo hasta una silla a la sombra. Le pasaron un botellón de agua que se bebió entero sin un respiro y enseguida vomitó. Los exámenes de sangre descartaron los males habituales y el médico, temiendo una infección contagiosa, lo mandó por avión directamente a un hospital de Hawai.

La experiencia del hospital fue decisiva para Gregory Reeves, porque tuvo ocasión de pensar en el futuro, lujo que hasta entonces desconocía. Rara vez había dispuesto de tanto tiempo sin actividad, se encontraba en una burbuja flotando en el vacío, las horas se le hacían eternas. En los meses de batalla había afinado los sentidos y ahora, en el relativo silencio de su cama de enfermo, se sobresaltaba cuando un termómetro caía sobre una bandeja metálica o se cerraba una puerta. Le molestaba el olor de comida, le daba náuseas el de medicamentos, y le producía arcadas incontrolables el de una herida. El roce de las sábanas era un suplicio para su piel, la comida sabía a arena en su boca. Lo alimentaron con sueros durante varios días y luego la paciencia de una enfermera, que le daba papillas de recién nacido a cucharadas, le devolvió el apetito. Los primeros días se concentró en sí mismo, los cinco sentidos puestos al servicio de sanarse, pendiente de los altibajos de sus males y las reacciones de su organismo, pero cuando se sintió mejor pudo mirar a su alrededor. Al desintoxicarse de las drogas con las cuales había funcionado desde el comienzo del servicio, se le despejó la neblina de la mente y una despiadada lucidez le permitió verse a sí mismo. Tendido de espaldas, con los ojos clavados en el ventilador del techo, pensaba que le tocó nacer entre los de abajo y hasta ese momento su vida había sido sólo trabajo y escasez. Logró salir del arrabal donde se crió y convertirse en abogado, más de lo obtenido por cualquiera de sus compañeros de infancia, pero no se libró del estigma de la pobreza. Su matrimonio no alivió esa sensación, los melindres y la abulia de su mujer, que antes le producían curiosidad, ahora lo molestaban. Timothy Duane decía que el mundo se dividía en abejas reinas destinadas al placer y en obreras cuya misión era mantener a las primeras. La gente como Samantha y Timothy habían recibido todo antes de nacer, eran seres sin preocupaciones, siempre había alguien dispuesto a pagar sus cuentas, si la herencia no bastaba. Malditos sean, mascullaba al compararse con ellos. Juro que le quebraré la mano a la suerte, se repetía, procurando no pensar en que su suerte podría conducirlo al cementerio. No, eso no puede pasar, me quedan menos de dos meses, jamás me enviarán otra vez al frente, se consolaba. Sentía simpatía por los otros pacientes, perdedores, como él, pero le molestaban sus gemidos, sus lentos paseos arrastrando las zapatillas sobre el linóleo, sus mezquindades y miserias. Escuchaba esas mínimas conversaciones y quejas pensando que eran desechables, sólo un número en las listas administrativas, nada importante, bien podían desaparecer mañana y no quedaría ni rastro de su paso por el mundo.

¿Y yo? ¿Me recordaría alguien? Nadie, no tengo mujer ni hija que me lloren, tampoco mi madre. ¿Y Carmen? Todavía estará afligida por su hermano, adoraba a Juan José, el único que se mantuvo en contacto cuando los demás la repudiaron. Cuidado otra vez, ahora me estoy poniendo sentimental. La verdad es que me importa un carajo ser recordado, lo que quiero es ser rico, tener poder. Mi padre lo tenía en el mundo de marginales donde se movía, era capaz de hipnotizar a una sala repleta y dejar a la gente convencida de que era el representante de la Suprema Inteligencia, nos hizo creer a todos que conocía los planes y reglamentos del universo, pero igual murió amarrado a una cama echando espumarajos de sangre por la boca y pus por veinte cráteres en la piel, loco de atar. Sé lo que estás murmurando, Cyrus, que sólo cuenta el poder moral. Tú eras buen ejemplo de eso, pero pasaste años encerrado en un ascensor sin aire ni luz, leyendo a hurtadillas y supongo que todavía anda tu ánima escarbando libracos. ¿De qué te sirvió ser tan buen hombre? A mí me diste mucho, no puedo negarlo, pero tú no tenías nada, vivías miserable y solo. Pedro Morales es otro hombre justo. Cuando yo era un chiquillo creía que era poderoso, temía su vozarrón de patriarca y su rostro pétreo de indio con dientes de oro, pobre Pedro Morales, incapaz de matar una mosca, otra víctima en esta chingada sociedad, dicen que desde la partida de Carmen está acabado, ha envejecido, y ahora se le suma la muerte de Juan José. Yo tendré el verdadero poder del dinero y del prestigio, ese que nunca vi en mi barrio, nadie me mirará para abajo ni me levantará la voz. Tu ánima en pena debe estar revolcándose con mi cinismo, Cyrus, trata de entender, el mundo es de los fuertes y ya estoy harto de andar en las filas de los débiles. Basta. Lo primero es curarme, no puedo levantar los brazos para pasarme un peine, me cuesta respirar y siento el cerebro a punto de hervir y eso nada tiene que ver con esta condenada enfermedad, viene de antes, me están consumiendo las alergias. No probaré más las drogas, me están matando, a lo más un poco de marihuana para soportar el día, pero nada de pastillas ni de inyectarme porquerías, debo regresar al mundo de los sanos. No seré otro veterano en silla de ruedas, alcohólico, drogado y vencido, ya hay muchos de ellos. Seré rico, carajo.

Los pensamientos se atropellaban en su mente, cerraba los ojos y veía una espiral de imágenes girando y girando, los abría y en la superficie gris del techo se proyectaban sus recuerdos. Le costaba mucho dormir, en la noche se quedaba despierto en la oscuridad, luchando por pasar el aire a los pulmones.

Identificaron la infección, le administraron antibióticos y en tres semanas estaba en pie. Había recuperado peso pero nunca más tendría la fortaleza de antes y terminó por comprender que la musculatura nada tenía que ver con la hombría. Se atenuaron los efectos de la alergia, cedió el dolor de cabeza, ya no respiraba a borbotones ni tenía los ojos inyectados en sangre, pero aún se sentía débil y el menor esfuerzo le nublaba la vista. Incrédulo, un día escuchó al médico darlo de alta y recibió órdenes de regresar al frente. No imaginó que volvería a empuñar un arma, esperaba cumplir las semanas de servicio que le faltaban en alguna misión burocrática o de vuelta en la aldea. Lo llevaron a Saigón con dos días de permiso y órdenes terminantes de aprovechar esas cuarenta y ocho horas para acabar de afirmarse en las piernas. Aprovechó esas horas para buscar a Thui, la novia de Juan José Morales. Mediante algunas indagaciones de su amigo Leo Galupi, para quien el mundo carecía de secretos, logró ubicarla por teléfono y se dieron cita en un modesto restaurante. Gregory la esperaba angustiado, no tenía idea cómo suavizar el golpe para darle la noticia de lo ocurrido. Thui anunció que se vestiría de azul con un collar de cuentas blancas, para que la reconociera. Reeves la vio entrar al local y antes de acercarse se tomó unos segundos para examinarla a la distancia y domar los latidos precipitados de su corazón. La mujer no era bonita, tenía la piel sin luz, como si estuviera enferma, la nariz aplastada y las piernas cortas, lo único notable eran los ojos muy separados y oblicuos, dos perfectas almendras negras. Le tendió una mano pequeña, que desapareció en la de él, y lo saludó en un murmullo sin mirarlo a la cara. Se sentaron ante una mesa con cubierta de plástico, ella esperaba impasible con las manos sobre la falda y la vista baja, mientras él examinaba el menú con una dedicación absurda preguntándose por qué diablos la había llamado, ahora estaba en un lío y lo único que deseaba era escapar de allí. El mozo les trajo cervezas y un plato con un picadillo difícil de identificar, pero sin duda mortífero para un convaleciente de infección intestinal. El silencio se volvió incómodo, Gregory se palpaba el escapulario de la Virgen de Guadalupe bajo la camisa. Por fin Thui levantó los ojos y lo miró sin ninguna expresión.

–Ya lo sé –le dijo en su inglés machucado.

–¿Qué? –Y de inmediato lamentó haberlo preguntado.

–Lo de Juan José. Ya lo sé.

–Lo siento. No sé qué decirle, soy muy torpe para estas cosas..., sé que ustedes se querían mucho. También yo le tenía cariño –balbuceó Gregory y la tristeza le cortó el discurso y sintió el alma llena de lágrimas imposibles de verter, mientras golpeaba la mesa con el puño.

–¿Qué puedo hacer por usted? –quiso saber ella.

–Soy yo quien debe preguntarlo. Justamente por eso la llamé. Discúlpeme, debo parecerle un entrometido... ¿Juan José le habló de mí?

–Me habló de su familia y de su país. ¿Usted es su hermano, no?

–Digamos que sí. Él también me habló de usted, Thui, me dijo que estaba enamorado por primera vez en su vida, que usted era una persona muy dulce y cuando terminara la guerra se casarían y se la llevaría a América.

–Sí.

–¿Necesita algo? A Juan José le gustaría que yo...

–Nada, gracias.

–¿Dinero?

–No.

Se quedaron sin más que decirse por un buen rato y por último ella anunció que debía regresar a su trabajo y se puso de pie. Su cabeza apenas sobrepasaba unos cuantos centímetros la de Gregory, que aún estaba sentado. Le colocó su mano de niña en el hombro y sonrió, una sonrisa tenue y algo traviesa que acentuaba su aire de duende.

–No se preocupe, Juan José me dejó todo lo que necesito –dijo.

Miedo. Terror. Me estoy asfixiando de miedo, algo que no sentí en los meses anteriores, esto es nuevo. Antes estaba programado para esta chingadera, sabía qué hacer, no me fallaba el cuerpo, estaba siempre alerta, tenso, un verdadero soldado. Ahora soy un pobre tipo enfermo, crispado de impotencia, una bolsa de trapos. Muchos mueren en los últimos días de servicio porque se relajan o se asustan. Tengo miedo de morir en un instante, sin tiempo de despedirme de la luz, y otro miedo peor, el de morir lentamente. Miedo de la sangre, de mi propia sangre escapando en un manantial; del dolor, de sobrevivir mutilado, de volverme loco, de la sífilis y de otras pestes que nos contagian, de caer prisionero y terminar torturado dentro de una jaula de monos, que me trague la jungla, de dormirme y soñar, de acostumbrarme a matar, a la violencia, a las drogas, a la mugre, a las putas, a la obediencia estúpida, a los gritos, y que después –si hay un después– no pueda andar por la calle como una persona normal y acabe violando ancianas en los parques o apuntando con un rifle a los niños en el patio de una escuela. Miedo de todo lo que me espera. Valiente es quien se mantiene sereno ante el peligro, me lo subrayaste en el libro, Cyrus, me decías que no fuera pusilánime, que el hombre noble no se desalienta y que vence al temor, pero esto es diferente, éstos no son peligros ilusorios, no son sombras ni monstruos de mi imaginación, es fuego de fin de mundo, Cyrus.

Y rabia. Debiera sentir odio, pero a pesar de los entrenamientos, de la propaganda y de lo que veo y me cuentan, no puedo sentir el odio necesario; culpa de mi madre, tal vez, que me llenó la cabeza de prédicas Bahai, o culpa de mis amigos en la aldea, que me enseñaron a ver las similitudes y olvidar las diferencias. Nada de odio, pero sí mucha rabia, una ira tenaz contra todos, contra el enemigo, esos cabrones moviéndose bajo tierra como topos y multiplicándose a la misma velocidad en que los exterminamos, iguales en apariencia a los hombres y mujeres que me invitaban a comer a sus casas en la aldea. Rabia contra cada uno de los corruptos bastardos que se hacen ricos con esta guerra, contra los políticos y los generales, sus mapas y sus computadoras, su café caliente, sus mortíferos errores y su infinita soberbia; contra los burócratas y sus listas de bajas, números en largas columnas, bolsas de plástico en interminables hileras; contra los que se quedaron en sus casas y queman sus tarjetas de conscripción, y también contra los que agitan banderas y nos aplauden cuando aparecemos en la pantalla del televisor y tampoco saben por qué nos estamos matando. Carne de cañón o heroicos defensores de la libertad, nos llaman los hijos de puta, ninguno puede pronunciar los nombres de los lugares donde nosotros caemos, pero todos opinan, todos tienen sus ideas al respecto. ¡Ideas! Es lo que menos falta hace aquí, malditas ideas. Y rabia contra estas cataratas de agua, esta lluvia que todo lo ensopa y lo pudre, este clima de otro planeta donde nos congelamos y hervimos alternativamente, contra este país arrasado y su jungla desafiante. Estamos ganando, por supuesto, así me dice siempre Leo Galupi, el rey del mercado negro, que cumplió sus dos años y luego regresó a quedarse y no piensa marcharse nunca porque esta chingadera le encanta y además se está haciendo millonario vendiéndonos a nosotros marfiles de contrabando y a los otros nuestros calcetines y desodorantes. En cada escaramuza salimos vencedores, según Galupi, no sé por qué entonces tenemos esta sensación de derrota. El bien siempre triunfa, como en el cine, y nosotros somos los buenos ¿no? Controlamos el cielo y el mar, podemos reducir este país a cenizas y dejar en el mapa un solo cráter, un inmenso crematorio donde nada crecerá durante un millón de años, es cuestión de apretar el famoso botón, más fácil que en Hiroshima ¿se acuerda todavía, mamá, o ya se le olvidó? No ha vuelto a mencionarlo hace años, vieja ¿de qué habla ahora con el fantasma de mi padre? Esas bombas están pasadas de moda, tenemos otras que matan más y mejor, qué le parece ¿eh? Pero las guerras no se ganan en el aire ni en el agua, se ganan sobre la tierra, palmo a palmo, hombre a hombre. Extrema brutalidad. Por qué no lanzamos un ataque nuclear a ver si podemos volver a casa de una vez por todas, dicen los Marines a la segunda cerveza. No quiero estar en estos alrededores cuando lo hagamos. No debo pensar en los amigos desaparecidos, los reventados, los caseríos en llamas, las masas de refugiados, los monjes ardiendo en gasolina; tampoco en Juan José Morales o el pobre muchacho de Kansas, ni acordarme de mi hija cada vez que veo una de estas criaturas llenas de cicatrices, ciegas, quemadas. En lo único que debo pensar es en salir con vida de aquí, no hay lugar para sentimentalismos, salir con vida, sólo eso. No puedo mirar a nadie a los ojos, estamos señalados por la muerte, me espantan los ojos vacíos de estos chicos de dieciocho años, todos con un negro abismo en la mirada.

Nos rodean, conocen nuestras mínimas intenciones, escuchan nuestros susurros, nos huelen, nos siguen, nos vigilan, esperan. Ellos no tienen alternativa: ganar o morir, no se preguntan qué mierda hacen aquí, han nacido en este suelo desde hace miles de años y pelean desde hace por lo menos cien. El chiquillo que nos vende fruta, la mujer sin orejas que nos guía a los burdeles, el anciano que quema la basura, todos son enemigos. O tal vez ninguno lo es. Durante tres meses en la aldea volví a ser un hombre, no un guerrero, un hombre, pero ahora soy otra vez un animal acosado. ¿Y si fuera una pesadilla? Una pesadilla... pronto despertaré en un desierto limpio, de la mano de mi padre, mirando el atardecer. Aquí los cielos son formidables, es lo único que la guerra aún no ha devastado. Los amaneceres son largos y el sol se mueve lentamente, naranja, púrpura, amarillo, el sol es un disco enorme de oro puro.

Nunca pensé que me enviarían de vuelta a este infierno, me queda sólo un mes, menos de un mes, exactamente veinticinco días. No quiero morir, sería un final estúpido, no es posible haber sobrevivido a las pateaduras de los pandilleros del barrio, a las carreras contra un tren en marcha, a la masacre de la montaña y trece meses bajo el fuego para terminar sin pena ni gloria en una bolsa, exterminado en el último momento, como un idiota. No puede ser. Tal vez Olga tiene razón, tal vez soy diferente a los demás y por eso salí sano y salvo de la montaña, soy invencible e inmortal. Eso cree todo el mundo, si no fuera así no podríamos seguir peleando, también Juan José se sintió inmortal. Suerte, karma, destino... Cuidado con esas palabras, las estoy empleando demasiado, no existe nada de eso, son patrañas de mi padre y de Olga para embaucar ignorantes. El destino se lo forja uno a golpes y trabajos, yo haré con mi existencia lo que me dé la gana... siempre que salga vivo y pueda volver a casa. ¿Y acaso eso no es suerte? El regreso no depende de mí, nada que haga o deje de hacer puede asegurarme que no perderé las piernas o los brazos o la vida en estos veinticinco días.

Inmaculada Morales comprendió que su marido estaba mal antes de su primer ataque, lo conocía bien y notó los cambios que él no percibía. Pedro gozaba de espléndida salud, como único medicamento de confianza usaba esencia de eucalipto para frotarse la espalda adolorida por exceso de trabajo y la única vez que le administraron anestesia fue para cambiarle los dientes sanos por otros de oro. No se conocía su edad exacta, había encargado su certificado de nacimiento a un falsificador en Tijuana cuando llegó el momento de legalizar sus papeles de inmigración y escogió la fecha al azar. Su mujer le calculaba más o menos cincuenta y cinco para la época en que Carmen se fue de la casa. Después de eso Pedro Morales no volvió a ser el mismo, se convirtió en un hombre taciturno, de expresión hierática, con quien la convivencia era difícil. Los hijos jamás cuestionaron su autoridad, no se les habría ocurrido desafiarlo o pedirle explicaciones. Tiempo después, cuando los mayores se casaron y le dieron nietos, se suavizó un poco su carácter, al ver a los niños balbuceando en media lengua y arrastrándose como cucarachas a sus pies sonreía como en los buenos tiempos. Inmaculada nunca pudo hablarle de Carmen. Lo intentó una vez y él estuvo a punto de golpearla ¡mira lo que me obligas a hacer, mujer! rugió al sorprenderse con el brazo alzado en el aire. A diferencia de tantos otros hombres del barrio, consideraba una cobardía pegarle a su compañera, con las hijas es muy diferente, decía, porque debía educarlas. A pesar de su anticuada severidad, Inmaculada adivinaba cuánta falta le hacía Carmen y se le ocurrió una forma para mantenerlo informado. Inició con Gregory Reeves una esporádica correspondencia en la cual el único tema era la muchacha ausente. Ella le enviaba tarjetas postales con flores y palomas para darle noticias de la familia, y su «hijo gringo» respondía comentando su última conversación telefónica con Carmen, así supo de los pormenores de la vida de su hija, su estadía en México, su viaje a Europa, sus amores, su trabajo. Dejaba las tarjetas olvidadas donde el padre podía leerlas sin poner a prueba su orgullo ofendido. En esos años las costumbres cambiaron drásticamente y el tropezón de Carmen pasó a ser cosa de cada día, costaba mucho seguir recriminándola como si fuera un engendro de Satanás. Los embarazos fuera del matrimonio eran tema preferido de películas, seriales de televisión y novelas, en la vida real las actrices famosas tenían hijos sin que se supiera la identidad del padre, las feministas predicaban el derecho al aborto y los *hippies* copulaban en parques públicos a la vista de quien quisiera observarlos, de manera que ni siquiera el severo Padre Larraguibel entendía la intransigencia de Pedro Morales.

Ese miércoles aciago, dos jóvenes oficiales se presentaron a casa de la familia Morales, un par de muchachos asustados que intentaban ocultar su desazón tras la absurda rigidez de los soldados y la formalidad de un discurso muchas veces repetido. Traían la noticia de la muerte de Juan José. Habría un servicio religioso si la familia estaba de acuerdo, el cuerpo sería sepultado dentro de una semana en el cementerio militar, dijeron, y entregaron a los padres las condecoraciones ganadas por su hijo en acciones heroicas más allá del deber. En la noche Pedro Morales sufrió el tercer ataque. Sintió una repentina debilidad en los huesos, como si el cuerpo se le hubiera puesto de cera blanda y se desplomó exangüe a los pies de su mujer quien no pudo levantarlo para ponerlo en la cama ni se atrevió a dejarlo solo para pedir ayuda. Cuando Inmaculada vio que no respiraba le lanzó agua fría a la cara, pero el remedio no tuvo efecto alguno, entonces se acordó de un programa de Televisión y procedió a darle aire boca a boca y a golpearle el pecho con los puños. Un minuto después su marido despertó mojado como un pato y apenas se le pasó el mareo bebió dos vasos de tequila y devoró medio pastel de manzana. Se negó a ir al hospital, seguro de que eran sólo nervios, el malestar se le pasaría durmiendo, dijo, y así fue. Al día siguiente se levantó temprano como de costumbre, abrió el taller y después de dar órdenes a los mecánicos, partió a comprar un traje negro para el funeral de su hijo. Del desmayo no le quedó más secuela que un fuerte dolor en las costillas que su mujer le había machucado a puñetazos. Ante la imposibilidad de llevarlo al médico, Inmaculada decidió consultar a Olga, con quien se había reconciliado después del trágico accidente de Carmen, porque comprendió que la curandera sólo quiso ayudarla. Conocía su larga experiencia, no se hubiera arriesgado a practicar un aborto tardío si no se hubiera tratado de la muchacha, a quien quería como a una sobrina. Las cosas habían salido mal, pero pensaba que no fue culpa suya sino la voluntad de Dios. Olga ya sabía de la muerte de Juan José y se preparaba, como todo el barrio, para asistir a la misa del Padre Larraguibel. Las dos mujeres se abrazaron largamente y después se sentaron a tomar café y comentar los desvanecimientos de Pedro Morales.

–No es el mismo de siempre. Se está adelgazando. Toma litros de limonada, ya debe tener huecos en la panza de tanto limón. No tiene fuerzas ni para regañarme, con decirle que algunos días no va al taller.

–¿Algo más?

–Llora dormido.

–Don Pedro es muy macho, por eso no puede llorar despierto. Tiene el corazón lleno de lágrimas por la muerte de su hijo, es normal que se le salgan dormido.

–Esto empezó antes de lo de Juan José, que Dios lo tenga en Su Santo Seno.

–Una de dos: o se le ha descompuesto la sangre o lo que tiene es congoja.

–Yo creo que está muy enfermo. Así fue con mi madre ¿se acuerda de ella?

Olga la recordaba bien, hizo historia cuando salió por Televisión al cumplir cien años. La abuela chiflada, que normalmente era una persona alegre, despertó una mañana bañada en llanto y no hubo forma de consolarla, se iba a morir y le daba lástima irse sola, le agradaba la compañía de su familia. Creía que aún se encontraba en su aldea en Zacatecas, nunca se enteró que había vivido treinta años en los Estados Unidos, sus nietos eran chicanos y más allá de los límites de su barrio se hablaba inglés. Planchó su mejor vestido porque pretendía ser enterrada con decencia, y se hizo conducir al camposanto para ubicar la tumba de sus antepasados. Los muchachos Morales habían encargado a toda prisa una lápida con los nombres de los padres de la señora y la colocaron estratégicamente para que pudiera verla con sus propios ojos. ¡Cómo se reproducen los muertos! fue su único comentario al ver el tamaño del cementerio del condado. En las próximas semanas siguió llorando su propia partida por anticipado, hasta consumirse como una vela y quedarse sin luz.

–Voy a darle jarabe de la Magdalena, es muy bueno en estos casos. Si don Pedro no mejora habrá que llevarlo a un médico –recomendó Olga–. Disculpe la intromisión, doñita, pero hacer el amor es saludable para el cuerpo y para el espíritu. Yo le recomiendo que sea cariñosa con él.

Inmaculada se sonrojó. Ése era un tema que jamás podría discutir con nadie.

–En su lugar yo también llamaría a Carmen para que vuelva. Ha pasado mucho tiempo y su padre la necesita. Es hora de hacer las paces.

–Mi marido no me lo perdonaría, doña Olga.

–Don Pedro acaba de perder un hijo ¿no le parece que sería un buen consuelo que resucitara la niña que considera muerta? Carmen siempre fue su favorita.

Inmaculada se llevó el jarabe de la Magdalena para no pecar de mal agradecida. No tenía demasiada fe en los brebajes de la adivina, pero confiaba a ciegas en su buen criterio como consejera. Cuando llegó a su casa tiró el frasco a la basura y buscó en la caja de lata donde guardaba las postales de Gregory Reeves hasta que encontró la última dirección de su hija.

Carmen Morales vivió cuatro años en ciudad de México. Los dos primeros fueron de tanta soledad y penurias que le tomó gusto a la lectura, lo que nunca imaginó posible. Al principio Gregory le enviaba novelas en inglés, pero luego se inscribió en una biblioteca pública y comenzó a leer en español. Allí conoció a un antropólogo veinte años mayor, quien la inició en el estudio de otras culturas y en el respeto por su herencia indígena. Tan fascinado estaba él con el escote de la muchacha como ella lo estaba por los conocimientos de su nuevo amigo. En un comienzo Carmen se horrorizó del pasado de violencia y sangre de ese continente, no encontraba nada admirable en unos sacerdotes cubiertos de sangre seca ocupados en arrancar el corazón de las víctimas de sus sacrificios, pero el antropólogo le hizo ver el significado de aquellos rituales, le contó antiguas leyendas, le enseñó a descifrar jeroglíficos, la llevó a museos y le mostró tantos libros de arte, mantos de plumas, tapicerías, bajorrelieves y esculturas, que acabó apreciando esa estética feroz. Su mayor interés eran los diseños y colores de telas, pinturas, cerámicas y ornamentos, se entretenía horas interpretándolos en un cuaderno de dibujo para aplicarlos en sus joyas. De tanto andar por allí observando momias y escalofriantes estatuas aztecas, el antropólogo y su pupila se convirtieron en amantes. Él le pidió que vivieran juntos para compartir amores y gastos, ella dejó el cuartucho pestilente donde había sobrevivido hasta entonces y se trasladó al apartamento de su enamorado en pleno centro de la ciudad. La contaminación del aire era alarmante, a veces los pájaros caían muertos del cielo, pero al menos disponía de un baño con agua caliente y una habitación asoleada donde instaló su taller de orfebrería. Creyó haber encontrado la felicidad e imaginó que podría adquirir sabiduría por contacto físico, estaba ávida de aprender, vivía en permanente estado de admiración y sorpresa ante su amante, cada migaja de conocimiento que él esparcía caía en terreno fértil. A cambio de las magníficas lecciones del antropólogo estaba dispuesta a servirlo, lavar la ropa, limpiar la casa, preparar la comida y hasta cortarle las uñas y la melena, amén de entregarle todo lo que ganaba vendiendo sus adornos de plata a las turistas. El hombre no sólo sabía de indios fantasmagóricos y cementerios de cántaros apolillados, también era experto en películas, libros, restaurantes; decidía la forma en que ella debía vestirse, hablar, hacer el amor y hasta pensar. A la joven la sumisión le duró mucho más de lo esperado en una persona de su temperamento, durante casi dos años le obedeció con reverencia, soportó no sólo que tuviera otras mujeres y la informara con profusión de detalles escabrosos «porque entre nosotros no debe haber secretos», sino también que la abofeteara cuando de tarde en tarde se tomaba unas copas de más. Después de cada escena de violencia su erudito compañero llegaba a la casa con flores y se echaba a llorar en su regazo suplicando comprensión –el demonio se había apoderado de él– y juraba que jamás volvería a hacerlo. Carmen perdonaba, pero no olvidaba, y entretanto absorbía información como una esponja. Le daba vergüenza admitir esas golpizas, se sentía humillada y a ratos creía merecerlas, tal vez eso era normal ¿no le había pegado su padre muchas veces? Finalmente un día se atrevió a decírselo a Gregory Reeves en una de sus secretas conversaciones telefónicas de los lunes, su amigo puso un grito en el cielo, la trató de estúpida, la espantó con unas estadísticas de su invención y la convenció de que el hombre no cambiaría, por el contrario, el abuso iría en aumento hasta alcanzar quién sabe qué extremos. Diez días después Carmen recibió de Gregory un giro bancario para un pasaje y una carta ofreciéndole ayuda y rogándole que regresara a los Estados Unidos. El regalo llegó al día siguiente de una escaramuza en la que de un manotazo el antropólogo le vació encima la olla con sopa caliente. Fue un accidente, reconocieron ambos, pero igual ella pasó dos días echándose leche y aceite de oliva en el pecho. Apenas pudo ponerse la blusa fue a una agencia de viajes con la intención de volar a casa, pero mientras esperaba hojeando unos folletos turísticos recordó la furia de su padre y decidió que no tenía fuerza para enfrentarlo. En un arranque de fantasía viró la brújula y compró un pasaje para Amsterdam. Partió liviana, sin despedirse siquiera de su amante, tenía intención de dejarle una carta, pero en los afanes de hacer la maleta se le olvidó. En un bolso llevaba sus herramientas y materiales de trabajo y dos tarros de leche condensada para aliviar los sinsabores del camino.

Europa la deslumbró. La recorrió entera con una mochila a la espalda, ganándose la vida sin mayor dificultad, enseñaba inglés, vendía sus joyas cuando podía fabricarlas y si el hambre amenazaba siempre podía recurrir a Gregory para pedir ayuda. No dejó catedral, castillo ni museo sin visitar, hasta que saturada, prometió no volver a poner los pies en aquellos templos del turismo, preferible caminar por las calles disfrutando la vida. Un verano entró en Barcelona y al bajarse del tren la rodeó un grupo de gitanas gritonas que insistían en verle la suerte y venderle amuletos. Las observó asombrada y decidió que ése era el estilo que más le convenía, no sólo para su oficio de orfebre, sino también para vestirse. Más tarde descubrió la influencia morisca del sur de España y los colores del norte de Africa, que adoptó en una feliz mezcolanza. Se instaló en una pensión del barrio gótico sin un rayo de luz natural y una sonajera de cañerías gimiendo sin descanso, pero su pieza era amplia, de altos techos artesonados y contaba con una enorme mesa de trabajo. A los pocos días se había fabricado faldas de vuelos que recordaban los atuendos de Olga en sus años mozos y sus disfraces de los tiempos del malabarismo en la plaza Pershing. No habría de quitarse esa clase de trapos nunca más, en los años siguientes los refinó hasta la perfección por el placer de usarlos, sin saber que en un futuro la harían célebre y rica.

Después de recorrer desde Oslo hasta Atenas con su equipaje a la espalda y casi sin dinero, consideró que bastaba de vagabunderías, había llegado la hora de sentar cabeza. Estaba convencida de que la única ocupación adecuada para ella era la joyería, pero en ese campo había una competencia despiadada, para sobresalir no bastaban diseños originales, antes que nada debía descubrir los secretos del oficio. Barcelona era el lugar ideal para ello. Se inscribió en diversos cursos donde aprendió técnicas milenarias y poco a poco nació su estilo único, combinación de sólida artesanía antigua y un atrevido sello gitano con toques de África, Latinoamérica y también algo de la India, tan en boga en esa década. Fue siempre la alumna más original de la clase, sus creaciones se vendían tan rápido que no daba abasto con los pedidos. Todo marchaba mejor de lo esperado hasta que se le atravesó un joven japonés, algo menor que ella, orfebre también. Carmen había logrado colocar sus joyas en tiendas de prestigio, en cambio él ofrecía las suyas con poco éxito en las ramblas, diferencia que lo humillaba. Para consolarlo ella volvió a vender en la calle con el pretexto de que allí se encontraba el alma de la ciudad. Se instalaron juntos en la pensión crepuscular de Carmen. Rápidamente las diferencias culturales pesaron más que la atracción común, pero era tanta la necesidad de compañía que ella ignoró los síntomas. El japonés no renunció a sus costumbres ancestrales, pasaba primero y esperaba ser servido. Se remojaba por horas en la bañera caliente y luego se la cedía con el agua, ya fría. Igual sucedía con la comida, la cama, las herramientas y los materiales de trabajo, en la calle caminaba adelante y ella debía seguirlo un par de pasos atrás. Si había sol, el joven salía a vender y Carmen se quedaba trabajando en el cuarto oscuro, pero si amanecía lloviendo, a ella le tocaba pasar el día al aire libre, porque su amante sufría oportunos dolores reumáticos relacionados con la temperatura ambiental. Al comienzo tales rarezas le parecieron graciosas, cosas de orientales, se dijo con buen humor, pero después de soportarlas por un tiempo se le acabó la paciencia y empezaron los desacuerdos. El hombre jamás perdía su compostura y a las recriminaciones oponía un largo silencio glacial, ella sentía el vacío a su alrededor como un cerco oprimente, pero no se quejaba porque al menos éste se abstenía de darle bofetones o rociarla con sopa hirviendo. Al final cedía por no quedarse sola y porque su compañero la fascinaba, la atraían su largo pelo negro, su cuerpo pequeño, todo músculos, su acento extraño y la precisión de sus movimientos. Se acercaba tímida, le ronroneaba un rato y por lo general lograba ablandarlo, se reconciliaban en la cama, donde él era un experto. Por inercia hubieran permanecido juntos, pero intervino un telegrama de Inmaculada anunciando la enfermedad de Pedro Morales y pidiendo a su hija que por amor a Dios volviera, porque era la única capaz de salvar a su padre, que se consumía de tristeza. Entonces supo cuánto amaba a ese viejo testarudo, cuánto deseaba hundir la cara en el regazo acogedor de su madre y volver a ser, aunque fuera por un instante, la niña mimada de antes. Pensando que el viaje sería sólo por un par de semanas, partió llevándose la ropa indispensable que metió apresuradamente en un bolso. El japonés la acompañó al aeropuerto, le deseó suerte y se despidió con una leve inclinación, nunca la tocaba en público.

De tanto ver la cara de la muerte aprendí el valor de la existencia. Lo único que tenemos es la vida y ninguna es más valiosa que otra. La de Juan José Morales no vale más que la de los hombres que maté, sin embargo los muertos no me pesan, andan conmigo siempre, son mis camaradas. O matas o mueres, así de simple, no es una cuestión moral para mí, las dudas y confusiones son de otra índole. Soy uno de los afortunados que salió ileso de la guerra.

Cuando regresé, me fui del aeropuerto a un motel, no llamé a nadie. San Francisco estaba nublado y soplaba un viento de invierno, como siempre sucede en verano, y decidí esperar que saliera el sol para llamar a Samantha, no sé por qué se me ocurrió que el clima podía hacer más amable nuestro encuentro, la verdad es que nos separamos dispuestos a divorciarnos, no nos escribimos nunca, y el día que la llamé de Hawai fue evidente que no teníamos nada que decirnos. Me sentía cansado, sin ánimo para discusiones y reproches, mucho menos para contarle a ella o a nadie mis experiencias de guerra. Quería ver a Margaret, por supuesto, pero tal vez mi hija no me reconocería, a esa edad los niños se olvidan en pocos días y ella no me veía desde hacía meses. Dejé mis cosas en la pieza y salí a buscar una cafetería, me hacía falta el buen café de San Francisco, es el mejor del mundo. Caminé por ese delirio urbano donde rara vez se ve el mar, líneas rectas que suben y bajan, trazadas de acuerdo a un diseño geométrico indiferente a la topografía de once cerros, busqué mis rincones conocidos, pero todo estaba desfigurado por la neblina. Me pareció un lugar extranjero, no identifiqué los edificios y empecé a dar vueltas desorientado en esa ciudad de contradicciones y fragancias, depravada como todos los puertos, y traviesa como una muchacha ligera de cascos. No me explico el sello de elegancia de San Francisco, mal que mal fue fundada por una manga de aventureros enfiebrados con el oro fácil, prostitutas y bandoleros. Un chino me rozó el brazo y salté como si me hubiera picado un alacrán, con los puños apretados, tanteando el arma que no llevaba. El hombre me sonrió, tenga un buen día, me dijo al alejarse, y me quedé paralizado, sintiendo las miradas ajenas, aunque en verdad nadie se fijaba en mí, mientras pasaban los tranvías con su anuncio de campanillazos, escolares, secretarias, los infaltables turistas, trabajadores latinos, comerciantes asiáticos, hippies, prostitutas negras con pelucas platinadas, homosexuales de la mano, todos como actores de una película iluminados por una luz artificial, mientras yo permanecía a este lado de la pantalla, sin entender nada, totalmente marginado, a miles de años de distancia. Anduve por el barrio italiano, por Chinatown, por las calles de los marineros donde venden licor, drogas y pornografía –ovejas inflables era la última novedad– junto a medallas de San Cristóbal para protegerse de los azares de la navegación. Volví al motel, tomé varios somníferos y no supe de mí hasta veinte horas más tarde, cuando me despertó un sol radiante en la ventana. Cogí el teléfono para comunicarme con Samantha, pero no recordé el número de mi propia casa y después decidí esperar un poco, darme un par de días de soledad para componer un poco el cuerpo y el alma, necesitaba lavarme por dentro y por fuera de tantos pecados y recuerdos atroces. Me sentía contaminado, sucio, muerto de fatiga. Tampoco llamé a los Morales, habría tenido que ir de inmediato a Los Ángeles y me faltaba valor, no podía hablar todavía de Juan José, mirar a los ojos a Inmaculada y a Pedro y asegurarles que su hijo había muerto por la patria, como un héroe, confesado y sin dolor, casi sin darse cuenta, cuando en verdad se murió aullando y enterraron sólo la mitad del cuerpo. No podía decirles que sus últimas palabras no fueron un mensaje para ellos, le apretó la mano al capellán y le dijo sujéteme, padre, que me estoy cayendo muy hondo. Nada es como en las películas, ni siquiera la muerte, no morimos limpiamente sino aterrorizados en un charco de sangre y mierda. En el cine nadie muere de verdad, en la guerra nadie vive de verdad. En Vietnam imaginaba que pronto encenderían las luces de la sala y saldría a la calle sin prisa a tomar un café y pronto todo se me habría olvidado. Ahora, cuando he aprendido a vivir con los estragos de la buena memoria, ya no juego a que la vida es como un cuento, la acepto con todo el dolor que trae.

Con mi hermana nos habíamos distanciado mucho, desde que nació Margaret dejamos de vernos, no quise llamarla y tampoco a mi madre ¿de qué hubiéramos hablado? Se oponía a la guerra, consideraba más decente desertar que matar, toda forma de violencia es vergonzosa y perversa, acuérdate de Gandhi, me decía, no podemos apoyar una cultura de las armas, estamos en este mundo para celebrar la vida y promover la compasión y la justicia. Pobre vieja, desprendida de la realidad vagaba por los ámbitos del *Plan Infinito* detrás de mi padre, medio mal de la cabeza, pero con una lucidez incuestionable en sus divagaciones. Partí a Vietnam sin despedirme porque no quise herirla, para ella se trataba de un asunto de principios, nada tenía que ver con mi seguridad personal. Supongo que me quería a su manera, pero siempre hubo un abismo entre los dos. ¿Qué me habría aconsejado mi padre? Jamás me hubiera dicho que fuera a prisión o al exilio, me habría invitado a cazar y en el silencio helado del amanecer acechando a los patos me habría dado una palmada en el hombro y nos hubiéramos comprendido sin necesidad de palabras, como a veces nos entendemos entre hombres.

Pasé los tres primeros días encerrado en el motel frente al televisor con varias cajas de cerveza y botellas de whisky, después me fui con un saco de dormir a la playa y pasé dos semanas mirando el mar, fumando yerba y charlando con el fantasma de Juan José. El agua estaba fría, pero igual nadaba hasta sentir la sangre congelada en las venas y el cerebro entumecido, sin recuerdos, en blanco. El mar de allá es tibio, sobre la arena hormiguean los soldados, tres días de juegos, cerveza y rock para compensar meses de lucha. Por dos semanas no hablé una frase completa con nadie, apenas gruñidos para pedir una pizza o una hamburguesa, creo que en el fondo deseaba regresar a Vietnam porque al menos en el frente tenía camaradas y algo que hacer, aquí estaba sin amigos, solo, no pertenecía a ningún sitio. En la vida civil nadie hablaba el idioma de la guerra, no existía un vocabulario para contar las experiencias del campo de batalla, pero de haberlo, de todos modos no había quien deseara escuchar mi historia, no hay interés en las malas noticias. Sólo entre ex combatientes podía sentirme en confianza y hablar de aquellas cosas que jamás le diría a un civil, ellos entenderían por qué uno se cierra al afecto y tiene miedo de acercarse, saben que es mucho más fácil el coraje físico que el emocional, porque también perdieron amigos tan queridos como hermanos y decidieron ahorrarse en el futuro ese dolor insoportable, es mejor no amar a nadie con mucha intensidad. Sin darme cuenta empecé a rodar por ese abismo donde tantos se pierden, a ver el lado glamoroso a la violencia, a pensar que nunca me sucedería nada tan apasionante, que tal vez el resto de mi existencia sería un desierto gris.

Creo haber descubierto el secreto que explica la permanencia de la guerra. Joan y Susan sostienen que es un invento de los machos viejos para eliminar a los jóvenes porque los odian, los temen, no desean compartir nada con ellos, mujeres, poder, o dinero, saben que tarde o temprano los despojarán, por eso los envían a la muerte, aunque sean sus propios hijos. Para los viejos hay una razón lógica, pero ¿por qué la hacen los jóvenes? ¿cómo en tantos milenios no se han rebelado contra esas masacres rituales? Tengo una respuesta. Hay algo más que el instinto primordial de combate y el vértigo de la sangre: placer. Lo descubrí en la montaña. No me atrevo a pronunciar esa palabra en alta voz, me traería mala suerte, pero la repito calladamente, placer, placer. El más intenso que se puede experimentar, mucho más que el del sexo, la sed saciada, el primer amor correspondido o la revelación divina, dicen quienes saben de eso.

Esa noche en la montaña estuve a una fracción de segundo de la muerte. La bala pasó rozándome la mejilla y le dio en la mitad de la frente al soldado que estaba detrás de mí. El pánico me paralizó un instante, quedé suspendido en la fascinación de mi propio espanto, luego hubo un desgarro de la conciencia y empecé a disparar frenéticamente, gritando y maldiciendo, incapaz de detenerme o de razonar, mientras zumbaban las balas, ardían los fogonazos y explotaba el mundo en un fragor de cataclismo, me envolvió el calor, el humo y el tremendo vacío del oxígeno succionado en cada llamarada, no recuerdo cuánto tiempo duró todo eso ni lo que hice ni por qué lo hice, sólo recuerdo el milagro de encontrarme vivo, la descarga de adrenalina y el dolor en todo el cuerpo, un dolor sensual, un placer atroz, distinto a otros placeres conocidos, mucho más formidable que el más largo orgasmo, un placer que me invadió por completo, volviéndome la sangre de caramelo y los huesos de arena, sumiéndome finalmente en un vacío negro.

Llevaba casi dos semanas en el motel de la playa cuando desperté una noche gritando. En la pesadilla me encontraba solo en la montaña al amanecer, veía los cuerpos a mis pies y las sombras de los guerrilleros trepando hacia mí en la niebla. Se acercaban. Todo era muy lento y silencioso, una película muda. Disparaba mi arma, la sentía recular, me dolían las manos, veía los chispazos, pero no había un solo sonido. Las balas atravesaban a los enemigos sin detenerlos, los guerrilleros eran transparentes, como dibujados sobre un cristal, avanzaban inexorables, me rodeaban. Abría la boca para gritar, pero el horror me había invadido por dentro y no salía mi voz sino trozos de hielo. No pude volver a dormir, atorado con el ruido de mi propio corazón. Me levanté, tomé mi chaqueta y salí a caminar por la playa. Está bien, basta ya de lamentos, anuncié a las gaviotas al amanecer.

Carmen Morales no se atrevió a llegar directamente donde su familia porque no sabía cómo la recibiría su padre, a quien no había visto en siete años. En el aeropuerto tomó un taxi a casa de los Reeves. Al pasar por las calles de su barrio se sorprendió de las transformaciones: se veía menos pobre, más limpio, organizado y mucho más pequeño de lo que recordaba. Además de los cambios reales, pesaba en su mente la comparación con los inmensos vecindarios marginales de México. Sonrió al pensar que ese conjunto de calles había sido su universo por muchos años y que huyó de allí como una exilada, llorando por la familia y el terruño perdidos. Ahora se sentía forastera. El chófer la miraba con curiosidad por el espejo retrovisor y no pudo resistir la tentación de preguntarle de dónde era. Nunca había visto a nadie como esa mujer de faldas multicolores y pulseras ruidosas, no se parecía tampoco a esas sonámbulas hippies envueltas en trapos similares, ésta tenía la actitud determinada de una persona de negocios.

–Soy gitana –le notificó Carmen con el mayor aplomo.

–¿Dónde es eso?

–Los gitanos no tenemos patria, somos de todas partes.

–Habla muy bien inglés –anotó el hombre.

Le costó ubicar la cabaña de los Reeves, en esos años había crecido la maleza tragándose el huerto y el sauce tapaba la vista de la casa. Echó a andar por el sendero a través del patio. Reconoció el lugar donde había enterrado a *Oliver* siguiendo las instrucciones de Gregory, quien deseaba que los restos de su compañero de infancia descansaran en la casa familiar, en vez de ir a parar a la basura como los de cualquier perro sin historia. Sentada en el porche, en la misma desvencijada silla de mimbre donde siempre la había visto, encontró a Nora Reeves. Era ya una anciana gastada con un moño de merengue y un delantal tan desteñido como el resto de su persona. Se había reducido de tamaño y tenía una expresión dulce y un poco idiota, como si su alma no estuviera realmente allí. Se levantó vacilante y saludó a Carmen con gentileza, sin reconocerla.

–Soy yo, doña Nora, soy Carmen, la hija de Pedro e Inmaculada Morales...

La mujer tardó casi un minuto en ubicar a la recién

llegada en el mapa confuso de su memoria, se la quedó mirando con la boca abierta, sin poder relacionar la imagen de la muchacha de trenzas oscuras que jugaba con su hijo, con esta aparición escapada del harén de un jeque. Por último le tendió las manos y la abrazó temblorosa. Se sentaron a tomar té caliente en vasos de vidrio, y se pusieron al día sobre las noticias del pasado. Al poco rato irrumpieron con alboroto los hijos de Judy que venían de la escuela, cuatro chiquillos de edades indefinidas, dos pelirrojos exuberantes y dos de aspecto latino. Nora explicó que los primeros eran de Judy y los otros vivían con ella, aunque eran hijos anteriores de su segundo marido. La abuela les sirvió leche y pan con mermelada.

–¿Viven todos aquí? –preguntó Carmen sorprendida.

–No. Yo los cuido después de la escuela hasta que su madre viene a buscarlos por la noche.

A eso de las siete apareció Judy, quien tampoco reconoció a su amiga. Carmen la recordaba enorme, pero no imaginó posible seguir aumentando de peso hasta adquirir semejantes dimensiones, la mujer no cabía en ninguna de las sillas disponibles, se desparramó con dificultad en las gradas del porche, dando la impresión de que se necesitaría una grúa para movilizarla. Sin embargo se veía radiante.

–Ésta no es pura grasa, estoy embarazada otra vez –anunció orgullosa.

Tanto los hijos propios como los ajenos corrieron a treparse en la amable humanidad de su madre, quien los acogió con risas y los acomodó entre sus rollos con una destreza nacida de la práctica y del cariño, al tiempo que distribuía buñuelos empolvados, echándose de paso varios a la boca. Al verla jugando con los niños Carmen comprendió que la maternidad era el estado natural de su amiga y no pudo evitar un pinchazo de envidia.

–Después de cenar te acompañaré a tu casa, pero antes llamaremos a doña Inmaculada, para que le prepare el ánimo a tu padre. ¿No tienes una ropa más normal?

Acuérdate que el viejo no acepta extravagancias en las mujeres. ¿Así es la moda en Europa? –preguntó Judy sin asomo de ironía.

Pedro Morales esperaba a su hija con su traje del funeral, pero enfiestado por una corbata roja y un clavel de su patio en el ojal. Inmaculada le había anunciado la noticia con la mayor cautela, previendo una reacción violenta, y quedó sorprendida cuando a su marido se le iluminó la cara como si le hubieran quitado veinte años de encima.

–Cepíllame la ropa, mujer –fue lo único que atinó a decir mientras se soplaba la nariz tras un pañuelo para ocultar la emoción.

–La niña debe haber cambiado mucho, con el favor de Dios... –le advirtió Inmaculada.

–No te preocupes, vieja. Aunque venga con el pelo pintado de azul yo la reconoceré.

Sin embargo no estaba preparado para la mujer que entró a la casa media hora después y, tal como ocurriera con Nora y Judy, tardó unos segundos en cerrar la boca. Creyó que Carmen había crecido, pero luego notó las sandalias de tacones altos y un montón de pelo crespo y alborotado sobre la cabeza que agregaban un palmo a su estatura. Se había puesto tantos adornos como un ídolo, tenía los ojos pintados con rayas negras e iba disfrazada de algo que le recordó un afiche turístico de Marruecos pegado en la pared del bar «Los Tres Amigos». De cualquier modo le pareció que su hija lucía muy bella. Se abrazaron largamente y lloraron juntos por Juan José y por esos siete años de ausencia. Después ella se acurrucó a su lado para contarle algunas de sus aventuras, omitiendo lo necesario para no escandalizarlo. Entretanto Inmaculada se afanaba en la cocina repitiendo gracias bendito Dios, gracias bendito Dios, y Judy, colgada al teléfono, llamaba a los hermanos Morales y a los amigos para anunciarles que Carmen había regresado convertida en una zíngara estrafalaria y melenuda, pero en el fondo seguía siendo la misma; que trajeran cervezas y guitarras porque Inmaculada estaba haciendo tacos para celebrar.

La presencia de su hija devolvió el buen humor a Pedro Morales. Ante la majadería de Carmen y el resto de la familia, aceptó finalmente ver un médico, que diagnosticó diabetes avanzada. Ninguno de mis antepasados tuvo nada semejante, ésta es una novedad americana, no pienso pincharme a cada rato como un apestoso, ese doctor no sabe lo que dice, en los laboratorios cambian las muestras y cometen errores garrafales, mascullaba el paciente ofendido, pero una vez más Inmaculada se impuso, lo obligó a ceñirse a una dieta y se encargó de administrarle medicinas a horas puntuales. Prefiero discutir contigo todos los días antes que quedarme viuda, amansar a otro marido cuesta mucho trabajo, determinó. A él no se le había pasado por la mente que pudiera ser remplazado en el corazón aparentemente incondicional de su mujer y el desconcierto le quitó las ganas de seguir porfiando. Nunca admitió la enfermedad, pero se resignó al tratamiento «para darle gusto a esta loca», como decía.

Pronto el barrio le quedó chico a Carmen Morales, al cabo de algunas semanas viviendo con sus padres se consumía de asfixia. Durante su ausencia había idealizado el pasado, en los momentos de mayor soledad añoraba la ternura de su madre, la protección de su padre y la compañía de los suyos, pero había olvidado la estrechez del lugar donde nació. En esos años había cambiado, el polvo de mucho mundo se acumulaba en sus zapatos. Se paseaba por la casa como un leopardo enjaulado llenando el espacio y alborotando la paz con el remolino de sus faldas, el ruido de sus pulseras y su impaciencia. En la calle la gente volteaba a mirarla y los niños se acercaban para tocarla. Imposible ignorar la reprobación y los cuchicheos a su espalda, mira cómo se viste la menor de los Morales, en esa cabeza no ha entrado un peine en siglos, seguro que se metió a hippie o a puta, decían. Tampoco había trabajo para ella, no estaba dispuesta a emplearse en una fábrica como Judy Reeves y en el barrio no había mercado para sus joyas, las mujeres usaban oro pintado y diamantes falsos, ninguna se pondría sus pendientes de aborigen. Supuso que no sería difícil colocarlos en algunas tiendas al centro de la ciudad, donde compraban actrices, damas sofisticadas y turistas, pero encerrada en casa de sus padres no había estímulo para la creatividad, se le secaban las ideas y las ganas de trabajar. Daba vueltas por los cuartos agobiada por las figuras de porcelana, las flores de seda, los retratos de familia, los muebles de felpa color rubí cubiertos con fundas de plástico, símbolos de la nueva elegancia de los Morales. Esos adornos, orgullo de su madre, le provocaban pesadillas, prefería mil veces la vivienda de la infancia, donde creció con sus hermanos en la mayor modestia. No soportaba los programas de radio y televisión que atronaban día y noche con las novelas de romance y tragedia y los anuncios a gritos de diferentes marcas de jabón, ventas de automóviles y juegos de fortuna. Lo peor era esa vocación generalizada por los chismes, todos vivían pendientes de los demás, no se movía un pelo en el vecindario sin provocar comentarios. Se sentía como un marciano en visita y se consolaba con los platos de su madre, quien se había adaptado a la estricta dieta de su marido sin perder nada del sabor de sus recetas y pasaba horas entre sus cacharros, envuelta en el perfume delicioso de salsas y especias. Carmen se aburría, aparte de jugar damas con su padre, ayudar en los quehaceres domésticos y atender a la parentela los domingos, cuando la familia se reunía a almorzar, no había otras distracciones. Pensó regresar a España, pero tampoco allá pertenecía y, por otra parte, a la distancia no sentía igual atracción por su amante. Le había escrito y llamado, pero sus respuestas eran gélidas. Lejos de sus músculos color de avellana y su negra melena, recordaba con un estremecimiento el baño frío y demás humillaciones y sentía un profundo fastidio ante la idea de volver a su lado. Fue Olga quien le recomendó explorar Berkeley, porque con un poco de suerte Gregory Reeves regresaría en un futuro no lejano y podría ayudarla, era el sitio perfecto para una persona tan original como ella, a juzgar por las noticias de la prensa, donde cada semana comentaban un nuevo escándalo en los jardines de la universidad. Carmen estuvo de acuerdo en que nada se perdía con probar. Llamó por teléfono a su amante para pedirle sus ahorros y sus herramientas de orfebre, él se comprometió a hacerlo cuando tuviera tiempo, pero pasaron varias semanas y otras cinco llamadas sin noticias del envío, entonces ella comprendió cuán ocupado estaba y no insistió más. Decidió lanzarse a la aventura con el mínimo de recursos, como tantas otras veces lo había hecho, pero cuando Pedro Morales supo de sus planes, lejos de oponerse, le extendió un cheque y le pagó el pasaje. Estaba feliz de haber recuperado a su hija, pero no era ciego ante sus necesidades y le daba lástima verla estrellándose contra las paredes como un pájaro con las alas quebradas.

En Berkeley Carmen Morales floreció como si la ciudad hubiera nacido para servirle de marco. En la muchedumbre de la calle sus atuendos no llamaban la atención y el contenido de su blusa no provocaba silbidos descarados como ocurría en el barrio latino. Allí encontró desafíos similares a los que la fascinaron en Europa y una libertad desconocida hasta entonces. También la naturaleza de agua y de cerros parecía hecha a su medida. Calculó que tomando precauciones podría subsistir unos meses con el regalo de su padre, pero decidió buscar empleo porque planeaba fabricar joyas y necesitaba herramientas y materiales. Gregory Reeves sin duda le hubiera ofrecido un sofá en su casa para instalarse por un tiempo, pero ni soñar con la misma generosidad por parte de Samantha. No conocía a la mujer de su amigo, sin embargo adivinó que la recibiría sin entusiasmo, mucho menos ahora que estaba en pleno proceso de divorcio. Hizo una cita por teléfono para conocer a la pequeña Margaret, de quien tenía varias fotografías enviadas por Gregory, pero cuando llegó Samantha no estaba, le abrió la puerta una niña tan delicada y frágil que costaba imaginar que fuera hija de Gregory Reeves y su atlética madre. La comparó con sus sobrinos de la misma edad y le pareció una criatura extraña, la miniatura perfecta de una mujer bella y triste. Margaret la hizo pasar anunciándole con afectada pronunciación que su mamá estaba jugando a tenis y volvería pronto. En un comienzo se interesó vagamente en las pulseras de Carmen, luego se sentó en completo silencio con las piernas cruzadas y las manos sobre la falda. Fue inútil sacarle palabra y acabaron las dos instaladas frente a frente sin mirarse, como forasteras en una antesala. Por fin entró Samantha con la raqueta en una mano y una canilla de pan francés en la otra, y tal como Carmen había previsto, la recibió con frialdad. Se observaron sin disimulo, cada una llevaba una imagen de la otra por las descripciones de Gregory y ambas se sintieron aliviadas de que sus fantasías fueran diferentes a la realidad. Carmen esperaba una mujer más bonita, no esa especie de muchacho vigoroso con la piel cuarteada por el sol, cómo será dentro de unos años, las gringas envejecen mal, se dijo. Por su parte Samantha se alegró de que la otra vistiera con esos trapos sueltos que le parecieron horrorosos, seguro ocultaba varios kilos entre las costillas, además era evidente que no había hecho ejercicios en su vida y a ese paso pronto sería una matrona rolliza, las latinas envejecen mal, pensó con satisfacción. Las dos supieron al instante que jamás podrían ser amigas y la visita fue muy breve. Al salir Carmen se alegró que su mejor amigo estuviera tramitando el divorcio de esa campeona de tenis y Samantha se preguntó si cuando regresara Gregory, en el caso que lo hiciera, se convertiría en el amante de esa tipa regordeta, idea que seguramente había estado en el corazón de ambos por muchos años. Que le aproveche, masculló, sin saber por qué esta perspectiva le daba rabia.

Carmen no podía pagar por mucho tiempo la pieza del motel donde había llegado, decidió buscar trabajo y un lugar donde vivir. Se instaló en una cafetería cerca de la universidad a revisar un periódico y entre innumerables avisos de masajes holísticos, aroma-terapias, cristales milagrosos, triángulos de cobre para mejorar el color del aura y otras novedades que habrían encantado a Olga, descubrió ofertas de diversos empleos. Llamó a varios hasta que en un restaurante la citaron para el día siguiente, debía presentarse con su tarjeta del seguro social y una carta de recomendación, dos cosas que no poseía. La primera no fue difícil, simplemente averiguó dónde inscribirse, llenó un formulario y le dieron un número, pero la segunda no sospechaba cómo conseguirla. Pensó que Gregory Reeves se la habría hecho sin vacilar, era una lástima que estuviera lejos, pero ese inconveniente no era un tropiezo insalvable. Ubicó un sucucho donde alquilaban máquinas de escribir y redactó una carta afirmando su competencia en el negocio de cuidar niños, su honorabilidad y buen trato con el público. La redacción quedó algo florida, pero ojos que no ven, corazón que no siente, como diría su madre. Gregory no tenía para qué enterarse de los detalles. Conocía de memoria la firma de su amigo, no en vano se habían escrito por años. Al día siguiente se presentó al empleo, que resultó ser una casa antigua decorada con plantas y trenzas de ajos. La recibió una mujer de pelo canoso y rostro jovial vestida con pantalones bolsudos y chancletas de fraile franciscano.

–Interesante –dijo cuando leyó la carta de recomendación–. Muy interesante... ¿Así es que usted conoce a Gregory Reeves?

–Trabajé para él –se sonrojó Carmen.

–Que yo sepa, está en Vietnam desde hace más de un año ¿cómo explica que esta carta tenga fecha de ayer?

Era Joan, una de las amigas de Gregory y ése era el restaurante macrobiótico donde tantas veces iba a comer hamburguesas vegetarianas y a buscar consuelo. Con las rodillas temblorosas y un hilo de voz Carmen admitió su engaño y en pocas frases contó su relación con Reeves.

–Está bien, se ve que eres una persona de recursos –se rió Joan–. Gregory es como un hijo, aunque no soy tan vieja como para ser su madre, que no te engañen mis canas. En el sofá de mi sala durmió su última noche antes de partir a la guerra. ¡Qué estupidez tan grande cometió! Susan y yo nos cansamos de decirle que no lo hiciera, pero fue inútil. Espero que vuelva con las mismas prisas con que se fue, sería un desperdicio si algo le pasara, siempre me pareció un lujo de hombre. Si eres su amiga también serás nuestra. Puedes comenzar hoy mismo. Ponte un delantal y un pañuelo en la cabeza para que no metas tus pelos en los platos de los clientes y anda a la cocina para que Susan te explique el trabajo.

Poco después Carmen Morales no sólo servía las mesas, también ayudaba en la cocina porque tenía buena mano para los aliños y se le ocurrían nuevas combinaciones para variar el menú. Se hizo tan amiga de Joan y Susan, que le alquilaron el desván de su casa, una habitación amplia repleta de cachivaches, que una vez vaciada y limpia resultó un refugio ideal. Tenía dos ventanas mirando la bahía desde la soberbia perspectiva de los cerros y una claraboya en el techo para seguir el tránsito de las estrellas. De día Carmen gozaba de luz natural y de noche se alumbraba con dos grandes lámparas victorianas rescatadas del mercado de las pulgas. Trabajaba por la tarde y parte de la noche en el restaurante, pero por la mañana disponía de tiempo libre. Adquirió herramientas y materiales y en los ratos de ocio volvió a su oficio de orfebre, comprobando con alivio que no había perdido la inspiración ni los deseos de trabajar. Los primeros aretes fueron para sus patronas, a quienes debió abrirles hoyos en las orejas para que pudieran usarlos, quedaron ambas un poco adoloridas, pero sólo se los quitaban para dormir, persuadidas de que resaltaban su personalidad, feministas sin dejar de ser femeninas, se reían. Consideraban a Carmen la mejor colaboradora que habían tenido, pero le aconsejaban no perder su talento atendiendo mesas y revolviendo ollas, debía dedicarse por completo a la joyería.

—Es lo único que te conviene. Cada persona nace con

una sola gracia y la felicidad consiste en descubrirla a tiempo –le decían cuando se sentaban a tomar té de mango y contarse las vidas.

–No se preocupen, soy feliz –replicaba Carmen con plena convicción. Tenía la corazonada de que las penurias pertenecían al pasado y ahora comenzaba la mejor parte de su existencia.

De vuelta en el mundo de los vivos, Gregory Reeves juntó los recuerdos de la guerra –fotos, cartas, cintas de música, ropa y su medalla de héroe– los roció con gasolina y les prendió fuego. Sólo guardó el pequeño dragón de madera pintada, recuerdo de sus amigos en la aldea, y el escapulario de Juan José. Tenía intención de devolverlo a Inmaculada Morales una vez que descubriera la forma de quitarle la sangre seca. Había jurado no comportarse como tantos otros veteranos enganchados para siempre en la nostalgia del único tiempo grandioso de sus vidas, inválidos de espíritu, incapaces de adaptarse a una existencia banal ni de liberarse de las múltiples adicciones de la guerra. Evitaba las noticias de la prensa, las protestas en la calle, los amigos de entonces que habían regresado y se juntaban para revivir las aventuras y la camaradería de Vietnam. Tampoco deseaba saber de los otros, los que estaban en sillas de ruedas o medio locos, ni de los suicidas. Los primeros días agradecía cada detalle cotidiano, una hamburguesa con papas fritas, el agua caliente en la ducha, la cama con sábanas, la comodidad de su ropa de civil, las conversaciones de la gente en la calle, el silencio y la intimidad de su cuarto, pero comprendió pronto que eso también encerraba peligros. No, no debía celebrar nada, ni siquiera el hecho de tener el cuerpo entero. El pasado estaba atrás, si tan sólo pudiera borrar la memoria. En el día lograba olvidar casi por completo, pero en las noches sufría pesadillas y despertaba bañado de sudor, con ruido de armas explotándole por dentro y visiones en rojo asaltándolo sin tregua. Soñaba con un niño perdido en un parque y ese niño era él, pero soñaba sobre todo con la montaña, donde disparaba contra sombras transparentes. Estiraba la mano en busca de las píldoras o la yerba, tanteaba la mesa, encendía la luz medio aturdido, sin saber dónde se encontraba. Mantenía el whisky en la cocina, así se daba tiempo de pensar antes de tomarse un trago. Ideaba pequeños obstáculos para ayudarse: nada de alcohol antes de vestirme o comer algo, no beberé si es día impar o si todavía no ha salido el sol, primero haré veinte flexiones de pecho y escucharé un concierto completo. Así retrasaba la decisión de abrir el mueble donde guardaba la botella y por lo general lograba controlarse, pero no se decidía a eliminar el licor, siempre tenía algo a mano para una emergencia. Cuando al fin llamó a Samantha le ocultó que llevaba más de dos semanas a sólo veinte millas de su casa, le hizo creer que acababa de regresar y le pidió que lo recogiera en el aeropuerto, donde la esperó recién bañado, afeitado y sobrio, en ropa de civil. Se sorprendió al ver cuánto había crecido Margaret y lo bonita que se había puesto, parecía una de esas princesas dibujadas a plumilla en los cuentos antiguos, con ojos de un azul marítimo, crespos rubios y un extraño rostro triangular de facciones muy finas. También notó cuán poco había cambiado su mujer, llevaba incluso los mismos pantalones blancos de la última vez que la vio. Margaret le tendió una mano lánguida sin sonreír y se negó a darle un beso. Tenía gestos coquetos copiados de las actrices de telenovelas y caminaba bamboleando su minúsculo trasero. Gregory se sintió incómodo con ella, no lograba verla como la niña que en realidad era sino como una indecente parodia de mujer fatal y se avergonzó de sí mismo, tal vez Judy tenía razón, después de todo, y la índole perversa de su padre estaba latente en su sangre como una maldición hereditaria. Samantha le dio una tibia bienvenida, se alegraba de verlo en tan buena forma, estaba más delgado pero más fuerte, le quedaba bien el bronceado, dijo, evidentemente la guerra no había sido tan traumática para él, en cambio ella no estaba del todo bien, lamentaba tener que decirlo, la situación económica era pésima, se le habían terminado los ahorros y le resultaba imposible sobrevivir con un sueldo de soldado, no se quejaba, por supuesto, comprendía las circunstancias, pero no estaba acostumbrada a pasar penurias y Margaret tampoco. No, no pudo continuar con la guardería de niños, era un trabajo muy pesado y aburrido, además debía cuidar de su hija ¿no? Al subir al automóvil le comunicó suavemente que le había reservado un cuarto en un hotel, pero no tenía inconveniente en guardar sus cosas en el garaje hasta que se instalara mejor. Si Gregory se había hecho algunas ilusiones sobre una posible reconciliación, esas pocas frases fueron suficientes para percibir una vez más el abismo que los separaba. Samantha no había perdido su cortesía habitual, tenía un control admirable sobre sus emociones y era capaz de mantener una conversación por tiempo indefinido sin decir nada. No le hizo preguntas, no deseaba enterarse de situaciones desagradables, mediante un esfuerzo descomunal había logrado permanecer en un mundo de fantasía, donde no había cabida para el dolor o la fealdad. Fiel a sí misma, pretendía ignorar la guerra, el divorcio, el rompimiento de su familia y todo aquello que pudiera alterar su horario de tenis. Gregory pensó con cierto alivio que su mujer era una página en blanco y no tendría remordimientos en empezar otra vida sin ella. El resto del camino intentó comunicarse con Margaret, pero su hija no estaba dispuesta a darle ninguna facilidad. Sentada en el asiento trasero se mordía las uñas pintadas de rojo, jugaba con un mechón de pelo y se observaba en el espejo retrovisor, respondiendo con monosílabos si su madre le hablaba, pero callando tenazmente si él lo hacía.

Alquiló una casa al otro lado de la bahía, cuyo principal atractivo era un muelle prácticamente en ruinas. Pensaba comprar un bote en el futuro, más por fanfarronada que por el gusto de navegar, cada vez que salía en el barco de Timothy Duane terminaba convencido que tanto trabajo sólo se justificaba para salvar la vida en un naufragio, pero jamás como pasatiempo. Con el mismo criterio adquirió un «Porsche», esperaba provocar la admiración de los hombres y llamar la atención de las mujeres. Los coches son símbolos fálicos, no sé por qué el tuyo es chico, estrecho, chato y tembleque, se burló Carmen cuando lo supo. Tuvo al menos el buen criterio de no comprar muebles antes de conseguir un empleo seguro y se conformó con una cama del tamaño de un ring de boxeo, una mesa de múltiples usos y un par de sillas. Ya instalado partió a Los Ángeles, donde no había estado desde que llevó a Margaret para presentarla a la familia Morales, varios años atrás.

Nora Reeves lo recibió con naturalidad, como si lo hubiera visto el día anterior, le ofreció una taza de té y le contó las noticias del barrio y de su padre, que seguía comunicándose con ella todas las semanas para mantenerla informada sobre la marcha del *Plan Infinito*. No se refirió a la guerra y por primera vez Gregory comparó las semejanzas entre Samantha y su madre, la misma frialdad, indolencia y cortesía, idéntica determinación para ignorar la realidad, aunque para su madre esto último había sido más difícil porque le había tocado una existencia mucho más dura. En el caso de Nora Reeves no bastaba la indiferencia, se requería una voluntad muy firme para que los problemas no la rozaran. A Judy la encontró en cama con un recién nacido en los brazos y otras criaturas jugando a su alrededor. Cubierta por la sábana se disimulaba su gordura, parecía una opulenta madona renacentista. Ocupada en los afanes de la crianza, no atinó a preguntarle cómo estaba, dando por sentado que si se encontraba aparentemente entero frente a sus ojos no había mayor novedad. El segundo marido de su hermana resultó ser dueño de un taxi, viudo, padre de dos de los chicos mayores y del bebé. Era un latino nacido en el país, uno de esos chicanos que hablan mal el español, pero tienen el inconfundible sello indígena de sus antepasados, pequeño, delgado, con un largo bigote caído de guerrero mogol. Comparado con su antecesor, el gigantesco Jim Morgan, parecía un mequetrefe desnutrido. Gregory no supo si este hombre amaba a Judy más de lo que la temía, imaginó una riña entre los dos y no pudo evitar una sonrisa, su hermana sería capaz de partirle el cráneo a su marido con una sola mano, igual como rompía los huevos del desayuno. Cómo harán el amor, se preguntó Gregory fascinado.

Los Morales le dieron el recibimiento que nadie le había dado hasta ese momento, lo abrazaron por varios minutos, llorando. Gregory estuvo tentado de pensar que se lamentaban porque era él y no su hijo Juan José quien regresaba ileso, pero la expresión de absoluta dicha de sus viejos amigos le quitó esas mezquinas dudas del corazón. Retiraron la funda de plástico de uno de los sillones y allí lo instalaron para interrogarlo en detalle sobre la guerra. Se había hecho el propósito de no hablar del tema, pero se sorprendió contándoles lo que quisieron saber. Comprendió que eso era parte del duelo, entre los tres estaban enterrando por fin a Juan José. Inmaculada olvidó encender las luces y ofrecerle comida, nadie se movió hasta bien entrada la noche, cuando Pedro partió a la cocina en busca de unas cervezas. A solas con Inmaculada, Gregory se quitó del cuello el escapulario y se lo entregó. Había desistido de la idea de lavarlo porque temió que en el proceso se desintegrara, pero no tuvo necesidad de explicar el origen de las manchas oscuras. Ella lo recibió sin mirarlo y se lo puso, ocultándolo bajo la blusa.

–Sería pecado tirarlo a la basura, porque está bendito por un obispo, pero si no pudo proteger a mi hijo es que no sirve para nada –suspiró.

Y entonces pudieron referirse a los últimos momentos de Juan José. Los padres, sentados lado a lado en el horrendo sofá color rubí, y tomados de la mano por primera vez delante de alguien, escucharon temblorosos aquello que Gregory Reeves había jurado no decirles, pero no pudo callar. Les contó de la reputación de afortunado y valiente de Juan José, de cómo lo encontró por milagro en la playa y cuánto hubiera dado por ser él y nadie más que él quien estuviera a su lado para sostenerlo en sus brazos cuando iba cayendo, padre, sujéteme que me estoy cayendo muy hondo.

–¿Tuvo tiempo de acordarse de Dios? –quiso saber la madre.

–Estaba con el capellán.

–¿Sufrió mucho? –preguntó Pedro Morales.

–No lo sé, fue muy rápido...

–¿Tenía miedo? ¿Estaba desesperado? ¿Gritaba?

–No, me dijeron que estaba tranquilo.

–Al menos tú estás de vuelta, bendito Dios –dijo Inmaculada, y por un momento Gregory se sintió perdonado de toda culpa, redimido de la angustia, a salvo de sus peores recuerdos y una oleada de agradecimiento lo sacudió entero. Esa noche los Morales no le permitieron alojar en un hotel, lo obligaron a quedarse con ellos y le acomodaron la cama de soltero de Juan José. En el cajón de la mesa de noche encontró un cuaderno escolar con poemas escritos a lápiz por su amigo. Eran versos de amor.

Antes de tomar el avión de vuelta visitó a Olga. Se le habían venido los años encima, nada quedaba de su antiguo aspecto de papagayo, estaba convertida en una bruja despelucada, pero no había mermado su energía de curandera y vidente. A esas alturas de su existencia ya estaba plenamente convencida de la estupidez humana, confiaba más en sus brujerías que en sus hierbas medicinales porque apelaban mejor a la insondable credulidad ajena. Todo está en la mente, la imaginación obra milagros, sostenía. Su vivienda también mostraba desgaste, parecía un bazar de santero atiborrado de empolvados artículos de magia, con más desorden y menos colorido que antaño. Del techo aún colgaban ramas secas, cortezas y raíces, se habían multiplicado las estanterías con frascos y cajas, el antiguo aroma a incienso de las tiendas de los pakistanos había desaparecido, tragado por olores más poderosos. Muchos potes aún conservaban nombres su-

gerentes: No-me-olvides, Negocio-seguro, Conquista-
dor-irresistible, Venganza-solapada, Placer-violento,
Quítale-todo. Con su ojo entrenado para descubrir lo
invisible Olga notó al punto los cambios en Gregory, el
cerco imposible de cruzar a su alrededor, la mirada dura,
la risa estridente y sin alegría, la voz más seca y ese gesto
nuevo en la boca que hubiera sido despectivo en unos labios finos, pero en los suyos parecía más bien burlón.
Irradiaba una fuerza de animal rabioso, pero debajo de la
coraza ella distinguió los pedazos de un alma quebrada.
Adivinó que no era el momento de ofrecerle su amplia
práctica de consejera porque estaba hermético, y prefirió
hablarle de sí misma.

–Tengo muchos enemigos, Gregory –confesó–. Una
trata de hacer el bien, pero pagan con envidias y rencores. Ahora dicen por allí que tengo tratos con el diablo.

–Fatal para el negocio, me imagino...

–No creas, mientras exista gente asustada o adolorida
este oficio nunca está de baja –replicó Olga con un guiño
de picardía–. Y a propósito, ¿hay algo que pueda hacer
por ti?

–No lo creo, Olga. Lo que yo tengo no se cura con
ensalmos.

Los Morales dieron a Reeves la dirección de Carmen.
La creía todavía en Europa y le costó imaginar que vivieran a un puente de distancia. Sus llamadas de los lunes se
habían interrumpido y la correspondencia sufría enormes atrasos en Vietnam, el último contacto fue una postal de Barcelona para contarle de un amante japonés. Le
pareció una coincidencia extraña que su amiga se hubiera
instalado en casa de Joan y Susan, la realidad resultaba a
veces tan improbable como las absurdas novelas de televisión que Inmaculada seguía fielmente.

A lo largo de su destino aventurero, sobre todo cuando
se sentía acosado por la soledad después de enredarse
con una nueva mujer y descubrir que tampoco ésa era

quien buscaba, Gregory Reeves se preguntó a menudo por qué con Carmen no pudieron ser amantes. Cuando se atrevió a hablarlo ella replicó que en ese tiempo él estaba cerrado para la única clase de amor que podían compartir, se protegía con un manto de cinismo que a fin de cuentas de poco le servía, ya que la menor brisa lo dejaba otra vez desvalido ante los elementos, pero era suficiente para aislarle el alma.

–En esa época estabas emperrado en el dinero y el sexo, era una especie de obsesión. Echemos la culpa a la guerra, si te parece, aunque se me ocurre que había otras causas, también arrastrabas muchas cosas de la infancia –dijo Carmen muchos años más tarde, cuando ambos habían recorrido sus propios laberintos y pudieron encontrarse a la salida–. Lo extraño es que bastaba raspar un poco la superficie para ver que detrás de tus defensas clamabas por ayuda. Pero yo tampoco estaba lista para una buena relación, no había madurado y no podía darte el amor inmenso que necesitabas.

Después de su visita a los Morales, Gregory postergó con renovados pretextos el encuentro con su amiga. La idea de verla lo intimidaba, temía que los dos hubieran cambiado y no se reconocieran, o peor aún, que no se gustaran. Por último fue imposible inventar nuevas excusas y un par de semanas más tarde fue a visitarla. Prefirió sorprenderla y se apareció en el restaurante sin previo aviso, pero allí se enteró que había dejado el trabajo hacía pocos días. Joan y Susan lo recibieron exultantes, lo revisaron de pies a cabeza para comprobar si estaba entero, lo atosigaron de lasaña vegetariana y pasteles de pistacho y miel y por último le indicaron la calle donde podía hallar a Carmen. Notó la transformación en la apariencia de las dos mujeres, llevaban unos pendientes visibles a la distancia, se habían cortado el pelo y Joan lucía colorete, a juzgar por el rubor injustificado de sus mejillas. Le explicaron entre risas que no podían seguir usando trenzas de piel roja o moños de abuela, los aretes de Tamar exigían algo de coquetería, eso nada tenía de malo, según habían descubierto algo tardíamente, es cierto, pero pensaban recuperar el tiempo perdido. Se puede ser feminista con estos chirimbolos en las orejas y con algo de maquillaje, no te asustes, hombre, no hemos renunciado a ninguno de nuestros postulados, le aseguraron. Gregory quiso saber quién era Tamar y se apresuraron a explicarle que Carmen se había cambiado el nombre porque ahora se dedicaba a tiempo completo a la fabricación de joyas, pretendía imponer un estilo y un nombre, y el suyo le parecía poco exótico. Se trasladaba cada mañana a la calle de los hippies a ofrecer su mercancía en una bandeja con patas. Los puestos se sorteaban en una lotería diaria, sistema que evitaba las trifulcas de años anteriores cuando los vendedores ambulantes defendían a golpes el pequeño territorio de su preferencia. Para conseguir buena ubicación se debía madrugar, pero ella era muy disciplinada, dijeron Joan y Susan, así es que con seguridad la encontraría en la primera esquina, el sitio más solicitado porque quedaba cerca de la universidad, donde se podían usar los baños.

Bordeaban la calle por ambas veredas comerciantes y modestos artesanos que se ganaban el pan con las ventas del día y sobrevivían de ilusiones metafísicas, ingenuidades políticas y drogas. Entre ellos pululaban unos cuantos dementes, atraídos quién sabe por qué misterioso imán. El gobierno había recortado los fondos para los servicios médicos, dejando sin recursos a los ya empobrecidos hospitales psiquiátricos, que se veían en la obligación de soltar a los pacientes. Los enfermos se las arreglaban mediante la caridad ajena en verano y luego eran recogidos en invierno para evitar el bochorno de los cadáveres ateridos en la vía pública. La policía ignoraba a esos pobres locos, a menos que fueran agresivos, los vecinos los conocían, les habían perdido el miedo y no tenían inconveniente en alimentarlos cuando empezaban a languidecer de hambre. A menudo no se distinguían de los hippies drogados, pero algunos eran inconfundibles y famosos, como un bailarín vestido con malla traslúcida y capa flamígera de arcángel caído, que flotaba silencioso en punta de pies sobresaltando a los pasantes distraídos. Entre los más célebres estaba un infeliz visionario que leía la suerte en unos naipes de su invención y andaba siempre gimiendo por los horrores del mundo. Desesperado ante tanta maldad y codicia, un día no pudo más y se arrancó los ojos con una cuchara en el medio de la vía pública. Lo retiró una ambulancia y poco después estaba de regreso, callado y sonriente porque ya no veía la cruel realidad. Alguien perforó huecos en sus naipes para que pudiera diferenciarlos y continuó adivinando la suerte de los transeúntes, ahora con mayor éxito porque se había convertido en leyenda. Entre ellos Gregory buscó a su amiga. Se abrió paso en el tumulto y el bullicio de la calle sin verla, se encontraban en época de Navidad y una muchedumbre bullente ocupaba las veredas en los afanes de las últimas compras. Cuando por fin dio con ella, tardó unos segundos en acomodar esa imagen a la que guardaba entre sus recuerdos. Estaba sentada en un banquillo detrás de una mesa portátil donde se exponían sus obras en refulgentes hileras, el pelo le caía en desorden sobre los hombros, llevaba un chaleco de odalisca bordado de arabescos, los brazos cubiertos de pulseras y un extraño vestido oscuro de algodón atado como una túnica a la cintura por una cadena de monedas de plata y cobre. Atendía a una pareja de turistas que seguramente hicieron el viaje desde su granja en el medioeste para ver de cerca los espantos de Berkeley que habían atisbado por televisión. No se percató de la presencia de Gregory y él se mantuvo a distancia, observándola disimulado por el trajín de la gente. En esos minutos recordó cuántas cosas había compartido con ella, los calientes sueños de la adolescencia, las ilusiones que ella le había provocado, y creyó amarla desde la época remota en que durmieron en la misma cama, el día de la muerte de su padre. Le pareció muy cambiada, había seguridad y apostura en sus modales, sus rasgos latinos se habían acentuado: los ojos más negros, los gestos más ampulosos, la risa más atrevida.

Los viajes habían agudizado la intuición de su amiga y la habían hecho más astuta, de ahí su cambio de nombre y de estilo. Para entonces se había acuñado la palabra «étnico» para designar lo proveniente de sitios que nadie podía ubicar en el mapa y ella se la apropió, porque adivinó que en ese medio nadie luciría con orgullo las joyas de una humilde chicana. En su mesa había un letrero anunciando *Tamar, joyas étnicas*. Desde el lugar donde se encontraba, Gregory escuchó su charla con los clientes, les decía que era gitana y ellos vacilaban, temiendo que los engañara en la transacción. Hablaba con un ligero acento que antes no tenía. Gregory la sabía incapaz de fingirlo por afectación, pero bien podía haberlo adoptado por travesura, igual como se inventaba un pasado misterioso, más por amor a la broma que por vocación de embustera. Si alguien le hubiera recordado que era la hija repudiada de un par de inmigrantes ilegales de Zacatecas, ella misma se hubiera sorprendido. En sus cartas le contaba la extravagante autobiografía que iba creando en capítulos, como un folletín de televisión, y él le advirtió en más de una ocasión que tuviera cuidado, porque de tanto repetir esas mentiras acabaría creyéndolas. Ahora, al verla a pocos metros de distancia comprendía que Carmen se había transformado en la protagonista de su propia novela y que Tamar calzaba mejor a la pintoresca vendedora de abalorios. En ese instante ella levantó la vista y al verlo se le escapó un grito.

Se abrazaron largo como un par de niños perdidos y finalmente ambos buscaron la boca del otro y se besaron trémulos con la pasión que habían cultivado en años de fantasías secretas. Carmen guardó todo de prisa, plegó su mesa y los dos partieron empujando un carrito de mercado donde iban las cajas con joyas, mirándose con avidez, en busca de un lugar donde hacer el amor. La urgencia era tal que no se dieron tiempo para hablar de nada, necesitaban tocarse, explorarse y comprobar que el otro era tal cual lo habían imaginado. Ella no quiso compartir a Gregory con Joan y Susan, temió que si iban a su casa el encuentro sería inevitable y por muy discretas que las dos mujeres fueran sería bien difícil eludir su compañía, él pensó lo mismo y sin consultarla la condujo a un motel pobretón sin otra ventaja que la cercanía. Allí se desnudaron atropelladamente y rodaron sobre la cama aturdidos de ansiedad, hambrientos. El primer abrazo fue intenso y violento, se embistieron sin preámbulos en un tumulto de jadeos y sábanas, se agredieron sin darse tregua y después cayeron derrotados en un sopor profundo durante unos minutos. Carmen despertó primero y se incorporó para observar a ese hombre con quien había crecido y sin embargo ahora le parecía un extraño. Había soñado infinitas veces con él y ahora lo tenía desnudo al alcance de su boca. La guerra lo había tallado a martillazos, estaba más delgado y musculoso, los tendones resaltaban como cuerdas bajo la piel y en una pierna tenía las venas marcadas y azules, resabios del accidente de sus tiempos de peón. Aún dormido estaba tenso. Lo besó con melancolía, había imaginado un encuentro muy diferente, no esa especie de mutua violación, esa batalla descarnada, no habían hecho el amor, sino algo que la dejó con sabor a pecado. Le pareció que él no estaba enteramente allí, su espíritu andaba ausente, no la había abrazado a ella sino a quién sabe cuál fantasma de su pasado o de sus pesadillas, faltó ternura, complicidad, buen humor, no lo oyó murmurar su nombre ni la miró a los ojos. Tampoco ella había estado en su mejor día, pero no supo en qué había fallado, Gregory marcó el ritmo y todo sucedió tan desesperadamente que ella se perdió en una oscura jungla y ahora emergía caliente, húmeda, un poco adolorida y triste. Los fracasos en el amor no habían destruido su capacidad de ternura. Abierta para recibirlo, se estrelló contra la insospechada resistencia de este amigo a quien había esperado desde la niñez, pero lo atribuyó a las privaciones de la guerra y no perdió la esperanza de encontrar una rendija por donde metérsele en el alma. Se inclinó para besarlo otra vez y él despertó sobresaltado, a la defensiva, pero al reconocerla sonrió y por primera vez pareció relajado. La tomó por los hombros y la atrajo.

–Eres solitario y peleador, como vaquero de película, Greg.

–No he montado un caballo en mi vida, Carmen.

No sabía cuán acertado era el diagnóstico de su amiga ni cuán profético. La soledad y la lucha determinaron su destino. Le volvieron en tropel los recuerdos que procuraba mantener a raya, y sintió una profunda amargura, imposible de compartir con nadie, ni siquiera con ella en ese instante de intimidad. Había crecido como la maleza del patio de su casa, sin agua ni jardinero, entre los desvaríos metafísicos de su padre, los silencios inconmovibles de su madre, el rencor tenaz de su hermana y la violencia del barrio, soportando agresiones por el color de su piel y por las rarezas de su familia, dividido siempre entre los llamados de un corazón sentimental y esa fiebre combativa, esa energía salvaje que le hacía arder la sangre y perder la cabeza. Una parte lo doblegaba ante la compasión y otra lo impulsaba al desenfreno. Vivía atrapado en la perenne indecisión de esas fuerzas opuestas que lo partían en dos mitades irreconciliables, una zarpa desgarrándolo por dentro, separándolo de los demás. Se sentía condenado a la soledad. Acéptalo de una vez y deja de pensar en eso, Gregory, nacemos, vivimos y morimos solos, le había asegurado Cyrus, la vida es confusión y sufrimiento, pero sobre todo es soledad. Hay explicaciones filosóficas, pero si prefieres el cuento del Jardín del Edén, considera que ése es el castigo de la raza humana por haber mordido el fruto del conocimiento. Esa idea le provocaba a Reeves un fogonazo de rebeldía, no había renunciado a la ilusión de su infancia, cuando esperaba que la angustia de estar vivo desapareciera por encanto. En esos años, cuando se escondía en la bodega de su casa preso de un miedo irracional, imaginaba que un día despertaría liberado para siempre de ese dolor sordo al centro de su cuerpo, todo era cuestión de ajustarse a los principios y reglamentos de la decencia. Sin embargo no había sido así. Pasó por los ritos de iniciación y las sucesivas etapas de la ruta hacia la virilidad, se formó solo, con callado aguante a golpes y porrazos, fiel al mito nacional del individuo independiente, orgulloso y libre. Se consideraba un buen ciudadano dispuesto a pagar sus impuestos y defender a su patria, pero en alguna parte había una trampa insidiosa y en vez de la supuesta recompensa seguía empantanado. No fue suficiente cumplir y cumplir, la vida era una novia insaciable, exigía siempre más esfuerzo y más coraje. En Vietnam aprendió que para sobrevivir era necesario violar muchas reglas, el mundo no era de los tímidos sino de los audaces, en la vida real le iba mejor al villano que al héroe. No había una resolución moral en la guerra, tampoco había vencedores, todos formaban parte de la misma descomunal derrota, y ahora en la vida civil le parecía que también era así, pero estaba determinado a escapar a esa maldición. Treparé a los palos superiores de este gallinero, aunque tenga que pasar por encima de mi propia madre, se decía a menudo cuando se afeitaba frente al espejo del baño, a ver si de tanto repetírselo lograba superar la sensación de abatimiento con que se despertaba cada mañana. No estaba dispuesto a hablar de esas cosas con nadie, ni siquiera con Carmen. Sintió en la boca el roce del pelo de ella, aspiró su olor de sirena brava y se abandonó de nuevo a los reclamos del deseo. Vio su cuerpo cimbreante en la penumbra de las cortinas, oyó su risa y sus quejidos, sintió el temblor de sus pezones en las palmas de sus manos y por un instante demasiado breve se creyó redimido de su anatema de solitario, pero enseguida los latidos acelerados de su vientre y el tambor caótico de su corazón terminaron con esa quimera y se sumergió más y más en el abismo absoluto del placer, el último y más profundo aislamiento.

Se vistieron mucho después, cuando la necesidad de respirar aire fresco y comer algo más que pizza fría y cervezas tibias, único servicio del hotel, les devolvió el sentido de la realidad. Tuvieron tiempo de acariciarse con más calma y ponerse al día del pasado, de terminar las conversaciones iniciadas por teléfono durante años, de rememorar a Juan José, de contarse las ilusiones rotas, los amores fracasados, los proyectos inconclusos, las aventuras y los dolores acumulados. En esas horas Carmen comprobó que a Gregory no sólo le había cambiado el cuerpo, sino también el alma, pero supuso que con el tiempo se le irían borrando los malos recuerdos y volvería a ser el de antes, el buen amigo sentimental y divertido con quien ganaba concursos de *rock an'roll,* el confidente, el hermano. No, hermano ya nunca más, se dijo con pesar. Cuando se les agotó la curiosidad de explorarse, se pusieron la ropa y salieron a la calle, dejando el carrito con la bisutería en el cuarto. Sentados ante humeantes jarros de café y tostadas crujientes, se miraron en la luz rojiza de la tarde y se sintieron incómodos. No sabían qué era esa sombra instalada entre los dos, pero ninguno pudo ignorar su pernicioso efecto. Habían satisfecho los apremios del deseo, pero no hubo verdadero encuentro, no se fundieron en un solo espíritu ni se les reveló un amor capaz de trastornarles las vidas, como habían imaginado. Una vez vestidos y apaciguados comprendieron cuán divergentes eran sus caminos, estaban de acuerdo en muy poco, sus intereses eran diferentes, no compartían planes ni valores. Cuando Gregory expuso sus ambiciones de convertirse en abogado con éxito y hacer dinero, ella pensó que bromeaba, esa voracidad no calzaba para nada con él, dónde habían quedado los ideales, los libros inspirados y los discursos de Cyrus con que tantas veces la aburriera en la adolescencia y de los cuales ella se burlaba para molestarlo, pero a la larga había hecho suyos. Por años se había juzgado a sí misma como más frívola y lo había considerado como su guía, ahora se sentía traicionada. Por su parte a Gregory no le daba la paciencia para escuchar las opiniones de Carmen sobre ningún tema importante, desde la guerra hasta los hippies, le parecían disparates de una muchacha consentida y bohemia que nunca había pasado verdadera necesidad. El hecho de que se sintiera plenamente realizada vendiendo prendas en la calle y pensara pasar el resto de su existencia como una vagabunda empujando su carrito y viviendo del aire, codo a codo con dementes y fracasados, era prueba suficiente de su inmadurez.

–Te has convertido en un capitalista –lo acusó Carmen horrorizada.

–¿Y por qué no? ¡Tú no tienes la menor idea de lo que es un capitalista! –replicó Gregory y ella no pudo explicar lo que tenía atravesado en el pecho y se enredó en divagaciones que sonaron como burumballa de adolescente.

Habían pagado la pieza del hotel por otra noche, pero después de terminar en silencio la tercera taza de café, cada uno aislado en sus pensamientos, y de pasear un rato mirando el espectáculo de la calle al anochecer, ella anunció que debía recoger sus cosas del hotel y volver a su casa porque tenía mucho trabajo pendiente. Eso le evitó a Reeves el mal rato de inventar una excusa. Se separaron con un beso rápido en los labios y la promesa vaga de visitarse muy pronto. No volvieron a comunicarse hasta casi dos años más tarde, cuando Carmen Morales lo llamó para pedirle ayuda, debía rescatar a un niño del otro lado del mundo.

Timothy Duane invitó a Gregory Reeves a una cena en casa de sus padres y sin proponérselo le dio el empujón que necesitaba para elevarse. Duane había recibido a su amigo con el apretón de manos de costumbre, como si acabara de volver de unas cortas vacaciones, y sólo el brillo de sus ojos delató la emoción que sentía al verlo, pero tal como todos los demás, se negó a saber detalles de la guerra. Gregory tenía la impresión de haber cometido algo vergonzoso, regresar de Vietnam era el equivalente a salir de la cárcel después de una larga condena, la gente fingía que nada había sucedido, lo trataban con exagerada cortesía o lo ignoraban por completo, no había lugar para los combatientes fuera del campo de batalla. La cena en casa de los Duane fue aburrida y formal. Le abrió la puerta una vieja negra y hermosa de flamante uniforme, que lo condujo a la sala. Maravillado, comprobó que no había un centímetro cuadrado de pared o de suelo sin adornos, la profusión de cuadros, tapices, esculturas, muebles, alfombras y plantas no dejaban un espacio de serenidad para descansar la vista. Había mesas con incrustaciones de nácar y filigranas de oro, sillas de ébano con almohadones de seda, jaulas de plata para pájaros embalsamados y una colección de porcelanas y cristales digna de museo. Timothy le salió al encuentro.

–¡Qué lujo! –se le escapó a Reeves a modo de saludo.

–Ella es el único lujo de esta casa. Te presento a Bel Benedict –replicó su amigo señalando a la mucama, que en verdad parecía una escultura africana.

Gregory conoció por fin al padre de su amigo de quien tan mal había oído hablar al hijo, un patriarca engolado y seco incapaz de intercambiar dos frases sin dejar sentada su autoridad. Esa noche pudo haber sido abominable para Gregory si no es por las orquídeas que salvaron la reunión y le abrieron las puertas en su carrera de abogado. Su amigo Balcescu lo había iniciado en el vicio sin retorno de la botánica, que comenzó con una pasión por las rosas y con los años se extendió a otras especies. En ese palacete atiborrado de objetos preciosos lo que más llamó su atención fueron las orquídeas de la madre de Timothy. Las había de mil formas y colores, plantadas en maceteros, colgando de los techos, en cortezas de árboles y creciendo como una selva en un jardín interior donde la señora había reproducido un clima amazónico. Mientras los demás tomaban café, Gregory se escabulló al jardín a admirarlas y allí encontró a un anciano de cejas diabólicas y firme estampa, igualmente entusiasmado con las flores. Comentaron las plantas, ambos sorprendidos de los conocimientos del otro. El hombre resultó ser uno de los abogados más famosos del país, un pulpo cuyos tentáculos abarcaban todo el oeste, y al enterarse que buscaba trabajo le pasó su tarjeta y lo invitó a conversar con él. Una semana más tarde lo contrató en su firma.

Gregory Reeves era uno más entre sesenta profesionales, todos igualmente ambiciosos, pero no todos tan determinados, a las órdenes de los tres fundadores que se habían hecho millonarios con la desgracia ajena. El bufete ocupaba tres pisos de una torre en pleno centro, desde donde la bahía asomaba enmarcada en acero y vidrio. Las ventanas no se podían abrir, se respiraba aire de máquinas y un sistema de luces disimuladas en los techos creaba la ilusión de un eterno día polar. El número de ventanas de cada oficina determinaba la importancia de su ocupante, al principio no tuvo ninguna y cuando se retiró siete años más tarde podía jactarse de dos en esquina por donde apenas se vislumbraba el edificio del frente y un trozo insignificante de cielo, pero que representaban su ascenso en la firma y en la escala social. También tenía varios maceteros con plantas y un noble sofá de cuero inglés, capaz de soportar mucho maltrato sin perder su estoica dignidad. Por ese mueble desfilaron varias colegas y un número indeterminado de secretarias, amigas y clientas que hicieron más llevaderos los aburridos casos de herencias, seguros e impuestos que le tocó resolver. Al poco tiempo su jefe lo visitó con el pretexto de intercambiar información sobre una rara variedad de helechos y después lo invitó a almorzar un par de veces. Al observarlo desde la distancia había detectado la agresividad y la energía de su nuevo empleado y pronto le envió casos más interesantes para probar sus garras. Excelente, Reeves, siga por este camino y antes de lo esperado tal vez sea mi socio, lo felicitaba de vez en cuando. Gregory sospechaba que lo mismo le decía a otros empleados, pero en veinticinco años muy pocos habían alcanzado tal posición en la firma. No tenía vanas esperanzas de un ascenso importante, sabía que lo explotaban, trabajaba entre diez y quince horas diarias, pero lo consideraba parte del entrenamiento para volar solo algún día y no se quejaba. La ley era una telaraña de burocracias, y la habilidad consistía en ser araña y no mosca, el sistema judicial se había convertido en una suma de reglamentos tan enredados que ya no servían para lo cual se habían creado y lejos de impartir justicia, la complicaban hasta la demencia. Su propósito no residía en buscar la verdad, castigar a los culpables o recompensar a las víctimas, como le habían enseñado en la universidad, sino en ganar la causa por cualquier medio a su alcance, para tener éxito debía conocer hasta los más absurdos resquicios legales y usarlos en su provecho. Ocultar documentos, confundir testigos y falsear datos eran prácticas corrientes, el desafío radicaba en hacerlo con eficiencia y discreción. El garrote de la ley no debía caer jamás sobre clientes capaces de pagar a los astutos abogados de la firma. Su vida tomó un rumbo que hubiera espantado a su madre y a Cyrus, perdió buena parte de la ilusión en su trabajo, lo consideraba sólo una escala para trepar. Tampoco la tenía en otros aspectos de su existencia, mucho menos en el amor o la familia. El divorcio de Samantha terminó sin agresiones innecesarias, con un arreglo acordado por ambos en un restaurante italiano, entre dos vasos de vino chianti. No tenían nada valioso para repartir, Gregory aceptó pagarle una pensión y correr con los gastos de Margaret. Al despedirse le preguntó si podía llevarse los barriles con los rosales, que a causa de tan largo abandono estaban convertidos en palos secos, pero sentía el deber de resucitarlos. Ella no tuvo inconveniente y le ofreció también la tina de madera del fallido parto acuático, donde tal vez podría cultivar una selva doméstica. Al principio Gregory hacía viajes semanales a ver a su hija, pero pronto las visitas se espaciaron, la niña lo aguardaba con una lista de cosas para que le comprara y una vez satisfechos sus caprichos lo ignoraba y parecía molesta con su presencia. No se comunicó con Judy o con su madre y por un buen tiempo; tampoco llamó a Carmen, se justificaba diciéndose que estaba muy ocupado con su trabajo.

Las relaciones sociales constituían parte fundamental

del éxito en la carrera, las amistades sirven para abrir puertas, le dijeron sus colegas en la oficina. Debía estar en el lugar preciso en el momento oportuno y con la gente adecuada. Los jueces compartían el club con los abogados que luego encontraban en los tribunales, entre amigos se entendían. Los deportes no eran su fuerte, pero se obligó a jugar a golf porque le daba oportunidad de hacer contactos. Tal como había planeado, adquirió un bote con la idea de vestirse de blanco y navegar acompañado por colegas envidiosos y mujeres envidiables, pero nunca entendió los caprichos del viento ni los secretos de las velas, cada paseo por la bahía resultaba un desastre y la nave murió abandonada en el muelle con nidos de gaviotas en los mástiles y cubierta de una cabellera de algas podridas. Gregory pasó una infancia de pobreza y una juventud de escasez, pero se había nutrido de películas que le dejaron el gusto por la gran vida. En el cine de su barrio vio hombres en traje de smoking, mujeres vestidas de lamé y mesas de cuatro candelabros atendidas por sirvientes de uniforme. Aunque todo aquello pertenecía a un pasado hipotético de Hollywood y no tenía aplicación práctica en la realidad, igual lo fascinaba. Tal vez por eso se enamoró de Samantha, resultaba fácil imaginarla en el papel de una rubia gélida y distinguida del cine. Encargaba sus trajes a un sastre chino, el más caro de la ciudad, el mismo que vestía al anciano de las orquídeas y a otros magnates, compraba camisas de seda y usaba colleras de oro con sus iniciales. El sastre resultó buen consejero y le impidió usar zapatos de dos colores, corbatas a lunares, pantalones a cuadros y otras tentaciones, hasta que poco a poco Reeves afinó el gusto en materia de vestuario. Con la decoración de su casa también tuvo una eficiente maestra. Al principio compró a crédito cuanto ornamento llamaba su atención, mientras más grande y elaborado, mejor, tratando de reproducir en pequeña escala la casa de los padres de Timothy Duane, porque pensaba que así viven los ricos, pero por mucho que se endeudara no lograba financiar semejantes extravagancias. Empezó a coleccionar muebles antiguos de segunda mano, lámparas de lágrimas, jarrones y hasta un par de abisinios de bronce, tamaño natural, con turbante y babuchas. Su hogar iba camino a convertirse en un bazar de turquerías, cuando se cruzó en su destino una joven decoradora que lo salvó de las consecuencias del mal gusto. La conoció en una fiesta y esa misma noche iniciaron una apasionada y fugaz relación muy importante para Gregory, porque nunca olvidó las lecciones de esa mujer. Le enseñó que la ostentación es enemiga de la elegancia, idea totalmente contraria a los preceptos del barrio latino y que a él jamás se le habría ocurrido, y procedió a eliminar sin miramientos casi todo el contenido de la casa, incluyendo a los abisinios, que vendió a precio exorbitante al hotel Saint Francis, donde pueden verse hasta el día de hoy en la entrada del bar. Sólo dejó la cama imperial, los barriles de las rosas y la tina de los partos convertida en vivero de plantas. En las cinco semanas de trance compartido transformó la casa dándole un ambiente sencillo y funcional, ordenó pintar las paredes de blanco y alfombrar el suelo color arena, y enseguida acompañó a Gregory a comprar unos cuantos muebles modernos. Fue enfática en sus instrucciones: poco pero bueno, colores neutros, mínimo de adornos y ante la duda, abstente. Gracias a sus consejos la casa adquirió austeridad de convento y así se mantuvo hasta que su dueño se casó, varios años más tarde.

Reeves no hablaba jamás de su experiencia en Vietnam, en parte porque nadie quiso oírlo, pero sobre todo porque pensaba que el silencio lo curaría finalmente de sus recuerdos. Había partido dispuesto a defender los intereses de su patria con la imagen de los héroes en la mente y había vuelto vencido, sin entender para qué los suyos morían por millares y mataban sin remordimientos en tierra ajena. Para entonces la guerra, que al comienzo contaba con el apoyo eufórico de la opinión pública, se había convertido en una pesadilla nacional, las protestas de los pacifistas se habían extendido, desafiando al gobierno. Nadie se explicaba que fuera posible enviar viajeros al espacio y no hubiera manera de acabar ese conflicto sin fin. A su regreso los soldados enfrentaban una hostilidad más feroz que la de sus enemigos, en vez del respeto y la admiración prometidos al reclutarlos. Eran señalados como asesinos, a nadie le importaban sus padecimientos. Muchos que soportaron sin doblegarse los rigores de la batalla se quebraron al volver, cuando comprobaron que no había lugar para ellos.

–Éste es un país de triunfadores, Greg, lo único que nadie perdona es el fracaso –le dijo Timothy Duane–. No es la moral o la justicia de esta guerra la que cuestionamos, nadie quiere saber de los muertos propios y mucho menos de los ajenos, lo que nos tiene jodidos es que no hemos ganado y vamos a salir de allí con la cola entre las piernas.

–Aquí muy pocos saben lo que es realmente la guerra, Tim. Nunca hemos sido invadidos por el enemigo ni bombardeados, llevamos un siglo peleando, pero desde la Guerra Civil no se oye un cañonazo en nuestro territorio. La gente no sospecha lo que es una ciudad bajo fuego. Cambiarían de criterio si sus hijos murieran reventados en una explosión, si sus casas fueran reducidas a ceniza y no tuvieran qué echarse a la boca –replicó Reeves en la única oportunidad en que habló del tema con su amigo.

No gastó energías en lamentos gratuitos y con la misma determinación que empleó en salir vivo de Vietnam, se propuso superar los obstáculos sembrados en su camino. No se apartó un pelo de la decisión de salir adelante tomada en la cama de un hospital de Hawai, y tan bien lo logró que al finalizar la guerra, unos años más tarde, estaba convertido en el paradigma del hombre de éxito y manejaba su existencia con la atrevida pericia de malabarista con la cual Carmen mantenía cinco cuchillos de carnicero en el aire. Para entonces había conseguido casi todo lo ambicionado, disponía de más dinero, mujeres y prestigio del que nunca soñó, pero no estaba tranquilo.

Nadie supo de la angustia que pesaba en sus hombros como un saco de piedras, porque tenía el aire de jactancia y desenfado de un truhán, excepto Carmen a quien nunca pudo ocultársela, pero tampoco ella pudo ayudarlo.

–Lo que pasa contigo es que estás en la arena de una plaza de toros, pero no tienes instinto de matador –le decía ella.

¿Qué buscaba yo en las mujeres? Todavía no lo sé. No se trataba de encontrar la otra mitad de mi alma para sentirme completo, ni nada que se le parezca. En aquellos tiempos no estaba maduro para esa posibilidad, andaba detrás de algo enteramente terrenal. A mis compañeras les exigía algo que yo mismo no sabía nombrar y al no obtenerlo quedaba triste. A cualquier otro más avispado el divorcio, la guerra y la edad lo habrían curado de intenciones románticas, pero ése no fue mi caso. Por una parte trataba de llevar a casi todas las mujeres a la cama por puro afán sexual, y por otra me enfurruñaba cuando no respondían a mis secretas demandas sentimentales. Confusión, pura confusión. Durante varias décadas me sentí frustrado, después de cada cópula me asaltaba una melancolía rabiosa, un deseo de alejarme de prisa. Incluso con Carmen fue así, con razón no quiso verme por un par de años, debe haberme detestado. Las mujeres son arañas devoradoras, si no te libras de ellas nunca podrás ser tú mismo y vivirás sólo para complacerlas, me advertía Timothy Duane, quien se juntaba todas las semanas con un grupo de hombres para hablar de la masculinidad amenazada por las vainas del feminismo. Nunca le hice caso, mi amigo no es buen ejemplo en este asunto. En la juventud yo no tenía aplomo ni conocimientos para perseguir muchachas con algún método, lo hice con el atolondramiento de un cachorro y los resultados fueron desafortunados. A Samantha le fui fiel hasta aquella noche en la cual me tocó quitarle la bata de helado de fresa a una profesora de matemáticas que no deseaba, pero no estoy orgulloso de esa lealtad que ella no retribuyó, por el contrario, me porté tonto, además de cornudo. Cuando de nuevo me encontré soltero me dispuse a aprovechar las ventajas de la revolución en las costumbres, habían desaparecido las antiguas estrategias de conquista, nadie temía al diablo, las malas lenguas o un embarazo inoportuno, de modo que puse a prueba la cama de mi casa, las de incontables hoteles y hasta los británicos resortes del sofá de mi oficina. Mi jefe me advirtió secamente que perdería el puesto de inmediato si recibía quejas de las empleadas. No le hice caso, pero tuve suerte porque nadie reclamó o bien los chismes no llegaron a sus orejas. Con Timothy Duane reservábamos ciertas noches fijas a la semana para salir de parranda, intercambiábamos datos y hacíamos listas de candidatas. Para él era un deporte, para mí un delirio. Mi amigo era buen mozo, galante y rico, pero yo bailaba mejor, podía tocar de oído varios instrumentos y sabía cocinar, esas tonterías llaman la atención de algunas mujeres. Juntos nos creíamos irresistibles, pero supongo que lo éramos sólo porque nos interesaba la cantidad y no la calidad, salíamos con cualquiera que nos aceptara una invitación, no puedo decir que fuéramos selectivos. Ambos nos enamoramos el mismo día de una filipina desenfadada y codiciosa a quien atosigamos con atenciones en una veloz carrera a ver quién ganaba su corazón, pero ella estaba mucho más adelantada y nos anunció sin preámbulos que pensaba hacerlo con los dos. Aquel acuerdo salomónico fracasó al primer intento, no pudimos soportar la competencia. A partir de entonces nos repartíamos a las muchachas de modo tan prosaico, que si ellas lo hubieran sospechado jamás nos habrían aceptado. Tenía varios nombres en mi agenda y las llamaba regularmente, ninguna era fija y a ninguna le hacía promesas, el arreglo me quedaba cómodo, pero no me bastaba, apenas se me atravesaba otra más o menos interesante me lanzaba tras ella con la misma urgencia con que luego la dejaba. Supongo que me impulsaba la ilusión de encontrar un día a la compañera ideal que justificara la búsqueda, igual como bebía vino, a pesar de que alborotaba mis alergias, esperando dar con la botella perfecta, o como hacía turismo por el mundo en verano, corriendo de una ciudad a otra en una agotadora persecución del lugar maravilloso donde estaría totalmente a gusto. Buscando, buscando siempre, pero buscando fuera de mí mismo.

En esa etapa de mi vida la sexualidad equivalía a la violencia de la guerra, era una forma maligna de establecer contacto que a fin de cuentas me dejaba un terrible vacío. Entonces no sabía que en cada encuentro aprendía algo, que no caminaba en círculos como un ciego, sino en una lenta espiral ascendente. Estaba madurando con un esfuerzo colosal, tal como Olga me pronosticó. Eres un animal muy fuerte y testarudo, no tendrás una vida fácil, te tocará aguantar muchos palos, me pronosticó. Ella fue mi primera maestra en aquello que habría de determinar una buena parte de mi carácter. A los dieciséis años no sólo me hizo practicar aventuras eróticas, su lección más importante fue sobre los fundamentos de una verdadera pareja. Me enseñó que en el amor los dos se abren, se aceptan, se rinden. Fui afortunado, pocos hombres tienen ocasión de aprender eso en la juventud, pero no supe entenderlo y pronto lo olvidé. El amor es la música y el sexo es sólo el instrumento, me decía Olga, pero tardé más de media vida en encontrar mi centro y por eso me costó tanto aprender a tocar la música. Perseguí el amor con tenacidad donde no podía hallarlo, y en las contadas ocasiones en que lo tuve ante los ojos fui incapaz de verlo. Mis relaciones fueron rabiosas y fugaces, no podía rendirme ante una mujer ni aceptarla. Así lo intuyó Carmen en la única ocasión en que compartimos la cama, pero ella misma no había vivido todavía una relación plena, era tan ignorante como yo, ninguno podía conducir al otro por los caminos del amor. Tampoco ella había experimentado la intimidad absoluta, todos sus compañeros la habían ofendido o abandonado, no confiaba en nadie y cuando quiso hacerlo conmigo también la defraudé. Estoy convencido de que intentó de buena fe recibirme en su alma tanto como en su cuerpo, Carmen es puro cariño, instinto y compasión, la ternura no le cuesta nada, pero yo no estaba listo y después, cuando quise aproximarme, era muy tarde. Inútil llorar sobre la leche derramada, como dice doña Inmaculada, la vida nos depara muchas sorpresas y a la luz de las cosas que me han ocurrido ahora, tal vez fue mejor así. En esa etapa las mujeres, como la ropa o el automóvil, eran símbolos de poder, se sustituían sin dejar huellas, como luciérnagas de un largo e inútil delirio. Si alguna de mis amigas lloró en secreto ante la imposibilidad de atraerme hacia una relación profunda, no la llevo en la memoria, igual como tampoco tengo el registro de las compañeras casuales. No deseo evocar los rostros de las amantes del tiempo de desenfreno, pero si quisiera hacerlo creo que sólo hallaría páginas en blanco.

Los Morales recibieron la carta que cambiaría el rumbo de Carmen y se la leyeron por teléfono: *Señorita Carmen, le encargo mi hijo porque su hermano Juan José quería que creciera en los Estados Unidos. El niño se llama Dai Morales, tiene un año y nueve meses, es muy sano. Será un buen hijo para usted y un buen nieto para sus honorables abuelos. Por favor venga a buscarlo pronto. Estoy enferma y no viviré mucho más. La saluda con respeto, Thui Nguyen.*

–¿Sabías que Juan José tenía una mujer por allá lejos? –preguntó Pedro Morales con la voz cascada por el esfuerzo de mantenerse sereno, mientras Inmaculada estrujaba un pañuelo en la cocina vacilando entre la dicha de saber que tenía otro nieto y las dudas sembradas por su marido de que el asunto olía a fraude.

–Sí, también sabía lo del hijo –mintió Carmen, a quien le tomó menos de quince segundos adoptar a la criatura en su corazón.

–No tenemos pruebas de que Juan José sea el padre.

–Mi hermano me lo dijo por teléfono.

–La mujer puede haberlo engañado. No sería la primera vez que atrapan a un soldado con ese cuento. Siempre se sabe quién es la madre, pero no se puede estar seguro del padre.

–Entonces usted tampoco puede estar seguro de que yo soy su hija, papá.

–¡No me faltes el respeto! ¿Y si lo sabías por qué no nos avisaste?

–No quería preocuparlos. Pensé que nunca conoceríamos al niño. Iré a buscar al pequeño Dai.

–No será fácil, Carmen. En este caso no podemos pasarlo por la frontera escondido debajo de una pila de lechugas, como han hecho algunos amigos mexicanos con sus hijos.

–Lo traeré, papá, puedes estar seguro.

Cogió el teléfono y llamó a Gregory Reeves con quien no se había comunicado desde hacía mucho y le contó la noticia sin preámbulos, tan conmovida y entusiasmada con la idea de convertirse en madre adoptiva, que olvidó por completo manifestar algún signo de compasión por la mujer moribunda o preguntarle a su amigo cómo le había ido en tanto tiempo sin hablarse. Seis horas más tarde él le anunció visita para ponerla al día sobre los detalles, entretanto había hecho algunas indagaciones y Pedro Morales tenía razón, sería bastante engorroso entrar el niño al país. Se encontraron en el restaurante de Joan y Susan, ahora tan renombrado que aparecía en guías de turismo. La comida no había variado, pero en vez de trenzas de ajos en las paredes, colgaban afiches feministas, retratos firmados de las ideólogas del movimiento, caricaturas del tema y en un rincón de honor el célebre sostén ensartado en un palo de escoba que las dueñas del local convirtieron en un símbolo varios años antes. Las dos mujeres se habían esponjado con la buena marcha de sus finanzas y mantenían intactas sus cálidas maneras. Joan tenía amores con el gurú más solicitado de la ciudad, el rumano Balcescu, quien ya no predicaba en el parque sino en su propia academia, y Susan había heredado de su padre un pedazo de tierra donde cultivaban verduras orgánicas y criaban unos pollos felices, que en vez de crecer de a cuatro por jaula alimentados con productos químicos, circulaban en plena libertad picoteando granos auténticos hasta el momento de ser desplumados para las pailas del restaurante. En el mismo lugar Balcescu plantaba marihuana hidropónica, que se vendía como pan caliente, sobre todo en Navidad. Sentados en la mejor mesa del comedor, junto a una ventana abierta a un jardín salvaje, Carmen reiteró a su amigo que adoptaría a su sobrino aunque tuviera que pasar el resto de su existencia plantando arroz en el sudeste asiático. Nunca tendré un hijo propio, pero este niño es como si lo fuera porque lleva mi misma sangre, además tengo el deber espiritual de hacerme cargo del hijo de Juan José y ningún servicio de inmigración del mundo podrá impedírmelo, dijo. Gregory le explicó con paciencia que la visa no era el único problema, los trámites pasaban por una agencia de adopción que examinaría su vida para comprobar si era una madre adecuada y si podía ofrecerle un hogar estable al chiquillo.

–Te harán preguntas incómodas. No aprobarán que pases el día en la calle entre hippies, drogados, dementes y mendigos, que no tengas un ingreso fijo, seguro médico, previsión social y horarios normales. ¿Dónde vives ahora?

–Bueno, por el momento duermo en mi automóvil en el patio de un amigo. Me compré un «Cadillac» amarillo del año 49, una verdadera reliquia, tienes que verlo.

–¡Perfecto, eso le encantará a la agencia de adopción!

–Es una situación temporal, Greg. Estoy buscando un apartamento.

–¿Necesitas plata?

–No. Me va muy bien en las ventas, gano más que nadie en toda la calle y gasto poco. Tengo algunos ahorros en el banco.

–¿Y entonces por qué vives como una pordiosera? Francamente dudo que te den al chico, Carmen.

–¿Puedes llamarme Tamar? Ése es mi nombre ahora.

–Trataré, pero me cuesta, siempre serás Carmen para mí. También preguntarán si tienes marido, prefieren a las parejas.

–¿Sabías que allá tratan como perros a los hijos de americanos con mujeres vietnamitas? No les gusta nuestra sangre. Dai estará mucho mejor conmigo que en un orfelinato.

–Sí, pero no es a mí a quien debes convencer. Tendrás que llenar formularios, contestar preguntas y probar que se trata en verdad de tu sobrino. Te advierto que esto demorará meses, tal vez años.

–No podemos esperar tanto, para algo te llamé, Gregory. Tú conoces la ley.

–Pero no puedo hacer milagros.

–No te pido milagros sino algunas trampas inofensivas para una buena causa.

Trazaron un plan. Carmen destinaría parte de sus ahorros a instalarse en un apartamento en un barrio decente, procuraría dejar las ventas callejeras y aleccionaría a los amigos y conocidos para responder las capciosas indagaciones de las autoridades. Preguntó a Gregory si se casaría con ella en el supuesto de que un marido fuera requisito indispensable, pero él le aseguró divertido que las leyes no eran tan crueles y con un poco de suerte no sería necesario llegar tan lejos. Ofreció en cambio ayudarla con dinero porque esa aventura sería costosa.

–Te dije que tengo unos ahorros. Gracias, de todos modos.

–Guárdalos para mantener al muchacho, si es que consigues traerlo. Yo pagaré los pasajes y te daré algo para el viaje.

–¿Tan rico estás?

–Lo que tengo son deudas, pero siempre puedo conseguir otro préstamo, no te preocupes.

Tres meses más tarde, después de fastidiosos trámites en oficinas públicas y consulados, Gregory acompañó a su amiga al aeropuerto. Para despistar sospechas burocráticas Carmen se había despojado de sus disfraces, llevaba un traje sastre sin gracia y el pelo recogido, el único signo de un fuego no del todo extinguido era el pesado maquillaje de *kohl* en los ojos, al cual no pudo renunciar. Se veía más baja, bastante mayor y casi fea. Los senos desenfadados, que con sus blusas de gitana resultaban atrayentes, bajo la chaqueta oscura parecían un balcón. Gregory debió aceptar que el exótico personaje creado por ella superaba ampliamente la versión original y se prometió no volver a sugerir cambios en su estilo. No te asustes, apenas tenga a mi niño conmigo vuelvo a ser yo misma, dijo Carmen sonrojándose. Se miraba en el espejo y no lograba encontrarse. En su maletín iba el pequeño dragón de madera que Gregory le había regalado en el último momento, para que te dé suerte, porque la vas a necesitar, le dijo. También llevaba una serie de documentos, fruto de la inspiración y la audacia, fotografías y cartas de su hermano Juan José, que pensaba utilizar sin contemplaciones por las normas de la honestidad. Reeves se había puesto en contacto con Leo Galupi, seguro de que su buen amigo conocía a todo el mundo y no existían obstáculos capaces de detenerlo. Aseguró a Carmen que podía confiar en ese simpático italiano de Chicago, a pesar de los rumores que lo señalaban como rufián. Le achacaban haber amasado una fortuna en el mercado negro, por eso no regresaba a los Estados Unidos. La verdad era otra, el hombre había concluido su servicio hacía algún tiempo y no se quedó en Vietnam por el dinero fácil, sino por el gusto del desorden y la incertidumbre, había nacido para una vida de sobresaltos y allá estaba en su elemento. No tenía dinero, era un bandido doblegado por su propio corazón generoso. En años de negocios al margen de la ley había ganado mucho dinero, pero lo había gastado manteniendo parientes lejanos, ayudando amigos en desgracia y abriendo la bolsa cuando veía a alguien en necesidad. La guerra le daba oportunidad de hacer dinero en manejos turbios y por otra parte lo obligaba a gastarlo en incontables actos de compasión. Vivía en una bodega donde se acumulaban las cajas con sus mercancías, productos americanos para vender a los vietnamitas y rarezas orientales que ofrecía a sus compatriotas, desde aletas de tiburón para curar la impotencia hasta largas trenzas de doncella para fabricar pelucas, polvos chinos para sueños felices y estatuillas de dioses antiguos en oro y marfil. En un rincón había instalado una cocina a gas, donde solía preparar suculentas recetas sicilianas para consuelo de su nostalgia y para alimentar a media docena de niños mendigos que sobrevivían gracias a él. Fiel a lo prometido a Gregory Reeves, estaba en el aeropuerto esperando a Carmen con un desmayado ramo de flores. Demoró en ubicarla, porque esperaba un torbellino de faldas, collares y pulseras, en cambio se encontró ante una señora anodina agotada por la larga travesía y derretida de calor. Ella tampoco lo reconoció porque Gregory lo había descrito como un inconfundible mafioso y en cambio le pareció encontrarse ante un trovador escapado de una pintura, pero él llevaba un cartón con el nombre de Tamar y así se identificaron en la multitud. No te preocupes de nada, preciosa, de ahora en adelante yo me encargo de ti y todos tus problemas, le dijo besándola en ambas mejillas. Cumplió su palabra. Le tocaría jurar en falso ante notario que Thui Nguyen no tenía familia, imitar la letra de Juan José Morales en cartas fraguadas donde se refería al embarazo de su novia, trucar fotografías donde ambos aparecían del brazo en diversos lugares, falsificar certificados y sellos, suplicar ante los funcionarios incorruptibles y sobornar a los sobornables, trámites que efectuaba con la naturalidad de quien ha chapaleado siempre esas aguas. Era un hombre de buen porte, alegre y apuesto, con firmes rasgos mediterráneos y una brillante melena negra que ataba atrás en una breve coleta. Carmen le pidió que la acompañara a visitar a Thui Nguyen por primera vez, porque de tanto anticipar ese momento y tanto prepararse para el encuentro había perdido su habitual desplante y ante la sola idea de ver al niño le fallaban las rodillas. La mujer vivía en una habitación alquilada en un caserón que antes de la guerra debió pertenecer a una familia de comerciantes adinerados, pero ahora estaba dividido en cuartos para una veintena de inquilinos. Había tal confusión de gente en sus faenas, niños correteando, radios y televisores encendidos, que les costó dar con la habitación que buscaban. Les abrió la puerta una mujercita de nada, una sombra lívida con un pañuelo en la cabeza y un vestido de color indefinido. Bastó una mirada para saber que Thui Nguyen no había mentido, estaba muy enferma. Seguramente siempre fue baja, pero parecía haberse reducido de súbito, como si el esqueleto se le hubiera achicado sin dar tiempo a la piel para acomodarse al nuevo tamaño, imposible calcularle la edad porque tenía una expresión milenaria en el cuerpo de una adolescente. Los saludó con gran reserva, se disculpó por la incomodidad de su cuarto y los invitó a sentarse sobre la cama; enseguida les ofreció té y sin esperar respuesta puso agua a hervir en una hornilla instalada sobre la única silla disponible. En un rincón se divisaba un altar doméstico con una fotografía de Juan José Morales y ofrendas de flores, fruta e incienso. Traeré a Dai, anunció y se alejó a pasos lentos. Carmen Morales sentía golpes de remo en el pecho y temblaba a pesar de la humedad caliente que rezumaba por las paredes alimentando una flora verdosa en los rincones. Leo Galupi presintió que ése era el momento más intenso en la vida de esa mujer y tuvo el impulso de sostenerla en sus brazos, pero no se atrevió a tocarla.

Dai Morales entró de la mano de su madre. Era un niño delgado y moreno, bastante alto para sus dos años, con el pelo erizado como un cepillo y una cara muy seria donde los ojos negros almendrados y sin párpados visibles eran el único rasgo oriental. Se veía igual a la fotografía que Inmaculada y Pedro Morales tenían de su hijo Juan José a la misma edad, sólo que no sonreía. Carmen trató de ponerse de pie, pero le falló el alma y cayó sentada sobre la cama. Decidió con certeza demencial que esa criatura era la que se había ido por el desagüe de la cocina de Olga diez años antes, el niño que le estaba destinado desde el comienzo de los tiempos. Por un instante perdió la noción del presente y se preguntó con angustia qué estaba haciendo su hijo en esa mísera habitación. Thui dijo algo que sonó como un trino y el pequeño avanzó tímidamente y estrechó la mano de Leo Galupi. Thui lo corrigió con otro sonido de pájaro y él se volvió hacia Carmen esbozando un saludo similar, pero se encontraron los ojos y los dos se quedaron observándose por unos segundos eternos, como reconociéndose después de una larga separación. Por fin ella estiró los brazos, lo levantó y se lo montó a horcajadas sobre las rodillas. Era liviano como un gato. Dai se quedó quieto, en silencio, mirándola con expresión solemne.

–Desde ahora ella es tu mamá –dijo en inglés Thui Nguyen y luego lo repitió en su lengua para que el hijo entendiera.

Carmen Morales pasó once semanas cumpliendo las formalidades de adopción de su sobrino y esperando la visa para llevarlo a su país. Pudo hacerlo en menos tiempo, pero eso no lo descubrió nunca. Leo Galupi, quien al principio se desvivió por ayudarla a resolver obstáculos aparentemente insalvables, a última hora se las arregló para complicar los papeles y atrasar los trámites finales, enredándola en una maraña de excusas y dilaciones que ni él mismo podía explicarse. La ciudad resultó mucho más cara de lo imaginado y antes de un mes a Carmen le fallaron los fondos. Gregory Reeves le mandó un giro bancario que se esfumó en sobornos y gastos de hotel y cuando se disponía a recurrir a su cuenta de ahorros, Galupi se precipitó a su rescate. Había iniciado un nuevo negocio de colmillos de elefante, dijo, y le estaban sobrando billetes en los bolsillos, ella no tenía el menor derecho a rechazar su ayuda, ya que lo hacía por Juan José Morales, su amigo del alma, a quien tanto había querido y de quien no pudo despedirse. Ella sospechó que en realidad Galupi ni siquiera había oído hablar de su hermano antes que Gregory le pidiera el favor de socorrerla, pero no le convenía averiguarlo. No quiso que pagara la cuenta del hotel, pero aceptó irse a vivir a su casa para reducir los gastos. Se trasladó con su maleta y una bolsa de cuentas y piedras, que había ido comprando en sus ratos libres, incluyendo unos pequeños fósiles de insectos neolíticos con los cuales pensaba fabricar prendedores. No imaginó que ese hombre, a quien había visto manejando un coche de magnate y gastando a manos llenas, se alojara en esa especie de bodega de muelles, un laberinto de cajones y estanterías metálicas donde se acumulaba de un cuánto hay. En una rápida mirada vio un camastro de campaña, pilas de libros, cajas con discos y cintas, un formidable equipo de música y un televisor portátil con un colgador de ropa a modo de antena. Galupi le mostró la cocina y demás comodidades de su hogar y le presentó a los niños que a esa hora aparecían a comer, advirtiéndole que no les diera dinero y no dejara su cartera a alcance de esas manos voraces. En medio de aquel desorden de campamento, el baño resultó una sorpresa, un cuarto impecable de madera con una tina, grandes espejos y toallas rojas afelpadas. Esto es lo más valioso que ha pasado por mis manos, no sabes lo difícil que es conseguir buenas toallas, sonrió el anfitrión acariciándolas con orgullo. Por último condujo a Carmen al extremo de su bodega, donde había aislado un amplio rincón con cajas montadas unas sobre otras y a guisa de puerta un impresionante biombo Coromandel. En el interior Carmen vio una cama ancha cubierta con un mosquitero blanco, delicados muebles de laca negra pintados a mano con motivos de garzas y flores de cerezo, alfombras de seda, telas bordadas cubriendo las paredes y pequeñas lámparas de papel de arroz que difundían una luz difusa. Leo Galupi había creado para ella la habitación de una emperatriz china. Ése sería su refugio durante varias semanas, allí no llegaba el bullicio de la calle ni el estrépito de la guerra. A veces se preguntaba qué contenían esos bultos misteriosos que la rodeaban, imaginaba objetos preciosos, cada uno con su historia, y sentía el aire lleno del espíritu de las cosas. En ese lugar vivió con comodidad y en buena compañía, pero consumida por la angustia de la espera.

–Paciencia, paciencia –le aconsejaba Leo Galupi cuando la veía frenética–. Piensa que si Dai fuera tuyo tendrías que haberlo esperado nueve meses. Nueve semanas no es nada.

En las largas horas de ocio en las que no visitaba a Thui y al niño, Carmen vagaba por los mercados comprando materiales para sus joyas y dibujaba nuevos diseños inspirados en aquel extraño viaje. Le parecía absurdo que en medio de un conflicto bélico de tales proporciones ella recorriera bazares como una turista. A pesar que para entonces gran parte de las tropas americanas se había retirado, el conflicto seguía en su apogeo. Había imaginado que la ciudad era un inmenso campamento militar donde tendría que buscar a su sobrino arrastrándose entre soldados y trincheras, pero en vez paseaba por callejuelas estrechas regateando en medio de una abigarrada multitud aparentemente ajena a la guerra. Si hablaras con la gente tendrías una visión diferente, dijo Galupi, pero como ella sólo podía comunicarse en inglés, estaba aislada del pueblo. Sin proponérselo terminó por ignorar la realidad y se sumergió en los únicos dos asuntos que le interesaban, el pequeño Dai y su trabajo. Su mente parecía haberse expandido hacia otras dimensiones, el Asia se le metió adentro, la invadió, la sedujo. Pensó que le faltaba mucho mundo por conocer y si deseaba verdadero éxito en ese oficio y algo de seguridad para el futuro, como se había propuesto desde que aceptó hacerse cargo de Dai, viajaría cada año a lugares distantes y exóticos en busca de materiales raros y de ideas nuevas.

–Te mandaré pelotillas, tengo contactos por todas partes, puedo conseguir cualquier cosa –ofreció Galupi, que no entendía la naturaleza del oficio de Carmen, pero era capaz de adivinar sus posibilidades comerciales.

–Debo elegirlas yo misma. Cada piedra, cada concha, cada trocito de madera o de metal me sugiere algo diferente.

–Aquí nadie usaría lo que estás dibujando. Nunca he visto a una mujer elegante con pedazos de hueso y plumas en las orejas.

–Allá se los pelean. Las mujeres prefieren pasar hambre con tal de comprar un par de aretes como éstos. Mientras más caro los vendo, más gustan.

–Al menos lo que tú haces es legal –se rió Galupi.

A ella los días le parecían muy largos, el calor y la humedad la agotaban. Usaba sus respetables vestidos de matrona sólo para las gestiones imprescindibles, pero el resto del tiempo se cubría con unas sencillas túnicas de algodón y sandalias de campesina compradas en el mercado. Pasaba muchas horas sola leyendo o dibujando, acompañada por el rumor de los grande ventiladores de la bodega. En la noche llegaba Galupi con bolsas de provisiones, se duchaba, se vestía con un pantalón corto, colocaba un disco y empezaba a cocinar. Pronto aparecían diversos comensales, casi todos niños, que pululaban llenando el galpón con su charla ligera y sus risas, y cuando terminaban de comer partían sin despedirse. A veces Galupi invitaba amigos americanos, soldados o corresponsales de prensa, que se quedaban hasta muy tarde bebiendo y fumando marihuana. Todos aceptaron la presencia de Carmen sin preguntas, como si siempre hubiera sido parte de la vida de Galupi. Algunas veces la invitaba a cenar fuera y cuando estaba libre la guiaba por la ciudad, quería mostrarle diversos aspectos, desde los abigarrados sectores populares de la verdadera vida, hasta las zonas residenciales de europeos y americanos donde se vivía con aire acondicionado y agua en botellas. Vamos a comprarte una tenida de reina, tenemos una cena en la embajada, le anunció un día, la llevó al centro comercial más elegante y allí la dejó con un fajo de billetes en la mano. Ella se sintió perdida, por años se había cosido la ropa y no sospechaba que un traje podía costar tan-

287

to. Cuando su nuevo amigo pasó a buscarla tres horas más tarde, la encontró sentada en las gradas de la tienda con los zapatos en la mano, maldiciendo de frustración.

–¿Qué pasó?

–Todo es horrible y muy caro. Ahora las mujeres son planas. Estos melones no entran en ningún vestido –gruñó señalando sus senos.

–Me alegro –se rió Galupi y la acompañó al barrio hindú donde consiguieron un magnífico sari de seda color sandía bordado en oro en el cual Carmen se envolvió con la mayor soltura, sintiéndose mucho más en paz consigo misma que dentro de los apretados trajes franceses para mujeres escuálidas.

Al entrar esa noche al salón de la embajada distinguió entre la multitud al hombre en quien pensaba a menudo y a quien nunca creyó volver a ver. Conversando con un vaso de whisky en la mano, vestido de smoking y con el cabello gris, pero el mismo rostro de antes, estaba Tom Clayton. El periodista había interrumpido temporalmente sus artículos políticos para trasladarse al Vietnam a escribir un libro. Pasaba más tiempo en fiestas y en clubes que en el frente, fiel a su teoría de que la guerra se hace realmente en los salones. Tenía acceso a sitios donde ningún corresponsal era bienvenido y conocía a la gente adecuada en el alto mando militar, el cuerpo diplomático, el gobierno y el mundillo social de la ciudad, por lo mismo lo atrajo el sortilegio de esa mujer que no había visto antes. Por el color aceitunado de la piel, el pesado maquillaje de los ojos y el sari deslumbrante, supuso que provenía de la India. Notó que ella también lo observaba y buscó una oportunidad para acercársele, Carmen le estrechó la mano y se presentó con el nombre que siempre usaba, Tamar. Había planeado muchas veces su reacción si volviera a ver ese primer amante, tan definitivo en su existencia, y lo único que jamás pensó fue que no se le ocurriría nada para decirle. Los años habían desdibujado su rencor, descubrió sorprendida que no sentía más que indiferencia por ese hombre arrogante a quien no lograba recordar desnudo. Lo oyó hablar con Galupi mientras la examinaba de reojo, evidentemente impresionado, y se maravilló de haberlo deseado tanto. No se preguntó, como muchas veces lo hizo en sus soledades, cómo habría sido el niño de ambos, porque ya no podía imaginar a otro hijo suyo que no fuera Dai. Suspiró con una mezcla de alivio al comprobar que él no la había reconocido y de profundo fastidio por el tiempo perdido en penas de amor.

–No la había visto antes ¿de dónde viene usted? –preguntó Tom Clayton vuelto hacia ella.

–Vengo del pasado –replicó Carmen y le dio la espalda para ir al balcón a mirar la ciudad, que brillaba a sus pies como si la guerra fuera en otra parte.

De regreso en la bodega, Carmen y Leo Galupi se sentaron bajo el ventilador a comentar la velada sin encender las lámparas, en la penumbra de las luces de la calle. Le ofreció un trago y ella preguntó si acaso tenía por casualidad una lata de leche condensada. Con la punta de un cuchillo le abrió dos huecos y se instaló en el suelo sobre unos almohadones a chupar el dulce, consuelo de tantos momentos críticos en su existencia. Por fin él se atrevió a preguntarle por Clayton, había notado algo extraño en su actitud durante el encuentro de ambos, dijo. Entonces Carmen le contó todo sin omitir detalle alguno, era la primera vez que hablaba de su experiencia en la cocina de Olga, del dolor y del miedo, del delirio en el hospital y el largo purgatorio expiando una culpa que no era sólo suya, pero que él se negó a compartir. Una cosa llevó a la otra y terminó revelando su vida entera. Amaneció y continuaba hablando en una especie de catarsis, se había roto el dique de los secretos y los llantos solitarios y descubrió el gusto de abrir el alma ante un confidente discreto. Con el último sorbo de leche condensada se estiró bostezando muerta de fatiga, luego se inclinó sobre su nuevo amigo y le rozó la frente con un beso leve. Galupi la cogió por la muñeca y la atrajo, pero Carmen quitó la cara y el gesto se perdió en el aire.

–No puedo –dijo.

–¿Por qué no?

–Porque ya no estoy sola, ahora tengo un hijo.

Esa noche Carmen Morales despertó al amanecer y creyó ver a Leo Galupi de pie junto al biombo Coromandel observándola, pero aún no aclaraba del todo y tal vez la visión fue parte de su sueño. Estaba sumida en la misma pesadilla que la había perseguido durante años, pero en esta ocasión Tom Clayton no estaba allí y el niño que le tendía los brazos no llevaba la cabeza cubierta por una bolsa de papel, esta vez lo distinguía claramente, tenía el rostro de Dai.

Se acomodaron a la convivencia en un tranquilo bienestar, como un viejo matrimonio de años. Carmen se habituó poco a poco a la maternidad, sacaba al niño a paseos cada día más prolongados, aprendió unas cuantas palabras en vietnamita y le enseñó otras en inglés, descubrió sus gustos, sus temores, las historias de su familia. Thui la llevó en una excursión de dos días al campo a visitar a sus parientes para que se despidieran de Dai. Ellos habían insistido en hacerse cargo del chico, horrorizados ante la idea de mandar a uno de los suyos al otro lado del mar, pero Thui estaba consciente de que allí su hijo sería siempre un bastardo de sangre mezclada, un ciudadano de segundo orden, pobre y sin esperanzas de surgir. El desafío de adaptarse en América no sería fácil, pero al menos allí Dai tendría mejores oportunidades que labrando el pedazo de tierra del clan familiar. Leo Galupi insistió en acompañarlos porque no estaban los tiempos para que dos mujeres y un niño anduvieran sin protección. Carmen comprobó una vez más algo que sabía desde la infancia y Joan y Susan le habían remachado tantas veces, que hombres y mujeres existen en el mismo sitio y al mismo tiempo, pero en dimensiones diferentes. Ella vivía mirando hacia atrás por encima de su hombro, cuidándose de peligros reales e imaginarios, siempre a la defensiva, afanándose el doble que cualquier hombre para obtener la mitad de beneficio. Lo que para ellos era asunto banal que no merecía un segundo pensamiento, para ella era un riesgo y requería cálculos y estrategias. Algo tan simple como un paseo al campo en una mujer podía considerarse una provocación, un llamado al desastre. Lo comentó con Galupi, quien se sorprendió de no haber pensado nunca en esas diferencias. Los parientes de Dai eran campesinos pobres y desconfiados que recibieron a los extranjeros con odio en la mirada, a pesar de las largas explicaciones de Thui Nguyen. La enferma decaía muy rápido, como si hubiera mantenido a raya el cáncer hasta conocer a Carmen, pero al comprobar que el niño quedaba en buenas manos se hubiera declarado vencida. Se despedía sin aspavientos. Antes de su muerte se fue alejando suavemente para que Dai empezara a olvidarla, como si su madre nunca hubiera existido, así la separación sería más llevadera. Se lo explicó a Carmen con delicadeza y ella no se atrevió a contradecirla. A menudo Thui le pedía que se quedara con Dai por la noche, no estoy del todo bien y me siento más tranquila sola, decía, pero cuando partían volteaba la cara para ocultar las lágrimas y cuando su hijo regresaba se le iluminaban los ojos. Apenas podía caminar, el dolor estaba siempre presente, pero no se quejaba. Desistió de los medicamentos del hospital, que la dejaban exhausta y con náuseas, sin aliviarla, y consultaba a un anciano acupunturista. Carmen la acompañó varias veces a esas extrañas sesiones en un cuartucho oscuro y oloroso a canela donde el hombre trataba a sus pacientes. Thui, recostada en una esterilla angosta con las agujas clavadas en varias partes de su cuerpo desgastado, cerraba los ojos y dormitaba. De regreso Carmen la ayudaba a acostarse, le preparaba una pipa de opio, y cuando la veía sumida en el aniquilamiento de la droga se llevaba al niño a tomar helados. Hacia el final la enferma no podía levantarse y Dai se trasladó del todo al galpón, donde compartía la gran cama china con su nueva madre. El italiano contrató a una mujer para cuidar a la moribunda y llevaba en su coche al acupunturista para el tratamiento diario. Con creciente impaciencia Thui Nguyen preguntaba por la marcha de los papeles, deseaba asegurarse que Dai llegaría sano y salvo a la tierra de su padre y cada postergación le agregaba un nuevo tormento.

Un domingo llevaron al pequeño a despedirse de su madre. Por fin se habían resuelto los últimos tropiezos, aparecía registrado como hijo legítimo de Carmen Morales, tenía un pasaporte con la visa apropiada y al día siguiente emprendería el viaje a América, donde plantaría otras raíces. Dejaron a Thui sola con el chico durante unos minutos. Dai se sentó sobre la cama con el presentimiento de que ése era un momento definitivo y así debió serlo, porque muchos años más tarde, cuando ya era un prodigio de las matemáticas y salía entrevistado en revistas científicas, me contó que el único recuerdo auténtico de su infancia en Vietnam, es una mujer lívida de ojos ardientes que lo besa en la cara y le entrega un paquete amarillo. Me mostró ese objeto, un antiguo álbum de fotografías envuelto en una bufanda de seda. Carmen y Galupi esperaron al otro lado de la puerta hasta que la enferma los llamó. La encontraron recostada en la almohada, apacible y sonriente. Besó al niño por última vez y le hizo señas a Galupi que se lo llevara. Carmen se instaló a su lado y le tomó la mano, mientras lágrimas calientes le caían por las mejillas.

–Gracias, Thui. Me das lo que más he deseado en toda mi vida. No te preocupes, seré tan buena madre para Dai como tú, te lo juro.

–Se hace lo que se puede –dijo ella suavemente.

Poco más tarde, mientras la familia Morales celebraba con una fiesta la llegada de Dai a América, Leo Galupi acompañaba los restos de Thui Nguyen en un sencillo rito funerario. Esas once semanas habían cambiado los destinos de varias personas, incluyendo el de aquel buscavidas de Chicago, que desde hacía días sentía un dolor sordo en el centro del pecho, allí donde antes albergaba un espíritu inconsecuente y fanfarrón.

Dai fue un vendaval de renovación en la vida de Carmen Morales, que olvidó los desaires amorosos del pasado, las penurias económicas, las soledades y las incertidumbres. El futuro apareció ante sus ojos claro y limpio, como si estuviera viéndolo en una pantalla, se dedicaría a ese niño, ayudándolo a crecer tomado de la mano para evitarle tropezones, protegido de todos los sufrimientos posibles, incluso de la nostalgia y la tristeza.

–Supongo que lo primero será bautizar a este chinito para que sea uno de los nuestros y no se quede moro –opinó el anciano Padre Larraguibel en la fiesta de bienvenida, abrazando al niño con la ternura que siempre estuvo escondida en su corpachón de campesino vasco, pero en la juventud no se atrevía expresar. Carmen, sin embargo, se las arregló para postergar el asunto, no deseaba atormentar a Dai con tantos cambios y, por otra parte, el budismo le parecía una disciplina respetable y tal vez más llevadera que la fe cristiana.

La nueva madre cumplió las ceremonias familiares indispensables, presentó a su hijo uno por uno a los parientes y amigos del barrio y trató de enseñarle con paciencia los nombres impronunciables de sus nuevos abuelos y de la multitud de primos, pero Dai parecía espantado y no pronunciaba palabra, limitándose a observar con sus ojos negros, sin soltar la mano de Carmen. También lo llevó a la cárcel a ver a Olga, acusada de practicar magia negra, a ver si a la mujer se le ocurría la manera de hacerlo comer, porque desde que salió de su país se alimentaba sólo de jugos de fruta, había adelgazado y estaba a punto de desvanecerse como un suspiro. Carmen e Inmaculada estaban en ascuas, habían consultado con un médico, quien después de minuciosos exámenes lo declaró en buena salud y le recetó vitaminas. La abuela adoptiva se esmeró en preparar platos mexicanos con sabor asiático e insistió en hacerle tragar el mismo tónico de aceite de hígado de bacalao con el cual torturó a sus seis hijos en la infancia, pero nada de eso dio resultado.

–Echa de menos a la madre –dijo Olga apenas lo vio a través de la rejilla de la sala de visitas.

–Ayer me avisaron que su madre murió.

–Explícale al crío que ella está a su lado, aunque no pueda verla.

–Es muy chico, no entendería eso, a esta edad no captan ideas abstractas. Además no quiero meterle supersticiones en la mente.

–Ay, niña, no sabes nada de nada –suspiró la curandera–. Los muertos andan de la mano con los vivos.

Olga se acomodó en la cárcel con la misma flexibilidad con que antes se instalaba en cada parada del camión trashumante, como si fuera a quedarse allí para siempre. La reclusión no afectó en nada su buen ánimo, era apenas un inconveniente menor, lo único que le dio rabia fue que los cargos eran falsos, jamás le había interesado la magia negra porque no representaba un buen negocio, ganaba mucho más ayudando a sus clientes que maldiciendo a sus enemigos. No temía por su reputación, al contrario, con seguridad esa injusticia aumentaría su fama, pero estaba preocupada por sus gatos, que había confiado a una vecina. Gregory Reeves le aseguró que ningún jurado creería en los efectos maléficos de unos supuestos ritos de brujería, pero debía evitar a toda costa que saliera a luz la verdadera naturaleza de su comercio, si eso ocurría la ley sería implacable. Se resignó cumplir discretamente su sentencia sin armar mucho alboroto, pero la mesura no era su principal virtud y en menos de una semana había convertido su celda en una extensión de su estrafalario consultorio casero. No le faltaban clientes. Las otras reclusas le pagaban por sus consejos de esperanza, masajes terapéuticos, hipnotismos tranquilizantes, poderosos talismanes y sus artes de adivinación, y muy pronto los guardias la consultaban también. Se las arregló para hacerse llevar poco a poco sus hierbas medicinales, sus frascos de agua magnetizada, las cartas del Tarot y el Buda de yeso dorado. Desde su celda, convertida en bazar, practicaba sus eficaces encantamientos y extendía los sutiles tentáculos de su poder. No sólo se convirtió en la persona más respetada de la cárcel, también era quien más visitas recibía, todo el barrio mexicano desfilaba a verla.

Temiendo que Dai se consumiera de inanición, Carmen decidió probar el consejo de Olga y se las arregló para decir al niño, en una mezcla de inglés, vietnamita y mímica, que su madre había subido a otro plano donde su cuerpo ya no le era útil, ahora tenía la forma de una pequeña hada translúcida que siempre volaba sobre su cabeza para cuidarlo. Copió la idea del Padre Larraguibel quien así describía a los ángeles. Según él, cada persona llevaba un demonio a la izquierda y un ángel a la derecha, y el segundo medía exactamente treinta y tres centímetros, el número de años de la vida terrestre de Cristo, andaba desnudo y era de falsedad absoluta que tuviera alas, volaba a propulsión a chorro, sistema de navegación divina menos elegante pero mucho más lógico que las alas de pájaro descritas en los textos sagrados. El buen hombre se había puesto algo excéntrico con la edad, pero también se le había agudizado la visión de su famoso tercer ojo, existían pruebas irrefutables de que era capaz de ver en la oscuridad, igual como percibía lo que pasaba a su espalda, por lo mismo nadie cuchicheaba en su misa. Con incuestionable autoridad moral describía a los demonios y a los ángeles dando detalles precisos y nadie, ni siquiera Inmaculada Morales que era muy conservadora en materia religiosa, se atrevía a poner en duda sus palabras. Para suplir las limitaciones del lenguaje Carmen hizo un dibujo donde Dai aparecía en primer plano y rondándolo volaba una figura pequeña con una hélice en la cabeza y una humareda por la cola, que tenía los inconfundibles ojos de almendras negras de Thui Nguyen. El chico lo observó por largo rato, luego lo dobló cuidadosamente y lo guardó en el álbum de fotografías falsificadas por Leo Galupi, junto a retratos de sus padres del brazo en lugares donde nunca estuvieron. Acto seguido se comió su primera hamburguesa americana.

Al cabo de una intensa semana familiar, Carmen regresó con su hijo a Berkeley, donde había organizado su nueva existencia. Antes de ir en busca de Dai había alquilado un apartamento y preparado una habitación con muebles blancos y profusión de juguetes. El lugar sólo contaba con dos cuartos, uno para su hijo y otro que servía de taller y dormitorio. Ya no se instalaba a vender sus joyas en cualquier esquina, ahora las colocaba en varias tiendas, pero la tentación de las ventas callejeras era inevitable. Los fines de semana partía en su automóvil a otros pueblos donde montaba su puesto en las ferias de artesanías. Lo había hecho por años sin pensar en la incomodidad de los viajes, de trabajar dieciocho horas sin descanso, alimentarse de maní y chocolate, dormir en el vehículo y no disponer de baño, pero la presencia del niño la obligó a hacer algunos ajustes. Vendió el desportillado «Cadillac» amarillo y se compró un furgón firme y amplio, donde podía tender un par de sacos de dormir en la noche cuando no había una habitación disponible. Iban los dos lado a lado, como un par de socios, Dai la ayudaba a llevar parte de las cosas y a armar la mesa, luego se sentaba a atender a los clientes o a jugar solo, cuando se fastidiaba partía a recorrer la feria y si estaba cansado se echaba a dormir en el suelo a los pies de su madre. Como siempre eran los mismos artesanos que se encontraban en diversas localidades, ya todos conocían al hijo de Tamar, en ninguna parte estaba tan seguro como en aquellos carnavales donde pululaban ladrones, ebrios y drogadictos. El resto de la semana Carmen trabajaba en su casa, siempre acompañada por el pequeño. Se daba tiempo para enseñarle inglés, mostrarle el mundo en libros prestados de la biblioteca, pasearlo por la ciudad, llevarlo a piscinas y parques públicos. Cuando se sintiera más seguro en su nueva patria pensaba mandarlo a una guardería para que conviviera con otras criaturas de su edad, pero por ahora la idea de separarse de él, aunque fuera por algunas horas, la atormentaba, volcó en Dai la ternura contenida en muchos años de lamentar en secreto su esterilidad. No sospechaba cómo criar a un niño y no tenía paciencia para estudiarlo en manuales, pero eso no le preocupaba. Ambos establecieron un vínculo indestructible basado en la total aceptación mutua y en el buen humor. El chico se acostumbró a compartir su espacio en tan espléndidos términos que podía armar un castillo con cubos de plástico en la misma mesa en que ella montaba unos delicados aretes de oro con minúsculas cuentas de cerámica precolombina. A medianoche Dai se pasaba a la cama de Carmen y amanecían abrazados. Después del primer año comenzó a sonreír tímidamente, pero en las raras oportunidades en que se separaban volvía a su antigua expresión ausente. Ella le hablaba todo el tiempo sin angustiarse porque él no articulara palabra, cómo quieres que hable el pobrecito, si todavía no sabe inglés y se le olvidó su idioma, está en el limbo de los sordomudos, pero cuando tenga algo que decir lo dirá, le explicaba los lunes por teléfono a Gregory. Tenía razón. A los cuatro años, cuando pocas esperanzas quedaban de que se expresara, Carmen cedió a las presiones de todo el mundo y lo llevó a regañadientes donde un especialista, quien después de examinarlo con detención por largo rato sin obtener ni el menor sonido articulado, corroboró lo que ella ya sabía, que su hijo no era sordo. Carmen cogió a Dai de la mano y lo llevó al parque. Sentada en un banco junto a un charco de patos le explicó que si tenía que pagar a un terapeuta para que lo hiciera hablar se iban al diablo las vacaciones de ese año porque no le alcanzaba el presupuesto para   tanto.

–Entre tú y yo no necesitamos palabras, Dai, pero para funcionar en el mundo tienes que comunicarte. Los dibujitos no bastan. Trata de hablar un poco para que tengamos vacaciones, si no nos jodemos los dos...

–No me gustó ese doctor, mamá, olía a salsa de soya –replicó el niño en perfecto inglés. Nunca sería un charlatán, pero el asunto de su mudez quedó descartado.

El tiempo libre pasó a ser el mayor lujo, Carmen dejó de ver a los amigos y rechazaba invitaciones de los mismos pretendientes que poco antes la entusiasmaban.

Hasta entonces el amor le había producido más sufrimientos que buenos recuerdos, según Gregory escogía pésimos candidatos, como si sólo pudiera enamorarse de quienes la maltrataban, ella estaba convencida de que su período de mala suerte había pasado, pero de todos modos decidió cuidarse. Por años Inmaculada Morales hizo mandas a San Antonio de Padua, a ver si el patrono de las solteronas se encargaba de buscar marido a esa hija extravagante que ya había pasado los treinta y todavía no daba señales de sentar cabeza. Encontrar al compañero adecuado había sido una callada obsesión de Carmen en el pasado, cuando le faltaba hombre se le poblaban los sueños de fantasmas lujuriosos, necesitaba un abrazo firme, caliente proximidad, manos viriles en su cintura, una ronca voz susurrándole; pero ya no se trataba sólo de buscar un compañero sino también un padre cabal para Dai. Pensó en los hombres que había tenido y por primera vez se dio cuenta de la rabia que sentía contra ellos. Se preguntaba si se hubiera dejado golpear delante del chico o si se hubiera resignado a bañarlo en el agua fría usada por otro y se espantaba de su propia sumisión. Revisaba a los amantes recientes y ninguno pasaba su severo examen, sin duda estaban mejor solos, decidió. La maternidad le tranquilizó el espíritu y para las inquietudes del cuerpo decidió seguir el ejemplo de Gregory y conformarse con amores de paso. Se preguntaba también por qué le faltó valor para tener su bebé diez años antes, por qué se dejó vencer por el miedo y por el peso de inútiles tradiciones, no era tan difícil ser madre soltera, después de todo, decidió. Las nuevas responsabilidades mantenían su energía en ebullición, aumentaron sus ganas de trabajar y de sus manos salían diseños cada vez más originales, las ideas y los exóticos materiales traídos de remotas regiones cobraban vida bajo sus tenazas, sopletes y alicates. Despertaba de pronto en la madrugada con la visión precisa de un diseño y por algunos minutos se quedaba en la cama envuelta en el olor y calor de su niño, luego se levantaba, se colocaba su bata de seda bordada, regalo de Leo Galupi, hervía agua para preparar té de mango, encendía las lámparas victorianas sobre su mesa y cogía las herramientas con alegre determinación. De vez en cuando le daba una mirada al hijo dormido y sonreía contenta. Mi vida está completa, nunca he sido tan feliz, pensaba.

CUARTA PARTE

Cuidado con lo que pides, mira que el cielo puede otorgártelo, era uno de los dichos de Inmaculada Morales, y en el caso de Gregory Reeves se cumplía como una broma fatal. En los años siguientes realizó los planes que con tanto ahínco se había propuesto, sin embargo por dentro hervía en el caldo de una impaciencia abrumadora. No podía detenerse un instante, mientras estaba ocupado lograba ignorar los apuros del alma, pero si le sobraban unos minutos y se encontraba quieto y en silencio, sentía una hoguera consumiéndolo por dentro, tan poderosa que estaba seguro de que no era sólo suya, la había alimentado su desaforado padre y antes de él su abuelo, ladrón de caballos, y aún antes quién sabe cuántos bisabuelos marcados por el mismo estigma de inquietud. Le tocaba cocinarse en el rescoldo de mil generaciones. El impulso lo llevaba hacia adelante, se convirtió en la imagen del triunfador justamente cuando el desprendimiento bucólico y la inocencia eterna de los hippies habían sido aplastados por los engranajes de la implacable maquinaria del sistema. Nadie podía reprocharle su ambición porque en el país ya se gestaba la época de codicia desenfrenada que habría de venir muy pronto. La derrota de la guerra había dejado en el aire un sentimiento de bochorno, un deseo colectivo de reivindicarse por otros medios. No se hablaba del tema, habrían de pasar más de diez años para que la historia y el arte se atrevieran a exorcizar los demonios sueltos del desastre. Carmen vio decaer lentamente la calle donde antes se ganaban la vida sus mejores amigos, se despidió de muchos artesanos expulsados por la presión de los comerciantes de productos ordinarios de Taiwán, y vio desaparecer uno a uno a los lunáticos inocentes, que murieron de inanición o se fueron por los caminos cuando la gente olvidó alimentarlos. Llegaron otros locos mucho más desesperados, los veteranos de la guerra que sucumbieron al horror de los recuerdos. A la rebeldía callejera de antaño siguió la peste del conformismo, contagiando incluso a los estudiantes de la universidad. Aumentó el número de los miserables y los bandidos, por todas partes se veían mendigos, borrachos, prostitutas, traficantes de drogas, ladrones. El mundo se está descomponiendo a ojos vista, se lamentaba Carmen. Gregory Reeves, quien de todos modos nunca participó en las ilusiones ingenuas de quienes anunciaban la Era de Acuario un tiempo de supuesta hermandad y paz, replicaba con el ejemplo del péndulo, que va y viene en una y otra dirección. No lo afectaba el cambio porque estaba lanzado en la carrera ciega, adelantándose al estallido de materialismo que marcaría la década de los ochenta. Fanfarroneaba de sus éxitos, mientras sus colegas se preguntaban cómo conseguía los mejores casos y de dónde sacaba recursos para andar de fiesta en fiesta, pasar una semana dando vueltas por el Mediterráneo y vestirse con camisas de seda. Nada sabían de los exorbitantes préstamos de los bancos ni las maniobras atrevidas de sus tarjetas de crédito. Reeves prefería no pensar en que tarde o temprano debería pagar las cuentas, cuando se le terminaban los fondos solicitaba otro crédito a su banquero con el argumento de que en bancarrota o en la cárcel de ninguna manera podría cumplir sus obligaciones, y que el dinero atrae al dinero como imán. No se angustiaba por el futuro, estaba muy ocupado tratando de labrar el presente. Decía que no tenía escrúpulos y nunca se había sentido tan fuerte ni tan libre, por lo mismo no comprendía ese impulso de huida que no le daba descanso. Estaba otra vez soltero y sin más cruz a cuesta que la del propio corazón. De su hija lo separaba media hora de camino, sin embargo apenas la veía un par de veces al año, cuando la recogía en su coche de galán para sacarla de paseo con la pretensión de darle en cuatro horas lo que le había escatimado en seis meses. Después de cada visita la devolvía con un cargamento de regalos, más apropiados para una mujer coqueta que para una colegiala impúber, y enferma por el atracón de helados y pasteles. Había sido inútil convencer a Margaret que lo llamara papá, decidió que Gregory le calzaba mejor a ese hombre casi desconocido que pasaba por su vida dos veces al año como un desaforado Santa Claus. Tampoco usaba la palabra mamá. La maestra de la escuela citó a Samantha para preguntarle si acaso era verdad que Margaret había sido adoptada después que sus verdaderos padres fueron horriblemente asesinados por una banda de maleantes. Recomendó consultar a un psicólogo infantil, pero la madre sólo pudo llevarla a la primera consulta porque la hora de terapia interfería con su clase de yoga. No necesito a nadie que me diga quiénes son ustedes, lo sé perfectamente, pero me divierte confundir a la maestra, que es muy estúpida, explicó Margaret con la tranquila compostura que la caracterizaba. Los padres concluyeron que la chica era un prodigio de imaginación y sentido del humor. Tampoco les alarmaba que se orinara por las noches como un bebé, mientras insistía en vestirse de mujer, se pintaba las uñas y los labios, no jugaba con otras criaturas y coqueteaba con aires de cortesana. Aparte del inconveniente de ponerle pañales por la noche a la edad en que comenzaba a recibir sus primeras clases de educación sexual, no daba dolores de cabeza, se desarrollaba como un ser misterioso e incorpóreo cuya principal virtud era la de pasar desapercibida. Resultaba tan fácil olvidar su existencia que en más de una ocasión su padre hizo la broma de que a la niña le vendrían muy bien los collares para la invisibilidad de Olga.

En los siete años que Gregory Reeves estuvo en su primer trabajo adquirió las herramientas y los vicios de su profesión. Su jefe lo distinguía entre los demás abogados de la firma y se encargó de revelarle en persona los trucos fundamentales. Era una de esas personas meticulosas y obsesivas que necesitan controlar hasta el menor detalle, un hombre insoportable, pero un espléndido abogado, nada escapaba a su escrutinio, tenía olfato de perro perdiguero para dar con la clave de cada problema legal y elocuencia irresistible para convencer al jurado. Le enseñó a estudiar los casos minuciosamente, buscar los resquicios insignificantes y planear su estrategia como un general.

—Esto es un juego de ajedrez, gana quien anticipa más movidas. Se necesita la agresividad de una fiera, pero se debe mantener la cabeza fría. Si pierde la calma está frito, aprenda a controlar su carácter o nunca será de los mejores, Reeves —le repetía—. Usted tiene buen temple, pero en la contienda suele golpear con los ojos cerrados.

—Lo mismo me decía el Padre Larraguibel en el patio de la Iglesia de Lourdes.

—¿Quién?

—Mi profesor de boxeo.

Reeves era tenaz, incansable, difícil de doblegar, imposible de quebrar y feroz en los enfrentamientos, pero lo volteaban sus propias pasiones. Al viejo le gustaba su energía, él mismo la había tenido a destajo en su juventud y todavía le quedaba una buena reserva, por lo mismo sabía apreciarla en los demás. También celebraba su ambición porque ésa era la palanca para movilizarlo, bastaba ponerle una zanahoria ante la nariz para hacerlo correr como un conejo. Si en algún momento se dio cuenta de las maniobras del otro para apoderarse de sus conocimientos y utilizarlo como trampolín para escalar en la firma, no debe haberle extrañado. Igual había hecho él en sus comienzos, con la diferencia de que no tuvo un jefe astuto capaz de detenerlo a tiempo. Se consideraba buen conocedor del carácter ajeno, estaba seguro de poder mantener a Reeves en un puño y explotarlo en su beneficio por tiempo indefinido, era como domar caballos: debía darle soga, dejarlo correr, cansarlo y apenas se le fueran los humos a la cabeza pegarle un tirón y obligarlo a mascar el freno, para que reconociera la superioridad del amo. No era la primera vez que lo hacía y siempre le había dado buen resultado. En raras ocasiones de flaqueza sentía la tentación de apoyarse en el brazo de ese joven abogado tan parecido a sí mismo, era el hijo que le hubiera gustado tener. Formó un pequeño imperio y ahora, cerca de los ochenta años, se preguntaba quién lo heredaría. Le quedaban pocos placeres al alcance de la mano, el cuerpo ya no respondía a los impulsos de la imaginación, no podía saborear una comida refinada sin pagar las consecuencias con dolor de tripas, y ni hablar de mujeres, era un tema demasiado doloroso. Observaba a Reeves con una mezcla de envidia y paternal comprensión, pero no era un vejete sentimental ni estaba dispuesto a entregar la menor brizna de poder. Tenía a mucha honra haber nacido con el corazón seco, como decía a quien apelara a su benevolencia para pedirle un favor. El largo hábito del egoísmo y la invencible coraza de su mezquindad eran más fuertes que cualquier atisbo de simpatía. Era el maestro perfecto para el laborioso aprendizaje de la codicia.

Timothy Duane no perdonó a su padre que lo hubiera traído al mundo y que no se hubiera muerto a edad temprana y siguiera arruinándole los deseos de vivir con su buena salud y su mal talante. Para desafiarlo cometió un cúmulo de barbaridades, tomando siempre la precaución de hacérselo saber al viejo, y así se le fueron cincuenta años en un odio enconado que le costó la paz y el bienestar. A veces el espíritu de contradicción lo salvó, como cuando decidió evadir el servicio militar sólo porque su padre apoyaba la guerra, no tanto por patriotismo como porque tenía intereses económicos en las fábricas de armamentos, pero en general la rebeldía se le daba vuelta y lo golpeaba en la cara. Decidió no casarse ni tener hijos, incluso en las pocas ocasiones en que estuvo enamorado, para arruinar al otro la ambición de formar una dinastía. Con él moría el apellido familiar que tanto detestaba, excepto por una rama de los Duane en Irlanda, de la cual nadie quería hablar porque les recordaba su modesto origen. Culto y refinado, con la elegancia natural de quienes han nacido entre sábanas bordadas, tenía una inclinación apasionada por las artes y una simpatía que le ganaba amigos a destajo, pero de algún modo se las arreglaba para ocultar esas virtudes frente a su padre y comportarse como un rústico sólo para provocarlo. Si el patriarca Duane organizaba una cena con la crema de la sociedad, él aparecía sin ser invitado, del brazo de una mujerzuela y dispuesto a violar unas cuantas reglas de urbanidad. Mientras el padre rugía entre dientes que no deseaba volver a verlo en su vida, la madre lo protegía sin disimulo, aun a costa de un enfrentamiento con su marido. Consulta un psiquiatra para que te ayude a curar las fallas de carácter, hijo, le recomendaba a menudo, pero Timothy respondía que sin fallas no le quedaría carácter. Entretanto llevaba una existencia miserable, no por falta de medios sino por vocación de atormentado. Disponía de un departamento en el barrio más caro de la ciudad, un piso antiguo decorado con muebles modernos y espejos estratégicos, y de una renta para el resto de su vida, último regalo de su abuelo. Como nada le había faltado, no le daba la menor importancia al dinero y se burlaba de las múltiples fundaciones inventadas por la familia, no sólo para evadir impuestos sino también para despojarlo de cualquier herencia posible. Sus demonios lo acosaban sin descanso, empujándolo a vicios que le repugnaban, pero a los cuales cedía para herir a su padre, aunque en el trayecto se estaba matando. Pasaba el día en su laboratorio de patología, asqueado de la fragilidad humana y los infinitos recursos del dolor y de la descomposición, pero también maravillado por las posibilidades de la ciencia. No lo admitía jamás, pero allí era el único sitio donde encontraba cierta paz. Se perdía en la meticulosa investigación de una célula enferma y cuando emergía de las placas fotográficas, los tubos de ensayo y los rayos láser, por lo general muy tarde en la noche, le dolían los músculos del cuello y la espalda, pero estaba contento. Esa sensación le duraba hasta llegar a la calle, encendía el motor de su automóvil y comprendía que no tenía adonde ir, nadie lo esperaba en ninguna parte, entonces se hundía de nuevo en el odio de sí mismo. Visitaba los bares más ruines donde perdía hasta el nombre, se trenzaba en peleas de marineros y acababa en la sala de emergencia de un hospital, provocaba en los baños de homosexuales y luego escapaba por un pelo de la violencia que desataba, recogía prostitutas para comprar un placer abyecto sazonado por el peligro de una infección mortal. Rodaba por una pendiente abrupta con una mezcla de pavor y de gozo, maldiciendo a Dios y llamando a la muerte. Después de un par de semanas de envilecimiento caía en una crisis de culpa y se detenía tiritando ante el abismo abierto a sus pies. Se juraba no volver a probar una gota de alcohol, se recluía como un anacoreta en su casa a leer sus autores favoritos y escuchar jazz hasta la madrugada, se hacía examinar la sangre en busca de las evidencias de una peste que en el fondo tal vez deseaba como castigo de sus pecados. Comenzaba un período de tranquilidad, asistía a conciertos y obras de teatro, visitaba a su madre con la actitud de un hijo bueno, y volvía a frecuentar las novias pacientes que lo aguardaban sin perder la esperanza de reformarlo. Partía a las montañas en largas excursiones para oír la voz de Dios llamándolo en el viento. Al único que veía en las buenas y en las malas era a su amigo Gregory Reeves, quien lo rescataba de diversos líos y lo ayudaba a ponerse nuevamente de pie. Duane no hacía misterio de su dilapidada existencia, por el contrario, se refocilaba exagerando sus vilezas para cultivar su fama de alma extraviada, sin embargo tenía un lado celosamente oculto que muy pocos sospechaban. Mientras se mofaba con cinismo desafiante de cualquier propósito noble, contribuía a varias causas idealistas, cuidando siempre de que su nombre se mantuviera en estricto secreto. Destinaba parte de sus entradas a ayudar a los necesitados que flotaban en su órbita y sostener obras en países remotos, desde niños famélicos hasta presos políticos. Contrario a lo esperado cuando escogió ese campo de la medicina, su trabajo entre cadáveres desarrolló su compasión por los vivos, toda la sufriente humanidad le interesaba, pero no le quedaban reservas emocionales para conmoverse por animales en vías de extinción, bosques destruidos o aguas contaminadas. De todo eso hacía chistes feroces, igual como despotricaba sobre razas, religiones y mujeres, en parte porque ser adalid de tales causas estaba de moda y su mayor deleite consistía en escandalizar al prójimo. Le reventaba la falsa virtud de quienes se horrorizaban por un delfín atrapado en una red para atunes, mientras pasaban indiferentes junto a los mendigos abandonados en las calles fingiendo no verlos. El mundo es una buena mierda, era su frase más socorrida.

–Lo que tú necesitas es una mujer dulce por fuera, pero de acero por dentro, para que te coja por el cuello y te salve de ti mismo. Voy a presentarte a Carmen Morales –le dijo Gregory Reeves cuando por fin comprendió que su amiga estaba fuera de su alcance y se resignó a quererla como hermano.

–Es demasiado tarde, Greg. Yo sólo sirvo para las putas –replicó Timothy Duane, por una vez sin sarcasmo.

Shanon apareció en la vida de Reeves como un soplo de aire fresco. Llevaba años de esfuerzo trepando cuesta arriba y a pesar de los éxitos alcanzados sentía que no se había movido del mismo sitio, como se corre en las pesadillas. Con artificios de mago barajaba en el aire deudas, viajes atolondrados, fiestas descomunales, un horario de loco y su rosario de mujeres, con la impresión diariamente renovada de que a la menor distracción todo se vendría al suelo con el estrépito de un terremoto. Tenía entre manos más casos legales de los que podía manejar, más deudas de las que podía pagar y más amantes de las que podía satisfacer. Lo ayudaba la buena memoria para recordar cada hilo suelto de esa maraña, la buena suerte para no resbalar en un descuido y la buena salud para no morir de agotamiento como una bestia de tiro pasado el límite de su resistencia. Shanon llegó un lunes por la mañana vestida de blanco nupcial y oliendo a flores, con la sonrisa de más bríos que se había visto en el edificio de cristal y acero de la firma. Contaba con veintidós años, pero con sus modales aniñados y su arrebatadora simpatía parecía menor. Ése era su primer trabajo de recepcionista, antes había sido dependienta en varias tiendas, mesonera y cantante aficionada, pero, tal como dijo con su encantadora voz de adolescente mimada, no había futuro en esas ocupaciones. Gregory, deslumbrado por su radiante alegría y curioso ante la variedad de oficios desempeñados por alguien tan joven, le preguntó qué ventajas veía en atender el teléfono detrás de un mesón de mármol y ella replicó enigmática que al menos allí conocería a la gente adecuada. Reeves la incluyó al punto en su libreta de direcciones y antes de una semana la había invitado a bailar. Ella aceptó con la tranquila confianza de una leona en reposo, me gustan los hombres mayores, anotó sonriente, y él no supo bien qué quiso decir, porque estaba acostumbrado a las muchachas jóvenes y no le pareció significativa la diferencia de edad. Pronto se enfrentaría al abismo generacional que los separaba, pero entonces ya sería tarde para echar pie atrás. Shanon era una muchacha moderna. Escapando de un padre violento y de una madre que se tapaba con maquillaje los machucones causados por las palizas de su marido, partió a pie del pueblo perdido en Georgia, donde nació. Al par de millas la recogió el primer camionero que la divisó como una aparición fantástica en la cinta interminable del camino, y después de múltiples aventuras llegó a San Francisco. Su mezcla de ingenuidad y desenfado hechizaba a la gente y le permitía flotar por encima de las sórdidas realidades del mundo, ante ella las puertas se abrían solas y los obstáculos se esfumaban, la invitación de sus ojos vegetales desarmaba a las mujeres y seducía a los hombres. Daba la impresión de no tener conciencia alguna de su poder, iba por la vida con la levedad de un espíritu celeste, eternamente sorprendida de que todo le saliera bien. Su naturaleza inconsecuente la impulsaba a ir de una cosa a otra con jovial disposición, sin pensar para nada en las faenas y dolores del resto de los mortales, no se inquietaba por el presente y mucho menos lo hacía por el futuro. Mediante un permanente ejercicio del olvido superó las sórdidas escenas de la infancia, las penurias y pobrezas de la adolescencia, las traiciones de los amantes que se saciaron y luego la dejaron y el hecho incontestable de que no poseía nada. Incapaz de guardar algo de un día para otro, sobrevivía con breves empleos apenas suficientes para la subsistencia, pero no se consideraba pobre porque cuando deseaba algo no tenía más que pedirlo, siempre había varios pretendientes embelesados dispuestos a satisfacer sus caprichos. No utilizaba a los hombres por malicia o por perversión, sino porque simplemente no se le había ocurrido que sirvieran para algo más. Desconocía la angustia del amor o de cualquier otro sentimiento profundo, se entusiasmaba fugazmente con cada enamorado mientras duraba el ímpetu inicial, pero pronto se cansaba y partía, sin piedad por quien quedaba a su espalda. Condenó a varios amantes al martirio de los celos y del despecho sin darse cuenta, porque ella misma era impermeable a ese tipo de sufrimiento, si la abandonaban cambiaba de rumbo sin lamentarse, el mundo contenía una reserva inagotable de hombres disponibles. Disculpa, ya sabes que soy como una alcachofa, una hojita para éste, otra para aquél, pero el corazón es tuyo, dijo a Gregory Reeves sin ánimo de burla dos años después de conocerlo, mientras le vendaba los nudillos rotos de un puñetazo contra la cara de una de sus conquistas. Desde la primera cita fue evidente quién era el más fuerte. Reeves fue vencido en su propio terreno, de nada le sirvieron la experiencia acumulada ni su jactancia de tenorio. Sucumbió de inmediato, pero no sólo ante los encantos físicos de la nueva recepcionista, en su pasado hubo varias tan bellas como ella, sino ante su risa siempre pronta y su aparente candidez. Esa noche se preguntó con verdadera inquietud cómo podría salvar de sí misma a esa espléndida criatura, la imaginó expuesta a toda suerte de peligros y sinsabores y asumió la responsabilidad de protegerla.

—Por algo el destino me la pone por delante —comentó a Carmen—. De acuerdo al *Plan Infinito* de mi padre, nada sucede por azar. Esta muchacha me necesita.

Carmen no pudo prevenirlo porque tenía las antenas de la intuición vueltas para el lado de Dai y en esos días estaba ocupada cosiendo un disfraz de Rey Mago para el acto de Navidad de la escuela. Mientras sujetaba el teléfono entre el hombro y la oreja, pegaba plumas en un turbante color esmeralda, ante los ojos atentos de su hijo.

—Ojalá ésta no sea vegetariana —comentó distraída.

No lo era. La joven celebraba los suculentos asados de su nuevo amante con entusiasmo contagioso y apetito insaciable, parecía en verdad un milagro que pudiera devorar tales cantidades de comida y mantener su silueta. También bebía como un marinero. A la segunda copa los ojos le brillaban afiebrados y esa niña angélica se transformaba en una arrabalera. En esa etapa Reeves no sabía aún cuál de las dos personalidades le resultaba más atrayente: la candorosa recepcionista que aparecía los lunes de blusa almidonada tras el mesón de mármol, o la bacante desnuda y turbulenta del domingo. Era una mujer fascinante y él no se cansaba de explorarla como un geógrafo ni de conocerla en el sentido bíblico. Se veían todos los días en el trabajo, donde fingían una indiferencia sospechosa, dada la reputación de mujeriego de uno y la orgánica coquetería de la otra. Varias noches a la semana retozaban en incansables encuentros, que confundieron con amor, y a veces en la oficina se escapaban a algún cuarto cerrado y con riesgo de ser sorprendidos, culebreaban de pie en un rincón con urgencia de adolescentes. Reeves se enamoró como nunca antes y tal vez ella también, aunque en su caso no fuera mucho decir. Para él se inició una época similar a la de su juventud, cuando el estallido volcánico de sus hormonas lo obligaba a perseguir a cuanta muchacha se le cruzaba por delante, sólo que ahora toda la carga de su pasión estaba dirigida a un objetivo único. No podía quitarse a Shanon del pensamiento, se levantaba a cada rato de su escritorio para mirarla de lejos, atormentado por los celos de todos los hombres en general y sus compañeros de trabajo en particular, incluyendo al viejo de las orquídeas, quien también se detenía ante la joven recepcionista con frecuencia, tentado tal vez de adquirirla como un trofeo más, pero frenado por su sentido del ridículo y la plena conciencia de las limitaciones de su edad. Ninguno pasaba frente a la entrada sin padecer un latigazo ante la refulgente sonrisa de Shanon. Si una tarde ella no estaba disponible para salir, Gregory Reeves la imaginaba inevitablemente en los brazos de otro y la sola sospecha lo enloquecía. La cubrió de regalos absurdos con intención de impresionarla, sin percibir que no apreciaba cajas rusas pintadas a mano, árboles en miniatura o perlas para las orejas y prefería sin duda pantalones de cuero para pasear en motocicleta con los amigos de su edad. Trató de iniciarla en sus intereses, por ese afán de los enamorados de compartirlo todo. La primera vez que la llevó a la ópera ella se deslumbró con los trajes elegantes de la concurrencia y cuando se levantó la cortina creyó que se trataba de un espectáculo humorístico. Aguantó hasta el tercer acto, pero al ver a una dama gorda vestida de geisha clavándose un cuchillo en la barriga mientras su hijo agitaba una bandera del Japón en una mano y una de los Estados Unidos en la otra, sus carcajadas interrumpieron a la orquesta y debieron abandonar la sala.

En agosto se la llevó a Italia. Ella no cumplía aún su primer año de trabajo y no le correspondían vacaciones, pero eso no fue inconveniente, porque había presentado su renuncia al bufete de abogados. Le habían ofrecido un empleo como modelo de fotografías publicitarias. Gregory pasó el viaje sufriendo de antemano, detestaba la idea de verla expuesta a miradas ajenas en las páginas de una revista, pero no se atrevió a discutir el asunto por temor a parecer un cavernícola. Tampoco lo comentó con Carmen porque su amiga lo habría destrozado a burlas. Caminando por un sendero de flores a la orilla del Lago di Como, sin ver el espejo diáfano del agua ni las villas anaranjadas colgando de los cerros porque sólo tenía ojos para el inventario prodigioso de su compañera, se le ocurrió una solución para retenerla a su lado y le propuso que vivieran juntos, así no tendría que trabajar y podría entrar a la universidad a estudiar una carrera, ella era una persona inteligente y creativa, ¿no había algo que le gustaría estudiar? No lo había en ese momento, replicó Shanon con la risa suelta de varias copas de vino, pero lo pensaría. Esa noche Reeves cogió el teléfono para contar la novedad a Carmen al otro lado del océano, pero no la encontró. Su amiga había partido con Dai en viaje al Lejano Oriente.

Bel Benedict no conocía su edad exacta ni quería averiguarla. Los años habían oxidado un poco sus huesos y oscurecido su piel de azúcar quemada a un tono más cercano al chocolate, pero no había alterado el brillo de topacio de sus ojos alargados ni apaciguado del todo los reclamos de su vientre. Algunas noches soñaba con el calor del único hombre que amó en su vida y despertaba húmeda de gozo. Debo ser la única vieja en celo de la historia, que Jesús me perdone, pensaba sin asomo de vergüenza, sino más bien con secreto orgullo. Vergüenza sentía al mirarse en el espejo y ver que su cuerpo de potranca oscura era un montón de colgajos tristes, si su marido pudiera verla daría vuelta la cara espantado, pensaba. Nunca se le ocurrió que, en el caso de estar vivo, los años también pasaban para él y ya no sería el hombronazo flexible y alegre que la sedujo a los quince años. Pero Bel no podía darse el lujo de quedarse en la cama rememorando el pasado ni frente al espejo lamentando su desgaste, cada mañana se levantaba al amanecer para ir a su empleo, menos los domingos que partía a la iglesia y al mercado. En el último año no le sobraba un momento porque cuando terminaba su trabajo volaba a casa de prisa a cuidar a su hijo. Había vuelto a llamarlo Baby, como en los tiempos en que lo llevaba prendido a los senos y le cantaba canciones de cuna. No me diga así, mamá, mis amigos se burlarán de mí, le reclamaba él, pero en verdad ya no le quedaban amigos, los había perdido todos, igual como perdió el empleo, la mujer, los hijos y la memoria. Pobre Baby, suspiraba Bel Benedict, pero no lo compadecía, más bien lo envidiaba un poco; no pensaba morirse hasta muchos años más y mientras ella viviera él estaría seguro. Paso a paso, un día a la vez, era su filosofía, de nada valía angustiarse por un mañana hipotético. Su abuelo, un esclavo de Mississippi, le había dicho que tenemos el pasado por delante, es lo único real, del pasado podemos extraer conocimientos y experiencia para la vida; el presente es una ilusión, porque en menos de un instante ya forma parte del pasado; y el futuro es un hueco oscuro que no se ve y tal vez ni siquiera está allí, porque ahora mismo nos puede llegar la muerte. Trabajó como mucama de los padres de Timothy durante tantos años que costaba recordar esa mansión sin ella. Cuando la contrataron era todavía un mujerón legendario, una de esas negras quebradas en la cintura que se mueven como si nadaran bajo el agua.

–Cásate conmigo –le decía Timothy en la cocina, cuando ella lo festejaba con panqueques, su única proeza culinaria–. Eres tan linda que deberías ser estrella de cine en vez de sirvienta de mi madre.

–Los únicos negros del cine son blancos pintados de negro –se reía ella.

Era muy joven cuando apareció por el camino un vagabundo de risa estruendosa buscando una sombra donde sentarse a descansar. Se enamoraron de inmediato con una pasión tórrida capaz de trastornar el clima y alterar las normas del tiempo y así gestaron a King Benedict, quien habría de vivir dos vidas, tal como Olga adivinó la única vez que estuvo con él, cuando el camión del *Plan Infinito* lo recogió en un camino polvoriento en tiempos de la Segunda Guerra Mundial. Pocos días después de dar a luz, Bel había olvidado los nueve meses de cargar con el peso del hijo bajo el corazón y las angustias del parto y nuevamente perseguía a su hombre por los rincones de la granja. Hicieron el amor encharcados de sangre menstrual junto a las vacas del establo, los pájaros de los maizales y los escorpiones del granero. Cuando el pequeño King comenzó a dar los primeros pasos vacilantes, el padre, agotado de amores y temeroso de perder el alma y la hombría entre las piernas de esa insaciable hurí, escapó llevándose de recuerdo un mechón de pelo que le cortó a Bel mientras dormía. En la turbulencia de tanta cópula desaforada había hecho oídos sordos a las presiones del pastor de la Iglesia Bautista para que contrajeran sagrado vínculo ante los ojos del Señor, como decía. Para Bel una firma en el libro de la parroquia no marcaba diferencia, ella se consideraba casada. Durante el resto de su existencia usó el apellido de su amante y a los muchos hombres que reposaron sobre su regazo en el siguiente medio siglo les dijo que su marido andaba temporalmente de viaje. De tanto repetirlo terminó por creerlo, por eso le daba rabia verse desnuda en el espejo, si no te apuras en regresar encontrarás un pellejo desinflado, le reclamaba al recuerdo del ausente. Esa mañana de enero la ciudad amaneció barrida por un viento inclemente que venía del mar. Bel Benedict se puso su traje color turquesa, sombrero, zapatos y guantes en el mismo tono, su tenida de domingo y de todas las fiestas. Había notado que la Reina Isabel lucía siempre esos atuendos unicolores y no descansó hasta adquirir algo semejante. Timothy

Duane la aguardaba en su automóvil frente al modesto edificio donde ella vivía.

–No eres inmortal, Bel. ¿Qué pasará con tu hijo cuando ya no estés? –le había dicho Timothy.

–King no será el primer chico de catorce años que se las arregle solo.

–No tiene catorce, sino cincuenta y tres.

–Para los efectos prácticos tiene catorce.

–Bueno, a eso justamente me refiero. Será siempre un adolescente.

–Tal vez no, puede ser que madure...

–Con algo de dinero todo será más fácil para ustedes, no seas testaruda, mujer.

–Ya te dije, Tim. No hay nada que hacer. El abogado de la compañía de seguros fue muy claro con nosotros, no tenemos ningún derecho. Por bondad nos darán diez mil dólares, pero no será todavía, hay muchos trámites que cumplir.

–No entiendo de estas cosas, pero tengo un amigo que nos puede aconsejar.

Gregory Reeves los recibió en la jungla de maceteros de su oficina. Bel hizo una entrada triunfal vestida de reina, se sentó en el sufrido sofá de cuero y procedió a contar el extraño caso de su hijo, King Benedict. Reeves la escuchaba con atención mientras escarbaba en su memoria inexorable buscando el origen de ese nombre, que repicaba como un eco lejano del pasado. Imposible olvidar un nombre tan sonoro, se preguntaba dónde lo había escuchado antes. King era un buen cristiano, dijo la mujer, pero Dios no le había dado una vida fácil. Fueron siempre pobres y durante los primeros tiempos iban de un sitio para otro buscando trabajo, despidiéndose de los nuevos amigos y cambiando de escuela. King se crió con la duda de que su madre podía desaparecer a la siga de un pretendiente, dejándolo solo en un cuarto de paso de un pueblo sin nombre. Fue un muchacho melancólico y tímido, a quien dos años de guerra en el Pacífico Sur no le sacudieron la inseguridad. Al regreso se casó, tuvo dos hijos y se ganaba el sustento como obrero de construcción. En los últimos años su matrimonio daba tumbos, su mujer amenazaba con dejarlo, sus hijos lo consideraban un pobre diablo. Bel lo notaba muy tenso y triste y temía que empezara a beber de nuevo, como había ocurrido en otras crisis, las cosas iban mal y terminaron de echarse a perder con el accidente. King Benedict se encontraba a la altura de un segundo piso, cuando cedió el andamio y se fue abajo, estrellándose contra el suelo. El golpe lo aturdió por algunos segundos, pero logró ponerse de pie, aparentemente sólo tenía contusiones leves, pero de todos modos lo llevaron al hospital, donde después de un examen de rutina lo dejaron ir. Apenas se le pasó el dolor de cabeza y empezó a hablar, se vio que no recordaba dónde estaba ni reconocía a los suyos, se creía de vuelta en la adolescencia. Su madre descubrió pronto que la memoria le alcanzaba sólo hasta los catorce años, de allí en adelante había un abismo de fondo de mar. Lo revisaron por dentro y por fuera, le metieron sondas por todos los orificios, le pusieron electricidad en el cerebro, lo interrogaron durante semanas, lo hipnotizaron y le fotografiaron el alma, sin descubrir una razón lógica para tan dramático olvido. Los recursos de los médicos no detectaron daño orgánico. Empezó a comportarse como un muchacho manipulador, inventando mentiras torpes para engatusar a sus hijos, a quienes trataba como compañeros de juegos, y evadir la vigilancia de su esposa, a quien confundía con su madre. No lograba reconocer a Bel Benedict, la recordaba como una mujer joven y muy bella, pero de todos modos en los meses siguientes se apegó a esa anciana desconocida como a un salvavidas, ella era lo único seguro en un mundo pleno de confusiones. Parientes y amigos negaron su amnesia, tal vez se trataba de una broma histérica, dijeron, y pronto se cansaron de indagar en los resquicios de su mente en busca de un signo de reconocimiento. Tampoco le creyó la compañía de seguros, fue acusado de inventar esa patraña para cobrar una pensión y pasar el resto de su vida mantenido como un inválido, cuando en verdad se había dado un golpe de nada, era un estafador. Cada vez que su mujer salía, King se sentía abandonado y cuando ella empezó a traer a su amante a dormir a la casa, Bel Benedict consideró que había llegado el momento de intervenir y se llevó a su hijo a vivir con ella. En esos meses lo había observado cuidadosamente sin detectar ningún recuerdo posterior a los catorce años. King se había tranquilizado poco a poco, era un buen compañero, la madre estaba contenta de tenerlo consigo, lo único raro en su comportamiento eran voces y visiones que decía tener, pero los dos se acostumbraron a la presencia de esos impalpables fantasmas de la imaginación, a los cuales los médicos no daban la menor importancia. Timothy Duane tenía los informes del hospital y las cartas de los abogados de la compañia de seguros, Reeves los examinó de una mirada superficial, sintiendo en todo el cuerpo el ardor de la pelea que tan bien conocía, esa anticipación frenética del guerrero, lo mejor de su profesión, le gustaban los casos complicados, los desafíos difíciles, las escaramuzas.

—Si decide ir a juicio debe hacerlo pronto, porque sólo tiene un año de plazo desde el accidente.

—¡Pero entonces no me darán los diez mil dólares!

—Este caso puede valer mucho más, señora Benedict. Posiblemente le han ofrecido eso para ganar tiempo y que usted pierda su derecho a demandarlos.

La mujer aceptó aterrada, diez mil dólares era más de lo que había ahorrado en toda una vida de esfuerzo, pero ese hombre le inspiró confianza y Timothy Duane tenía razón, debía proteger a su hijo de un futuro muy incierto. Esa tarde Reeves llevó el caso a su jefe, tan entusiasmado que se le atropellaban las palabras para contarle de esa negra hermosa y su hijo de edad madura vuelto de un porrazo a la adolescencia, imagínese si ganamos, les cambiaremos las vidas a estas pobres gentes, pero se encontró con las cejas diabólicas levantadas hasta el nacimiento del pelo y una mirada irónica. No pierda tiempo en tonterías, Gregory, le dijo, no vale la pena meterse en este berenjenal. Le explicó que las posibilidades de ganar eran remotas, se requerirían años de investigación, decenas de expertos, muchas de horas de trabajo y el resultado podía ser nulo, sin una lesión cerebral que justificara la pérdida de la memoria ningún jurado creería en esa amnesia. Reeves sintió una oleada de frustración, estaba harto de obedecer decisiones de otros, cada día se sentía más inquieto y defraudado con su trabajo, no veía las horas de independizarse. Se aferró a esa negativa para zampar al anciano de las orquídeas el discurso de despedida tantas veces ensayado a solas. Al regresar a su casa esa noche encontró a Shanon echada en el suelo de la sala mirando televisión, la besó con una mezcla de orgullo y de ansiedad.

—Renuncié a la firma. De ahora en adelante volaré solo.

—Esto hay que celebrarlo —exclamó ella—. Y ya que estamos en eso, Greg, hagamos un brindis por el bebé.

—¿Cuál bebé?

—El que estamos esperando —sonrió Shanon sirviéndole una copa de la botella que tenía a su lado.

Al divorciarse de su segundo marido Judy Reeves se quedó con los hijos, incluso los que el hombre había tenido con su primera mujer. Con el tiempo el matrimonio se convirtió en una pesadilla de rencores y peleas, donde el marido llevaba todas las de perder. Cuando llegó el momento de separarse definitivamente, ni siquiera se planteó la posibilidad de que el padre se llevara a los niños, el afecto entre Judy y esas dos criaturas morenas era tan sólido y efusivo que nadie recordaba que no fueran suyas. La mujer apenas alcanzó a permanecer soltera unos meses. Un sábado caluroso llevó a su familia a la playa y allí conoció a un fornido veterinario del norte de California, que hacía turismo en un carromato acompañado por sus tres hijos y una perra. El animal había sido atropellado y tenía los cuartos traseros paralizados, pero en vez de despacharla a mejor vida, como indicaba la experiencia profesional, su amo improvisó un arnés para movilizarla con ayuda de los niños, que se turnaban para sostenerla por detrás mientras ella corría con las patas delanteras. El espectáculo de la inválida revolcándose en las olas con ladridos de gozo, atrajo a los hijos de Judy. Así se conocieron. Ella rebasaba las costuras de un traje de baño a rayas y sorbía un helado tras otro, sin pausa ninguna. El veterinario se quedó contemplándola con una mezcla de horror y fascinación ante tanta gordura desnuda, pero al poco rato de conversación se hicieron amigos, olvidó su aspecto y al ponerse el sol la invitó a comer. Las dos familias terminaron el día devorando pizzas y hamburguesas.

El hombre regresó con los suyos al valle de Napa, donde vivía, y Judy quedó llamándolo con el pensamiento. Desde los tiempos de Jim Morgan, su primer marido, no encontraba un hombre capaz de hacerle frente tanto en la cama como en una rotunda pelea. Jim Morgan salió de la prisión por buena conducta y, a pesar de que entonces ella estaba casada con el chaparrito de bigotes, la llamó para decirle que no había pasado un solo día de su condena sin recordarla con cariño. Pero ella ya marchaba por otros caminos. Además Morgan se había convertido a una secta de cristianos fundamentalista, cuyo fanatismo resultaba incomprensible para ella, que había recibido la herencia tolerante de la fe Bahai de su madre por eso no quiso verlo cuando volvió a quedar sola. Los mensajes mentales de Judy cruzaron montañas y extensos viñedos y poco después el veterinario regresó a visitarla. Pasaron una semana de luna de miel con todos los niños y Nora, la abuela, quien para entonces dependía por completo de Judy. La cabaña que Charles Reeves había comprado treinta años atrás, había vuelto a su precaria condición original. Las termitas, el polvo y el paso del tiempo hicieron su lenta labor en las paredes de madera, sin que Nora hiciera nada por salvar su casa del desastre. Una tarde Judy y su segundo marido aparecieron de visita y encontraron a la anciana sentada en el sillón de mimbre bajo el sauce, porque el techo, del porche se había desmoronado, los pilares estaban podridos.

–Bueno, señora, usted se viene a vivir con nosotros –anunció el yerno.

–Gracias, hijo, pero no es posible. Imagínese el desconcierto del Doctor en Ciencias Divinas si no me encuentra aquí el Jueves.

–¿Qué dice tu mamá?

–Cree que el fantasma de mi padre la visita los jueves, por eso nunca ha querido dejar la casa –le aclaró Judy.

–No hay problema, señora. Le dejaremos una nota a su marido con su nueva dirección –resolvió el hombre.

A nadie se le había ocurrido una solución tan simple. Nora se levantó, escribió la nota con su perfecta caligrafía de maestra, cogió su collar de perlas, salvado de tantas pobrezas, una caja con viejas fotografías y un par de cuadros pintados por su marido, y fue tranquilamente a sentarse en el automóvil de su hija. Judy echó el sillón de mimbre en la cajuela, porque su madre podría necesitarlo, cerró la casa con un candado y partieron sin mirar hacia atrás. Charles Reeves debe haber encontrado el mensaje, tal como encontró los otros cada vez que su viuda cambió de domicilio, porque no faltó ni un solo jueves a la cita póstuma ni Nora perdió de vista el hilo de la naranja que la unía al otro mundo. El año que Gregory se casó con Shanon, su hermana vivía con el veterinario, con su madre y un montón de chiquillos de diversas edades, colores y apellidos, esperaba a la octava criatura y se confesaba enamorada. Su existencia no era fácil, media casa estaba destinada a la clínica de animales, debía soportar el desfile constante de bestias enfermas, el aire olía a creolina, los niños peleaban como fieras y Nora Reeves se había sumido en el misericordioso mundo de la imaginación y a una edad en que otras ancianas tejen calcetas para los bisnietos, ella había vuelto a su juventud. Sin embargo Judy se consideraba feliz por primera vez, tenía al fin un buen compañero y no necesitaba trabajar fuera de su hogar. Su marido preparaba unas parrilladas monumentales para alimentar a la tribu y compraba galletas de chocolate al por mayor. A pesar del embarazo, la buena mesa y su enorme apetito, Judy comenzó a adelgazar lentamente y pocos meses después de dar a luz tenía su peso de muchacha. Acudió al casamiento de su hermano con un atuendo de velos claros y un delicado sombrero de paja, del brazo de su tercer marido, con siete hijos en ropa de domingo y otro en los brazos, su madre vestida de colegiala y una perra paralítica sostenida por un arnés, pero con la expresión de risa de los animales contentos.

–Saluda a tu tía Judy y a tu abuela Nora –dijo Gregory a Margaret, quien para entonces tenía once años y seguía siendo muy pequeña de estatura, pero actuaba como una mujer adulta. La chica no había oído hablar de ese mujerón obeso ni de esa viejuca distraída con un lazo en la cabeza y pensó que aquel circo era una especie de broma. No apreciaba el sentido del humor de su padre.

El novio quiso dar a su boda un aire latino, contrató a un grupo de mariachis del barrio de la Misión y la comida fue obra de Rosemary, una de sus antiguas amantes, una bella mujer que no le guardaba rencor por su matrimonio porque nunca lo quiso para marido. Había escrito varios libros de cocina y se ganaba la vida preparando banquetes, con su equipo de mesoneras servía con la misma facilidad una fiesta mexicana, un almuerzo para ejecutivos japoneses o una cena francesa. Shanon convertida en el alma de la recepción y ataviada con un inocente vestido de organdí blanco, se ejercitó con paso-dobles, boleros y corridos hasta que se le fueron las copas a la cabeza y debió retirarse. El resto de la noche Gregory Reeves y Timothy Duane bailaron con Carmen, como en los viejos tiempos del *jitter-bug* y el *rock n'roll*, mientras Dai observaba con expresión atónita ese nuevo aspecto de la personalidad de su madre.

–Este niño es igual a Juan José –apuntó Gregory.

–No, es igual a mí –replicó Carmen.

Había regresado de su viaje a Tailandia, Bali y la India con un cargamento de materiales y la cabeza llena de ideas novedosas. No daba abasto con los pedidos del comercio, había alquilado un local para su taller y contratado a un par de refugiados vietnamitas a quienes entrenó para ayudarla. En las horas que Dai iba a la escuela disponía de tranquilidad y silencio para diseñar las joyas que luego sus operarios reproducían. Contó a Gregory que pensaba abrir su propia tienda apenas lograra ahorrar lo suficiente para echar a andar.

–Eso no funciona así. Tienes mentalidad de campesina. Debes pedir un préstamo, los negocios se hacen a crédito, Carmen.

–¿Cuántas veces te he pedido que me llames Tamar?

–Te presentaré a mi banquero.

–No quiero acabar como tú, Gregory. Ni en cien años podrás pagar todo lo que debes.

Era cierto. El banquero amigo tuvo que hacerle otro préstamo para instalar su oficina, pero no se quejaba porque ese año los intereses se dispararon a niveles nunca vistos en el país, debía aprovechar a clientes como Gregory Reeves porque no quedaban muchos capaces de pagarlos. La racha no podía durar demasiado, los expertos pronosticaban que la incertidumbre económica costaría la reelección al presidente, un buen hombre a quien acusaban de ser débil y demasiado liberal, dos pecados imperdonables en ese lugar y en ese tiempo.

Instaló la oficina en los altos de un restaurante chino y mandó grabar en los vidrios su nombre y su título con grandes letras doradas, como había visto en las películas de detectives: Gregory Reeves, abogado. Ese letrero simbolizaba su triunfo. Se te nota la baja clase, hombre, no he visto nada más vulgar, comentó Timothy Duane, pero a Carmen le gustó la idea y decidió copiarla para su tienda, con una caligrafía de arabescos. Era un piso amplio en pleno centro de San Francisco con un ascensor directo y una salida de emergencia, que habría de ser útil en más de una ocasión. El mismo día que Reeves entró al edificio el dueño del restaurante, oriundo de Hong Kong, subió a presentar sus saludos, acompañado por su hijo, un joven miope, pequeño y de modales suaves, geólogo de profesión, pero sin la menor afinidad con los minerales y las piedras, en realidad sólo amaba los números. Se llamaba Mike Tong y había llegado muy joven al país, cuando su padre trasladó la familia completa a esa nueva patria. Preguntó si el señor abogado necesitaba un contador para llevar sus libros y Gregory le explicó que por el momento sólo tenía un cliente, de modo que no podía pagarle un sueldo, pero podría emplearlo por algunas horas a la semana. No sospechaba que Mike Tong se convertiría en su más fiel guardián y lo salvaría del desespero y la bancarrota. Para entonces el contingente de trabajadores latinos había aumentado mucho. Dentro de treinta años los blancos seremos minoría en este país, pronosticaba Timothy Duane. Reeves quiso aprovechar la experiencia del barrio donde se crió y su dominio del español para buscar clientela entre ellos, porque en otros campos la competencia era grande, tres cuartas partes del total de abogados del mundo operaban en los Estados Unidos, había uno por cada trescientas setenta personas. La razón más importante, sin embargo, fue que se enamoró de la idea de ayudar a los más humildes, podía comprender mejor que nadie las angustias de los inmigrantes latinos, él también había sido un *lomo mojado*. Necesitaba una secretaria capaz de desenvolverse en ambos idiomas y Carmen lo puso en contacto con una tal Tina Faibich, que cumplía los requisitos. La postulante apareció en la oficina cuando todavía no llegaban los muebles, sólo estaba el sofá de cuero inglés, cómplice de tantas conquistas, y decenas de maceteros con plantas, archivos y expedientes yacían de cualquier modo por el suelo. La mujer debió abrirse paso en el desorden y sentarse sobre un cajón de libros. Gregory se encontró frente a una señora plácida y dulce, que se expresaba en perfecto español y lo miraba con una indescifrable expresión en sus ojos amables de ternera. Se sintió cómodo con ella, irradiaba la serenidad que a él le faltaba. La miró apenas, no revisó sus recomendaciones ni hizo demasiadas preguntas, confiaba en su instinto. Al despedirse ella se quitó los lentes y le sonrió ¿no me reconoce? le preguntó con timidez. Gregory levantó la vista y la observó más detenidamente, era Ernestina Pereda, la ardilla traviesa de los juegos eróticos en el baño de la escuela, la loba caliente de la adolescencia que lo salvó del suplicio del deseo cuando se estaba ahogando en el caldo hirviente de sus hormonas, la de los coitos precipitados y los llantos de arrepentimiento, santa Ernestina, ahora convertida en una matrona apacible. Después de muchos amantes de un día, se había casado, ya madura, con un empleado de la compañía de teléfonos, no tenía hijos y no los necesitaba, su marido era suficiente, dijo, y le mostró una fotografía del Sr. Faibich, un hombre tan común y corriente que sería imposible recordar su rostro un minuto después de haberlo visto. Gregory Reeves se quedó con la foto en la mano y la vista clavada en el suelo, sin saber qué decir.

—Soy buena secretaria —murmuró ella sonrojándose.

—Esta situación puede resultar incómoda para los dos, Ernestina.

—No tendrá quejas de mí, Sr. Reeves.

—Llámame Gregory.

—No. Es mejor que empecemos de nuevo. El pasado ya no cuenta. —Y procedió a contarle cómo cambió su vida luego de conocer a su marido, un hombre bonachón sólo en apariencia, porque en privado era pura dinamita, un amante insaciable y fiel que logró tranquilizar su vientre apasionado. Del pasado tormentoso apenas quedaba una imagen difusa, en parte porque no tenía interés alguno en lo ocurrido antes, le bastaba la dicha de ahora.

—Sin embargo usted no se me olvidó nunca, porque fue el único que nunca me prometió algo que no estuviera decidido a cumplir —dijo.

—Mañana la espero a las ocho, Tina —sonrió Gregory estrechándole la mano.

Linda broma me hiciste, reclamó después a Carmen por teléfono y ella, que conocía los sigilosos y culpables encuentros de su amigo con Ernestina Pereda, le aseguró que no se trataba de una broma, con toda honestidad pensaba que era la secretaria ideal para él. No se equivocó, Tina Faibich y Mike Tong serían los únicos pilares firmes del frágil edificio del bufete de Gregory Reeves. También fue idea de Carmen atraer clientes latinos con publicidad en el canal en español a la hora de las telenovelas, recordaba a su madre hipnotizada frente a la pantalla, más inquieta por los destinos de esos seres de ficción que por los de su propia familia. Ninguno de los dos calculó el impacto del aviso. En cada interrupción del melodrama aparecía Gregory Reeves con su traje bien cortado y sus ojos azules, la imagen de un respetable profesional anglosajón, pero cuando abría la boca para ofrecer sus servicios lo hacía en un sonoro español de barrio, con los modismos y el inconfundible acento arrastrado de los hispanos que lo observaban al otro lado de la pantalla. Se puede confiar en él, decidían los clientes potenciales, es uno de nosotros, sólo que de otro color. Pronto lo conocían los mozos de los restaurantes, los choferes de taxi, los obreros de construcción y cuanto trabajador de piel tostada se le cruzaba por delante. King Benedict era su único caso cuando comenzó, al mes tenía tantos que pensó en buscar un socio.

—Subalternos sí, socios nunca —le recomendó Mike Tong, quien pasaba todo el día en la oficina, a pesar de que estaba contratado por unas horas a la semana.

Dos años después trabajaban en la firma seis abogados, una recepcionista y tres secretarias, Reeves atendía casos por toda California se movilizaba más en aviones que por tierra firme, ganando dinero a montones y gastando mucho más de lo que entraba. Para entonces Mike Tong pasaba la mayor parte de su existencia metido en el desorden de su cuchitril, entre archivos, papeles, libros de contabilidad, documentos bancarios y la máquina fotocopiadora, además de la cafetera, escobas, provisión de papel de baño y vasos desechables, que fiscalizaba con diligencia de urraca. Los demás se burlaban de la mezquindad del chino, aseguraban que por las noches regresaba sigiloso para rescatar de la basura los vasos de cartón, lavarlos y colocarlos de vuelta en la caja para ser usados al día siguiente, pero Mike Tong no hacía el menor caso de esas bromas, estaba muy ocupado cuadrando las cuentas en su ábaco.

Las rutinas de la vida y deberes de la monogamia agobiaron a Shanon desde un comienzo, tenía la sofocante sensación de arrastrarse por un desierto de dunas interminables dejando jirones de su juventud en cada paso. La risa de cascabeles que constituía su principal atractivo bajó de tono y se hizo más notorio su carácter indolente. Se aburría sin consuelo, anclada a un marido por ilusión de seguridad, idea sugerida por su madre, quien también le insinuó que la mejor forma de atrapar a Gregory Reeves era un embarazo oportuno. Deseaba casarse, por supuesto, pero no por razones mezquinas sino porque sentía cariño por ese hombre. A su lado se sentía protegida por primera vez. Me alegro, hija, porque muy pronto Reeves será rico, a menos que ya lo sea, como he oído decir por ahí, replicó la señora. Shanon no hizo cálculos, no aparentaba un interés específico en el dinero, a pesar de los consejos familiares de que atrapara un pez gordo que le diera la categoría de reina digna de su belleza. Por otra parte, la idea de ganarse la vida, cumplir un horario y ajustarse a un presupuesto le resultaba insoportable, había intentado hacerlo, pero estaba probado que no lo resistía. Un marido próspero resolvería sus problemas, pero no pensó el precio que eso tendría. Ahora estaba prisionera dentro de la casa y atada a la criatura que crecía en su vientre. Las primeras semanas se distrajo tomando sol en el muelle junto al bote fantasma, pero pronto convenció a Gregory de cambiarse de casa y en el afán de buscar la mansión de sus sueños se le fueron los meses. No encontró lo que buscaba, ni tuvo ánimo para decorar la suya con algún esmero, compró apresuradamente muebles y adornos de un catálogo y cuando llegaron los apiló de cualquier modo. Deambulaba por los cuartos atiborrados y se entretenía hablando por teléfono con sus amistades, por broma llamaba a sus antiguos amantes a horas intempestivas y les susurraba obscenidades, excitándolos y excitándose hasta la demencia. Necesitaba ejercitar su natural coquetería, si no se le agriaba el ánimo, igual como cuando le faltaba licor. De puro fastidio fue aumentando las copas y acabó bebiendo como su padre. En los primeros meses, antes de que se le inflara la barriga, iba a la oficina de su marido y fumaba pierna arriba sobre el escritorio de algunos de los jóvenes abogados, sólo por el placer de verlos inquietos. Posiblemente no habría notado la existencia de Mike Tong a no ser porque él era impermeable a su encanto, la trataba con la cortés distancia reservada a una abuela ajena, situación que le provocaba un rencor sordo, agravado porque el contador chino le restringía el uso de las tarjetas de crédito y ponía freno a su jefe cuando se lanzaba en gastos desproporcionados para complacerla. Tampoco le gustaba Timothy Duane, lo invitó en cierta ocasión a almorzar con el pretexto de discutir una fiesta de cumpleaños para su marido, pero se presentó acompañado por una turista austríaca con quien salía esa semana y no dio señales de percibir cuánto más bella y disponible era Shanon. Cuida a tu mujer, le advirtió Duane al día siguiente a Gregory, quien llegó a su casa a exigir explicaciones, pero no pudo confrontarla porque la encontró aturdida en el suelo de la cocina y cuando quiso moverla, le vomitó encima. Es el embarazo, dijo, pero olía a alcohol. La ayudó a acostarse y más tarde, cuando la vio dormida entre sus sábanas rosadas, pensó que era muy joven, algo ingenua y tal vez Duane, guiado por su cinismo, había interpretado mal una invitación inocente. Sin embargo no pudo seguir engañándose por mucho tiempo, en los meses siguientes vio los síntomas del deterioro, tal como antes le sucediera con Samantha, pero calculó que tenía mucho más en común con Shanon que con su primera mujer y se aferró a esa idea para no deprimirse. Al menos compartían el gusto por la buena comida y los retozos desmedidos en la cama. Como él, Shanon era inquieta y aventurera, gozaba con los viajes, las compras y las fiestas. Ustedes acabarán mal, tu mujer sintoniza con las debilidades de su carácter, le advirtió Carmen, pero él no lo veía de ese modo. Tal vez con esas similitudes podrían haber tejido los fundamentos de una verdadera relación de esposos, pero se les enfrió pronto la pasión de los primeros encuentros y al escarbar en el rescoldo de la antigua hoguera no encontraron amor. Gregory seguía deslumbrado por la juventud, la alegría y la belleza de Shanon, pero estaba muy ocupado en su trabajo y no le dedicaba tiempo a su familia. Entretanto ella se consumía de impaciencia con la actitud de una adolescente consentida. Ninguno puso mucho interés por mantener a flote el barco en el cual navegaban, por lo mismo resultó extraño que cuando finalmente se hundió, se guardaran tanto rencor.

El entusiasmo de Gregory por Shanon se esfumó con rapidez, pero no se notó porque durante los meses del embarazo sintió por ella una ternura protectora, mezcla de compasión y arrobamiento. Estuvo a su lado cuando dio a luz, sosteniéndola, secándole la transpiración, hablándole para calmarla, mientras los médicos se afanaban bajo las lámparas implacables de la sala de parto. El olor de la sangre le trajo el recuerdo de la guerra y volvió a ver al muchacho de Kansas, como tantas veces lo viera en sueños, suplicándole que no lo dejara solo. Shanon se aferró a él mientras empujaba por desprender a la criatura de sus entrañas y en esos momentos Gregory creyó que la amaba. Le gustaban los niños y estaba entusiasmado con la idea de ser padre de nuevo, esta vez sería diferente, se prometió, el bebé no le sería un extraño, como

Margaret. Quiso ser el primero en iniciarlo en el mundo y estiró las manos para recibirlo apenas asomó la cabeza. Lo levantó para mostrárselo a la madre y nada pudo decir, porque la emoción le secó la voz. Después recordaría ese instante como el único de felicidad completa junto a esa mujer, pero aquel chispazo de dicha desapareció en cuestión de días, ella no servía para los afanes de la maternidad, así como tampoco para el papel de esposa o de ama de casa, y apenas pudo ponerse sus bluyines ajustados de soltera trató de escapar de la trampa del matrimonio. Su primer amante fue el médico que la atendió en el parto y muy pronto hubo varios más, mientras su marido, absorto en el trabajo, no tuvo ojos para ver las evidencias. Shanon se transformaba con cada nuevo amor según los requerimientos del hombre de turno, un día aparecía con una permanente y nueva ropa interior de encaje negro, pero dos semanas más tarde los portaligas franceses quedaban olvidados al fondo de un cajón porque había puesto los ojos en un vecino escritor, entonces Gregory la encontraba arropada en uno de sus chalecos, sin maquillaje y con nuevos anteojos de carey, leyendo a Yung. Entretanto David, el bebé, crecía en un corral, tan inquieto, llorón y mañoso que ni su madre deseaba hacerle compañía.

Un día Tina contó abochornada a su jefe que había visto a uno de los abogados de la firma besándose con Shanon en el estacionamiento, disculpe que me meta en esto, Sr. Reeves, pero es mi obligación decírselo, concluyó con voz temblorosa. A Gregory el mundo se le tiñó de rojo, cogió al acusado por la solapa y se trenzó a puñetazos, el hombre logró tomar el ascensor para escapar, pero él corrió por la escalera de servicio y lo atrapó en la calle con tal escándalo que intervino la policía y acabaron todos declarando en el retén, incluso Mike Tong, quien volvía del correo y alcanzó a ser testigo del final de la pelotera, cuando el galán yacía en la acera con la nariz ensangrentada. Esa noche Shanon culpó de lo sucedido a unas copas de más y trató de convencer a su marido que esas travesuras carecían por completo de importancia, sólo lo amaba a él. Gregory quiso saber qué diablos hacía en el estacionamiento y ella juró que se trataba de un encuentro casual y un beso amistoso.

—Se te nota la edad, Gregory, eres muy pasado de moda —concluyó.

—¡Parece que nací para cornudo! —rugió Reeves y se fue con un portazo rotundo.

Durmió en un motel hasta que Shanon logró ubicarlo y le suplicó que regresara, jurando amor y asegurándole que a su lado se sentía segura y protegida, sola estaba perdida, dijo sollozando. En secreto Gregory la esperaba. Había pasado la noche despierto, atormentado por los celos, imaginando represalias inútiles y soluciones imposibles. Fingió una rabia que en verdad ya no sentía, sólo por la satisfacción de humillarla, pero volvió a su lado tal como lo haría cada vez que se fuera en los meses siguientes.

Margaret desapareció de la casa de su madre a los trece años. Samantha esperó dos días antes de llamarme porque pensó que no tenía donde ir y pronto estaría de vuelta, seguro se trataba de una escapada sin importancia, todos los chicos a su edad hacen estas locuras, no es nada del otro mundo, ya sabes que Margaret no da problemas, es muy buena, me dijo. Su capacidad para ignorar la realidad es como la de mi madre, nunca deja de maravillarme. Avisé de inmediato a la policía, que organizó una operación masiva para encontrarla, pusimos avisos en cada ciudad de la bahía, la llamamos por radio y por televisión. Cuando fui a la escuela me enteré que no la habían visto en meses, se habían cansado de mandar notificaciones a su madre y dejar recados por teléfono. Mi hija era pésima estudiante, no tenía amistades, no hacía deportes y faltaba demasiado a clases, hasta que por fin dejó de asistir. Interrogué a sus compañeros, pero sabían poco de ella o no quisieron decirme, me pareció que no le tenían simpatía, una muchacha la describió como agresiva y grosera, dos adjetivos imposibles de asociar con Margaret, quien siempre se comportaba como una dama antigua en un salón de té. Después hablé con los vecinos y así me enteré de que la habían visto salir a altas horas de la noche, a veces la venía a buscar un tipo en una motocicleta, pero casi siempre regresaba en diferentes automóviles. Samantha dijo que seguro se trataba de chis- mes mal intencionados, ella no había notado nada raro. Cómo iba a percibir la ausencia de su hija, si ni siquiera notaba su presencia, digo yo. En la foto que apareció en televisión Margaret se veía muy bonita e inocente, pero recordé sus gestos provocativos y se me ocurrieron horribles posibilidades. El mundo está lleno de pervertidos, me dijo una vez un oficial de la policía cuando se me perdió en el parque uno de los críos que cuidaba. Fueron días de suplicio recorriendo cuarteles de policía, hospitales, periódicos.

–Éste es un caso para San Judas Tadeo, patrono de las causas perdidas –me recomendó Timothy Duane con toda seriedad cuando me desmoroné en su laboratorio en busca de una mano amiga–. Tienes que ir a la Iglesia de los Dominicos, ponerle veinte dólares a la cajita del santo y prenderle una vela.

–Estás demente, Tim.

–Sí, pero ése no es el punto. Lo único que me dejaron doce años de colegio de curas es el sentido de culpa y la fe incondicional en San Judas. Nada pierdes con probar.

–El doctor Duane tiene razón, no se pierde nada con probar. Yo lo acompaño –ofreció suavemente mi secretaria, cuando lo supo, y así fue como me encontré de rodillas en una iglesia encendiendo velas, como no lo hacía desde mis tiempos de monaguillo del Padre Larraguibel, acompañado por la inefable Ernestina Pereda.

Esa noche alguien llamó diciendo que en un bar habían visto a una persona parecida, sólo que bastante mayor. Allí fuimos con dos policías y encontramos a Margaret disfrazada de mujer, con uñas postizas, tacones altos, pantalones ajustados y una máscara de maquillaje deformando su cara de bebé. Al verme echó a correr y cuando le dimos caza me abrazó llorando y me llamó papá por primera vez desde que me acuerdo. El examen médico reveló que tenía marcas de agujas en los brazos y una infección venérea. Cuando traté de hablar con ella en el cuarto de la clínica privada donde la internamos, me rechazó con una andanada de palabrotas que escupía con voz de hombre, varias de las cuales no había oído ni siquiera en el barrio donde me crié o en mis tiempos de soldado. Se había arrancado la sonda del brazo, con su lápiz de labios había escrito horrendas obscenidades en las paredes de su pieza, había destrozado la almohada y lanzado al suelo todo lo que encontró a su alcance. Se necesitaron tres personas para sujetarla mientras le colocaban un tranquilizante. A la mañana siguiente fui con Samantha a verla y la encontramos serena y sonriente en su cama, con la cara limpia y una cinta en el pelo, rodeada de ramos de flores, cajas de chocolate y animales de peluche que le habían mandado los empleados de mi oficina. De la endemoniada del día anterior no quedaba ni rastro. Al preguntarle por qué había cometido semejante barbaridad se desmoronó llorando con aparente arrepentimiento, no sabía lo que le pasó, dijo, nunca lo había hecho antes, era culpa de malas amistades, pero no debíamos preocuparnos, se daba cuenta del peligro y no vería más a esa gentuza, los pinchazos fueron sólo un experimento y no se repetirían, lo juraba.

–Estoy bien. Lo único que necesito es un tocacintas para escuchar música –nos dijo.

–¿Qué clase de música quieres? –preguntó su madre acomodándole las almohadas.

–Un amigo me trajo mis canciones preferidas –replicó letárgica–. Y ahora déjenme dormir, estoy un poco cansada.

Al despedirnos nos pidió que le lleváramos cigarrillos, sin filtro por favor. Me extrañó que fumara, pero luego recordé que a su edad yo me había fabricado una pipa y, de todos modos, comparado con sus otros problemas, un poco de nicotina me pareció lo de menos. Consideré poco oportuno discutir sobre los peligros del humo en los pulmones, cuando podía morirse de una sobredosis de heroína. Cuando regresé a verla en la tarde ya no estaba. Se las arregló para despistar a la enfermera de turno, ponerse la misma ropa de prostituta con la cual llegó y huir. Al limpiar el cuarto descubrieron una jeringa desechable bajo el colchón, junto a la cinta de música rock y los restos del lápiz de labios. Había perdido a Margaret –desde entonces la he visto en la cárcel o en una cama de hospital– pero no lo sabía aún, me demoré nueve años en decirle adiós, nueve años de esperanzas defraudadas, de búsquedas inútiles, de falsos arrepentimientos, de incontables raterías, traiciones, vulgaridades, sospechas y humillaciones, hasta que por fin acepté en el fondo de mi corazón que es imposible ayudarla.

La primera tienda «*Tamar*» surgió en una calle del centro de Berkeley, entre una librería y un salón de belleza, veinticinco metros cuadrados con una vitrina pequeña y una puerta estrecha, que hubiera pasado desapercibida entre los otros comercios del vecindario, si Carmen no decide aplicar los mismos principios decorativos de la casa de Olga, pero al revés. La vivienda de la curandera tenía tantos adornos y colorinches como una pagoda de opereta y por lo mismo destacaba en la arquitectura gris y pobretona del barrio latino. El local de Carmen estaba rodeado de tiendas vistosas, de restaurantes chinos con sus dragones iracundos y mexicanos con sus cactus de yeso, bazares de la India, ventas para turistas y la floreciente industria de pornografía con avisos de neón mostrando parejas desnudas en posiciones inverosímiles. Con semejante competencia resultaba difícil atraer clientela, pero ella pintó todo de blanco, puso un toldo del mismo color en la puerta y lámparas potentes para acentuar el aspecto de laboratorio de su local. Desplegó las joyas sobre sencillas bandejas de arena y transparentes trozos de cuarzo, donde el elaborado diseño y los ricos materiales lucían espléndidos. En un rincón colgó algunas faldas gitanas, como las que ella misma usaba desde hacía años, únicas notas cálidas en esa blancura de nieve. En el aire flotaba un aroma tenue de especias y los monótonos acordes de una vihuela oriental.

–Pronto tendré cinturones, carteras y chales –explicó Carmen a Gregory cuando le mostró ufana su nuevo negocio en la fiesta de inauguración–. Habrá poca variedad pero se podrán combinar todas las piezas, de manera que con una visita a mi tienda la clienta pueda salir vestida de pies a cabeza.

–No encontrarás mucho entusiasmo por estos disfraces –se rió Gregory, convencido de que se necesitaba estar mal de la cabeza para ponerse las creaciones de su amiga, pero minutos más tarde debió tragarse sus palabras cuando Shanon le rogó que le comprara varios pendientes «étnicos», que a él le parecieron injustificadamente caros, y vio a su amiga Joan, del brazo de Balcescu, luciendo una de esas estrafalarias faldas zíngaras de parches multicolores. Las mujeres son un verdadero misterio, masculló.

Carmen Morales llevaba su negocio con prudencia de hortelano. Sacaba sus cuentas cada semana, separando una parte para mantener funcionando la fábrica, otra para impuestos, algo para sobrevivir sin lujos y aumentar su cuenta de ahorros. Contaba con sus fieles vietnamitas para reproducir los diseños y unas comadres mexicanas de su barrio que, de acuerdo a precisas instrucciones, cosían la ropa en sus casas y se la enviaban por servicio postal. Ella misma escogía todos los materiales y una vez al año, durante el verano, partía de compras al Asia o al norte de África en unos azarosos viajes que a otra mujer menos confiada la hubieran aterrado, pero ella iba protegida de los riesgos porque era incapaz de imaginar la maldad ajena. Sólo podía ausentarse durante las vacaciones escolares de Dai, quien se acostumbró a esos safaris en tren, en jeep, en burro o a pie por aldeas remotas en las junglas de Tailandia, campamentos de pastores nómadas en las montañas Atlas, o barrios de miseria en las multitudinarias ciudades de la India. Su cuerpo delgado y moreno resistía sin quejas toda suerte de comidas, agua contaminada, picadas de mosquitos, fatigas y calor de infierno, poseía la fortaleza de un faquir para los inconvenientes. Era un niño tranquilo que aprendió las cuatro operaciones aritméticas jugando con las cuentas para collares y antes de los diez años había descubierto varias leyes matemáticas que en vano trataba de explicar a su madre y a la maestra. Más tarde, cuando averiguaron su extraordinario talento para los números y lo examinaron profesores de la universidad, resultaron ser principios de trigonometría. Tenía un pequeño tablero metálico de ajedrez con piezas imantadas y en el vapuleo de los trenes, medio aplastado por la multitud de pasajeros, jaulas de animales, destartaladas maletas de cartón y canastos con comestibles, Dai jugaba impasible ajedrez contra sí mismo, sin hacer trampas. No siempre dormían en hoteles o en chozas de gente amiga, a veces viajaban en pequeñas caravanas o llevaban un guía y les tocaba detenerse para acampar en la mitad de la nada.

En un petate en el suelo o en una hamaca colgando bajo un improvisado mosquitero, rodeado por graznidos amenazantes de pájaros nocturnos y rumor de patas sigilosas, sumido en el inquietante olor de residuos vegetales y magnolias, Dai se sentía totalmente seguro junto al cuerpo tibio de su madre, la creía invulnerable. Con ella pasó por muchas aventuras y las pocas veces en que la vio asustada sintió también el pinchazo del miedo; pero entonces recordaba a su madre, la de los ojos de almendras negras que volaba a propulsión a chorro sobre su cabeza protegiéndolo de todos los males. En un bazar de Marruecos, pululando entre la abigarrada muchedumbre, el niño se soltó de la mano de Carmen para admirar unos cuchillos curvos con cachas de cuero labrado. El dueño de la tienda, un hombronazo patibulario envuelto en trapos, lo cogió por el cuello, lo levantó en vilo y le dio un bofetón pero antes que alcanzara a repetir el gesto una fiera brava le cayó encima, toda zarpas, gruñendo y lanzando mordiscos de perra rabiosa. Dai vio a su madre rodar con el árabe por el suelo en un alboroto de faldas rotas, cestas volteadas, mercadería dispersa y burlas de otros hombres del mercado. Carmen recibió un puñetazo en la cara y por unos instantes quedó aturdida, pero la violencia de su desesperación la reanimó y antes que nadie pudiera preverlo empuñaba uno de los cuchillos curvos desenvainado. En ese instante irrumpió la policía, la desarmaron y salvaron al comerciante de una puñalada segura, mientras los hombres reunidos en círculo celebraban la golpiza y acusaban a la extranjera con gritos e insultos. Carmen y Dai terminaron en un cuartel entre rejas, rodeados de maleantes que no se atrevieron a molestarlos porque vieron la muerte en los ojos de esa mujer. El cónsul americano acudió a su rescate y más tarde, al despedirse, les aconsejó no volver a poner los pies en ese país. Nos vemos el año próximo replicó Carmen y no pudo sonreír, porque tenía la cara hinchada y una cortadura profunda en el labio. De esas exploraciones regresaban con cajas repletas de cuentas variadas, trozos de coral, vidrio o metales antiguos, piedras semipreciosas, minúsculas tallas en hueso, conchas perfectas, garras y dientes de bestias ignotas, hojas y escarabajos petrificados desde la edad de los hielos. También traían telas bordadas y cueros repujados que servían para agregar detalles a un cinturón o un bolso, cintas desteñidas por el tiempo para las faldas, botones o hebillas que descubrían en sucuchos olvidados. Para entonces Carmen ya no trabajaba en su casa. En el taller tenía sus tesoros en cajas de plástico transparente organizados por materiales y colores, allí se encerraba por horas a fabricar cada modelo, poniendo y quitando cuentas, labrando metales, cortando y puliendo en un paciente ejercicio de la imaginación. Inició la moda los motivos astrológicos de lunas y estrellas, el uso de cristales para la buena fortuna, las joyas de inspiración africana, los aretes diferentes para cada lado y el pendiente único enroscado en la oreja con una cascada de piedras y de piezas de plata, que más tarde serían copiados hasta la saturación. Los años le dieron seguridad y afinaron un poco sus rasgos, pero no atenuaron su alegre disposición ni disminuyeron su gusto por la aventura. Manejaba el negocio como una experta, pero se divertía tanto haciéndolo que no lo consideraba un trabajo. Era incapaz de tomarse en serio. No veía diferencia entre su próspera empresa y los tiempos en que fabricaba artesanías en la casa de sus padres para vender en el barrio latino o se vestía con pañuelos de colores para hacer malabarismos en la plaza Pershing. Todo formaba parte del mismo pasatiempo ininterrumpido de la existencia y el hecho de que aumentaran los ceros en sus cuentas bancarias no cambiaba para nada la índole juguetona de su quehacer. Era la primera sorprendida de su éxito, le costaba creer que hubiera gente dispuesta a pagar tanto por esos adornos inventados en un rapto de inspiración para divertirse. Los afanes de la vida y los engaños del éxito tampoco cambiaron su naturaleza amable, seguía siendo abierta, confiada y generosa. Los viajes le enseñaron las infinitas miserias y dolores que soporta la humanidad y al compararse con otros se sentía muy afortunada. Para ella no existía conflicto entre el buen ojo para el comercio y la compasión, desde el comienzo se las arregló para dar trabajo en las mejores condiciones posibles a los más pisoteados de la escala social, y después, cuando su fábrica creció contrataba tantos latinos pobres, refugiados asiáticos y centroamericanos, inválidos y hasta un par de retardados mentales que puso a cargo de las plantas y los jardines, que Gregory llamaba al negocio de su amiga «el hospicio de Tamar». Gastaba tiempo y dinero en fatigosos entrenamientos y clases de inglés para sus obreros, que por lo general acababan de llegar al país escapando de inconfesables penurias. Su espontánea caridad resultó una visionaria medida empresarial, tal como lo fueron el comedor gratuito, los recreos obligatorios, la música ambiental, las sillas cómodas, las clases de gimnasia y relajación para los músculos agarrotados por el minucioso esfuerzo de montar las joyas, y tantas otras innovaciones, porque el personal respondía con fidelidad y eficiencia asombrosas.

En sus viajes Carmen aprendió que el mundo no es blanco y nunca lo sería, por lo mismo ostentaba con orgullo su piel tostada y sus rasgos latinos. Su arrogante apostura engañaba a los demás, daba la impresión de ser más alta y más joven y se presentaba con tanto aplomo, envuelta en sus vestidos gitanos y acompañada por el tintinear de sus pulseras, que nadie se daba el trabajo de detallar su escasa estatura, senos pesados y cuerpo de guitarra, o sus primeras canas y arrugas. En el recreo de la escuela Dai ganó un concurso entre sus compañeros por tener la madre más bella.

–¿Nunca te vas a casar, mamá? –le preguntó el niño.

–Sí, cuando tú crezcas me voy a casar contigo.

–Cuando yo crezca tú estarás muy vieja –le explicó Dai, para quien los números eran verdades irrefutables.

–Entonces tendré que buscarme un marido tan decrépito como yo –se rió Carmen y en un chispazo de la memoria vio el rostro de Leo Galupi, tal como lo había recordado a menudo en esos años y tal como lo viera por primera vez, medio oculto tras un ramo de flores mustias esperándola en el aeropuerto de Saigón. Se preguntó si acaso él la recordaría también y decidió que un día tendría que averiguarlo, porque Dai crecía rápido y muy pronto tal vez no la necesitaría. Por otra parte estaba cansada de amantes fugaces, escogía hombres menores porque necesitaba armonía y belleza a su alrededor, pero empezaba a pesarle el vacío sentimental.

Mientras su amigo Gregory vivía a lo rico acumulando deudas y dolores de cabeza, ella vivía como una obrera, pero cosechaba dinero y halagos. Pronto el nombre de Tamar había pasado a ser símbolo de estilo original y de calidad impecable. Sin proponérselo se encontró dirigiendo desfiles de moda y dando conferencias como una experta, sin perder de vista que todo el asunto era una broma. Un día me pillarán que no sé nada de nada, me las arreglo para engatusar al mundo con pura jactancia, comentaba con Gregory cuando salía en revistas femeninas y de arte, o en publicaciones de economía como ejemplo de empresa en rápido desarrollo. Pocos años más tarde, cuando había sucursales «*Tamar*» en varias capitales, casi doscientas personas trabajando a sus órdenes, sin contar los vendedores que recorrían varios continentes ofreciendo la mercadería en las tiendas más lujosas, y cuando el departamento de contabilidad ocupaba todo un piso de la fábrica, ella todavía viajaba en mula por la jungla o en camello por el desierto comprando sus materiales y vivía modestamente con su hijo, no por mezquindad sino porque no sabía que la existencia puede ser más cómoda.

King Benedict deseaba más que nada en el mundo un tren eléctrico para armar en la sala de la casa de su madre. Ya había fabricado la estación, un pueblo de casitas de madera, árboles de cartón y una naturaleza de cerros y túneles en miniatura que se extendía de muro a muro impidiendo el paso por el cuarto. Sólo esperaba el tren porque Bel le había prometido que ésa sería la primera adquisición cuando recibieran el dinero del juicio. Se sentía como un inválido y se aferraba a esa mujer de cuello largo y ojos amarillos, que aseguraba ser madre, y representaba la única brújula en una tempestad de incertidumbre. Desde el accidente su memoria era sólo neblina, cuarenta años borrados en el instante en que su cabeza golpeó el suelo. Recordaba a su madre joven y hermosa ¿cómo se transformó en esa vieja gastada por el trabajo y los años? ¿Quién es Bel realmente? Ojalá que me compre el tren... Comprendía que ya no estaba para juegos infantiles, pero de verdad no le interesaban para nada los asuntos que obsesionaban a los hombres. Pasaba horas embobado frente al televisor, ese prodigioso invento antes desconocido para él, y cuando veía besos apasionados en la pantalla sentía una ciega ansiedad, algo palpitante en las entrañas, que por fortuna no duraba mucho. El catálogo de trenes eléctricos lo atraía mucho más que las revistas de mujeres desnudas que le ofrecía el vendedor de periódicos en el quiosco de la esquina. A veces se veía a sí mismo desde la distancia, como si estuviera en el cine contemplando su propio rostro en un guión inexorable. No reconocía su cuerpo. Su madre le había explicado el accidente y la amnesia, no era tonto, sabía que no tenía catorce años. Se miraba largamente en el espejo sin reconocer a ese abuelo que lo saludaba desde el otro lado, hacía un inventario de los cambios y se preguntaba en qué momento ocurrieron, cómo se acumuló tanto desgaste. Ignoraba cómo perdió pelo, ganó peso y le aparecieron arrugas, dónde fueron a parar algunos de sus dientes, por qué le dolían los huesos cuando lanzaba una pelota, se le acababa el aire cuando intentaba subir corriendo las escaleras y no podía leer sin anteojos. No recordaba haber comprado esos lentes. Ahora se encontraba sentado ante una mesa grande en una oficina llena de plantas y libros entre dos hombres que lo acosaban a preguntas, algunas imposibles de responder, mientras una secretaria escribía cada palabra en una máquina. ¿Quién era el presidente en el año que usted se casó? Su madre lo obligaba a ir diariamente a la biblioteca a leer los periódicos antiguos para enterarse de lo ocurrido en el mundo durante esos cuarenta años que se le fueron de la mente. Los datos abstractos le resultaban más comprensibles que los artefactos de uso diario, como un horno microonda y otras cosas fascinantes y misteriosas. King sabía los nombres de los presidentes, los más notables resultados del béisbol, los viajes a la luna, las guerras, los asesinatos de John Kennedy y Martin Luther King, pero no tenía la menor idea dónde se encontraba durante esos eventos y podía jurar que jamás se había casado. Su madre enterraba las tardes contándole cosas de su propia vida a ver si de tanto repetir lograba despejar las brumas del olvido, pero esos ejercicios obligados de la memoria eran un interminable y aburrido calvario. Le costaba creer que su destino hubiera sido tan insignificante, que nada importante hubiera hecho, nada realizara de sus planes juveniles. Sentía angustia por el tiempo desperdiciado en ese collar de rutinas minúsculas, por lo mismo agradecía esa segunda oportunidad en este mundo. Su futuro no era un hoyo negro a la espalda, como decía su madre, sino un cuaderno en blanco ante sus ojos. Podía llenarlo con lo que siempre ambicionó, recorrer una vez más los años ya vividos. Correría aventuras, encontraría tesoros, cometería actos heroicos, iría al África en busca de sus raíces, nunca se casaría ni envejecería. Si al menos pudiera recordar los errores y los aciertos... Siempre quiso un tren eléctrico, no era un capricho del momento sino su más antiguo deseo, el sueño de su infancia. Cuando se lo dijo a Reeves, el hombre le sonrió con sus ojos claros y le confesó que ésa era también su máxima aspiración, pero nunca lo tuvo. Mentira, si puede pagar esta oficina con letras de oro en las ventanas, también puede comprarse un tren y hasta dos si le da la gana, había deducido King Benedict, pero no se atrevió a decírselo, no podía quedar como un grosero. ¿Por qué su madre escogió un abogado blanco? ¿No le había dicho ella misma muchas veces que por principio debía desconfiar siempre de los blancos? Ahora el otro hombre le ponía hileras de fotografías sobre la mesa y debía reconocerlas, pero ninguna de esas personas le resultaba familiar, excepto la bella mujer sentada en el marco de una ventana con media cara iluminada y la otra en sombras, su madre sin duda, aunque se veía muy diferente a la anciana de ahora. Después lo enfrentaron con fotos de revistas para que identificara ciudades y paisajes, casi todos desconocidos para él. ¿Y eso? ¿Qué eran esa plantación de algodón y esa camioneta? No lograba recordar, pero estaba seguro de haber estado en un sitio similar. ¿Dónde es, mamá? pero antes que pudiera modular las palabras comenzó a sentir clavos en las sienes y en pocos momentos el dolor lo volteó. Levantó las manos para protegerse la cabeza y trató de escapar, pero cayó al suelo de rodillas.

–¿Se siente mal, Sr. Benedict? ¡Sr. Benedict...! –Y la voz le llegó de lejos. Después sintió la mano de su madre en la frente y se volvió para abrazarse a su cintura y esconderse en su pecho, agobiado por los sordos martillazos retumbando dentro de su cerebro y la ola de náusea que le llenaba la boca de saliva y lo hacía temblar.

Gregory Reeves tardó un año en aceptar que no había razón para seguir luchando por un matrimonio que nunca debió realizarse, y otro tanto en tomar la decisión de separarse porque no quería dejar a David y le dolía admitir un segundo fracaso.

–El problema no es Shanon, eres tú –diagnosticó Carmen–. Ninguna mujer puede resolverte los problemas, Greg. Todavía no sabes lo que buscas. No puedes amarte a ti mismo ¿cómo vas a amar a nadie?

–¿Me habla la voz de la experiencia? –se burló él.

–¡Al menos yo no me he casado dos veces!

–Esto costará una fortuna –se lamentó Mike Tong cuando se enteró que su jefe pensaba divorciarse otra vez.

Reeves se trasladó a vivir un tiempo con Timothy Duane. Después de una trifulca escandalosa en la cual se insultaron a gritos y Shanon le lanzó una botella por la cabeza, metió su ropa en dos maletas y partió jurando que esta vez no regresaría. Llegó al departamento de su amigo cuando éste se encontraba en medio de una cena formal con otros médicos y sus esposas. Entró al comedor y con gesto dramático dejó caer su equipaje al suelo.

–Esto es todo lo que queda de Gregory Reeves –anunció taciturno.

–La sopa es de callampas –replicó Timothy sin inmutarse. Más tarde a solas le ofreció el cuarto de huéspedes y comentó que en buena hora se había separado de esa mala pécora–. Me está haciendo falta un compañero de parranda –agregó.

–No hay caso, tengo mala suerte con las mujeres.

–No digas tonterías, Greg. Vivimos en el paraíso. No sólo las mujeres son bonitas por aquí, sino que no tenemos competencia. Tú y yo debemos ser los últimos solteros heterosexuales de San Francisco.

–Hasta ahora esa estadística no me ha servido de mucho...

Shanon se quedó con el niño y poco después se instaló en una casa sobre un cerro con vista a la bahía. Gregory regresaba a la suya, ahora sin muebles, pero todavía con los barriles de las rosas. No se preocupó de remplazar lo perdido porque en el deterioro de los últimos tiempos se fue ensimismando en su indignación de marido traicionado y los cuartos vacíos le parecieron el marco adecuado a su estado de ánimo. Cuando el resentimiento contra su mujer se le transformó en deseo de revancha, quiso buscar amantes de consuelo como había hecho antes, pero descubrió que lejos de aliviarlo esa solución le complicaba el horario y aumentaba su ira. Se sumergió en el trabajo, sin tiempo ni buena disposición para trajines domésticos, se limitó a mantener vivas sus plantas.

Por su parte Shanon no estaba mucho mejor, el camión de la mudanza desembarcó los bultos en la sala de la nueva casa y allí quedaron desparramados, apenas le alcanzaron las fuerzas para acomodar las camas y unos cuantos utensilios de cocina, mientras a su alrededor crecían el estropicio y la confusión. Era incapaz de lidiar con David. El niño resultó una tarea sobrehumana, necesitaba un domador de fieras más que una niñera, había nacido con el organismo acelerado y vivía como un salvaje. Lo despidieron de las guarderías infantiles donde intentaron dejarlo algunas horas al día, su conducta era tan bárbara que mantenía a su madre en estado de permanente alerta porque cualquier descuido podía terminar en una catástrofe. Aprendió temprano a llamar la atención privándose de aire y perfeccionó ese recurso hasta lograr que le saliera espuma por la boca, se le voltearan los ojos y cayera en convulsiones cada vez que le contradecían en algún capricho. Se negaba a usar un cepillo de dientes, un peine o una cuchara, comía en el suelo lamiendo los alimentos, no podían dejarlo con otros niños porque mordía, ni entre adultos porque lanzaba un chillido vitricida capaz de moler los nervios al más bravo. Shanon se dio por vencida apenas la criatura comenzó a desplazarse gateando, lo cual coincidió con las peores peleas con su marido, y buscó alivio en la ginebra. Mientras su padre se aturdía en el trabajo y los viajes, que lo mantenían siempre ausente, y su madre lo hacía en el licor y la frivolidad, ambos afanados en una guerra de enemigos irreconciliables, el pequeño David acumulaba la rabia sorda de los niños abandonados. El divorcio evitó al menos la iniquidad de esas diarias batallas campales que dejaban a toda la familia extenuada, incluyendo a la sirvienta mexicana que iba todos los días a limpiar y a cuidar al niño, pero que finalmente prefirió la incertidumbre de la calle a ese asilo de locos. Su partida fue más trágica para Shanon que la de su marido. Desde ese momento se creyó desamparada y no volvió a intentar un amago de control, dejó que su hogar y su vida se llenaran de polvo y desorden, a su alrededor se acumularon ropa y platos sucios, cuentas impagadas, máquinas estropeadas y deberes que procuraba ignorar. En el mismo estado de desconcierto comenzó su existencia de mujer divorciada, no volvió a afanarse en su papel de madre ni ama de casa, renunció a toda pretensión de decencia doméstica, vencida antes de partir, pero le quedó ánimo para salvarse del naufragio y escapar, primero a ratos robados y luego por horas hasta que por último se fue del todo.

Reeves quedó en su casa vacía, con el bote pudriéndose en el muelle y los rosales languideciendo en los barriles. No era una solución práctica para un hombre solo, como le hizo ver todo el mundo, pero en un apartamento se sentía prisionero, necesitaba amplios espacios donde estirar el cuerpo y dejar el alma suelta. Trabajaba dieciséis horas diarias, dormía menos de cinco por noche y bebía una botella de vino en cada comida. Al menos no fumas, así es que no te consumirás de cáncer al pulmón, lo consoló Timothy Duane. La oficina parecía una fábrica de hacer dinero, pero en realidad se sostenía en precario equilibrio mientras el contador chino hacía milagros para pagar las cuentas más urgentes. En vano Mike Tong trataba de explicar a su jefe los principios básicos de la contabilidad, para que examinara las sangrientas columnas de los libros y viera cómo hacían piruetas a tientas en una cuerda floja. No te preocupes, hombre, ya nos arreglaremos, esto no es como en la China, aquí siempre se sale adelante, esta tierra es de los atrevidos, no de los prudentes, lo tranquilizaba Reeves. Miraba a su alrededor y veía que no era el único en esa postura, la nación entera sucumbía al aturdimiento del despilfarro, lanzada en una bacanal de gastos y una estrepitosa propaganda patriótica, dirigida a recuperar el orgullo humillado por la derrota de la guerra. Marchaba al tambor de su época, pero para hacerlo debía silenciar las voces de Cyrus con su melena de sabio y sus enciclopedias clandestinas, de su padre con la boa mansa, de los soldados sumergidos en sangre y espanto, y de tantos otros espíritus cuestionadores. No se ha visto tanto egoísmo, corrupción y arrogancia desde el Imperio Romano, decía Timothy Duane. Cuando Carmen previno a Gregory contra las trampas de la codicia, él le recordó que la primera lección de viveza se la dio ella en la infancia, al sacarlo del *ghetto* y obligarlo a hacer dinero en el barrio de los burgueses. Gracias a ti crucé la calle y descubrí las ventajas de estar al otro lado; es mucho mejor ser rico, pero si no puedo serlo, al menos voy a vivir como si lo fuera, dijo. Ella no lograba conciliar esas bravatas de su amigo con otros aspectos de su vida, que revelaba sin proponérselo en las largas conversaciones de los lunes, como su tendencia cada vez más acentuada de defender sólo a los más míseros, nunca a las empresas o las compañías de seguros, donde había ganancias sustanciales sin tanto riesgo.

—No estás claro, Greg. Hablas de hacer plata, pero por tu oficina desfilan sólo los pobres.

—Los latinos siempre lo son, lo sabes tan bien como yo.

–A eso voy. Con ese tipo de clientes nadie se hace rico. Pero celebro que sigas siendo el tonto sentimental de siempre, por eso te quiero. Siempre te haces cargo de los demás, no sé cómo te alcanzan las fuerzas.

Ese rasgo de su carácter no se había notado tanto cuando era una tuerca más en el complicado engranaje de un bufete ajeno, pero fue evidente al convertirse en su propio patrón. Era incapaz de cerrar la puerta a quien solicitaba ayuda, tanto en la oficina como en su vida privada. Se rodeaba de gente en desgracia y apenas lograba cumplir con todos, Ernestina Pereda hacía milagros para estirar las horas de su calendario. A menudo los clientes terminaban convertidos en amigos, en más de una ocasión tuvo viviendo en su casa a alguien que se encontró sin techo. Una mirada agradecida le parecía recompensa suficiente, pero a menudo se llevaba chascos graves. No tenía buen ojo para detectar a tiempo a los sinvergüenzas y cuando deseaba librarse de ellos era tarde, porque se volvían como escorpiones, acusándolo de toda suerte de vicios. Cuidado con que nos metan un juicio por mal uso de la profesión, advertía Mike Tong al ver que su jefe confiaba demasiado en los clientes, entre los cuales había maleantes que sobrevivían abusando del sistema legal y tenían una historia de pleitos a la espalda, trabajaban unos meses, lograban hacerse despedir y luego entablaban demanda por haber perdido el empleo, otros se provocaban heridas para cobrar el seguro. Reeves también se equivocaba al contratar a sus empleados, la mayoría tenía problemas con alcohol, otro era jugador y apostaba no sólo lo suyo, sino todo lo que podía sustraer de la oficina, y había uno que padecía depresión crónica y lo encontraron un par de veces con las venas abiertas en el baño. Tardó muchos años en darse cuenta que su actitud atraía a los neuróticos. Las secretarias no daban abasto con tanto sobresalto, pocas duraban más de un par de meses. Mike Tong y Tina Faibich eran las únicas personas normales en ese circo de alucinados. A los ojos de Carmen el hecho de que su amigo todavía no se hundiera

era una prueba irrefutable de su fortaleza, pero Timothy Duane llamaba a ese milagro pura y simple buena suerte.

Entró en su oficina por la puerta de servicio, como hacía a menudo para evitar a los clientes de la sala de espera. Su escritorio era una montaña de papeles y en el suelo se apilaban también documentos y libros de consulta, sobre el sofá había un chaleco y varias cajas con campanitas y ciervos de cristal. El desorden crecía a su alrededor amenazando con devorarlo. Mientras se quitaba el impermeable pasó revista a las plantas, preocupado por el aspecto fúnebre de los helechos. No alcanzó a tocar el timbre, Tina lo esperaba con la agenda del día.

–Debemos hacer algo con esta calefacción, me está matando las plantas.

–Hoy tiene una declaración a las once y acuérdese que en la tarde debe ir a los tribunales. ¿Puedo acomodar un poco aquí? Esto parece un basural, si no le importa que se lo diga, Sr. Reeves.

–Bien, pero no me toque el archivo de Benedict, estoy trabajando en eso. Escriba otra vez al club de Navidad para que no me manden más chirimbolos. ¿Me puede traer una aspirina, por favor?

–Creo que le harán falta dos. Su hermana Judy ha llamado varias veces, es urgente –anunció Tina y salió.

Reeves tomó el teléfono y llamó a su hermana, quien le comunicó en pocas palabras que Shanon había pasado temprano a dejar a David en su casa antes de emprender viaje con rumbo desconocido.

–Ven a buscar a tu hijo cuanto antes porque no pienso hacerme cargo de este monstruo, bastante tengo con mis hijos y mi madre. ¿Sabes que ahora usa pañales?

–¿David?

–Mi mamá. Veo que tampoco sabes nada de tu propio hijo.

–Hay que internarla en una residencia geriátrica. Judy.

–Claro, ésa es la solución más fácil, abandonarla como si fuera un zapato gastado, es lo que tú harías, sin duda, pero yo no. Ella me cuidó cuando era chica, me ayudó a criar a mis niños y ha estado a mi lado en todas las necesidades. ¡Cómo se te ocurre que voy a ponerla en un asilo! Para ti no es más que una vieja inútil, pero yo la quiero y espero que se muera en mis brazos y no botada como un perro. Tienes una hora para recoger a tu hijo.

–No puedo, Judy, tengo tres clientes esperando.

–Entonces se lo entregaré a la policía. En el corto rato que lleva en mi casa metió el gato a la secadora de ropa y le cortó el pelo a su abuela –dijo Judy procurando dominar el timbre histérico de su voz.

–¿Shanon no dijo cuándo regresaba?

–No. Dijo que tiene derecho a hacer su vida, o algo por el estilo. Olía a alcohol y estaba muy nerviosa, casi desesperada, no la culpo, esa pobre mujer no tiene ningún control sobre su vida, cómo podría tenerlo sobre su hijo.

–¿Y qué vamos a hacer ahora?

–No sé lo que harás tú. Debiste pensarlo mucho antes, no sé para qué echas hijos al mundo si no tienes intención de criarlos. Ya tienes una hija drogada ¿no es suficiente? ¿O quieres que David siga el ejemplo de su hermana? Si no puedes estar aquí exactamente en una hora, anda a la policía, allí encontrarás a tu chiquillo. –Y colgó el teléfono.

Reeves llamó a Tina para pedirle que cancelara las citas del día. Ella lo alcanzó en la puerta poniéndose el chaquetón, con su paraguas en la mano, segura de que en semejante trance su jefe la necesitaba.

–¿Qué opina de una mujer que abandona a su hijo de cuatro años, Tina? –preguntó Reeves a su secretaria a medio camino.

–Lo mismo que opino de un padre que lo abandona a los tres –replicó ella en un tono que jamás usaba y así concluyó la conversación, el resto del viaje fueron callados, escuchando un concierto en la radio y procurando mantener a raya las turbulencias de la imaginación. Cualquier cosa podían esperar de David.

Judy aguardaba con los bártulos de su sobrino en la puerta, mientras el niño, vestido de soldado, correteaba por el jardín lanzando piedras a la perra inválida. Tina abrió su gigantesco paraguas y lo hizo girar como una rueda de carrusel, eso tuvo el poder de detener en seco a David. El padre avanzó con la intención de cogerlo de la mano, pero el chico le tiró un piedrazo y salió disparado en dirección a la calle. No alcanzó a llegar. En una maniobra de ilusionista Tina cerró el paraguas, le enganchó una pierna con el mango, lo lanzó de boca al suelo y enseguida lo atrapó por la ropa, lo levantó en vilo y lo introdujo de viva fuerza en el automóvil, todo eso sin perder su habitual sonrisa. Se las arregló para mantenerlo inmovilizado todo el camino de vuelta a la ciudad. Esa tarde Gregory Reeves se presentó en los tribunales con más ganas de pelea de lo habitual, mientras su invencible secretaria lo aguardaba afuera controlando a David con cuentos, papas fritas y uno que otro pellizco.

Así comenzó la convivencia de Gregory con su hijo. No estaba preparado para esa emergencia y no había espacio en sus rutinas para una criatura, menos para una tan fregada como la suya. Era tanta la inseguridad de David que no podía estar solo ni un momento, por la noche se introducía en la cama de su padre para dormir aferrado a su mano. Los primeros días Gregory tuvo que llevarlo consigo a todos lados, porque no tenía edad para quedarse solo y no consiguió a nadie dispuesto a hacerse cargo, ni siquiera Judy, a pesar de su inclinación natural por los niños y la bonita suma que le ofreció. Si en pocos minutos le peló la cabeza a mi madre, en una hora se la corta, fue la respuesta de Judy a su petición. La casa y el coche de Reeves se llenaron de juguetes, comida rancia, chicles mascados, pilas de ropa sucia. A falta de otra solución lo llevó a la oficina, donde al principio sus empleados trataron de congraciarse con el crío, pero pronto se dieron por vencidos, reconociendo honestamente que lo odiaban. David corría por encima de los escritorios, se tragaba los clips y enseguida los escupía sobre los documentos, desenchufaba las computadoras, inundaba los baños de agua, arrancaba los cables de teléfono y tanto viajó en el ascensor que la máquina se trancó. Por sugerencia de su secretaria, Gregory contrató a una inmigrante ilegal salvadoreña para cuidarlo, pero la mujer sólo duró cuatro días. Fue la primera de una larga lista de niñeras que desfilaron por la casa sin dejar recuerdos. Al diablo con los traumas, yo le daría una buena zurra, recomendó Carmen por teléfono, aunque ella no había tenido ocasión de hacerlo con Dai. El padre prefirió consultar a un psiquiatra infantil, quien aconsejó una escuela especial para niños con problemas de conducta, recetó pastillas para calmarlo y tratamiento inmediato porque, según explicó, las heridas emocionales de los primeros años de vida dejan cicatrices imborrables.

–Y de paso sugiero que usted entre a terapia también, porque la necesita más que David. Si no arregla sus problemas no podrá ayudar a su hijo –agregó, pero Reeves descartó esa idea sin un segundo pensamiento. Se había criado en un medio donde esa posibilidad no se planteaba y en ese período todavía creía que los hombres deben arreglárselas solos.

Ése fue un año difícil para Gregory Reeves. Es el peor de tu destino, ya no tienes que preocuparte porque el futuro será mucho más fácil, le aseguró Olga más tarde, cuando trató de convencerlo del poder de los cristales para contrarrestar la mala suerte. Se le juntaron varias desgracias y el frágil equilibrio de su realidad se desmoronó. Una mañana Mike Tong se presentó descompuesto para anunciarle que debía al banco una suma imposible de pagar y los intereses estaban estrangulando a la firma, además no había terminado con los gastos de su divorcio. Las mujeres con quienes salía fueron desapareciendo una a una a medida que tuvieron ocasión de conocer a David, ninguna tuvo fortaleza de carácter para compartir al amante con aquella indómita criatura. No era la primera vez que lo acosaban las circunstancias, pero ahora se sumaba el cuidado de su hijo. Madrugaba para alcanzar a arreglar la casa, preparar desayuno, oír las noticias, programar la comida y vestir al niño, lo dejaba en la escuela una vez que las pastillas sedantes le hubieran hecho efecto y manejaba a la ciudad. Esos cuarenta minutos de viaje eran el único momento de paz del día, al pasar entre las soberbias torres del puente del Golden Gate, como altos campanarios chinos de laca roja, con la bahía a un lado, un espejo oscuro cruzado de veleros de placer y botes de pesca, y la silueta elegante de San Francisco al frente, se acordaba de su padre. El lugar más hermoso del mundo, lo llamaba. Escuchaba música, tratando de mantener la mente en blanco, pero casi nunca era posible, porque la lista de asuntos pendientes resultaba interminable. Tina fijaba sus citas temprano, así podía recoger a David a las cuatro, se llevaba documentos a la casa con intención de estudiarlos por la tarde, pero no le alcanzaba el tiempo, jamás imaginó que un niño ocupara tanto espacio, hiciera tanto ruido y necesitara tanta atención. Por primera vez tuvo lástima de Shanon y hasta llegó a entender que hubiera desaparecido. Además el chico coleccionaba mascotas y a él le tocaba lavar el tanque de los pescados, alimentar a las ratas, limpiar la jaula de las caturras y pasear al perro, un ovejero amarillo a quien llamaron *Oliver* en recuerdo del primer amigo de Gregory.

–Eso te pasa por tonto. En primer lugar no debiste comprar ese zoológico –le dijo Carmen.

–Podías haberme advertido antes, ahora no hay nada que hacer.

–Claro que sí, regala al perro, suelta los pájaros y las ratas y echa los pescados a la bahía. Todos saldrán ganando.

Los papeles se acumulaban sobre los cajones que le servían de mesa de noche. Debió renunciar a los viajes y entregar los casos de otras ciudades a sus empleados, quienes no siempre estaban sobrios o sanos y cometían costosos errores. Terminaron los almuerzos de negocios, las partidas de golf, la ópera, las escapadas a bailar con mujeres de su lista y las jaranas con Timothy Duane, ni siquiera podía ir al cine por no dejar al niño solo. Tampoco pudo recurrir a los vídeos porque David sólo aceptaba películas de monstruos y de extrema violencia, mientras más sangrientas más le gustaban. Asqueado de tantos muertos, torturados, zombis, hombres lobos y pérfidos extraterrestres, Gregory trató de iniciarlo en comedias musicales y dibujos animados, pero se aburrían ambos por igual. Imposible invitar amigos a su casa, David no soportaba a nadie, consideraba a cualquiera que se aproximara a su padre como una amenaza y le daban escandalosas pataletas de celos que invariablemente precipitaban la huida de las visitas. A veces, si tenía una fiesta o una cita con una conquista interesante, conseguía que alguien vigilara al chiquillo por unas horas, pero siempre al regresar encontraba la casa barrida por un huracán y la cuidadora desolada o al borde de un ataque de nervios. El único con suficiente paciencia y aguante fue King Benedict, quien resultó bien dotado para el papel de niñero y también gozaba con juegos de vídeo y películas de horror, pero vivía demasiado lejos y por otra parte era tan desvalido como el crío. Al dejarlos solos Gregory partía intranquilo y regresaba apurado, imaginando las innumerables desgracias que podían ocurrir en su ausencia. Los fines de semana los dedicaba completos a su hijo, a limpiar la casa, ir al mercado, reparar los destrozos, cambiar la paja de las ratas y lavar el tanque de los peces, que solían amanecer flotando desvanecidos porque David les echaba de un cuanto hay en el agua. Hasta dormido le perseguían las deudas impagadas, los impuestos atrasados y la posibilidad de verse en un lío sin salida porque no confiaba en sus abogados y él mismo había descuidado a algunos clientes. Para colmo debió suprimir el seguro profesional por falta de fondos, ante el espanto de Mike Tong, quien profetizaba toda suerte de catástrofes financieras y sostenía que trabajar en ese campo sin la protección de un seguro era una actitud suicida. A Reeves no le alcanzaban el dinero, las fuerzas ni las horas, estaba muy cansado, añoraba un poco de soledad y silencio, necesitaba al menos una semana de vacaciones en alguna playa, pero resultaba imposible viajar con David. Regálalo a un laboratorio, siempre necesitan niños para hacer experimentos, le sugirió Timothy Duane, quien tampoco aparecía en casa de su amigo por terror a enfrentarse con el chiquillo. Gregory sentía la cabeza llena de ruido, como en los peores tiempos de la guerra, el descalabro crecía incontenible a su alrededor, empezó a beber demasiado y sus alergias no le daban tregua, se ahogaba como si tuviera los pulmones llenos de algodón. El alcohol le producía una euforia breve y luego lo sumía en una tristeza larga, al día siguiente amanecía con la piel enrojecida, un zumbido en los oídos y los ojos hinchados. Por primera vez en su vida sintió que el cuerpo le fallaba, hasta entonces se había burlado del fanatismo californiano por mantenerse en forma, pensaba que la salud es como el color de la piel, algo irrevocable que se trae al nacer y de lo cual ni siquiera vale la pena hablar. Nunca se había preocupado del colesterol, el azúcar refinado o las grasas saturadas, permanecía indiferente a los alimentos orgánicos y la fibra, también a la manía del aceite bronceador o de correr, a menos que tuviera que llegar pronto a alguna parte. Estaba convencido de que no tendría tiempo para sufrir enfermedades, no moriría de viejo, sino de accidente repentino.

Por primera vez disminuyó su interés por las mujeres, eso le creaba cierta angustia, pero al mismo tiempo se sentía aliviado, por una parte temía perder la virilidad y por otra pensaba que sin esa obsesión su vida hubiera sido más llevadera. Las citas se hicieron menos frecuentes, se redujeron a encuentros apresurados al mediodía, porque en la tarde debía volver con David. La sexualidad, como el hambre o el sueño, era para él un apremio que debía satisfacer de inmediato, no era hombre de largos preámbulos, su deseo tenía una condición desesperada.

–Me estoy poniendo quisquilloso. Debe ser la edad –comentó a Carmen.

–En buena hora. No entiendo cómo un hombre tan selectivo para la ropa, la música y los libros, que goza en un buen restaurante, compra el mejor vino, viaja en primera y se aloja en hoteles de lujo, puede andar con esas pindongas.

–No exageres, algunas no están nada mal –replicó, pero en el fondo le daba la razón a su amiga, tenía mucho que aprender en ese campo. El único placer en el cual se recreaba sin apuro, con la intención de hacerlo durar, era la música. Durante la noche, cuando no podía dormir y la impaciencia le impedía leer, se echaba en la cama a mirar la oscuridad acompañado por un concierto.

A finales de marzo murió Nora Reeves de una pulmonía. O tal vez se había ido muriendo de a poco a poco desde hacía más de cuarenta años y nadie se dio cuenta. En los últimos años su mente divagaba por caracoleados senderos espirituales y para no perder el rumbo andaba siempre con la invisible naranja del *Plan Infinito* en la mano. Judy le rogaba que la dejara en casa cuando salían, no fuera la gente a pensar que su madre llevaba la mano estirada para pedir limosna. Nora se creía de diecisiete años en un palacio blanco donde la visitaba su novio, Charles Reeves, quien aparecía a la hora del té con sombrero de vaquero, una serpiente mansa y una bolsa de herramientas para arreglar los desperfectos del mundo, tal como la había visitado religiosamente todos los jueves desde el día lejano en que se lo llevó la ambulancia para otro mundo. La agonía comenzó con fiebre intermitente y cuando la anciana entró en estado crepuscular, Judy y su marido la trasladaron al hospital. Allí permaneció un par de semanas, tan débil que parecía volatilizarse de a poco, pero Gregory estaba seguro que su madre no agonizaba. Le regaló un equipo de sonido para que escuchara sus discos de ópera, notó que movía levemente los pies bajo las sábanas al ritmo de las notas y algo así como una sonrisa infantil le rozaba la boca, prueba concluyente de que no pensaba marcharse.

–Si todavía se conmueve con la música, es que no se está muriendo.

–No te hagas ilusiones, Greg. No come, no habla, casi no respira –replicaba Judy.

–Lo hace por joder. Verás que mañana estará bien – replicaba él, aferrado al recuerdo de su madre joven.

Pero una madrugada lo llamaron del hospital y amaneció con su hermana junto a una camilla donde yacía el cuerpo leve de una mujer sin edad. Su madre iba para los ochenta años, pero se había despedido de la existencia hacía mucho, abandonándose a una locura benigna que la ayudó a evadirse por completo de los dolores de la existencia, aunque sin afectar sus modales educados ni la delicadeza de su espíritu. A medida que avanzaba la decrepitud de su cuerpo, Nora Reeves retrocedía a otro tiempo y a otro lugar, hasta que perdió la cuenta del olvido. Al final de sus días creía ser una princesa de los Urales y deambulaba cantando arias por las albas habitaciones de un lugar encantado. Desde hacía mucho tiempo sólo reconocía a Judy, a quien, por otra parte, confundía con su abuela y le hablaba en ruso. Regresó a una juventud imaginaria, donde no existían deberes ni sufrimientos, sólo tranquilas diversiones de música y libros. Leía por el placer de comprobar las infinitas variaciones de veinticuatro signos impresos sobre el papel, pero no recordaba las frases ni se daba cuenta del tema, hojeaba con el mismo interés una novela clásica o el manual de instrucciones de un aparato eléctrico. Con los años se había encogido al tamaño de una muñeca transparente, pero con los cosméticos milagrosos de sus fantasías, o tal vez simplemente con la inocencia de la muerte, recuperó la frescura perdida en tanta vida y al morir se veía tal como Gregory la recordaba cuando era niño y ella le revelaba las constelaciones en el firmamento. Las semanas de fiebre, el prolongado ayuno y el cabello cortado a mechones por las tijeras de su nieto, que ya no volvió a crecerle, no lograron destruir esa ilusión de belleza. Se le fue el alma con la dulce timidez que le era propia, de la mano de su hija. La enterraron sin aspavientos ni lágrimas un día de lluvia. Judy puso en una bolsa lo poco que quedó:

dos vestidos muy usados, una caja de lata con algunos documentos que probaban su paso por este mundo, dos cuadros pintados por Charles Reeves y su collar de perlas amarillentas por el uso. Gregory se llevó sólo un par de fotografías.

Esa noche, después de bañar a David y luchar con él para que se acostara, Gregory alimentó a las bestias domésticas, echó la ropa sucia en la lavadora, recogió los juguetes regados por todas partes y los tiró dentro de un armario, llevó la basura al garaje, limpió la cocina, devolvió a las estanterías los libros que el niño había usado para fabricar una fortaleza y por fin se encontró solo en la habitación, con su maletín repleto de documentos que debía revisar para el día siguiente. Puso una sinfonía de Mahler, se sirvió un vaso de vino blanco y se sentó sobre la cama, único mueble de su pieza. Ya era medianoche y necesitaba por lo menos un par de horas de trabajo para desenmarañar el caso que tenía entre manos, pero no se hallaba con fuerzas para hacerlo. De dos tragos se bebió la copa, se sirvió otra y luego otra más hasta terminar la botella. Echó a correr el agua del baño, se quitó la ropa y se miró en el espejo, el cuello grueso, las espaldas anchas, las piernas firmes. Tan acostumbrado estaba a que su cuerpo le respondiera como una máquina exacta, que no podía imaginarse enfermo. Las únicas oportunidades que guardó cama en su vida fueron cuando se le reventaron las venas de la pierna y en aquel hospital de Hawai pero eran episodios casi olvidados. Ignoraba taimadamente los campanazos de alarma llamándolo al orden, las alergias, el dolor de cabeza, la fatiga, el insomnio. Se pasó las manos por el pelo y comprobó que no sólo se le estaba poniendo blanco, también se le caía. Recordó a King Benedict, que se pintaba el cráneo con betún negro de zapatos para disimular esa calvicie que lo desconcertaba, porque todavía se creía en plena juventud. Observó su imagen buscando la huella de su madre y la encontró en las manos de dedos largos y en los pies finos, el resto pertenecía a la sólida herencia de su padre. Margaret tenía las hechuras de su abuela, un rostro de gato con pómulos altos, mirada angélica, suavidad en los gestos. ¿Qué sería de ella? La última vez que la vio fue en la cárcel. De la calle a la cárcel, de la cárcel a la calle, de un desatino en otro, así transcurría su existencia desde que se escapó de la casa de Samantha por primera vez. Era muy joven, pero ya había recorrido los círculos del infierno y tenía la actitud aterradora de una cobra dispuesta al ataque. Quería imaginar, contra toda evidencia, que bajo el caparazón de los vicios aún le quedaban resabios de pureza. Pensó que tal como Nora Reeves se había transfigurado en la muerte, Margaret podría salvarse de la corrupción y por un milagro resucitar entre sus cenizas. Su madre había vegetado varias décadas intocada por las groseras pruebas del mundo y, estaba seguro, se convertiría en niebla dentro de su ataúd, a salvo del diligente oficio de las larvas de la descomposición. Del mismo modo se preservaría su hija, tal vez el largo calvario que la había conducido tan lejos en un camino degradante, no había destruido aún aquella esencial belleza y bastaba una de esas purgas colosales que recetaba Olga y un buen baño con jabón y cepillo para dejarla limpia, sin una sola huella, sin picaduras de agujas, arañazos, machucones ni llagas, la piel de nuevo luminosa, los dientes sin manchas, el cabello vivo y el corazón lavado de culpa para siempre.

Se sintió un poco mareado, no veía bien. Se introdujo en la tina y se dejó invadir por el bienestar del agua caliente, tratando de relajar los miembros agarrotados por la tensión sin pensar en nada, pero los acontecimientos del día acudieron a su mente en tropel, los trámites de la muerte en el hospital, el breve servicio religioso, el solitario funeral donde la única nota de color fueron los grandes ramos de claveles rojos que compró para acallar la conciencia por no haberse ocupado de su madre en tantos años. Recordó la lluvia, el silencio obstinado y sin lágrimas de Judy, su propia incomodidad, como si la muerte fuera una indiscreción, la única falta de cortesía y de buenas maneras de Nora Reeves. Durante el viaje al cementerio iba pensando en el trabajo acumulado en la oficina, en que debía arreglar el caso de King Benedict o decidirse a ir a juicio con riesgo de perderlo todo, había perseguido como un perro obstinado cada pista, por insignificante que pareciera, pero no tenía nada concreto a lo cual aferrarse. Sentía especial cariño por su cliente, era como un niño bueno en el envoltorio anacrónico de un cincuentón, pero sobre todo admiraba a Bel Benedict, esa mujer estupenda que merecía sacudirse la pobreza de encima. Por ella debía anticipar las maniobras de los otros abogados y derrotarlos en su propio terreno, no gana quien tiene la razón, sino quien pelea mejor, había sido la primera lección del viejo de las orquídeas. Se odió por distraerse en esas consideraciones en aquel momento, cuando el cadáver de su madre aún no se enfriaba. Recordó los últimos años de Nora Reeves, reducida a la condición de una niña retardada a quien Judy cuidaba con una solicitud brusca e impaciente, como a una criatura más en su tribu de ocho hijos. Al menos su hermana estaba con ella, en cambio él siempre encontraba disculpas para no verla, se limitaba a pagar las cuentas cuando era necesario, y hacerle una breve visita un par de veces al año. Le angustiaba que no lo reconociera, que su mente no registrara la existencia de un hijo llamado Gregory, se sentía castigado por la amnesia senil de su madre, como si el olvido fuera sólo otro pretexto para borrarlo definitivamente de su corazón. Siempre sospechó que no lo quería y cuando intentó librarse de él colocándolo en el orfelinato o en la casa de los granjeros, no actuó movida por la miseria, sino por la indiferencia. El agua estaba demasiado caliente, tenía la piel ardiendo y le latían las sienes, pensó que no le vendría mal otro trago, salió de la bañera envuelto en una toalla, fue a la cocina en busca de una botella y de paso apagó la calefacción, porque se estaba sofocando. Atisbó en el cuarto de David y comprobó que dormía tranquilo atravesado en el umbral de su tienda de indio. Se sirvió otro vaso de vino blanco y volvió a sentarse sobre la cama, el disco se había terminado y pudo escuchar el silencio, raro lujo desde que vivía con su hijo. Su madre acudió de nuevo como un recuerdo persistente, su voz susurrándole, tratando de decirle algo, y se dio cuenta de que no la conocía, era una extraña. En su infancia la había adorado, pero después se alejó y en muchos momentos creyó odiarla, sobre todo en los años más difíciles, cuando se instaló en su sillón de mimbre, resignada a la pobreza y la impotencia, mientras él se buscaba la vida en la calle. Miró las viejas fotografías, amarillentos trozos de un pasado ajeno que en cierta forma era también suyo, y trató de componer los pedazos de esa anciana suave y obediente. No pudo visualizarla así, en cambio la vio joven, con vestido de cuello de encaje y el pelo recogido en un moño, de pie a la salida de un pueblo polvoriento, y se vio también a sí mismo, un niño delgado, de facciones precisas, ojos azules y boca grande, a su espalda dos hombres forcejeaban con una muchacha negra, él gritaba y ellos se burlaban, pero la chiquilla se soltaba de ese terrible abrazo y aparecía junto a Nora Reeves, quien le ofrecía un folleto del *Plan Infinito*. Después la vio caminando a grandes trancos por una ruta solitaria, ella delante y él tratando de alcanzarla, pero mientras más corría, más ancha era la distancia y la figura que perseguía se tornaba más pequeña y más borrosa contra el horizonte, el asfalto estaba ardiente y blando, se le pegaban los pies, jamás le alcanzarían las fuerzas para vencer la fatiga, no podía avanzar, caía, se arrastraba de rodillas, el calor le impedía respirar. Sintió una tremenda compasión por ese niño, por sí mismo. Madre, la llamó primero con el pensamiento y luego con un desgarrado grito, y entonces las imágenes imprecisas se concentraron, las líneas difusas se perfilaron como firmes trazos de una pluma y Nora Reeves apareció de cuerpo entero, real y presente, y le tendió las manos sonriendo. Quiso ponerse de pie para abrazarla como no lo había hecho jamás, pero no logró moverse y se quedó en su sitio repitiendo mamá, mientras la habitación se llenaba de una luz incandescente y poco a poco llegaban otros visitantes: Cyrus, Juan José Morales de la mano de Thui Nguyen, el chico de Kansas que murió en sus brazos y otros lívidos soldados, Martínez sin asomo de la antigua insolencia, pero todavía con su atuendo de *pachuco,* y muchos más que fueron entrando silenciosos y llenaron el cuarto. Gregory Reeves se sintió bañado por la sonrisa de Nora, que tanto necesitó de niño y en vano buscó de adulto. Permaneció inmóvil en el silencio tranquilo de un tiempo detenido en los relojes, hasta que lentamente desapareció el séquito de los muertos. La última en irse fue su madre que retrocedió flotando y se diluyó en la pared, dejándole la certeza de un cariño que no supo expresar en vida, pero que siempre le tuvo.

Cuando todos partieron y quedó solo, algo estalló en su alma, un dolor terrible clavado en el pecho y repartiéndose desde allí en ondas por el resto de su cuerpo, quemándolo, partiéndolo, rompiéndole los huesos y arrancándole la piel, perdió la capacidad de contenerse, ya no era él mismo sino ese intolerable sufrimiento, esa atormentada medusa de mar desparramándose por la habitación y llenando el espacio, una sola herida sangrante. Trató otra vez de levantarse, pero no pudo mover los brazos, se dobló y cayó de rodillas sin poder respirar, fulminado por una lanza atravesándolo de lado a lado. Durante varios minutos jadeó desplomado en el suelo, buscando aire, con golpes de tambor en las sienes. Una parte lúcida de su mente registró lo que ocurría y supo que debía pedir ayuda o moriría allí mismo, pero no logró acercarse al teléfono ni le salió la voz para gritar, se encogió como un recién nacido, temblando, tratando de recordar lo que sabía sobre ataques al corazón. Se preguntó cuánto tardaría en sucumbir y la idea lo aterrorizó por un instante, pero luego imaginó la paz de no existir, de no seguir rodando por el polvo a golpes con las sombras, de no arrastrarse por un camino detrás de esa mujer que se alejaba y, tal como hacía en la infancia cuando se escondía con su perro en la madriguera de zorros, se abandonó a la tentación de no ser. Muy lentamente el dolor pasó a través suyo llevándose parte de su tremendo cansancio. Tuvo la impresión de haber vivido antes ese momento. Volvió a respirar, tanteándose el pecho para comprobar que algo latía allí adentro, no, no le había reventado aún el corazón. Se echó a llorar como no lo hacía desde la guerra, un lamento visceral que venía del pasado más distante, tal vez antes de su nacimiento, una vertiente alimentada por las lágrimas reprimidas en los últimos años, un torrente incontenible. Lloró por el abandono de la infancia, las luchas y derrotas que en vano intentaba transformar en victorias, las deudas impagadas y las traiciones soportadas a lo largo de su existencia, la ausencia de su madre y la comprensión tardía de su cariño. Vio a Margaret rodando por un abismo y trató de retenerla, pero se le fue de las manos. Murmuró el nombre de David, tan vulnerable y herido, preguntándose por qué sus hijos estaban señalados por ese estigma de pesadumbre, por qué la existencia era tan difícil para ellos, si acaso les había transmitido en los genes una maldición o si ellos tendrían que pagar las culpas de él. Lloró por la suma de sus errores y por ese amor perfecto con el cual soñaba y creía imposible de alcanzar, por su padre muerto hacía tantos siglos y su hermana Judy, presa en los peores recuerdos, por Olga en su oficio de embaucadora inventando el futuro en sus naipes marcados, y sus clientes, no los atorrantes ni los abusadores, sino las víctimas como King Benedict y tantos infelices, negros, latinos, ilegales, pobres, marginales y humillados que acudían a pedir ayuda en esa Corte de los Milagros en que se había convertido su oficina, y siguió sollozando, ahora por los recuerdos de la guerra, los compañeros en bolsas de plástico, Juan José Morales, las muchachas de doce años que se vendían a los soldados, los cien muertos de la montaña. Y cuando comprendió que en verdad sólo estaba llorando por sí mismo, abrió los ojos y se encontró por fin frente a la bestia y tuvo que mirarle la cara y así supo que ese animal acechando a su espalda, ese soplo que había sentido en la nuca desde siempre, era su propio obstinado terror a la soledad, que lo afligía desde la niñez, cuando se encerraba en la bodega temblando. La angustia lo envolvió en su fatídico abrazo, se le metió por la boca, los oídos, los ojos, por todas partes, y lo ocupó entero mientras murmuraba quiero vivir, quiero vivir...

En ese momento sonó una campanilla, sacudiéndolo de su trance. Tardó una eternidad en reconocer el sonido, darse cuenta dónde se encontraba y verse en el suelo, desnudo, mojado de orina, de vómito y de llanto, borracho, aterrorizado. El teléfono sonaba como un reclamo urgente desde otra dimensión, hasta que por fin pudo arrastrarse y coger el auricular.

–¿Greg? Soy Tamar. Hoy no me llamaste, es lunes...

–Ven, Carmen, por favor ven –balbuceó.

Media hora más tarde ella estaba a su lado, después de hacer el viaje desde Berkeley a velocidad prohibida. Le abrió la puerta envuelto en una toalla, descompuesto, y se abrazó a su amiga tratando de explicarle a borbotones dónde le dolía, aquí, en el pecho, la cabeza, la espalda, por todas partes. Carmen lo arropó con una bata, cogió a David medio dormido, los metió a los dos en su automóvil y voló al hospital más cercano, donde en pocos minutos tenían a Gregory Reeves en una camilla, conectado a una sonda y una máscara de oxígeno.

–¿Se va a morir mi papá? –preguntó David.

–Sí, si no te duermes –replicó Carmen, feroz.

Se quedó en la sala de espera junto al niño dormido hasta la mañana siguiente, cuando el cardiólogo le avisó que no había peligro, no se trataba de una falla al corazón, sino de un ataque de ansiedad, el paciente podía irse, pero debía ver a su médico, hacerse una serie de exámenes y ojalá consultar a un psiquiatra, porque andaba perdido en desvaríos de loco. De regreso Carmen ayudó a Gregory a darse una ducha y acostarse, preparó café, vistió a David, le dio desayuno y lo llevó a la escuela. Después llamó a Tina Faibich para explicarle que su jefe no estaba en condiciones de trabajar ese día, volvió junto a su amigo y se sentó a su lado sobre la cama. Gregory estaba extenuado y aturdido de tranquilizantes, pero ya podía respirar sin angustia y hasta sentía un poco de hambre.

–¿Qué pasó? –quiso saber Carmen.

–Se murió mi madre.

–¡Por qué no me avisaste!

–Fue muy rápido, no quise molestar a nadie, además no podías hacer nada. –Y empezó a contarle lo sucedido sin orden ni razón, un río de frases inacabadas, de la mano de esa mujer que era más que su hermana, era su más antiguo y leal amor, su amiga, su camarada, parte íntima de sí mismo, tan cercana y tan diferente a él, Carmen morena y esencial, Carmen valiente y sabia, con quinientos años de tradición indígena y castellana en la sangre y un sólido sentido común anglosajón que le habían servido para andar con paso firme por el mundo.

–¿Te acuerdas cuando éramos chicos y yo corría delante del tren? Me curé de esa idea fija con la muerte y pasé muchos años sin acordarme de ella, pero ahora me han vuelto las mismas ideas y tengo miedo. Estoy atrapado, nunca terminaré de pagar a los bancos, mi hija está perdida en las drogas, durante los próximos quince años estaré lidiando con David. Mi vida es un desastre, soy un fracaso.

–El fracaso y el éxito no existen, Greg, son inventos de los gringos. Se vive no más, lo mejor posible, un poquito cada día, es como un viaje sin meta, lo que cuenta es el camino. Es hora de detenerse ¿por qué tanta agitación? Mi abuela decía que no debemos ser esclavos de la prisa.

–Tu abuela estaba loca, Carmen.

–No siempre, a veces era la más lúcida de la casa.

–Estoy hundido y solo como un perro.

–Tienes que tocar fondo, entonces das una patada y subes a la superficie de nuevo. Las crisis son buenas, son la única forma de crecer y de cambiar.

–Soy esto que ves, nada más. Todo lo he hecho mal, empezando por mis hijos. Soy como la torre de Pisa, Carmen, tengo el eje torcido y por eso todo me sale desviado.

–¿Quién te dijo que la vida era fácil? Siempre hay dolor y esfuerzo. Tendrás que enderezar el eje, si es eso lo que se requiere. Mírate, Greg, pareces un estropajo... Deja de lamentarte y levántate de una vez. Te las has arreglado para vivir huyendo, pero no se puede correr siempre, en algún momento hay que parar y enfrentarse consigo mismo. Por mucho que corras siempre estás dentro de la misma piel.

Por la mente de Gregory pasó su padre nómada, desplazándose, cruzando fronteras, tratando de alcanzar el horizonte, de llegar al fin del arcoiris y encontrar más allá algo que aquí se le negaba. El país ofrece grandes espacios abiertos para escapar, enterrar el pasado, dejar todo y partir de nuevo cuantas veces sea necesario sin cargar con culpas ni nostalgias, siempre se puede cortar las raíces y volver a comenzar, mañana es una hoja en blanco. Así era su propia historia, nunca quieto, un transeúnte eterno, pero el resultado de ese afán había sido la soledad.

–Te lo he dicho antes, Carmen, me estoy poniendo viejo.

–Nos pasa a todos. Me gustan mis arrugas.

La miró de cerca, por primera vez con detención, notó que ya no era una muchacha y se alegró de que no hiciera nada por disimular las líneas de la cara, huellas de su recorrido, ni las canas que iluminaban su oscura melena. El peso de los senos inclinaba sus hombros y, fiel a su estilo, lucía una falda amplia, sandalias, aros y pulseras, todo eso era Carmen, Tamar. Imaginó que desnuda se vería como un gato mojado y de todos modos le pareció bonita, mucho más que en su infancia, cuando era una niña regordeta y traviesa con frenillos en los dientes, o en la adolescencia, la chica más atractiva de la escuela, o ya mujer, cuando alcanzó su forma definitiva y andaba con un japonés por el barrio gótico de Barcelona. Le sonrió y ella devolvió la sonrisa, se miraron con una tremenda simpatía, con la complicidad compartida desde niños. Gregory la tomó por los hombros y la besó levemente en los labios.

–Te quiero –murmuró, consciente de que sonaba banal, pero era una verdad absoluta–. ¿Crees que resultaríamos como pareja?

–No.

–¿Quieres hacer el amor conmigo?

–Me parece que no. Debo tener un problema de personalidad –rió ella–. Descansa y trata de dormir. Mike Tong recogerá a David en la escuela y vendrá a quedarse contigo por unos días. Yo volveré en la noche, te tengo una sorpresa.

Daisy era la sorpresa, noventa kilos de negra linda y alegre, puro chocolate reluciente, originaria de la República Dominicana, que cruzó medio México a pie y luego atravesó la frontera con otros dieciocho refugiados en el doble fondo de un camión cargado de melones, dispuesta a ganarse el sustento en el Norte. Daisy habría de cambiar las vidas de Gregory y David. Tomó a su cargo al niño sin quejas ni remilgos, con la misma estoica actitud con que había sobrevivido a las miserias de su pasado. No hablaba una palabra de inglés y su patrón tuvo que servirle de intérprete. El método de criar chiquillos de Daisy dio buenos resultados en David, aunque también es cierto que tal vez el mérito no fue sólo suyo, el muchacho estaba en manos de un costoso equipo de profesores, médicos y psicólogos. Ella no creía en ninguno de esos modernismos, ni siquiera aprendió a pronunciar la palabra hiperactivo en español. Estaba convencida que la causa de tanto desbarajuste era más simple: el mocoso estaba poseído por el demonio, cosa bastante común, como aseguraba, ella conocía personalmente a muchas personas que habían corrido igual suerte, pero eso se curaba más fácil que un resfrío común, cualquier buen cristiano podía hacerlo. Desde el primer día se dedicó a expulsar los íncubos del cuerpo de David mediante una combinación de vodú, oraciones a los santos de su devoción, sabrosos platos de comida caribeña, mucho cariño y algunas sonoras bofetadas que le propinaba a espaldas del padre sin que el afectado se atreviera a delatarla, la perspectiva de vivir sin Daisy le era intolerable. Con paciencia encomiable la mujer se encargó de domesticarlo, si lo veía erizado como un puercoespín a punto de treparse por las paredes, lo envolvía en sus grandes brazos morenos, se lo acomodaba entre sus pechos de madre y le rascaba la cabeza, cantándole en su lengua asoleada hasta calmarlo. La tranquilizadora presencia de Daisy, con su aroma de piña y azúcar, la risa siempre lista, el español sin consonantes y sus interminables historias de santos y de brujos que David no comprendía, pero cuyo ritmo lo arrullaba para dormir, dieron al fin seguridad al niño. Gracias a esa ayuda en los asuntos fundamentales de la existencia cotidiana, Gregory Reeves pudo iniciar el lento y doloroso viaje hacia el interior de sí mismo.

Cada noche, durante un año, Gregory Reeves creyó que se moría. Cuando su hijo estaba dormido, la casa entraba en reposo y se quedaba solo, sentía la cercanía del fin. Cerraba la puerta de su cuarto con llave, para que no lo sorprendiera David si despertaba, no quería asustarlo, y luego se abandonaba al sufrimiento sin oponer resistencia. Era muy diferente a la vaga angustia de antes, a la cual estaba más o menos acostumbrado. En el día funcionaba con normalidad, se sentía fuerte y activo, tomaba decisiones, manejaba su oficina y su casa, se ocupaba de su hijo y a ratos tenía la fantasía de que todo marchaba bien, pero apenas se encontraba solo en la noche un miedo irracional le caía encima. Se veía prisionero en un cuarto acolchado por todos lados, una celda para locos donde era inútil gritar o golpear paredes, no había eco, rebote ni respuesta, sólo un agobiante vacío. No conocía el nombre para esa pesadilla compuesta de incertidumbre, inquietud, culpa, sensación de abandono y profunda soledad, de modo que terminó por llamarlo simplemente la bestia. Había intentado burlarla por más de cuarenta años, pero finalmente comprendió que nunca lo dejaría en paz, a menos que la derrotara en una contienda frente a frente. Apretar los dientes y resistir como aquella noche en la montaña, le parecía la única estrategia posible contra ese enemigo implacable, que lo atormentaba con una opresión de tenazas en el pecho, un golpeteo de martillos en las sienes, un ardor de leños encendidos en el estómago, una urgencia por echar a correr hacia el horizonte y perderse para siempre, donde nadie ni nada pudiera alcanzarlo, mucho menos sus propios recuerdos. A veces lo sorprendía el amanecer encogido como un animal acosado, otras se dormía rendido después de varias horas de lucha sorda y despertaba sudando en el tumulto de sueños que no podía recordar. En un par de ocasiones volvió a reventarle una granada dentro del pecho dejándolo sin aire, pero ya conocía los síntomas y se limitaba a esperar que desaparecieran, tratando de mantener a raya la desesperación, para no morirse de verdad. Había pasado la vida engañándose con trucos de magia, pero había llegado la hora de sufrir sin atenuantes con la esperanza de cruzar el umbral y resucitar sano algún día. Eso le daba fuerzas para seguir adelante: el túnel tenía salida, todo era cuestión de resistir la marcha forzada del viaje hasta llegar al otro lado.

Descartó el alivio del alcohol porque tuvo la corazonada de que cualquier recurso de consuelo retardaría la curación de burro que se había impuesto. Cuando llegaba al límite de sus fuerzas invocaba la visión de su madre, tal como se le apareció después de su muerte, con los brazos extendidos y una sonrisa de bienvenida, que lo calmaba, aunque en el fondo sabía que se aferraba a una ilusión, esa madre afectuosa era una creación de su mente. Tampoco buscaba mujeres, aunque no permaneció totalmente célibe, de vez en cuando se le cruzaba alguna dispuesta a tomar la iniciativa y al menos por un par de horas podía relajarse, pero no volvió a caer en la trampa de fantasías románticas, había comprendido que nadie podría rescatarlo, que debía salvarse solo. Rosemary, su antigua amante autora de libros de cocina, solía invitarlo a probar sus novedades culinarias y en algunas ocasiones lo acariciaba por bondad más que por deseo, y terminaban amándose sin pasión, pero con sincera buena voluntad. Mike Tong, todavía aferrado a un ábaco inverosímil a pesar del flamante equipo de computadoras de la oficina, no había logrado explicarle a su jefe todos los misterios de sus grandes libros garrapateados en tinta roja, pero al menos le había sembrado las primeras semillas de prudencia financiera. Debe poner orden en sus cuentas o nos iremos todos a la mierda, le rogaba su contador chino con su sonrisa inmutable y una reverencia cortés, estrujándose las manos de nervios. Por cariño a su jefe y desconocimiento del inglés había terminado usando el mismo vocabulario de Reeves. Tong tenía razón, no sólo en las cuentas debía poner orden, también en el resto de su vida, que parecía a punto de irse a pique. Su barco hacia agua por tantas partes, que los dedos no alcanzaban para tapar los agujeros del naufragio. Comprobó el valor de la amistad de Timothy Duane y Carmen Morales, que aguantaban durante horas sus taimados silencios y no dejaban pasar una semana sin llamarlo o tratar de verlo a pesar de que su compañía resultaba muy poco divertida. Estás insoportable, no puedo llevarte a ninguna parte ¿qué pasa contigo? te has puesto muy aburrido, se quejaba Timothy Duane, pero él también empezaba a cansarse del desorden. Había abusado mucho de su robusta constitución irlandesa, su cuerpo ya no resistía las bacanales que antes llenaban sus fines de semana de pecados y remordimientos. En vista de que Reeves no hablaba de sus problemas, en parte porque ni él mismo sabía qué diablos le pasaba, Duane tuvo la idea salvadora de llevarlo casi a la fuerza al consultorio de la doctora Ming O'Brien, después de hacerlo jurar que no intentaría seducirla. La conoció en una conferencia sobre momias, a la que él asistió para ver si existía alguna relación entre los embalsamadores de Egipto antiguo y la patología moderna, y ella para ver qué clase de desquiciado podría interesarse en semejante tema. Se encontraron durante una pausa en la cola para el café. Ella miró de reojo la maltratada estatua del Partenón que encendía una pipa a tres pasos del letrero que prohibía fumar, y Duane se fijó en ella pensando que esa criatura pequeña de cabello negro y ojos sagaces debía tener sangre china en las venas. En efecto, sus padres eran de Taiwán. A los catorce años la embarcaron rumbo a América a casa de unos compatriotas a quien escasamente conocían, con una visa de turista e instrucciones precisas de estudiar, salir adelante y no quejarse jamás, porque cualquier cosa que le sucediera siempre sería preferible al destino de una mujer en su tierra natal. Al año de llegar, la muchacha se había adaptado tan bien al temperamento americano que se le ocurrió escribir una carta a un parlamentario enumerando las ventajas de América y pidiéndole de paso una visa de residente. Por una de esas absurdas coincidencias, el político coleccionaba porcelanas Ming, de inmediato le llamó la atención el nombre de la chica y en un arranque de simpatía hizo arreglar sus papeles. El apellido O'Brien provenía de un marido de juventud, con quien Ming convivió diez meses antes de abandonarlo jurando que no volvería a casarse en los días de su vida. Una segunda mirada reveló a Duane la discreta belleza de la doctora y cuando dejaron de hablar de momias y comenzaron a explorar otros temas, descubrió que por primera vez en muchos años una mujer lo fascinaba. No se quedaron hasta el final de la conferencia, partieron juntos a un restaurante de los muelles y después de la primera botella de vino Timothy Duane se encontró recitándole un monólogo de Brecht. La doctora hablaba poco y observaba mucho. Cuando quiso llevarla a su departamento, Ming se negó amablemente y siguió haciéndolo en los meses sucesivos, situación que mantuvo por mucho tiempo viva la curiosidad del atormentado pretendiente. Para la época en que por fin comenzaron a vivir juntos, Timothy Duane ya estaba vencido.

–Nunca he visto una mujer con tanta gracia, parece una figura de marfil, y además es entretenida, no me canso de oírla... Creo que le gusto, no entiendo por qué me rechaza.

–Pensé que sólo puedes hacerlo con putas.

–Con ella sería diferente, estoy seguro.

–¿Que cómo lo aguanto, Greg? Con paciencia china... Además me gustan los neuróticos y Tim es el peor de mi carrera –explicaría años más tarde Ming O'Brien a Reeves con un guiño travieso, mientras picaba queso en la cocina del departamento que compartía con Duane. Pero eso fue mucho más tarde.

Después de muchas vacilaciones logré superar la idea que los hombres no hablan de sus debilidades ni de sus problemas, prejuicio arraigado en mí desde los tiempos del barrio latino, donde ése es uno de los rasgos fundamentales de la virilidad. Me encontré instalado en una oficina donde todo parecía armónico, cuadros, colores y una rosa única y perfecta en un vaso de cristal. Supongo que todo eso invitaba al reposo y las confidencias, pero me sentía incómodo y al poco rato se me empapó la camisa, mientras me preguntaba para qué diantres había seguido el consejo de Timothy. Siempre me pareció una tontería pagar a un profesional que se beneficia por hora, especialmente si no se pueden medir los resultados. Las circunstancias me han obligado a hacerlo con David, quien no funciona sin ese tipo de ayuda, pero no pensé que podía tocarme a mí. Por otra parte, mi primera impresión de Ming O'Brien fue que pertenecía a otra constelación, nada teníamos en común, me dejé engañar por su cara de muñeca y salté a conclusiones que hoy me avergüenzan. La juzgué incapaz de imaginar siquiera los vendavales de mi destino, qué podía saber ella de la sobrevivencia en un barrio pobre, de mi desventurada hija

Margaret, de los incontables problemas de David, enchufado a perpetuidad a un cable de alto voltaje, de mis deudas, mis ex esposas y el rosario de amantes transitorias, de la pelotera con los clientes y abogados de mi firma, un puñado de abusadores, del dolor en el pecho, el insomnio y el miedo de morirme cada noche. Mucho menos sabría de la guerra. Durante años había evitado los grupos de terapia de excombatientes, me fastidiaba compartir la maldición de los recuerdos y el terror del futuro, no me parecía necesario hablar de este aspecto de mi pasado, nunca lo hice entre hombres, menos lo haría ahora con esa imperturbable señora.

–Cuénteme algún sueño recurrente –me pidió Ming O'Brien.

Joder, lo que me faltaba es un Freud con faldas, pensé, pero después de una pausa demasiado larga calculé cuánto me costaba cada minuto de silencio y a falta de algo más interesante se me ocurrió mencionarle lo de la montaña. Reconozco que comencé en un tono irónico, sentado pierna arriba, evaluándola con un ojo entrenado en mirar mujeres, he visto muchas y en aquella época todavía les ponía nota en una escala de uno a diez, la doctora no está mal, decidí que merecía más o menos un siete. Sin embargo a medida que contaba la pesadilla fue apoderándose de mí la misma terrible angustia que sentía al soñarla, vi a mis enemigos vestidos de negro avanzando hacia mí, cientos de ellos, sigilosos, amenazadores, transparentes, mis compañeros caídos como brochazos escarlatas en el gris oprimente del paisaje, las veloces luciérnagas de las balas atravesando a los asaltantes sin detenerlos, y creo que empezó a correrme el sudor por la cara, me temblaban las manos de tanto empuñar el arma, lagrimeaba por el esfuerzo de apuntar en la espesa neblina y jadeaba buscando el aire que se me estaba transformando en arena. Las manos de Ming O'Brien sacudiéndome por los hombros me devolvieron el sentido de la realidad y me encontré en una habitación apacible frente a una mujer de rasgos orientales que me traspasaba el alma con una mirada inteligente y firme.

–Mire al enemigo, Gregory. Mírelo a la cara y dígame cómo es.

Traté de obedecer, pero no distinguía nada en la niebla, sólo sombras. Ella insistió y entonces, poco a poco, las figuras se hicieron más precisas y pude ver al que tenía más cerca y comprendí aturdido que me estaba mirando en un espejo.

–¡Dios mío... uno de ellos se parece a mí!

–¿Y los otros? ¡Mire a los otros! ¿Cómo son?

–También se parecen a mí... son todos iguales... ¡todos tienen mi cara!

Pasó un rato muy largo, tuve tiempo de secarme la transpiración y recuperar algo de compostura. La doctora me clavó sus ojos negros, dos abismos profundos por donde se fueron los míos, aterrorizados.

–Le ha visto el rostro a su enemigo, ahora puede identificarlo, ya sabe quién es y dónde está. Jamás volverá a atormentarlo esa pesadilla porque ahora su lucha será consciente –me dijo con tal autoridad que no me cupo la menor duda que así sería.

Poco después salí del consultorio sintiéndome un poco ridículo porque no controlaba la debilidad en las piernas y no pude despedirme de ella, no me salía la voz. Regresé un mes más tarde, cuando comprobé que la pesadilla no se había repetido y acepté por fin que necesitaba su ayuda. Ella me estaba esperando.

–No conozco remedios mágicos. Estaré a su lado para ayudarlo a remover los obstáculos más pesados, pero el trabajo tiene que hacerlo usted solo. Es un camino muy largo, puede durar varios años, muchos lo inician, pero muy pocos llegan hasta el final, porque es doloroso. No hay soluciones rápidas ni permanentes, sólo podrá hacer los cambios con esfuerzo y paciencia.

En los cinco años siguientes Ming O'Brien cumplió lo prometido, estuvo allí todos los martes, serena y sabia entre sus tenues grabados y sus flores frescas, dispuesta a escucharme. Cada vez que intentaba escabullirme por alguna vía lateral, ella me obligaba a detenerme y revisar el mapa. Cuando daba con una barrera insalvable, me mostraba la forma de desmontarla pieza por pieza hasta superarla. Con la misma técnica me enseñó a luchar contra mis antiguos demonios, uno a la vez. Me acompañó paso a paso en el viaje hacia el pasado, tan atrás que pude recordar el terror de nacer y aceptar la soledad a la cual estaba destinado desde el instante en que las tijeras de Olga me separaron de mi madre. Me ayudó a sobrellevar las múltiples formas de abandono sufridas, desde la muerte prematura de mi padre, única fortaleza de mis primeros años, y el escapismo irreparable de mi pobre madre, agobiada por la realidad muy temprano y perdida en derroteros improbables donde no pude seguirla, hasta las traiciones recientes de Samantha, Shanon y de muchas otras personas. Señaló mis errores, un guión muchas veces repetido a lo largo de mi vida, y me advirtió que debía estar siempre alerta, porque las crisis reaparecen porfiadamente. Con ella pude por fin nombrar el dolor, comprenderlo y manejarlo, sabiendo que siempre estaría presente en una u otra forma, porque es parte de la existencia, y cuando esa idea echó raíces mi angustia disminuyó de manera milagrosa. Desapareció el terror mortal de cada noche, pude estar solo sin temblar de miedo. En su debido tiempo descubrí cuánto me gusta llegar a mi casa, jugar con mi hijo, cocinar para los dos y en la noche, cuando todo se aquieta, leer y escuchar música. Por primera vez pude permanecer en silencio y apreciar el privilegio de la soledad. Ming O'Brien me sostuvo para que me levantara de las rodillas, hiciera el inventario de mis debilidades y limitaciones, celebrara mi fuerza y aprendiera a desprenderme de las piedras que llevaba en un saco a la espalda. No es todo culpa suya, me dijo en una ocasión, y me eché a reír porque ya Carmen me había dicho antes esa misma frase, parece que tengo tendencia a sentirme culpable... No era yo quien daba drogas a Margaret, era ella quien las tomaba por propia decisión, y sería inútil suplicarle, insultarla, pagar las fianzas de la cárcel, encerrarla en un hospital psiquiátrico o perseguirla con la policía, como había hecho en tantas oportunidades, mi hija había escogido ese purgatorio y estaba más allá de mis afanes y mi cariño. Debía ayudar a crecer a David, dijo Ming O'Brien, pero sin dedicarle mi existencia completa ni soportar sus caprichos para compensar el amor que no supe dar a Margaret, porque lo estaba convirtiendo en un monstruo. Juntos revisamos línea por línea mi torpe libreta de teléfonos y verifiqué avergonzado que casi todas las amantes de mi larga trayectoria eran del mismo corte y estilo, dependientes e incapaces de retribuir afecto. También vi claro que con las mujeres diferentes, como Carmen o Rosemary, nunca pude establecer una relación sana porque no sabía rendirme ni aceptar la entrega completa de una compañera de verdad, nada sospechaba de la comunión en el amor. Olga me había enseñado que el sexo es el instrumento y el amor es la música, pero no aprendí la lección a tiempo, vine a saberlo cuando voy camino al medio siglo, pero supongo que más vale tarde que nunca. Descubrí que no sentía rencor contra mi madre, como creía, y pude recordarla con la buena voluntad que no supimos expresar ninguno de los dos cuando estaba viva. Ya no me importó inventar a una Nora Reeves acorde a mis necesidades, de todos modos uno acomoda el pasado y la memoria está compuesta de muchas fantasías. Se me ocurrió que su invencible espíritu me acompañaba, como lo hace el ángel a propulsión a chorro de Thui Nguyen con su hijo Dai y eso me dio una cierta seguridad. Dejé de culpar a Samantha y Shanon por nuestros fracasos, mal que mal yo las escogí como compañeras, el problema radicaba principalmente en mí y nacía en las capas profundas de mi personalidad, donde estaba la semilla del abandono más antiguo. Una a una examiné todas mis relaciones, incluyendo hijos, amigos y empleados, y uno de esos martes tuve la súbita revelación de que toda mi vida me había rodeado de personas débiles con la callada esperanza que a cambio de cuidarlas obtendría algo de cariño o al menos agradecimiento, pero el resultado había sido desastroso, mientras más daba más rencor recibía. Sólo me apreciaban los fuertes, como Carmen, Timothy, Mike, Tina.

–Nadie agradece ser convertido en un inválido –me explicó Ming O'Brien–. Usted no puede hacerse cargo de otros para siempre, llega un momento que se cansa, y cuando los deja caer, se sienten traicionados y naturalmente lo detestan. Así ha pasado con sus esposas, algunos amigos, varios clientes, casi todos sus empleados y va camino a sucederle con David.

Los primeros cambios fueron los más difíciles, porque apenas empezaron a tambalear los cimientos del edificio torcido que era mi vida, el equilibrio se rompió y todo se vino abajo.

Tina Faibich recibió la llamada ese martes por la tarde, su jefe estaba en conferencia con un par de abogados de la compañía de seguros en el caso de King Benedict y no debía interrumpirlo, pero había tal apremio en la voz del desconocido que no se atrevió a tramitarlo. Fue una decisión acertada, porque le salvó la vida a Margaret, al menos por un tiempo. Venga de prisa, dijo el hombre, dio la dirección de un motel en Richmond y colgó el teléfono sin identificarse. King Benedict hojeaba una revista de historietas en la antesala cuando vio salir a Gregory Reeves y mientras esperaba el ascensor alcanzó a preguntarle adónde iba tan apurado.

–Por esos lados usted no puede andar solo y menos en un automóvil como el suyo –le aseguró y sin esperar respuesta se le pegó a los talones para acompañarlo. Cuarenta y cinco minutos más tarde estacionaron ante una hilera de cuartos desamparados en un callejón de basuras. A medida que se internaban en los vecindarios más pobres de la ciudad fue evidente que Benedict tenía razón, no había un solo blanco a la vista. En los umbrales de las puertas, frente a los bares y en las esquinas se agrupaban jóvenes ociosos que amenazaban con gestos obscenos y gritaban improperios a su paso. Algunas calles no tenían nombre y Reeves comenzó a dar vueltas perdido, sin atreverse a bajar el vidrio de la ventanilla para preguntar la dirección por miedo a que lo escupieran o le dieran un piedrazo, pero King Benedict no tenía el mismo problema. Lo hizo detenerse, se bajó tranquilo, interrogó a un par de personas y regresó saludando al grupo de muchachones que ya había rodeado el coche haciendo morisquetas y pateando los tapabarros. Así dieron con Margaret. Golpearon la puerta del cuarto número nueve de un motel insalubre y les abrió un negro fornido, con la cabeza rapada y cinco alfileres atravesados en una oreja, la última persona que a Reeves le hubiera gustado encontrar junto a su hija, pero no tuvo tiempo de examinarlo demasiado, porque el hombre lo cogió del brazo con una mano de tenaza y lo guió hacia la cama donde estaba la muchacha.

–Me parece que se está muriendo –dijo.

Era un cliente casual, el primero del día, que por unos cuantos dólares obtuvo un rato con esa chica desgreñada a quien todos conocían en el vecindario y dejaban en paz, a pesar de su raza, porque de todos modos ya estaba más allá de las agresiones habituales, había cruzado al otro lado de la aflicción. Pero cuando le arrebató el vestido de un zarpazo apresurado y la levantó para aplastarla sobre el colchón, se encontró con una marioneta desarticulada entre las manos, un pobre esqueleto ardiendo de fiebre. La sacudió un poco con la idea de remecerle la modorra de las drogas, y a ella se le fue la cabeza hacia atrás sin fuerzas para sostenerla sobre el cuello, tenía los ojos en blanco a medio cerrar y un hilo de saliva amarilla le chorreaba de la boca. Mierda, masculló el hombre y su primer impulso fue dejarla allí tirada y salir disparado antes de que alguien lo viera y después lo acusaran de matarla, pero cuando la soltó sobre la cama le pareció tan patética que no pudo esquivar la compasión y en un espacio de generosidad dentro de la violencia de su propia vida, se inclinó sobre ella llamándola, trató de hacerle beber agua, la palpó por todos lados buscando alguna herida y comprobó que tenía el cuerpo en llamas. La muchacha vivía temporalmente en esa habitación mugrienta, en el suelo se desparramaban botellas vacías, colillas de cigarros, jeringas, restos de una pizza añeja y cuanta inmundicia es posible imaginar. Sobre la mesa, entre cosméticos abiertos, había un bolso de plástico, lo vació sin saber lo que buscaba, encontró una llave, cigarrillos, una dosis de heroína, una billetera con tres dólares y una tarjeta con el nombre de un abogado. No se le pasó por la mente llamar a la policía, pero se le ocurrió que por alguna razón ella tenía esa tarjeta y corrió al teléfono público de la esquina para llamar a Reeves, sin sospechar que hablaba con el padre de esa miserable prostituta agónica sobre una cama sin sábanas. Una vez dada la voz de alarma se encaminó a la licorería a tomar una cerveza, dispuesto a olvidar el asunto y rajar de allí si aparecía la policía, pero en un lugar recóndito del alma sintió que la chica lo llamaba y pensó que a nadie le gusta morir solo, nada perdía con acompañarla unos minutos más y de paso echarse al bolsillo los dólares y la droga, que de todos modos ella ya no necesitaba. Regresó al cuarto número nueve con otra cerveza y un vaso de cartón con hielo, y en el afán de darle de beber, pasarle hielo por la frente y empapar una camiseta para refrescarle el cuerpo con agua fría, olvidó vaciar la cartera y pasó el tiempo que le tomó a Reeves dar con el motel.

–Bueno, ya me voy –dijo, desconcertado al ver a ese hombre blanco con traje gris y corbata, que parecía una broma en ese lugar, pero se quedó en el umbral por curiosidad.

–¿Qué pasó? ¿Dónde hay un teléfono? ¿Quién es usted? –preguntó Reeves mientras se quitaba la chaqueta para arropar a su hija desnuda.

–Yo no tengo nada que ver con esto, ni siquiera la conozco. ¿Y usted, quién es?

–Su padre. Gracias por llamarme. –Y se le quebró la voz.

–Mierda... jodida mierda... déjeme ayudarlo.

El negro levantó a Margaret como si fuera una recién nacida y la llevó al automóvil, donde esperaba King Benedict para impedir que lo desvalijaran. Reeves partió a toda velocidad al hospital, sorteando el tráfico a través de una neblina de lágrimas, mientras su hija apenas respiraba ovillada sobre las rodillas de King, quien le canturreaba una de esas antiguas canciones de esclavos con que su madre lo dormía cuando era niño. Entró a la sala de emergencia con la muchacha en brazos. Dos horas más tarde le permitieron verla por unos minutos en el recinto de terapia intensiva, donde yacía crucificada sobre una camilla, con varias sondas y un respirador conectados al cuerpo. El médico de turno dio el primer informe: una infección generalizada que había afectado el corazón. El pronóstico era muy pesimista, dijo, tal vez podría salvarse con dosis masivas de antibióticos y un cambio radical de vida. Los exámenes posteriores revelaron que el organismo de Margaret correspondía al de una anciana, sus órganos internos estaban dañados por las drogas, las venas colapsadas por los pinchazos, los dientes sueltos, la piel en escamas, y perdía el cabello a mechones. Goteaba sangre a causa de incontables abortos y enfermedades venéreas. A pesar de tantas tribulaciones, la niña postrada con los ojos cerrados en la penumbra del cuarto parecía un ángel dormido, sin huellas aparentes de oprobio, con la inocencia intacta. La ilusión no duró mucho, pronto su padre verificó cuán abyecto era el abismo donde había caído. Procuraron mantener a raya sus adicciones, pero el alma se le iba en espasmos de congoja. Le administraron metadona y le dieron nicotina en goma de mascar, pero igual hubo que atarla para que no bebiera el alcohol para desinfectar heridas ni se robara los barbitúricos. Entretanto Gregory Reeves no lograba comunicarse con Samantha, que andaba en la India tras los pasos de un santón. Desesperado, acudió a Ming O'Brien solicitando ayuda, aunque en verdad había perdido toda esperanza de arrancar a Margaret de las garras de su maldito destino. Apenas la enferma superó la crisis de muerte de los primeros días, la doctora O'Brien fue a visitarla con regularidad y se encerraba por horas a conversar con ella. En las tardes Gregory Reeves llegaba al hospital y encontraba a su hija desgarrada de lástima por sí misma, con expresión enloquecida y un temblor incontrolable en las manos. Se sentaba a su lado, deseando acariciarla, pero sin atreverse a tocarla, y permanecía en silencio escuchando una retahíla de reproches y execrables confesiones. Así se enteró del tenebroso martirio que su hija había soportado. Trató de averiguar cómo había ido a parar a ese Gólgota, qué rabia impenetrable y qué soledad de tinieblas le habían trastornado la existencia de aquel modo, pero ella misma no lo sabía. A ratos le decía sollozando te quiero papá, pero un instante después se volvía contra él bramando un odio visceral y culpándolo de toda su desolación.

–Mírame, maldito hijo de puta, mírame. –Y de un manotazo se quitaba las sábanas y abría las piernas mostrándole el sexo, llorando y riéndose con ferocidad de loca–. ¿Quieres saber cómo me gano la vida mientras tú viajas por Europa y le compras joyas a tus amantes y mi madre medita en la posición del loto? ¿Quieres saber lo que me hacen los borrachos, los mendigos, los maricones, los sifilíticos? Pero no tengo que decírtelo porque tú eres experto en putas, tú nos pagas para que te hagamos las cochinadas que ninguna mujer te haría gratis...

Ming O'Brien trató de enfrentar a Margaret con su propia realidad, para que aceptara la evidencia de que no podía salvarse sola, necesitaba tratamiento a largo plazo, pero era como un juego de engaños en espejos deformantes. La muchacha fingía escucharla y se confesaba asqueada de su vida de desafueros, pero apenas pudo dar los primeros pasos se deslizaba al teléfono del pasillo a pedir a sus contactos que le llevaran heroína al hospital. En otras ocasiones se abatía por completo, horrorizada de sí misma, empezaba contando detalles de su larga degradación y luego se sumergía en un lodazal de remordi-

mientos. Su padre ofreció pagarle un programa de reha-
bilitación en una clínica privada y por fin la joven aceptó
aparentemente resignada. Ming pasó la mañana movien-
do hilos para que la admitieran y Gregory partió a comprar los pasajes para llevarla al día siguiente al sur de California. Esa noche Margaret sustrajo la ropa de otra
enferma y escapó sin dejar rastro.

–La infección no está curada, sólo han desaparecido
los síntomas más alarmantes. Si se interrumpen los antibióticos seguramente morirá –anunció el médico en tono
neutro. Estaba acostumbrado a toda clase de emergencias
y los drogadictos no le inspiraban ninguna simpatía.

–No la busque, Gregory. En algún momento deberá
aceptar que no puede hacer nada más por su hija. Tiene
que dejarla ir, ella es dueña de su vida –le aconsejó Ming
O'Brien al abatido padre.

Entretanto se aproximaba la fecha para el juicio de King
Benedict. La compañía de seguros se mantenía firme en
negar una indemnización por el accidente objetando que
la supuesta amnesia era un embuste. Lo habían sometido
a humillantes exámenes médicos y psiquiátricos para
probar que no existía ningún daño físico atribuible a la
caída, lo interrogaron durante semanas sobre cuanto
acontecimiento insignificante ocurrió entre los tiempos
de su adolescencia y el año en curso, debió identificar
antiguos equipos de béisbol, le preguntaron qué se bailaba en 1941 y qué día estalló la guerra en Europa. También pusieron detectives a espiarlo durante meses con la
esperanza de sorprenderlo en el engaño. De buena fe Benedict trataba de responder los interminables cuestiona-
rios, porque no quería ser considerado un ignorante,
pero aparte de algunos hechos que retuvo de sus lecturas
diarias en la biblioteca, lo demás estaba oculto en la sose-
gada niebla de los hechos por vivir. Nada sabemos del
futuro, tal vez ni siquiera existe, ante nuestros ojos sólo
tenemos el pasado, le había dicho su madre muchas ve-

ces, pero en su caso no podía echar mano del suyo, era una escurridiza sombra donde se perdían cuarenta años de su paso por el mundo. Para Gregory Reeves, que había vivido atormentado por una memoria rotunda, la tragedia de su cliente resultaba fascinante. Él también lo interrogaba, pero no para atraparlo en mentiras, sino para saber cómo se siente un hombre cuando tiene oportunidad de borrar la vida y hacerla de nuevo. Conocía a King desde hacía cuatro años y en ese período escuchó sus fantasías de muchacho y sus ambiciones de grandeza, mientras lo veía ir paso a paso por el mismo camino hecho antes, como un sonámbulo preso en un sueño recurrente. King no hizo grandes cambios, como si pisara sobre sus propias huellas, fue a la escuela nocturna para estudiar la secundaria, obtuvo las mismas malas notas de su época de muchacho y por último la dejó a medio camino; un par de años más tarde, para la fecha en que su mente debía alcanzar los diecisiete años, se presentó en varias oficinas de reclutamiento de las Fuerzas Armadas a suplicar que lo admitieran, pero en todas fue rechazado. Había visto muchas películas de guerra y, obnubilado por las fanfarrias militares, acabó comprándose un uniforme de soldado que usaba para consolarse.

–Dentro de un par de años se casará con una fulana similar a su primera mujer y tendrá dos hijos como mis condenados nietos –comentó Bel Benedict amargamente.

–Me cuesta creer que uno tropieza dos veces con la misma piedra –replicó Gregory Reeves, quien había iniciado un silencioso viaje hacia su pasado y se preguntaba a menudo qué habría sucedido si hubiera hecho esto en vez de aquello.

–No se puede vivir dos veces ni dos destinos diferentes. La vida no tiene borrador –dijo ella.

–Sí podemos, señora Benedict, yo lo estoy intentando. Se puede cambiar el rumbo y enmendar el borrador.

–Lo vivido no tiene arreglo. Puede mejorarse lo que queda por delante, pero el pasado es irreversible.

–¿Quiere decir que es imposible deshacer los errores

cometidos? ¿No hay esperanza para mi hija Margaret, por ejemplo, que aún no tiene veinte años?

–Esperanza, sí, pero los veinte años perdidos jamás los recuperará.

–Es una idea aterradora... Significa que cada paso forma parte de nuestra historia, cargamos para siempre con todos nuestros deseos, pensamientos y acciones. En otras palabras, somos nuestro pasado. Mi padre predicaba sobre las consecuencias de cada acto y la responsabilidad que nos cabe en el orden espiritual del universo, decía que todo lo que hacemos nos vuelve, tarde o temprano pagamos por el mal y nos beneficiamos por el bien.

–Ese hombre sabía mucho.

–Estaba desquiciado y murió demente. Sus teorías eran una maraña de confusiones, yo nunca las entendí.

–Pero sus valores eran claros, según parece.

–No predicaba con el ejemplo. Mi hermana dice que era alcohólico y pervertido, que tenía la obsesión de controlar todo y nos arruinó la vida, al menos a ella. Pero era un hombre fuerte, yo me sentía bien a su lado y tengo buenos recuerdos de él.

–Según parece le enseñó a caminar derecho.

–Trató de hacerlo, pero se murió demasiado pronto. Mi camino ha sido muy torcido.

Comentando esto con la doctora Ming O'Brien, terminó contándole de su cliente y ella, quien por lo general escuchaba atentamente y rara vez abría la boca para emitir opiniones, esta vez lo interrumpió para preguntarle detalles. ¿Había estado King Benedict sometido a mucha presión? ¿cómo había sido su infancia? ¿era una persona tranquila y equilibrada, o más bien inestable? y finalmente le reveló que ese tipo de amnesia era raro, pero había algunos casos registrados. Sacó un libro de su estante y se lo pasó.

–Dele una mirada a esto. Es probable que en la adolescencia su cliente sufriera un choque emocional muy fuerte o un golpe similar al que recibió en el accidente.

Cuando la experiencia se repitió, el impacto del pasado fue insoportable y bloqueó su memoria.

–Aparentemente no hay nada de eso.

–Debe haber algo muy doloroso o amenazante que no quiere recordar. Pregúntele a la madre.

Gregory Reeves pasó la noche en vela leyendo y a la hora del desayuno tenía una idea clara de lo sugerido por Ming O'Brien. Se acordó de aquella ocasión en que King Benedict se desmayó en su oficina al pedirle que identificara fotografías de revistas y la extraña reacción de Bel. Ella esperaba afuera durante la declaración y al oír el barullo corrió a la biblioteca, lo vio en el suelo y se inclinó para socorrerlo, pero en ese momento descubrió la revista abierta sobre la mesa y en un gesto impulsivo tapó la boca con la mano a King. Después no permitió que continuara el interrogatorio, se lo llevó en un taxi y a partir de ese día insistió en estar presente en todas las entrevistas. Reeves lo atribuyó a preocupación por la salud de su hijo, pero ahora tenía dudas. Excitado con ese resquicio por donde divisaba algo de luz, fue directamente a la casa de los padres de Timothy Duane para hablar con la mujer. Bel estaba en la cocina limpiando los cubiertos de plata cuando el mayordomo anunció la visita, pero no alcanzó a salir a recibirlo, porque su abogado irrumpió en la cocina. Tenemos que hablar, le dijo, cogiéndola de un brazo sin darle tiempo de quitarse el delantal ni de lavarse las manos. A solas con ella en su oficina le explicó que pronto se jugarían en una sola carta el futuro de su hijo, la victoria dependía de sus argumentos para convencer al jurado que King no estaba fingiendo. Hasta ayer eso le parecía casi imposible, pero con su ayuda hoy podría torcer la dirección del caso. Le repitió la teoría de Ming O'Brien y le rogó que le contara lo ocurrido a King Benedict en la juventud.

–¿Cómo quiere que me acuerde de algo que pasó hace tanto tiempo?

–Estoy seguro de que no necesita hacer un esfuerzo para recordarlo, porque ni por un minuto lo ha olvidado, señora Benedict –replicó él, abriendo el archivo y colocando ante sus ojos la revista que provocara el ataque de su hijo–. ¿Qué significa este rancho?

–Nada.

–¿King y usted han estado en un lugar así?

–Hemos estado en muchas partes, nos movíamos todo el tiempo buscando trabajo. Varias veces cosechamos algodón en sitios como ése.

–¿Cuando King tenía catorce años?

–Tal vez, no me acuerdo.

–Por favor, no haga las cosas más difíciles para mí, porque no tenemos mucho tiempo. Quiero ayudarla, jugamos en el mismo equipo, señora, no soy su enemigo.

Bel Benedict guardó silencio observando la fotografía con expresión de porfiada dignidad, mientras Gregory Reeves la miraba admirado pensando que en su juventud debió ser una beldad y si le hubiera tocado nacer en otra época o en otra circunstancia tal vez se habría casado con un magnate poderoso que llevaría del brazo a esa pantera oscura sin que nadie se atreviera a objetar su raza.

–Bueno, señor Reeves, estamos en un callejón sin salida –dijo ella por último con un suspiro–. Si me callo la boca, como lo he hecho durante cuarenta años, mi Baby será un viejo desvalido y pobre. Si le digo lo que pasó voy presa y mi hijo se quedará solo.

–Puede haber más de dos alternativas. Si me consulta como abogado, todo lo que diga es confidencial, no saldrá de estas cuatro paredes, le aseguro.

–¿Es decir que usted no puede delatarme?

–No.

–Entonces lo nombro mi abogado, porque voy a necesitar uno de todos modos –decidió después de otra larga pausa–. Fue en defensa propia, como dicen, pero ¿quién iba a creerme? Yo era una pobre negra de paso en la zona más racista de Texas, andaba con mi hijo de un lado a otro ganándome la vida en lo que pudiera encontrar, sólo tenía una maleta con ropa y dos brazos para trabajar. En ese tiempo me sobraban dolores de cabeza.

Sin quererlo vivía metida en líos, atraía la desgracia como el papel engomado atrae a las moscas. Nunca duraba mucho en ninguna parte, siempre sucedía algo y debíamos partir otra vez. Me sorpendió que el dueño del rancho me diera empleo, los demás *braceros* eran hombres y casi todos latinos, gente de paso, pero era época de cosechar el algodón y supuse que necesitaba obreros. No podía alojarme en los dormitorios comunes, a Baby y a mí nos puso en una cabaña cochambrosa en el límite de la propiedad, bastante lejos, donde nos recogía en un camión en la mañana y nos llevaba de vuelta al terminar la jornada. Era un buen trabajo, pero aguanté todo lo que pude, se lo prometo. No soy persona quisquillosa, tengo mis prioridades muy claras, lo primero siempre fue dar de comer a mi hijo ¿qué me importaba acostarme con un hombre? Diez o veinte minutos y ya está, enseguida una se olvida. Pero él era de esos que no pueden hacerlo como todo el mundo, le gustaba la cosa a golpes y si no me veía sangrando no podía hacerlo. Quién lo hubiera dicho, parecía tan buena gente, los obreros lo respetaban, pagaba lo justo, iba a la iglesia los domingos, un modelo de patrón. Le aguanté un par de veces que me chicotara y me llamara negra cochina y muchas cosas más, no fue el único, yo estaba más o menos acostumbrada ¿a qué mujer no le han pegado? Ese domingo Baby había ido a jugar a béisbol y el hombre llegó en su camioneta a la cabaña, yo estaba sola y le vi en la cara lo que buscaba, además olía a alcohol. No sé muy bien cómo ocurrieron las cosas, señor Reeves, se había quitado el cinturón y me estaba dando duro y creo que yo gritaba, en eso llegó Baby, se puso por el medio y el tipo lo lanzó lejos de un puñetazo. Se golpeó la nuca contra la punta de la mesa. Vi a mi muchacho aturdido en el suelo y no tuve que pensarlo, cogí el bate de béisbol y le di al tipo en la cabeza. Fue un solo golpe, con toda el alma, y lo maté. Cuando Baby abrió los ojos le lavé la herida, tenía un corte profundo, pero no podía llevarlo a un hospital, donde nos hubieran hecho preguntas, le detuve la sangre a punta de agua fría y unos trapos. Eché el cuerpo del patrón en la camioneta, lo cubrí con sacos, luego la escondí lejos de la casa. Esperé la noche y la llevé a unas veinte millas de distancia, fuera de la propiedad, y la lancé por un barranco. Nadie lo supo. Caminé más de cinco horas de vuelta a la cabaña. Me acuerdo que el resto de la noche dormí con la conciencia limpia y al día siguiente estaba en la puerta esperando que me recogieran para ir al trabajo, como si nada hubiera pasado. Con mi hijo jamás hablamos de eso. La policía encontró el cuerpo y creyó que el patrón había bebido más de la cuenta y se volcó en la camioneta. Interrogaron a los *braceros,* pero si alguno vio algo, no me delató y la cosa no pasó de allí. Poco después partimos con Baby y nunca más hemos puesto los pies en Texas. Imagínese lo que es la vida, señor Reeves, cuarenta años más tarde viene ese fantasma a joderme.

–¿Le ha pesado en la conciencia? –preguntó Reeves pensando en los muertos que él mismo cargaba.

–Nunca, con el favor de Dios. Ese hombre se buscó su final.

–Mi amiga Carmen, que es una fuente inagotable de sentido común, me dijo en una ocasión que no hay necesidad de confesar lo que nadie pregunta...

–Pero saldrá en el juicio, señor Reeves.

–¿King tiene todavía la cicatriz en la cabeza?

–Sí, le quedó muy fea porque no le pusieron puntos.

–Demostraremos que a los catorce años se partió la cabeza al caer contra una mesa, pero con suerte no tendremos necesidad de mencionar el resto de la historia. Si consigo un experto que relacione el primer golpe con el accidente en la construcción, tal vez podamos arreglar el caso sin ir a juicio, señora Benedict.

En la audiencia de conciliación Ming O'Brien probó que el cuadro de King Benedict correspondía a una amnesia psicogénica y, dada la falta de progresos, probablemente nunca se recuperaría. Explicó que los antecedentes calzaban con las causas habituales de ese trastorno, King tuvo una infancia y juventud atormentadas, sufrió un golpe grave durante la adolescencia, antes del accidente estuvo sometido a fuertes presiones y era de temperamento depresivo. Al caerse del andamio sufrió un trauma similar al anterior y su mente dio un salto atrás y se refugió en el olvido, como defensa contra las pesadumbres que lo agobiaban. Los abogados defensores hicieron lo posible por desbaratar el diagnóstico, pero se estrellaron contra la firmeza de la doctora, que produjo medio metro de volúmenes con referencias a casos similares. Por otra parte, los agentes contratados para observarlo sólo obtuvieron fotografías del sospechoso entretenido con un tren eléctrico, leyendo cuentos de aventuras y jugando a la guerra disfrazado de soldado. La juez, una matrona de carácter tan recio como el de Ming O'Brien, se llevó a los demandados aparte y les hizo ver que les convenía pagar sin más alboroto, porque si iban a juicio perderían mucho más. De acuerdo a mi larga experiencia, dijo, los miembros de cualquier jurado serán benévolos con este pobre hombre y su abnegada madre, tal como lo sería yo si fuera uno de ellos. Después de dos días de tira y afloja los abogados cedieron. Gregory Reeves celebró el triunfo invitando a Bel, King y su hijo David a Disneyland, donde se perdieron en un mundo fantástico de animales que hablan, luces que derrotan la noche y máquinas que desafían las leyes de la física y los misterios del tiempo. Al regreso ayudó a Bel a comprar una casa modesta en el campo y colocó el resto del dinero del seguro en una cuenta para que King y ella tuviera una pensión por el resto de sus vidas.

Cuando Dai descuidó su computadora, comenzó a usar loción de afeitar y a examinarse en el espejo con aire desolado, Carmen Morales lo invitó a comer afuera para hablar con él, siguiendo su costumbre de hacer citas de novios para tratar asuntos importantes. La vida se les había complicado y con los años se perdió en parte la cariñosa intimidad que los unió al principio, aunque seguían siendo los mejores amigos. Dai era un adolescente de aspecto latino, parecido a su padre, pero más intenso y sombrío. Nada heredó del espíritu aventurero de Juan José ni de la explosiva personalidad de Carmen, era un chico introvertido y un poco solemne, demasiado serio para su edad. A los cuatro o cinco años demostró un talento inusitado para las matemáticas y desde entonces fue tratado como un prodigio por todos, menos por su madre adoptiva. Las maestras lo presentaron en diversos programas de televisión y concursos donde aparecía resolviendo de memoria complicadas ecuaciones. Así ganó varios premios, incluso una motocicleta cuando no tenía edad para manejarla. Su temperamento orgulloso iba camino a convertirse en arrogante, pero Carmen lo mantuvo a raya poniéndolo a trabajar en su fábrica durante las vacaciones, para que supiera desde pequeño cuánto cuesta ganarse la vida y tuviera contacto con los obreros. También cultivó su curiosidad y le abrió la mente a otras culturas. A los quince años Dai había estado en Oriente, en África y en varios países de América del Sur, hablaba algo de español y vietnamita, tenía en la punta de los dedos la contabilidad del negocio de su madre, disponía de una cuenta de ahorros y varias universidades ya le habían ofrecido becas para estudiar en el futuro. Mientras el país entero discutía la crisis de valores entre los jóvenes y el desastre del sistema educativo, que había creado una generación de ignorantes y flojos, Dai estudiaba a conciencia, trabajaba y en sus ratos libres exploraba la biblioteca y jugaba con su computadora. Tenía en su cuarto un pequeño altar con la fotografía trucada por Leo Galupi de su madre y su padre, junto a una cruz de madera, un pequeño Buda de loza y un recorte de una revista con la imagen de la tierra vista desde una nave espacial. No era sociable, prefería estar solo y hasta entonces Carmen fue su única y gran compañera. Aquel muchacho amable, satisfecho con su vida y cómodo en su piel de lobo solitario, cambió de repente a finales de la primavera. Pasaba horas acicalándose, empezó a vestirse, hablar y moverse como los cantantes de rock, salía a horas intempestivas y realizaba esfuerzos gigantescos para ser aceptado por los muchachos cuya compañía antes despreciaba. Renegó de su pasión por las matemáticas porque deseaba ser uno del montón y eso lo separaba de sus compañeros. Cuando su madre lo vio sufrir pegoteándose el pelo con laca para domar sus negros mechones, poniéndose pasta dentífrica en las espinillas y paseándose ante el teléfono, supo que el tiempo de idílica complicidad con su hijo estaba por terminar y tuvo una crisis de celos que no se atrevió a confesar ni siquiera a Gregory Reeves en las conversaciones de los lunes. Para entonces había tiendas «*Tamar*» repartidas por el mundo y contaba con un eficiente equipo de empleados para manejar su negocio, mientras ella se limitaba a diseñar líneas nuevas y promover la imagen de la compañía. Compró una casa de madera en medio de grandes árboles en las colinas de Berkeley, donde vivía con su hijo y su madre. Pedro Morales había muerto hacía algunos años. Cuando presintió el fin se negó a ir al hospital y no quiso que le prolongaran la vida con recursos artificiales, pensó que las cuentas médicas arruinarían a la familia y su mujer quedaría en la calle. Trabajó una vida para sacar adelante a su pequeña tribu y no deseaba perjudicarlos en su última hora. Estaba muy orgulloso de los suyos, sobre todo de Carmen y de su nieto Dai, en quien veía la reencarnación de su hijo Juan José. Se fue al otro mundo sin dejar cabos sueltos, con la sensación de haber cumplido sin apurar al destino. Inmaculada ayudó a su marido en el último trance y después consoló a los afligidos hijos, nueras y nietos. Al desaparecer el patriarca no se desmembró la familia, porque ella mantuvo bien atados los lazos del afecto y de la ayuda mutua. Después del entierro decidió quedarse con Carmen por un tiempo y en pocas semanas repartió sus pertenencias y vendió la casa. Durante años había puesto el alma en juntar esos muebles y adornos, testigos de su prosperidad, pero al perder a su marido nada material tenía significado para ella. Uno pasa la primera parte de la vida juntando cosas y la segunda tratando de desprenderse de ellas, decía. Sólo conservó la cama que había compartido con Pedro Morales durante medio siglo, porque en ella deseaba morir un día. La mujer había cambiado poco, parecía congelada en una edad indefinida, la fortaleza de su raza indígena parecía protegerla del desgaste del cuerpo y las fallas de la memoria, nunca había estado más lúcida, era una vieja firme y diligente, inmune al cansancio, la debilidad o la mala salud. Se hizo cargo de los asuntos domésticos de Carmen con fervor militante, había criado seis hijos en la estrechez de un barrio pobre y esa casa llena de comodidades no representaba ningún desafío para ella. Costó mucho impedirle que se partiera la espalda lavando ropa o batiendo huevos, era partidaria de mantener las manos siempre ocupadas, el ocio produce enfermedades, decía para justificarse cuando la encontraban encaramada en una escalera lavando ventanas o a gatas poniendo trampas para los mapaches, que habían formado una colonia en los fundamentos de la casa. Seguía cocinando manjares mexicanos que sólo Dai y ella saboreaban porque Carmen vivía a dieta, se levantaba al amanecer para regar su huerto de verduras y hierbas aromáticas, limpiar, cocinar y lavar, y era la última en irse a la cama, después de llamar por teléfono a cada uno de sus hijos a diferentes ciudades del país, no era mujer de renunciar a seguir la pista de cerca a sus descendientes. Tenía muy arraigado el hábito de servidumbre como para modificarlo en la vejez, pero era la primera en burlarse de sus afanes domésticos. Años antes aplaudió secretamente a Carmen cuando regresó de sus viajes convertida en una «gringa liberada» como mascullaba Pedro Morales. Que su hija se ganara la vida mejor que sus hermanos le producía un íntimo deleite, compensaba su propia vida de agachar la cabeza ante los hombres. Carmen obligó a su madre a usar máquinas modernas, compraba las tortillas en bolsas plásticas y le abrió una cuenta en el Banco que ella trataba con el mismo respeto destinado a su libro de misa. Inmaculada fue la primera en adivinar que Dai había entrado en la fase del amor no correspondido y se lo transmitió a su hija.

–Cuéntamelo todo –ordenó Carmen al muchacho en el restaurante.

Dai trató de escabullirse, pero lo traicionaron el aire de desamparo y el rubor, era de piel morena y el bochorno le daba un cierto tono de berenjena. Su madre no le dejó escapatoria y a los postres no tuvo más remedio que confesar, atarantado de pastel de chocolate y revolcándose en la silla, que no podía dormir ni estudiar ni pensar ni vivir, se le iban las horas sentado junto al teléfono esperando una llamada que nunca llegaba, y qué hago, mamá, seguro me desprecia porque no soy blanco ni juego fútbol, para qué habré nacido, para qué me fuiste a buscar a Vietnam y me criaste tan distinto a los demás, no conozco los nombres de los grupos de rock y soy el único estúpido que le dice asiáticos a los orientales y afroamericanos a los negros, que se preocupa de los agujeros en la capa de ozono, los mendigos en la calle y la guerra contra Nicaragua, el único políticamente correcto de mi maldita escuela, a nadie le importa un carajo todo eso, mamá, la vida es una mierda, y si Karen no me llama hoy te juro que me subo en la motocicleta y me lanzo barranco abajo porque no puedo vivir sin ella. Carmen Morales le interrumpió el discurso con una cachetada en la cara, que resonó como un portazo en la esotérica paz del restaurante vegetariano. Nunca lo había golpeado. Dai se llevó una mano a la mejilla, tan sorprendido que la letanía de lamentos se le congeló en los labios.

–No vuelvas a hablar de matarte ¿me has entendido?

–¡Es una manera de decir, mamá!

–No quiero oírlo ni en broma. Vas a vivir tu vida entera, aunque te duela. Y ahora dime quién es esa desgraciada que se da el lujo de despreciar a mi hijo.

Se trataba de una compañera de clases que a su vez estaba enamorada, como todas las demás chicas de la escuela, del capitán del equipo de fútbol, con quien Dai ni en sueños podía competir. Al día siguiente Carmen acompañó a su hijo para verla a la salida, encontró a una rubia deslavada con cara de bebé medio oculta tras un globo de goma de mascar. Suspiró aliviada, segura que Dai se repondría del mal de amor y encontraría rápidamente alguien más interesante, pero aunque no fuera así, de cualquier forma nada se podía hacer, resultaba imposible ahorrarle experiencias o sufrimientos como trató de hacerlo cuando era pequeño. Después comprendió que su sensación de alivio tenía una causa más profunda que la insignificante personalidad de Karen y la certeza de que Dai no sufriría por ella eternamente. Comenzaba a intuir las ventajas de que su hijo volara solo. Por primera vez en los trece años que habían estado juntos podía pensar en sí misma como un ser separado e individual, hasta entonces Dai era su prolongación y ella lo era de él, siameses pegados por el corazón, como decía Inmaculada. Esa tarde su madre la encontró sentada en la cocina ante una taza de té de mango, mirando las sombras oscuras de los árboles en la última luz del día.

–¿Te parece que me veo vieja, mamá?

–Más vieja que el año pasado, pero menos que el año próximo, con el favor de Dios –replicó Inmaculada.

–¿Sabes que podría ser abuela? La vida pasa volando.

–A tu edad pasa rápido, hija, una cree que vivirá para siempre. A la edad mía los días se hacen sal y agua, ni cuenta me doy de cómo gasto las horas.

–¿Crees que todavía alguien puede enamorarse de mí?

–Pregunta mejor si acaso puedes enamorarte tú. La felicidad que se vive deriva del amor que se da.

–No dudo de que yo puedo enamorarme.

–Me alegro, porque pronto me moriré y Dai se irá de tu lado, es lo normal. No debes quedarte sola. Me canso de decirte que te cases.

–¿Con quién, mamá?

–Con Gregory, ese muchacho es mejor que todos los novios que te he conocido, lo cual no es mucho decir, por supuesto. ¡Hay que ver qué mal ojo tienes para los hombres!

–Gregory es mi hermano, casarnos sería pecado de incesto.

–Lástima. Entonces busca uno de tu edad, no entiendo por qué andas con tipos más jóvenes que tú.

–No es mala idea, vieja... –replicó Carmen con una sonrisa pícara que inquietó un poco a su madre.

Tres semanas más tarde anunció en su casa que partía a Roma a buscar marido. Por medio de un investigador privado ubicó a Leo Galupi en la vasta extensión del universo, tarea que resultó bastante fácil porque su nombre estaba en letras destacadas en el guía de teléfonos de Chicago. Al terminar la guerra regresó a su punto de partida tan pobre como se fuera, había perdido el dinero ganado en sus extraños negocios, pero volvió rico en experiencia. Sus años de tráficos en Asia le refinaron el gusto, sabía mucho de arte y tenía buenos contactos, así dio forma a la empresa de sus sueños. Abrió una galería con objetos orientales y tanto fue su éxito que a la vuelta de diez años tenía una sucursal en Nueva York y otra en Roma, donde vivía buena parte del año. El investigador informó a Carmen que Galupi permanecía soltero y le mostró una serie de fotografías tomadas con teleobjetivo donde aparecía vestido de blanco caminando por la calle, subiendo a un automóvil y sorbiendo un helado en las gradas de la Plaza España, el mismo sitio donde ella se había sentado a menudo cuando iba a esa ciudad a visitar las tiendas «Tamar». Al verlo su corazón dio un salto. En esos años se le habían olvidado sus rasgos, en verdad no había pensado demasiado en él, pero esas imágenes algo desenfocadas le provocaron una oleada de nostalgia, descubrió que su recuerdo permanecía a salvo en un compartimiento secreto de la memoria. Más vale que me ponga en acción, tengo mucho que hacer, decidió. Fueron días nerviosos preparando su viaje, muy diferente a los otros, en cierto sentido se trataba de una misión de vida o muerte, como le dijo a su madre cuando ésta la sorprendió con el contenido de sus armarios en el suelo, probándose vestidos en un huracán de impaciente coquetería. Una vez acomodados los asuntos de la fábrica y la casa, se hizo un examen médico, se tiñó las canas y compró ropa interior de seda. Se observó con despiadada atención en el espejo grande del baño, contó las arrugas y alcanzó a arrepentirse de no haber hecho jamás ejercicio y de los atracones de leche condensada con que burló la dieta a lo largo de los años. Se pellizcó brazos y piernas y comprobó que ya no eran firmes, trató de hundir la barriga, pero allí había un pliegue rebelde, examinó sus manos, arruinadas por el trabajo con los metales, y los senos que le habían pesado siempre como una carga ajena. No tenía el mismo cuerpo de la época en que Leo Galupi la conoció, pero decidió que el inventario de sus encantos no estaba mal, al menos no hay huellas de varices ni estrías de embarazo, se dijo, sin recordar que no era la madre de Dai y nunca había parido. Con los detalles bajo control fue a almorzar con Gregory Reeves, con quien no quiso hablar antes de sus planes porque temió que la creyera demente. Tímidamente al comienzo y entusiasmada después le contó lo averiguado sobre Leo Galupi y le mostró las fotografías. Se llevó una sorpresa: su amigo tomó con gran naturalidad el súbito impulso de emprender peregrinaje a Europa para proponer matrimonio a un hombre a quien no había visto por más de una década y con quien nunca había hablado de amor. Le pareció tan congruente con el carácter de Carmen que preguntó por qué no lo había hecho antes.

–Estaba muy ocupada criando a Dai, pero mi hijo ya está grande y me necesita menos.

–Puedes llevarte un chasco.

–Lo estudiaré con cuidado antes de firmar nada. Eso no me preocupa... pero tal vez yo no le guste, Greg, estoy harto más vieja.

–Mira las fotografías, mujer. Los años también han pasado para él –dijo Reeves, poniéndolas por delante, y ella entonces se fijó por primera vez que Leo Galupi tenía menos pelo y más peso. Se echó a reír contenta y decidió que en vez de escribirle o llamarlo para anunciar su visita, como había pensado, iría simplemente a verlo para desbaratar las engañifas de la imaginación y saber de inmediato si su extravagante proyecto tenía algún asidero.

Carmen Morales se presentó tres días más tarde en la galería de arte en Roma, donde llegó directo del aeropuerto, mientras sus maletas aguardaban en un taxi. Iba rezando para encontrarlo y por una vez sus oraciones dieron el resultado esperado. Cuando entró al local, Leo Galupi, vestido con pantalones y camisa de lino arrugado y sin calcetines, discutía los detalles del próximo catálogo con un joven de ropa tan desplanchada como la suya. Entre tapices de la India, marfiles chinos, maderas talladas de Nepal, porcelanas y bronces del Japón, y un sinfín de objetos exóticos, Carmen parecía parte de la exhibición, con su torbellino de ropas gitanas y el tenue destello de sus joyas de plata envejecida. Al verla, a él se le cayó el catálogo de las manos y se quedó contemplándola como a una aparición muchas veces soñada. Ella pensó que, tal como temía, ese novio improbable no la había reconocido.

–Soy Tamar... ¿te acuerdas de mí? –Y avanzó vacilante.

–¡Cómo no me voy a acordar! –Y tomó su mano y la sacudió por varios segundos, hasta que se dio cuenta del absurdo de ese recibimiento y la estrechó en sus brazos.

–Vine a preguntarte si te quieres casar conmigo –le zampó Carmen tartamudeando medio ahogada, porque no era así como lo había planeado, y mientras lo decía se estaba maldiciendo por echarlo todo a perder en la primera frase.

–No sé –fue lo único que se le ocurrió responder a Galupi cuando pudo sacar la voz, y quedaron mirándose maravillados, mientras el joven del catálogo desaparecía sin hacer ruido.

–¿Estás enamorado de alguien? –balbuceó ella, sintiéndose cada vez más idiota, pero incapaz de recordar la estrategia programada hasta en los menores detalles.

–En este momento me parece que no.

–¿Eres homosexual?

–No.

–¿Quieres tomar un café? Estoy un poco cansada, el viaje es largo...

Leo Galupi la condujo a la calle, donde el sol radiante del verano, el bullicio de la gente y el tráfico devolvió a los dos el sentido del presente. Dentro de la galería retrocedían al tiempo de Saigón, estaban de vuelta en la habitación de emperatriz china que él había preparado para ella y donde tantas veces la espiara de noche por las ranuras del biombo para verla dormida. Cuando entonces se despidieron, Galupi sintió la mordedura de la soledad por primera vez en su existencia de trotamundo, pero no quiso admitirla y se la curó con terca indiferencia, sumergiéndose en la prisa de sus negocios y de sus viajes. Con el tiempo desapareció la tentación de escribirle y después se acostumbró al sentimiento dulce y triste que ella le provocaba. Su recuerdo le servía de protección contra el acicate de otros amores, una especie de seguro contra los enredos románticos. Muy joven había decidido no atarse a nada ni a nadie, no era hombre de familia ni de largos compromisos, se consideraba un solitario, incapaz de soportar el tedio de las rutinas o las exigencias de la vida en pareja. En varias ocasiones escapó de una relación demasiado intensa explicando a la novia despechada que no podía amarla porque en su destino sólo cabía amor por una mujer llamada Tamar. Esa coartada, muchas veces repetida, acabó por convertirse en una especie de certeza trágica para él. No examinó en profundidad sus sentimientos porque le gustaba su libertad y Tamar era sólo un fantasma útil al cual recurría si necesitaba deshacerse de un compromiso incómodo. Y entonces, justamente cuando ya se sentía a salvo de sobresaltos del corazón, aparecía ella a cobrar las mentiras que por años había dicho a otras mujeres. Le costaba creer que hubiera entrado a su tienda media hora antes a pedirle de sopetón que se casaran. Ahora la tenía a su lado y no se atrevía a mirarla, mientras sentía los ojos de ella examinándolo sin disimulo.

–Discúlpame, Leo, no pretendo acorralarte, no es así como lo había planeado.

–¿Cómo lo habías planeado?

–Pensaba seducirte, me compré una camisa de dormir de encaje negro.

–No será necesario que te tomes tanto trabajo –rió Galupi–. Te llevaré a mi casa para que te des un baño y duermas un rato, debes estar molida. Después hablaremos.

–Perfecto, eso te da tiempo para pensar –suspiró Carmen sin intención de ironía.

Galupi vivía en una antigua villa dividida en varios apartamentos. El suyo tenía sólo una ventana a la calle, el resto miraba a un pequeño jardín vetusto donde canturreaba el agua de una fuente y crecían enredaderas en torno a estatuas mutiladas y cubiertas por la pátina verde del tiempo. Mucho más tarde, sentados en la terraza saboreando un vaso de vino blanco, mientras admiraban el jardín iluminado por una luna resplandeciente y aspiraban el perfume discreto de jazmines silvestres, se desnudaron el alma. Los dos habían tenido incontables amoríos y tropiezos, habían dado muchas vueltas y practicado casi todos los juegos de engaño que pierden a los enamorados. Fue refrescante hablar de sí mismos y de sus sentimientos sin segundas intenciones ni tácticas, con una honestidad brutal. Se contaron las vidas a grandes rasgos, se dijeron qué deseaban para el futuro y comprobaron que la antigua alquimia que los había atraído antes estaba todavía allí y bastaba un poco de buena voluntad para reanimarla.

–Hasta hace un par de semanas no se me había ocurrido casarme, Leo.

–¿Y por qué pensaste en mí?

–Porque no he podido olvidarte, me gustas y creo que hace un montón de años yo te gustaba un poco también. De todos los hombres que he conocido hay sólo dos a quienes quisiera tener a mi lado cuando estoy triste.

–¿Quién es el otro?

–Gregory Reeves, pero no está listo para el amor y no tengo tiempo para esperarlo.

–¿De qué clase de amor hablas?

–Amor total, nada de medias tintas. Busco un compañero que me quiera mucho, me sea fiel, no mienta, respete mi trabajo y me haga reír. Es mucho pedir, ya lo sé, pero yo ofrezco más o menos lo mismo y además estoy dispuesta a vivir donde tú quieras, siempre que aceptes a mi hijo y a mi madre y pueda viajar a menudo. Soy sana, me mantengo sola y jamás me deprimo.

–Esto parece un contrato.

–Lo es. ¿Tienes hijos?

–No que yo sepa, pero tengo una madre italiana. Eso será un problema, jamás aprueba a las mujeres que le presento.

–No sé cocinar y soy bastante simple en la cama, pero en mi casa dicen que es agradable vivir conmigo, principalmente porque me ven poco, paso muchas horas encerrada en mi taller. No molesto demasiado...

–En cambio yo no soy nada fácil.

–¿Podrás hacer un esfuerzo, al menos?

Se besaron por primera vez, al principio tentativamente, luego con curiosidad y pronto con la pasión acumulada en muchos años de engañar con encuentros banales la necesidad de un amor. Leo Galupi condujo a esa novia imponderable a su dormitorio, una habitación alta, adornada con ninfas pintadas en el yeso del techo, una cama grande y cojines de tapicería antigua. A ella le daba vueltas la cabeza, un poco aturdida, y no supo si estaba mareada por el largo viaje o por las copas de vino, pero no intentó averiguarlo, se abandonó a esa languidez, sin ánimo para impresionar a Leo Galupi con su camisa de encaje negro ni con destrezas aprendidas con amantes anteriores. La atrajo su olor a hombre sano, un olor limpio, sin rastro de fragancias artificiales, un poco seco, como el del pan o la madera, y hundió la nariz en el ángulo de su cuello y su hombro, aspirándolo como un perro perdiguero tras un rastro, los aromas persistían en su memoria más que cualquiera otro recuerdo y en ese momento le volvió la imagen de una noche en Saigón, cuando estaban tan cerca que registró la huella de su olor sin saber que permanecería con ella todos esos años. Comenzó a desabrocharle la camisa, pero se le trancaban los botones en los ojales demasiado estrechos y le pidió, impaciente, que se la quitara.

Una música de cuerdas le llegaba de muy lejos, trayendo la milenaria sensualidad de la India a esa habitación romana, bañada por la luna y la vaga fragancia de los jazmines del jardín. Por años había hecho el amor con muchachos vigorosos y ahora tanteaba una espalda algo encorvada y pasaba los dedos por una frente amplia y cabellos finos. Sintió una ternura complaciente por ese hombre ya maduro y por un momento intentó imaginar cuántos caminos y mujeres habría recorrido, pero de inmediato sucumbió al gusto de abrazarlo sin pensar en nada. Sintió sus manos despojándola de la blusa, la amplia falda, las sandalias, y deteniéndose vacilantes en sus pulseras. Nunca se despojaba de ellas, eran su última coraza, pero consideró que había llegado el momento de desnudarse por completo y se sentó en la cama para quitárselas una a una. Cayeron sobre la alfombra sin ruido. Leo Galupi la recorrió con besos exploratorios y manos sabias, lamió los pezones todavía firmes, el caracol de sus orejas y el interior de los muslos donde la piel palpitaba al contacto, mientras a ella el aire se le iba tornando más denso y jadeaba en el esfuerzo por respirar, una caliente urgencia se apoderaba de su vientre y ondulaba sus caderas y se le escapaba en gemidos, hasta que no pudo esperar más, lo volteó y se le subió encima como una entusiasta amazona para clavarse en él, inmovilizándolo entre sus piernas en el desorden de los almohadones. La impaciencia o la fatiga la hacían torpe, culebreaba buscándolo pero resbalaba en la humedad del placer y del sudor del verano y por último le dio risa y se desplomó aplastándolo con el regalo de sus pechos, envolviéndolo en el trastorno de su pelo revuelto y dándole instrucciones en español que él no comprendía. Quedaron así abrazados, riéndose, besándose y murmurando tonterías en un rumor de idiomas mezclados, hasta que el deseo pudo más y en una de esas vueltas de cachorros Leo Galupi se abrió paso sin prisa, firmemente, deteniéndose en cada estación del camino para esperarla y conducirla hacia los últimos jardines, donde la dejó explorar a solas hasta que ella sintió que se iba por un abismo de sombras y una explosión feliz le sacudía todo el cuerpo. Después fue el turno de él, mientras ella lo acariciaba agradecida de ese orgasmo absoluto y sin esfuerzo. Finalmente se durmieron ovillados en un enredo de piernas y brazos. En los días siguientes descubrieron que se divertían juntos, ambos dormían para el mismo lado, ninguno fumaba, les gustaban los mismos libros, películas y comidas, votaban por el mismo partido, se aburrían con los deportes y viajaban regularmente a lugares exóticos.

–No sé si sirvo para marido, Tamar –se disculpó Leo Galupi una tarde en una *trattoria* de la Via Veneto–. Necesito moverme con libertad, soy un vagabundo.

–Eso es lo que me gusta de ti, yo también lo soy. Pero estamos en una edad en la cual no nos vendría mal algo de tranquilidad.

–La idea me espanta.

–El amor se toma su tiempo... No tienes que contestarme de inmediato, podemos esperar hasta mañana –se rió ella.

–No es nada personal, si alguna vez decido casarme, sólo lo haré contigo, te prometo.

–Eso ya es algo.

–¿Por qué no somos amantes mejor?

–No es lo mismo. Ya no tengo edad para experimentos. Quiero un compromiso a largo plazo, dormir por las noches abrazada a un compañero permanente. ¿Crees que habría cruzado medio mundo para proponerte que fuéramos amantes? Será agradable envejecer de la mano, ya verás –replicó Carmen, rotunda.

–¡Qué horror! –exclamó Galupi, francamente pálido.

La oportunidad de sentarme una vez por semana en la quietud del consultorio de Ming O'Brien para hablar de mí y meditar sobre mis acciones era una experiencia que desconocía. Al comienzo me costó un poco relajarme, pero ella se ganó mi confianza y poco a poco fuimos abriendo los compartimentos sellados de mi pasado. Por primera vez hablé de aquel día en el cuarto de las escobas, cuando Martínez me violó, y a partir de esa confesión pude explorar los ámbitos más secretos de mi vida. El segundo año fue el peor, de cada sesión salía congestionado de llanto, Ming no mintió cuando me dijo que es un proceso doloroso, varias veces estuve a punto de darme por vencido. Por suerte no lo hice. Al pasar revista a mi destino durante esos cinco años, comprendí el guión de mi vida y di los pasos necesarios para cambiarlo, con el tiempo aprendí a vigilar mis impulsos y a detenerme en seco cuando estaba a punto de repetir los viejos errores. Mi vida familiar seguía siendo una pesadilla y no había mucho que pudiera hacer por mejorarla, Margaret estaba fuera de mi alcance, pero me concentré en darle cierta estructura a David. Hasta entonces había usado el sistema de la máquina tragaperras, como lo llamó Ming, mi hijo siempre se salía con la suya, sólo era cuestión darle y darle a la palanca de la máquina, seguro de que en algún momento recibiría el premio. Me pedía algo, yo me negaba y él comenzaba a majadear sin descanso hasta romperme los nervios, me ganaba por cansancio y yo cedía. Ponerle límites no fue fácil porque yo mismo no los tuve de chico, me crié suelto en la calle y pensé que la gente se forma sola, que la experiencia enseña. Pero en mi caso recibí disciplina y valores cuando mi padre estaba vivo, dicen que los primeros cinco o seis años son muy importantes en la formación, además debía arreglármelas solo, siempre tuve que trabajar. Mis hijos, en cambio, crecieron como salvajes, sin cuidados y sin verdadero amor, pero nunca les faltó nada en el orden material. Traté de compensar con dinero la dedicación que no supe darles. Mala idea.

Una de las decisiones más importantes fue aligerar algunas de las cargas que llevaba a cuesta y reorganizar mi oficina. Era imposible modificar la naturaleza de mis empleados, pero podía remplazarlos, no era mi papel curarlos de sus vicios, pagar por sus faltas o resolver sus problemas. ¿Por qué me rodeaba invariablemente de alcohólicos? ¿Por qué se me pegaba la gente neurótica o débil? Tuve que revisar ese aspecto de mi personalidad y mantenerme a la defensiva. La oficina costaba más de lo que producía, yo solo ganaba la mayor parte de los ingresos, sin embargo siempre andaba con la billetera vacía y me habían cancelado casi todas las tarjetas de crédito. Mi buen amigo Mike Tong llevaba años de sofoco tratando de cuadrar los números y Tina me advirtió hasta la saciedad que los otros abogados no sólo descuidaban a los clientes, sino que a veces resolvían casos privadamente, sin dejar registro en mi contabilidad, también me cargaban sus gastos personales, teléfonos, cuentas de restaurantes, viajes y hasta regalos para sus amantes. No le hice caso, andaba demasiado ocupado chapaleando en mi propio caos. Pensaba que nada podía hundirme, que siempre encontraría la forma de resolver los problemas, había vencido otros obstáculos y no sería derrotado por cuentas impagadas y mezquinas raterías, pero finalmente la carga se hizo insoportable. Durante un buen tiempo me debatí en dudas y culpas, hasta que Mike Tong con la precisión de su ábaco y Ming O'Brien con su perseverancia, me ayudaron a despedir uno a uno a los zánganos y cerrar las sucursales en otras ciudades. Conservé a Tina, Mike y una abogada joven, inteligente y leal, también alquilé parte del piso a un par de profesionales para aliviar el presupuesto y así reduje los gastos al mínimo. Comprobé entonces que el trabajo en pequeña escala me resultaba más rentable y más divertido, tenía todos los hilos en la mano y podía dedicarme a los desafíos de mi profesión en vez de dilapidar energía arreglando una seguidilla abrumadora de entuertos insignificantes. Además tenía mayor contacto con mis clientes, lo que más me gusta de mi trabajo. En esa época yo también me transformé, tal como hice con la oficina, me desprendí de muchas cosas superfluas y de aspectos que me molestaban, renuncié a los arrogantes cigarros españoles, en realidad dejé completamente de fumar, y no volví a probar una gota de alcohol, única forma de terminar con mis alergias. La libreta con la lista de amantes se me perdió en algún cajón y no he vuelto a dar con ella. A falta de fondos no me quedó más remedio que reducir mi tren de vida y las parrandas pasaron a la historia porque estaba muy ocupado con David y mi trabajo, además Timothy Duane ya no me inducía el pecado. Eso no significa que empecé a vivir como un anacoreta, ni mucho menos, supongo que siempre seré fiel a mi naturaleza de buen vividor.

–Muy bien, si no vuelve a casarse, en tres años habremos pagado las deudas –me anunció feliz Mike Tong, la primera vez que los ingresos superaron los gastos.

Ese año vendí una casa que tenía en la playa y terminé de arreglar cuentas con Shanon, quien apenas recibió el último cheque partió sin planes fijos, dispuesta a empezar una nueva vida lo más lejos posible. La visualicé alejándose hasta esfumarse en una autopista, tal como había llegado, sólo que ahora no iba a pie sino en un automóvil de lujo. Meses más tarde vi su fotografía en una revista anunciando cosméticos con una sonrisa de manzana, tuve que mirarla dos veces para reconocerla, se veía mucho mejor de lo que yo recordaba. La recorté y se la traje a David, que la pegó en la pared de su pieza. Tenía una imagen algo difusa de su madre, una criatura hermosa y alegre que aparecía de vez en cuando a cubrirlo de besos y llevarlo al cine, una voz melodiosa en el teléfono y ahora un rostro seductor en avisos de publicidad. Había fabricado con mi ayuda un cofre de madera para regalarle en su cumpleaños, le dedicaba los dibujos de la escuela y se los mandaba por correo, Shanon era el hada etérea de las fábulas, una princesa en bluyines que pasaba de vez en cuando como una brisa feliz y luego partía. Para efectos prácticos, sin embargo, no contaba mucho, su madre era Daisy, que lo peinaba con agua bendita para exorcizarle los demonios y estaba a su lado cuando abría los ojos por la mañana y cuando los cerraba por la noche.

–Quiero ver a mi mamá –me dijo un día.

–Se fue lejos y no regresará por el momento. Te echa de menos, pero por su trabajo vive en otra ciudad. Ahora es una modelo muy famosa.

–¿Dónde se fue?

–No sé, pero seguro te escribirá pronto.

–No me quiere, por eso se fue.

–Te quiere mucho, pero la vida es muy complicada, David. No la verás por un tiempo, es todo.

–Yo creo que mi mamá se murió y tú me estás engañando.

–Te doy mi palabra de honor que es la verdad. ¿No viste su foto en la revista?

–Júramelo.

–Te lo juro.

–Júrame también que nunca te volverás a casar.

–No puedo hacer eso, hijo. Ya te dije que la vida es muy complicada.

En los días siguientes estuvo retraído y silencioso, se instalaba por horas en la ventana a mirar el mar, algo inusitado en él, siempre en un torbellino de actividad y de ruido, pero pronto se distrajo con el alborozo de preparar las vacaciones. Le prometí que iríamos a acampar a las montañas llevaríamos a *Oliver* y compraría una escopeta para cazar patos. Shanon siguió siendo para su hijo lo que siempre había sido, un dulce espejismo.

La acusación por mal ejercicio de la profesión me cayó encima a finales de ese mismo año y me pareció tan descabellada que no me inquietó en lo más mínimo. Se trataba de uno de mis antiguos clientes, alguien a quien mi firma representó hace varios años. Era alcohólico. Todo comenzó cuando viajaba en un bus interestatal hacia Oregón, había tomado demasiados tragos y a mitad de camino estaba delirando con monstruos que lo perseguían. En la ofuscación sacó un cuchillo y atacó a otros pasajeros, hirió a dos y al tercero no lo mató de milagro, la hoja le cercenó el cuello a milímetros de la yugular. Con ayuda de unos cuantos valientes, el chofer desarmó al atacante, lo obligó a bajar del vehículo y luego voló al hospital más próximo, donde desembarcó a las víctimas encharcadas en sangre. La policía no pudo atrapar al acusado, que se había escondido, pero cuatro días más tarde un camión lo recogió en la carretera. Era invierno, se le habían congelado los pies y hubo que amputárselos. Al salir de la prisión, donde cumplió condena, buscó quien lo representara en una demanda contra la compañía de autobuses, por haberlo abandonado en terreno descampado. Mi firma lo tomó, en ese período recibíamos a cualquiera que golpeara las puertas. Tres pasajeros acuchillados son una buena razón para bajar a ese desalmado de mi autobús, mala suerte que se helara cuando se escondió de la policía, bien merecido tiene lo que le pasó, dijo el chofer en su declaración. A pesar de esos antecedentes, pudimos arreglar el caso por una suma respetable, porque al demandado le salía más conveniente pagar una indemnización que ir a juicio. Una vez que el hombre gastó el dinero se dirigió a otro abogado, quien olió en el aire la posibilidad de sacar su tajada acusándome de mala práctica. Yo no tenía seguro, si perdía estaba frito, pero no imaginé jamás que eso sucedería, ningún jurado del mundo daría nada al criminal. Mike Tong no estaba de acuerdo, dijo que si el juicio fuera contra el chofer del bus el jurado sería implacable, cualquiera que se ponga en el papel de los pasajeros y las víctimas votaría contra el acusado, pero ahora se trataba de mí.

–A un lado verían un pobre inválido con muletas y al otro un abogado con corbata de seda. Tendremos al jurado en contra, Sr. Reeves, la gente detesta a los abogados. Además hay que contratar un defensor ¿de dónde sacaremos para eso? –suspiró mi contador, y por una vez dejó de lado el protocolo con el cual siempre me trataba, me cogió de un brazo, me metió en su cuchitril y me confrontó con la incuestionable realidad de sus libros.

Mike estaba en lo cierto. Tres meses después el jurado decidió que el chofer no debió expulsar al hombre del vehículo y que mi firma había desatendido al cliente transando con la compañía de autobuses en vez de ir a juicio. Ese veredicto, que produjo cierto estupor en el mundillo de la ley, fue mi condena definitiva. Por años había hecho equilibrio al borde de un acantilado, pero ahora rodaba al abismo. A menos que encuentre el tesoro de Francis Drake enterrado en mi patio no tengo la menor esperanza de pagar esa suma, pero muy pronto la gravedad de lo ocurrido no dejó espacio para bromas, en cuestión de horas debía tomar medidas drásticas. Llamé a Tina y a Mike, les agradecí su larga fidelidad y les expliqué que debía declararme en quiebra y cerrar la oficina, pero les prometí que si en el futuro lograba comenzar de nuevo, siempre habría trabajo para ellos. Tina se echó a llorar inconsolable, pero Mike no dejó traslucir la menor emoción en su impasible rostro asiático. Puede contar con nosotros, fue todo lo que dijo y se encerró en su madriguera a ordenar los libros.

Durante las eternas semanas del juicio, estuve junto a mi defensor peleando con ferocidad cada detalle, fue un tiempo de mucha tensión, pero cuando todo terminó acepté el veredicto con una sangre fría de la cual no me sabía capaz. Tuve la sensación de haber pasado antes por situaciones similares, de nuevo me encontraba atrapado en un callejón, como algunas veces lo estuve en el barrio latino. Recordé las carreras desesperadas perseguido por la pandilla de Martínez con la certeza de que si me alcanzaban me matarían, sin embargo todavía estaba vivo. También salí ileso de incontables escaramuzas en Vietnam donde otros dejaron la piel, y sobreviví esa noche en la montaña cuando los dados estaban cargados en mi contra. Las pateaduras de la escuela y las duras lecciones de la guerra me enseñaron a defenderme y resistir, sabía que no debía ofuscarme ni perder el sentido de las proporciones, comparada con las batallas del pasado lo ocurrido era apenas un tropiezo, mi vida continuaba. Se me pasó por la mente cambiar de rumbo, el oficio de abogado tiene demasiados aspectos oscuros, cuestioné la validez de estar siempre con la espada en la mano, consumiéndome en una agresividad sin sentido. Todavía me hago esta pregunta de vez en cuando, pero no tengo respuesta, supongo que me resulta difícil imaginar una existencia sin lucha.

El domingo ya estaba resignado a cerrar la firma. Entre otras posibilidades contemplé la de partir a algún país latinoamericano, tengo lazos muy fuertes con esa parte del mundo y me gusta hablar español, pensé irme a un pueblo pequeño donde la existencia fuera más simple, donde pudiera hacer algo por la gente y formar parte de la comunidad, como hice en la aldea del Vietnam; pero después me pareció una especie de huida. Carmen y Ming tienen razón, por mucho que uno corra siempre está en su misma piel. También se me ocurrió instalarme en el campo. La semana de vacaciones que pasamos acampando con David, dedicados a cazar patos y pescar, sin más compañía que el perro, fue muy importante para mí y me reveló un aspecto desconocido de mi carácter. En la soledad del paisaje recuperé el silencio de la niñez, ese silencio del alma en la paz de la naturaleza, que perdí cuando se enfermó mi padre y tuvimos que instalarnos en la ciudad. El resto de mi vida estuvo marcado por el ruido, demasiado ruido, y tanto me había acostumbrado a un repique incesante en el cerebro que llegué a olvidar el bienestar del silencio verdadero. La experiencia de dormir sobre la tierra, sin más luz que las estrellas, me devolvió a la única época realmente dichosa, los viajes con mi familia en el camión. Regresó esa primera imagen de felicidad, yo mismo a los cuatro años orinando sobre una colina bajo la bóveda anaranjada de un cielo soberbio al atardecer. Para medir la vastedad sin fin del espacio reconquistado grité mi nombre junto al lago y el eco de las montañas me lo devolvió purificado. Esos días al aire libre también hicieron un bien enorme a David, su organismo acelerado pareció entrar en una marcha más normal, no tuvimos una sola discusión, regresó a la escuela de buen talante y después pasó más de dos meses sin pataletas. Estaríamos mucho mejor si abandonáramos este medio, donde las presiones suelen ser insoportables, pero la verdad es que no me veo todavía convertido en agricultor o guardia forestal, para qué me engaño, tal vez más adelante... o nunca. Me gusta la gente, necesito sentirme útil a los demás, no creo que duraría mucho recluido como un ermitaño. ¿Sabes que en ese lugar salvaje supe de ti? Carmen me había regalado tu segunda novela y la leí durante esas vacaciones, sin imaginar que llegaría a conocerte y que te haría esta larga confesión. ¿Cómo podía sospechar entonces que iríamos juntos al barrio latino donde me crié? En más de cuatro décadas no se me había pasado por la mente regresar, si tú no insistes, nunca hubiera visto de nuevo la cabaña, en ruinas pero aún en pie; o el sauce, todavía vigoroso, a pesar del abandono y del basural que ha crecido a su alrededor. Si no me llevas, no habría recuperado el destartalado letrero del *Plan Infinito,* que me esperaba con la pintura descascarada y la madera medio podrida, pero con su elocuencia intacta. Mira cuánto he andado para llegar hasta aquí y comprobar que no hay un plan infinito, sólo la pelotera de la vida, te dije. Tal vez cada uno lleva su plan dentro, pero es un mapa borroso y cuesta descifrarlo, por eso damos tantas vueltas y a veces nos perdemos, replicaste.

Di por perdidos el automóvil y la casa, únicos bienes terrenales a mi haber, el resto eran deudas, que ya vería cómo afrontar. En última instancia eso sería problema de los auditores y abogados, que el lunes se lanzarían como pirañas sobre mis despojos. La idea me daba rabia, pero no me asustaba. Me he ganado el pan desde los siete años en toda suerte de oficios, estoy convencido de que nunca me faltará cómo hacerlo. Me preocupaban mis empleados, eso sí. Ellos son mi verdadera familia, pero supuse que Mike y Tina encontrarían otro trabajo sin dificultad y seguramente Carmen se llevaría a Daisy, porque doña Inmaculada ya no está en edad de correr sola con la casa.

Al anochecer caí de visita donde Timothy y Ming a contarles lo que había pasado. Seis meses antes había terminado mi terapia y ahora Ming y yo éramos excelentes amigos, no sólo por la larga relación cultivada en su consultorio, sino porque vivía con Tim, quien se había convertido en otra persona desde que ella entró en su destino a poner orden con recursos de sabiduría. Ming resultó un bálsamo admirable para mi atormentado amigo. En esos cinco años de penosa exploración, di la vuelta completa al perímetro de lo vivido hasta entonces y cuando llegué al final y toqué de nuevo el punto de partida, ella dio por concluida su ayuda. Dijo que desde ese momento comenzaba la parte más importante de mi curación y debía hacerla solo, que yo era como un inválido a quien le han enseñado a caminar y que sólo la práctica laboriosa de cada paso puede dar equilibrio y firmeza. Con mucha paciencia de su parte y esfuerzo de parte mía, logramos despejar la confusión volcánica en que transcurrió la primera mitad de mi destino. De su mano entré al cuarto de las máquinas desquiciadas y los artefactos inacabados, del cual tanto hablaba mi padre, y ordené poco a poco, eliminé basura, pegué trozos, compuse desperfectos y terminé lo inconcluso. Aún quedaba mucho por limpiar, pero podía hacerlo solo. Sabía que mi viaje por este mundo sería siempre un tapiz surrealista lleno de hilos sueltos, pero al menos logré ver el dibujo.

—Esta vez me jodieron en serio. Se me acabó el crédito con los Bancos y no puedo pagar mis deudas. No me queda más remedio que declararme en quiebra —comenté a mis amigos.

—Los aspectos esenciales están a salvo de esta crisis, Greg, sólo hay pérdidas materiales, lo demás está intacto —replicó Ming y tenía razón, como siempre.

—Supongo que deberé empezar de nuevo —masculló con una extraña sensación de euforia.

La vida es una suma de ironías. Cuando vi desintegrarse a mi familia y eliminé una buena parte de mis relaciones, dejó de molestarme la soledad. Después, al desmoronarse el castillo de naipes de mi oficina y quedar arruinado, experimenté por primera vez verdadera seguridad. Y justo ahora, cuando dejé de buscar una compañera, apareciste tú y me obligaste a plantar los rosales en tierra firme. Me di cuenta que en el fondo el dinero nunca me interesó tanto como quise creer; los codiciosos propósitos hechos en el hospital de Hawai estaban equivocados y muy dentro de mí siempre lo sospeché. Los triunfos aparentes no me engañaron, la verdad es que siempre me perseguía una vaga sensación de fracaso. Sin embargo, tardé una eternidad en aceptar que mientras más acumulaba más vulnerable era, porque vivo en un medio donde se machaca el mensaje contrario. Se requiere una tremenda lucidez, como la de Carmen, para no caer en esa trampa. Yo no la tenía, fue necesario hundirme hasta tocar fondo para adquirirla. En el momento del derrumbe, cuando no me quedaba nada, descubrí que no me sentía abatido, sino libre. Comprendí que lo más importante no había sido sobrevivir o tener éxito, como imaginaba antes, sino la búsqueda de mi alma rezagada en los arenales de la infancia. Al encontrarla supe que ese poder, por el cual tan desesperados esfuerzos malgasté, siempre estuvo en mí. Me reconcilié conmigo mismo, me acepté con un poco de benevolencia y entonces tuve mi primer atisbo de paz. Creo que ése fue el instante preciso en que tomé consciencia de quién soy en realidad y me sentí por fin en control de mi destino.

El lunes llegué a la oficina dispuesto a ocuparme de los últimos detalles y encontré un ramo de rosas rojas sobre mi escritorio y las sonrisas cómplices de Tina Faibich y Mike Tong, que me aguardaban desde temprano.

—No tenemos el tesoro de Francis Drake, pero conseguí crédito —anunció mi contador, estrujándose la corbata, como siempre hace cuando está nervioso.

—¿Qué dices, hombre?

—Me tomé la libertad de llamar a su amiga Carmen Morales a Roma. Nos dará una buena suma. También tengo un tío banquero que está dispuesto a otorgarnos un préstamo. Con eso podemos negociar. Si nos declaramos en quiebra los otros no cobrarán nada, les conviene darnos facilidades y ser pacientes.

–No puedo ofrecer ninguna garantía.

–Entre chinos basta la palabra de honor. Carmen dijo que usted la ha financiado desde que tenían seis años, que no hace más que devolverle la mano.

–¿Más deudas, Mike?

–Ya estamos acostumbrados ¿qué le hace otra raya al tigre?

–¡Quiere decir que seguimos en la pelea! –sonreí con la certeza de que esta vez sería en mis propios términos.

Lo demás ya lo conoces, porque lo hemos vivido juntos. La noche que nos conocimos me pediste que te contara mi vida. Es larga, te advertí. No importa, tengo mucho tiempo, dijiste, sin saber el lío en que te metías con este plan infinito.